책벌레의 하극상

사서가 되기 위해서라면 뭐든지 할 수 있어

제 5 부 **여신의 화신 VII**

카즈키 미야
miya kazuki

길찾기

등장인물

4부 줄거리

귀족원에서 로제마인은 최우수인 동시에 문제아. 축복으로 마술구의 주인이 되기도 하고 대영주와 디터를 하고, 왕족에게 사랑에 대해 조언을 하고, 검은 마물을 쓰러트리고, 채집 장소를 치유하고……. 그러던 중에 페르디난드의 출생 비밀을 알고 있는 중앙 기사단장의 진언 때문에, 페르디난드 에게 결혼하라는 왕명이 내려왔다. 그 명령을 받고, 페르디난드는 아렌스바흐로 떠났다.

로제마인
주인공. 조금 성장해서 외모는 9세 정도. 정신은 딱히 달라지지 않았다. 귀족원에서도 책을 읽기 위해서라면 수단을 가리지 않는다. 귀족원 4학년생.

에렌페스트 영주 일족

질베스타
로제마인을 양녀로 삼은 에렌페스트 영주이자 로제마인의 양아버지.

플로렌치아
질베스타의 아내이자 세 아이의 어머니. 로제마인의 양어머니.

빌프리트
질베스타의 아들. 로제마인의 오빠이자 귀족원 4학년생.

샤를로테
질베스타의 딸. 로제마인의 여동생이고 귀족원 3학년생.

멜키오르
질베스타의 아들. 로제마인의 남동생.

보니파티우스
질베스타의 숙부. 칼스테드의 아버지. 로제마인의 할아버지.

페르디난드
에렌페스트 영주 일족. 왕명을 받고 아렌스바흐로 갔다.

오틸리에

로제마인의 수석 시종. 하르트무트의 어머니.

리젤레타

중급 시종. 안게리카의 동생.

그레티아

중급 견습 시종. 5학년생. 이름을 바쳤다.

하르트무트

상급 문관이자 신관장. 오틸리에의 아들.

클라리사

상급 문관. 하르트무트의 약혼자.

로데리히

중급 견습 문관. 4학년생. 이름을 바쳤다.

필린느

하급 견습 문관. 4학년생.

코르넬리우스

상급 호위기사. 칼스테드의 아들.

레오노레

상급 호위기사. 코르넬리우스의 약혼자.

안게리카

중급 호위기사. 리젤레타의 언니.

마티아스

중급 견습 기사. 6학년생. 이름을 바쳤다.

라우렌츠

중급 견습 기사. 5학년생. 이름을 바쳤다.

유디트

중급 견습 호위기사. 5학년생.

다무엘

하급 호위기사.

브륀힐데 ····· 상급 견습 시종. 6학년생. 질베스타의 약혼자.

뮤리엘라 ····· 중급 견습 문관. 6학년생. 엘비라에게 이름을 바쳤다.

테오도르 ····· 중급 견습 호위기사. 2학년생.

귀족원

에렌페스트의 귀족

칼스테드 …… 기사단장이자 로제마인의 귀족으로서의 아버지.

엘비라 …… 칼스테드의 첫째 부인. 로제마인의 어머니.

베르틸데 …… 상급 견습 시종. 귀족원 1학년. 브륀힐데의 여동생.

람프레히트 …… 빌프리트의 상급 호위 기사. 칼스테드의 아들.

니콜라우스 …… 칼스테드와 둘째 부인의 아들. 견습 청색 신관.

브리기테 …… 전 로제마인의 호위 기사. 기베 일크너의 여동생.

라자팜 …… 페르디난드의 하급 시종.

에크하르트 …… 페르디난드의 상급 호위 기사. 칼스테드의 아들.

유스톡스 …… 페르디난드의 시종 겸 문관. 리카르다의 아들.

베로니카 …… 질베스타의 어머니. 현재 유폐 중.

신전 관계자

프랑 …… 신전장실 수석 시종.

모니카 …… 신전장실 담당 겸 요리 조수.

니콜라 …… 신전장실 담당 겸 요리 조수.

길 …… 공방 담당.

프리츠 …… 공방 담당.

빌마 …… 고아원 담당.

디르크 …… 고아. 델리아의 동생.

벨트람 …… 고아. 라우렌츠의 동생.

콘라트 …… 고아. 필린느의 동생.

평민 가족

귄터 …… 마인의 친부.

에파 …… 마인의 친모. 전속 염색 장인.

투리 …… 마인의 언니. 전속 머리 장식 장인.

카밀 …… 마인의 동생.

루츠 …… 투리의 약혼자.

귀족원

에그란티느 …… 아나스타지우스의 첫째 부인.

프라우렘 …… 아렌스바흐 기숙사 사감.

힐쉬르 …… 에렌페스트 기숙사 사감.

파울리네 …… 프뢰벨타크 기숙사 사감.

솔랑쥬 …… 귀족원 도서관 중급 사서.

슈바르츠 …… 귀족원 도서관의 마술구.

바이스 …… 귀족원 도서관의 마술구.

한넬로레 …… 단켈페르거의 영주후보생. 귀족원 4학년생.

오르트빈 …… 드레반헬의 영주후보생. 귀족원 4학년생.

마르티나 …… 아렌스바흐의 상급 견습 시종. 귀족원 6학년생.

라이문트 …… 아렌스바흐의 중급 견습 문관 귀족원 5학년생.

다른 영지의 귀족

지기스발트 …… 중앙의 제1 왕자. 차기 왕.

아나스타지우스 …… 중앙의 제2 왕자.

힐데브란트 …… 중앙의 제3 왕자.

라오블루트 …… 중앙 기사단장

게오르기네 …… 아렌스바흐의 첫째 부인. 질베스타의 누나.

디트린데 …… 아렌스바흐의 영주일족. 게오르기네의 딸.

레티치아 …… 아렌스바흐의 영주후보생.

로스비타 …… 레티치아의 수석 시종.

젤기우스 …… 페르디난드의 시종. 로스비타의 아들.

그 외

임마누엘 …… 중앙신전의 신관장.

레온치오 …… 란체나베의 사자.

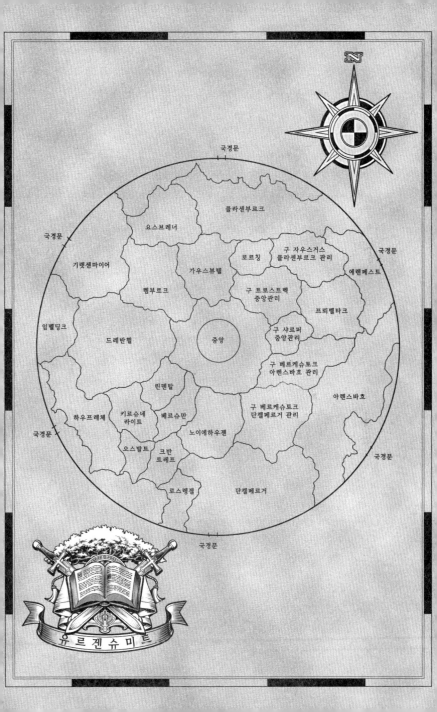

제5부 **여신의 화신 Ⅶ**

일러스트 시이나 유우 **지도제작** 후지시로 요 **번역** 김정규
디자인 백진화 **편집** 김일철 **교정** 정성학 **마케팅** 이수빈

제 5 부

여신의 화신 Ⅶ

프롤로그

에렌페스트에서 보낸 짐이 도착한 때는 며칠 뒤에는 겨울 사교계가 시작되는 가을 끝 무렵의 일이었다. 페르디난드가 막 아렌스바흐에 왔을 때만 해도 집무실로 운반해서 문관과 기사들 앞에서 짐을 열고, 위험한 것은 없는지 소상히 확인했었다. 하지만 지금에 와서는 '항상 오는 것'으로 취급해서 개인 방으로 옮기고, 측근들이 검사할 뿐이다. 맥이 빠질 것만 같은 로제마인의 편지 때문이라고 페르디난드는 생각하고 있다.

"이쪽은 레티치아 님이 공주님께 보낸 조미료와 조리법으로 만든 요리군요. 페르디난드 님은 물론이고, 레티치아 님께 보내는 과자와 편지에 대한 답장도 들어 있습니다."

"답례품의 답례품인가⋯⋯. 끝이 없군."

시간을 멈추는 마술구 안에 가득 채워 놓은 요리에 독이 들지는 않았는지 확인하기 시작한 유스톡스를 보면서 페르디난드는 살짝 한숨을 쉬었다. 지금까지 로제마인이 보내 온 물건에 대해 답례를 하면 또 새로운 것을 보내 온다. 이전까지는 이런 경험이 없었기 때문에, 페르디난드는 어디서 그만둬야 좋을지 알 수가 없었다.

⋯⋯로제마인의 성장을 생각해서 이런 주고받기를 자제해야 하는 것은 아닐까?

"레티치아 님께 보낸 편지와 과자의 검사는 슈트랄에게 맡겨도 되겠습니까? 여기에는 로제마인 님께서 보내시는 짐이 오니까, 검사에 익숙해지는 쪽이 좋습니다. 선대 영주께는 많은 측근이 있었으니, 기사단장이었던 당신이 직접 짐을 검사한 경험은 얼마 없으시겠죠?"

편지 검열을 시작한 시종 젤기우스가 슈트랄에게도 일을 배정했다.

슈트랄은 선대 영주의 신뢰가 두터웠던, 기사단장이었던 인물이다. 선대 영주가 돌아가신 뒤에는 기사단장으로서 디트린데를 섬겼지만, 란체나베의 저택에 빈번하게 드나드는 주인에게 한 마디 했더니 '잔소리가 심해서 싫다'는 이유로 파면당했다.

……그런 이유로 우수한 이를 파면하다니, 어리석은 자의 생각은 이해할 수가 없군.

사실 디트린데가 란체나베의 저택에 출입하는 것을 나무라는 제대로 된 측근은 디트린데 본인이 사임시켰다. 그래서 여름 중반쯤부터 측근들의 감시가 느슨해져서 디트린데가 빠져나가는 것을 감시하기 힘들어졌다는 모양이다. 게오르기네의 손만으로는 부족해서 신분이 낮은 이에게 시집간 디트린데의 친언니 알스테데를 도로 불러들여서 감시하고 있다는 이야기를 들었다.

……게오르기네 주위가 많이 힘들겠지만, 자식을 잘못 키운 탓이니 자업자득이라고 해야겠지.

디트린데의 가족이 고생을 하거나 말거나, 페르디난드는 슈트랄을 자신의 호위 기사로 들였다. 기사단장의 일과 페르디난드의 호위 기사는 요구되는 업무가 약간 다르기 때문에 슈트랄이 곤혹스러워하는 경우가 종종 있다.

"페르디난드 님, 레티치아 님을 식사에 초대해서 이 음식을 대접해 주셨으면 한다는 연락이 왔습니다. 어떻게 할까요?"

"어쩔 수 없지. 겨울 사교계가 시작되면 바빠진다. 그 전에 점심식사를 같이 하는 건 어떠냐고 젤기우스가 연락해 보도록."

젤기우스의 어머니가 레티치아의 수석 시종인 로스비타다 보니, 연락 담당 역할로 잘 활용하고 있다. 그리고 슈트랄의 딸인 페아제레가 레티치아의 견습 시종이라고 들었다. 시시한 이유로 디트린데 주위에서 쫓겨난 측근들은 하나같이 선대 영주가 크게 신뢰하던 이들이다. 거기에 숨은 사정은 혹시 없는지, 페르디난드는 자기도 모르게 생각하고 말았다. 게오르기네가 디트린데를 조종하는 실이 보인 듯한 기분도 들었지만, 서쪽 별채에 틀어박힌 뒤로는 제대로 된 정보가 거의 들어오지 않았다.

"레티치아 님으로부터 란체나베의 정보를 얻고 싶다고 하셨는데, 마침 잘 됐군요."

뒤에 서 있던 에크하르트가 페르디난드에게만 들리는 작은 목소리로 속삭였다. 그 말이 옳다. 레티치아는 디트린데의 명령에 가까운 권유를 받아서 란체나베의 저택을 몇 번인가 방문했다. 어린아이의 시점과 기억이라고 해도 내부 정보가 들어오는 것은 고마운 일이라고 페르디난드는 생각했다.

……나나 문관들은 '에이비리베 같은 태도는 자제해 주시지요'라는 기묘한 거절 문구와 함께 쫓겨났으니까.

무역과 관련된 불만을 말하러 갔던 문관이 머리를 쥐어뜯고 있었다. 영주 일족씩이나 되면서도 잘도 저렇게나 어리석게 자랐다. '도움이 안 되는 영주 일족 따위는 필요 없다'고 공공연하게 말했던 베로니카의 손녀라는 것을 믿을 수가 없다.

"날짜는 언제로 잡을까요?"

"그래, 란체나베와의 작별 연회가 열리는 날로 해 주겠나? 우리는 출석이 금지됐지만 귀족들은 대부분 참석해서 집무를 볼 수도 없으니까 조합이라도 하면서 시간을 보낼 생각이었지만, 레티치아 님도 미성년자니까 출석하지 않겠지? 마침 잘 됐군."

그 날이라면 디트린데의 관여를 확실하게 막을 수 있다. 페르디난드의 말을 들은 젤기우스는 어쩔 수 없다는 듯 고개를 끄덕였다. 약혼자를 공적인 자리에 나오지 못하게 하는 차기 영주의 행동에도, 그것을 '마침 잘 됐다'고 딱 잘라서 말하며 거리를 두는 페르디난드에게도 뭔가 말을 하고는 싶지만 도무지 말을 못 하는, 그런 복잡한 표정이었다.

"오늘은 이렇게 초대해 주셔서 정말 감사합니다."

페르디난드가 레티치아에게 자리를 권하는 동안 유스톡스가 시간을 멈추는 마술구 안에서 솥과 그릇들을 차례로 꺼내기 시작했다.

"종류가 많으니까 조금씩 꺼내도록 하겠습니다. 로제마인 님은 레티치아 님의 감상을 꼭 듣고 싶으시다는 듯합니다. 이쪽은 가르네셀의 포메 찜을 바탕으로 만드셨다고 하십니다."

유스톡스가 로제마인이 보낸 편지를 보면서 테이블 위에 있는 음식에 대해 하나하나 설명했다. 음식의 가짓수도 많지만, 무엇 하나 얼핏 봐서는 무슨 요리인지 알아볼 수도 없었다. 참고로 페르디난드가 먼저 한 입씩 먹어서 독이 들어 있지 않다는 사실을 증명했는데, 먹어 봐도 원래 어떤 음식이었는지 알 수가 없었다. 독이 들었는지 확인하는 동안 레티치아는 포크와 나이프를 손에 쥐고 접시를 보면서 굳어져 있었다.

……접시 어디에도 가르네셀이 보이지 않으니까 당연하다. 이래서는 가르네셀의 포메 찜이 아니라 돼지 포메 찜이 아닌가. 그 멍청이가.

접시를 빤히 보면서 곤혹스러워하고 있는 레티치아에게 페르디난드는 일단 포크와 나이프를 내려놓고서 씁쓸하게 웃어 보였다.

"레티치아 님, 새로운 음식이라고 생각하며 드시는 쪽이 좋을 겁니다. 아렌스바흐의 조미료를 사용했으니, 맛은 비교적 레티치아 님께도 익숙한 풍미일 것입니다. ……가르네셀이 들어가지 않아서 완전히 다른 음식이기는 합니다만."

부드러운 빵을 집으면서 권했더니 레티치아는 뭔가를 결심한 사람 같은 얼굴을 하고서는 겨우 식사를 시작했다. 나이프를 대기만 해도 쉽게 잘릴 정도로 푹 삶은 고기를 입으로 가져갔다. 일단 한 토막을 입에 넣었더니 녹아 버리는 게 아닌가 싶을 정도로 부드러운 고기와 함께 아주 진한 맛이 입안에 번졌다. 레티치아의 눈이 휘둥그레지고 푸근한 미소가 얼굴 전체로 퍼져 나갔다. 한눈에 봐도 맛있다는 걸 알 수 있었다. 그 직후, 레티치아가 이상하다는 것처럼 고개를 갸웃거리는 모습을 보고 페르디난드는 어깨를 살짝 으쓱거렸다.

"로제마인이 특이하게 개조했죠? 가르네셀이 들어 있지 않은데 가르네셀 포메 찜을 바탕으로 만들었다고 당당하게 적다니 말입니다."

"예, 제가 알고 있는 조미료 맛인데, 처음 먹어 보는 맛 같은 정말 신기한 느낌입니다. 맛있지만, 제가 보내드린 조리법으로 만든 음식은 아닌 것 같아요. 정말 다른 음식이네요. 에렌페스트에서는 항상 이런 음식을 드시나요?"

조심조심 묻는 레티치아에게, 페르디난드는 고개를 저어서 부정했다. 이것이 에렌페스트의 평범한 음식이라고 생각하면 곤란하다.

"에렌페스트가 아니라, 로제마인이 요리사에게 항상 특이한 음식을 만들게 합니다. 맛은 있습니다만, 어떻게 해서 이런 것이 만들어졌는지 도무지 알 수가 없다고 생각되는 경우가 종종 있습니다."

레티치아가 수긍하는 모습을 보고 유스톡스가 빙긋 미소를 지었다.

"로제마인 님은 에렌페스트의 식재료에 아렌스바흐의 맛을, 아렌스바흐의 식재료에 에렌페스트의 맛을 낸 음식을 보내 주신 것 같습니다. 처음 먹어 보는 음식인데 어딘가 익숙한 맛이 나서 부담이 없는 느낌이라고 할까요."

"로제마인이 고안한 요리가 레티치아 님께는 익숙하지 않은 맛일지도 모릅니다만, 란체나베에서 들어오는 향신료와 조미료에 익숙하지 않은 다른 영지 분이라면 이쪽 맛을 더 맛있다고 여길 것 같습니다."

아렌스바흐 특유의 요리는 란체나베에서 들어오는 조미료와 향신료의 영향을 받아서 신맛이나 매운맛이 센 것들이 많다. 영주회의에서 그런 음식을 내놓으면 다른 영지에서 온 이들은 쉽사리 받아들이지 못했다.

"로제마인의 조리법을 사들여서 아렌스바흐에서 새로운 요리로써 보는 것도 고려하는 쪽이 좋을지도 모르겠습니다. 이렇게 됐으니 영지 대항전에서 교섭해 보도록 하죠."

레티치아가 고개를 끄덕이면 페르디난드는 조리법을 사들이기 위한 교섭이라는 명분으로 영지 대항전에 갈 수 있게 된다. 작년에는 디트린데의 에스코트라는 이유가 있었지만, 올해는 없다. 마술구를 만들기 위해서 귀족원 도서관에 가고 싶으니까 페르디난드는 여러 가지 구실을 준비해 게오르기네가 방해할 가능성을 철저히 제거해 나갈 생각이다.

"그건 그렇고, 레티치아 님은 디트린데 님의 권유로 란체나베의 저택에 가셨다고 들었습니다만……."

식사를 어느 정도 진행했을 때, 페르디난드는 가장 중요한 이야기를 꺼냈다. 페르디난드에게 로제마인이 보낸 음식을 먹는 식사는 핑계일 뿐이고, 사실은 란체나베의 저택에 관한 정보를 얻기 위해 이 점심식사 자리를 마련한 것이다. 레티치아는 전부 알고 있다는 것 같은 미소를 지으며 입을 열었다.

"란체나베 쪽은 아렌스바흐와 좋은 관계를 이어 가고 싶다는 생각을 하시는 것 같고, 레온치오 님도 우호적인 분이었습니다. 하지만…… 페르디난드 님은 디트린데 님을 나무라지 않으시는군요. 조금은 약혼자답게, 디트린데 님을 나무라는 태도를 보여 주시는 쪽이 좋지 않을까요?"

……무슨 바보 같은 소리를. 그렇게 품행이 엉망인 데다 사내를 밝히는 것으로 키운 건 아렌스바흐 사람들이 아닌가. 눈에 보이는 것도 싫을 지경인데, 어째서 내가 그렇게 창피한 줄도 모르는 것을 위해 공을 들여야 한다는 것인가?

페르디난드는 마음속에서 독설을 내뱉으면서, 미소를 지으며 고개를 저었다. 디트린데에 관한 이야기는 신경도 쓸 필요가 없다. 바라는 것은 저택의 정보다. 어린아이로선 알아듣기 힘들지도 모른다. 페르디난드는 직접적으로 묻기로 했다.

"레티치아 님, 란체나베의 저택은 어떤 곳이었습니까? 디트린데 님이 경계하셔서, 저는 가까이 가지도 못하고 있습니다."

"그러고 보니…… 페르디난드 님과 레온치오 님이 마주치면 디트린데 님을 두고 결투가 벌어지게 될 거라고 디트린데 님이 말씀하셨던 것도 같아요."

페르디난드는 목구멍까지 올라온 '넌 그걸 저택의 정보라고 말하는 거냐'라는 질책을 간신히 삼키고, 일단 눈을 꼭 감았다. 여기서 야단을 치면 무서워하게 될 뿐이고, 필요한 정보는 멀어지게 된다. 로제마인을 비롯한 에렌페스트의 영주 후보생과 함께 지내면서 페르디난드도 조금이나마 배운 것이 있었다. "또 뭔가 다른 것은 없습니까?"라고, 미소를 지으며 물었다.

"레온치오 님은 유르겐슈미트 왕족의 피를 이어받은 분이고, 올해 여름부터는 중앙 기사단장과도 개인적인 친교를 갖게 됐다는 것 같습니다. ……장례식 때 일어났던 소동 때문에 몇 번이나 이야기를 나눈 것 같은데, 얼마나 친한 건지, 거기에 대해서는 잘 모릅니다만."

페르디난드의 미간에 힘이 들어갔다. 중앙 기사단장 라오블루트는 아달지자의 실상을 알고 있으며, 그것을 이유로 왕에게 페르디난드를 에렌페스트에서 멀리 떨어지게 하도록 진언한 인물이다. 그와 아달지자에 어떤 사연이 있는지는 모르겠지만, 페르디난드와 에렌페스트에 좋지 않은 감정을 지녔다는 것은 틀림없다.

"란체나베의 레온치오 님과 라오블루트 님이 친교를 가지셨다는 말씀이십니까……. 하긴, 디트린데 님의 말을 어느 정도 믿을 수 있을지는 모르겠지만, 경계는 필요하겠죠."

"중앙 기사단장 라오블루트 님을 경계해야 할 이유가 있나요? 장례식에서 소동이 벌어졌을 때도 꽤나 고생하신 것 같습니다만."

라오블루트는 어리석은 디트린데의 말을 듣고는 취조도 제대로 하지 않고서 기사들을 처분했다. 게다가 다른 영지 사람들의 이야기를 들을 때, 소동을 일으킨 자들이 에렌페스트 출신이라는 말을 반복해서 소동의 원인을 떠넘기려고 했었다. 그 말하는 꼴을 보면 다른 영지 사람들은 소동을 일으킨 자들이 중앙 기사단이 아니라 에렌페스트 출신이라는 인상을 받았을 것이다. 그리고 조사라는 명목으로 란체나베의 저택에 드나들었다는 주제에 레온치오와 개인적인 친분을 쌓았다는 듯하다. 경계해야 할 대상이다.

하지만 레티치아는 중앙 기사단장 덕분에 소동이 최소한으로 끝났으니까 감사는 할지언정 경계할 이유는 없다고 말했다. 페르디난드는 레티치아한테 무슨 말을 해도 소용 없다고 판단했다. 아무리 라오블루트가 수상하다고 말해 봤자 주위에서는 에렌페스트가 의심받아서 화가 났다고 곡해할 것이다. 사정 청취 자리에서 그런 분위기로 몰아갔던 기억이 선명하다.

"경계해야 할 대상은 디트린데 님입니다. 어디서 무슨 이야기를 듣고 있을지……."

페르디난드가 미소로 속내를 감췄더니, 레티치아는 이해했다는 표정을 보이면서 "그러고 보니……"라고 운을 띄우고, 겨우 본론으로 들어갔다.

"디트린데 님께 들었습니다만, 란체나베의 저택에는 아우브만이 열 수 있는 문이 있다는 것 같습니다. 중앙으로 가는 란체나베의 공주가 사용하는 방이라는 것 같습니다만, 주추가 물들지 않은 시기에 공주가 오시면 큰일이 나겠네요."

닫힌 문 너머에 있는 것이 무엇인지 페르디난드는 알고 있다. 아렌스바흐와 아달지자의 별궁을 잇는 전이진이다.

……그나저나 주추 마술을 물들이지 않은 상태에서 '란체나베의 공주를 받아들여라'라면서 왕족과 교섭을 시도하다니, 정말 할 말이 없다.

만약 왕족이 받아들였다면, 공주가 사용할 방이 열리지 않아서 창피를 당하는 자는 디트린데였을 것이다. 너무나 어리석은 일이라서 실소가 흘러나왔다. 그것을 얼버무리기 위해 페르디난드는 다른 화제를 꺼냈다.

"얼마 전에 겨우 디트린데 님도 주추를 다 물들이셨다는 것 같습니다. 앞으로는 저도 주추 마술에 마력을 공급하게 되겠죠."

보통은 다른 영지에서 온 약혼자에게 마력 공급을 시키지 않는다. 하지만 다음 영주가 주추 마술을 다 물들였고, 선대 영주의 서류가 있었기에 조금 귀찮은 계약이 필요하기는 해도 가능해졌다.

"이것을 계기로, 동시에 레티치아 님의 마력 공급 연습도 시작할 생각입니다."

"……페르디난드 님, 로제마인 님이 보내신 과자는 많이 왔겠죠?"

아직 마력을 다루는 데 익숙하지 않은 레티치아에게는 힘든 일이겠지. 눈빛이 흐릿해져서는 상으로 받을 과자가 있는지 물었다. 로제마인과 달라서 어지간한 일로는 쓰러지지 않고 체력도 있지만, 레티치아에게는 휴식이라는 쓸데없는 시간이 너무 많다 보니 잘 배우질 못한다.

"레티치아 님께 상으로 드리기 위해, 평소보다 많이 보내줬습니다. 편지로 부탁하셨다는 것 같더군요. 로제마인이 제게 아렌스바흐에도 이유가 있겠지만, 아직 귀족원에 입학하지도 않은 레티치아 님이 너무 무리하지 않도록 해 달라는 내용이 답장으로 왔습니다."

……로제마인과 비교하지 말라는 말도 했지만, 레티치아 님이 상으로 과자가 아니라 책을 읽어 준다면 과제가 더 빨리 진행될 텐데.

한숨을 쉬고 싶다는 기분이 들었을 때, 레티치아가 뭔가를 생각해 냈다는 것처럼 손뼉을 쳤다.

"제가 말이죠, 레온치오 님께 란체나베의 과자를 받았답니다. 마치 유리 단지에 마석을 가득 채워 놓은 것 같은 호화로운 과자인데, 단맛이 입안에 오래도록 남는 행복한 맛이었어요."

페르디난드는 과자에 크게 관심이 없는 데다, 디트린데의 명령으로 란체나베와 거리를 두고 있다. 그래서 타국의 과자가 들어오는 일은 없다. 그래서 란체나베에 어떤 물건이 있는지, 어떤 소재를 사용했는지, 순수하게 관심이 갔다.

"멋진 장난감도 받았습니다. 보시겠어요? 에렌페스트의 교육 완구와 달라서 한 번만 사용할 수 있는 신기한 장난감인데, 정말 신기하고 재미있답니다. 끈을 세게 잡아당기면 온갖 색의 꽃잎이 튀어나와서 방안에서 하늘하늘 날아다녀요. 정말 아름답고 기뻐지는 멋진 완구입니다. 로스비타, 가져와 주시겠어요?"

관심을 보인 페르디난드를 위해 레티치아는 자신의 수석 시종에게 명령해서 과자와 장난감을 가져오게 했다.

"분부대로 대령했습니다."

가져온 것은 마석처럼 다양한 색을 지닌 과자였다. 레티치아가 독이 들지 않았다는 것을 보여주기 위해 입에 넣었고, 행복한 미소를 짓는 모습을 본 뒤에 페르디난드도 하나를 집어서 입에 넣었다. 그 직후, 입안에 토하고 싶어질 정도로 단 맛이 퍼져 나갔다. 설탕 덩어리다.

"너무 달군요."

페르디난드는 얼굴을 찌푸리고는 우적우적 씹은 뒤에 삼켜 버렸다. 레티치아가 '이 무슨 아까운 일을'이라는 표정을 지었지만, 이 맛이 오랫동안 입안에 남아 있는 건 참을 수가 없다.

"그쪽 장난감은 어떤 물건입니까?"

페르디난드는 입안에 남아 있는 과자의 단맛을 헹궈 내기 위해서 차를 마시고, 란체나베의 장난감 쪽으로 시선을 돌렸다. 은색 통에서 끈이 튀어나와 있는 게 전부인 간소한 생김새다. 설명해 주지 않으면 어떻게 다뤄야 좋을지도 모를 장난감이다.

레티치아는 기쁘다는 것처럼 미소를 짓고는 하나를 손으로 집었다. 그녀가 통을 쥐고 끈을 당겼더니 다양한 색의 꽃잎이 확, 하고 튀어나와서는 하늘하늘 춤을 췄다.

……어떤 원리지? 마술구하고는 또 다른 것 같은데…….

"정말 아름답지 않으신가요?"

"레티치아 님, 하나쯤 제게 주실 수 있을까요? 어떻게 만들었는지 정말 관심이 가는군요."

정말 생각지도 못한 제안이었겠지. 레티치아가 "……예?"라고 중얼거리고는 난처하다는 표정을 지었다. 여러 개가 있다고 해도 페르디난드에게 주고 싶지는 않다는 생각이 얼굴에 드러나 있었다.

과자와 장난감을 보며 잠시 고민한 뒤에, 레티치아는 마음을 정했다는 것처럼 과자가 세 개 들어 있는 유리 단지와 통을 손에 들고서 페르디난드를 보며 말했다.

"저, 저기, 페르디난드 님. 저는, 이것들을 로제마인 님께 드릴 생각이었어요. ……과, 과제를 줄여 주신다면, 하나 드리도록 하겠습니다!"

마지막에는 목소리가 살짝 갈라졌다. 귀족 여성답지 않은 교섭이라는 걸 자각하고 있다는 뜻이겠지. 페르디난드는 이렇게 만든 원흉을 짐작하고는 질렸다는 표정을 지었다.

"레티치아 님, 로제마인이 대체 무슨 짓을 가르친 것입니까?"

"로제마인 님은 잘못이 없어요. 제가…… 그러니까……."

다른 영지의 영주 후보생에게 이런 교섭을 하라고 꼬드길 수 있는 사람은 로제마인뿐이다.

정말이지…… 골치가 아프군.

"좋습니다. 그 장난감 하나와 교환해서 과제를 조금 줄여드리겠습니다. 하지만, 로제마인에게 나쁜 영향을 너무 많이 받지 않도록 조심해 주십시오."

깊은 한숨을 쉬고, 페르디난드는 어쩔 수 없이 손을 내밀었다. 피후견인이 저지른 일의 뒤처리는 자신이 할 일이다. 오늘 당장이라도 비밀 방에서 답장을 써서 주의를 줘야겠다.

"페르디난드 님, 이쪽이 검열을 마친 로제마인 님의 편지와 그 답장의 초안입니다. 저, 그건 레티치아 님께서 주신……."

"저기 있는 소재 상자에 넣어 두게."

젤기우스가 말을 걸자, 은색 통을 분해해서 관찰하고 있던 페르디난드가 고개를 들었다. 이미 원래 모습을 상상조차 할 수 없는 잔해가 돼 버리기는 했지만, 레티치아에게 받은 란체나베의 장난감이다.

"마술을 사용하지 않고, 끈을 당기기만 하면 안에 있는 물건을 방출할 수 있는 것 같군. 이번에는 꽃잎이었지만 다른 물건을 넣을 수도 있다. 내용물에 따라서는 상당히 위험한 물건이 될 수도 있겠지. 이젠 필요 없으니 치워 주게."

페르디난드가 고찰한 내용을 말하자, 젤기우스는 "이것은 아름다움을 즐기는 물건입니다." 라고 말하며 서글픈 표정을 지었다. 레티치아가 좋아하던 장난감을 빼앗은 것은 물론이고, 원래 용도로 사용하지도 않고 분해해 버린 것이 문제인 모양이다. 하지만 페르디난드 본인은 처음부터 분해할 목적으로 받은 물건이다. 불만을 늘어놓건 슬픈 표정을 짓건 전혀 신경 쓰이지 않았다.

"페르디난드 님, 공주님께서 보내 주신 소재를 비밀 방에 넣어 두는 것은 좋습니다만, 조합은 정도껏 해 주세요."

"오늘은 저희가 불침번을 서는 날이 아닙니다. 불침번을 곤란하게 하는 일은 없도록 부탁드리겠습니다."

유스톡스와 에크하르트에게 '주의하겠다'라고 가볍게 대답하면서 페르디난드는 편지와 소재가 든 상자를 들고서 비밀 방으로 들어갔다.

"흠. 그렇게 새로운 정보는 없나……."

페르디난드는 상자 안에 있는 종잇조각을 차례차례 확인해 갔다. 로제마인이 보낸 편지와 답장 초안 사이에 감추는 모양새로 유스톡스와 에크하르트가 낮 동안 레티치아의 측근을 통해서 모은 정보가 적힌 종이가 있었다. 레티치아의 이야기를 보강하는 자료가 대부분이었지만, 레온치오와 라오블루트의 친교 자체는 분명해 보였다. 장례식 때의 사정 청취는 물론이고, 란체나베와의 이야기를 흥미롭게 듣고 있는 모습을 본 사람이 있는 모양이다.

……란체나베와 중앙 기사단장이라.

라오블루트가 아들지자 별궁과 관계가 있다면, 란체나베와도 뭔가 통하는 구석이 있겠지. 공주를 받아들이는 일을 위해 왕족에게 뭔가 손을 쓸 가능성도 있다.

그리고 라오블루트를 란체나베의 저택으로 안내한 사람은 게오르기네였다. 원래는 디트린데가 해야 할 역할이지만, 감정이 이끄는 대로 '불경한 범죄자를 전부 처형하라'고 명령하는 디트린데는 멀리하는 쪽이 좋다고 판단했기 때문이다. 그렇게 판단하는 것이 자연스러운 일이기는 하지만, 자꾸만 수상한 냄새가 나는 것 같은 기분이 든다.

"그냥 감이다."

그렇게 말했던 질베스타의 목소리가 페르디난드의 머릿속에서 되살아났다. 질베스타의 감은 무시할 수 없다. 감 하나만 가지고 세상을 재주껏 살아가는 듯한 구석이 있다. 가능한 게오르기네를 감시해서 정보를 얻어야만 한다. 그래야 한다는 걸 알고는 있지만, 방이 서쪽 별궁으로 옮겨지면서 힘들게 돼 버렸다. 그리고 게오르기네도 질베스타의 감에 휘둘리며 살아온 사람일 것이다. 그때, 살짝 놀란 눈치가 보였었다. 아마도 경계하고 있겠지.

……틀림없이 뭔가 일이 일어날 것이다. 하지만 무슨 일이 일어나건, '그것'만 할 수 있다면 어떻게든 왕족과 교섭할 수 있겠지.

로제마인이 만든 최고 품질의 마지를 떠올리며 페르디난드는 의자에 앉았다. 로제마인은 마력량이 많다. 자신이 개선해 준 제조법대로 만든다면, 아마도 겨울의 영지 대항전 때까지 필요한 소재를 준비할 수 있을 것이다.

……그보다 마음이 걸리는 것은, 질베스타와 제1 왕자가 흘렸던 말이다.

그 사정 청취 때, '페르디난드와 로제마인은 왕족에게 충성을 보였다' '왕명에 따랐다'고 말했다. 페르디난드 자신이 아렌스바흐와 결혼하라는 왕명에 따랐다는 것까지는 당연히 알고 있다.

그런데…… 로제마인은? 영주회의 때에 있었던 제사에 관한 이야기인가? 아니면 그것 말고도 또 무슨 일이 있었나? 영주회의 동안에 돌았던 소문대로 중앙 신전에 들어갈 생각인가?

여름의 장례식 뒤에는 에렌페스트 출신 기사들이 소동을 일으켰다는 이유로 많은 사람들이 페르디난드와 에렌페스트가 접촉하는 것을 감시하고 있었다. 질베스타와 단둘이서 비밀 이야기를 나누는 것은 꿈도 못 꿨고, 사전에 검열을 받은 편지와 답례품을 준비하는 것이 고작이었다.

그 뒤에도 페르디난드는 편지를 이용해서 은근슬쩍 사정을 알아보려고 했지만, 질베스타도 로제마인도 필요한 정보는 하나도 보내 주지 않았다. 별일이 없다면 다행이라고 생각한다. 괜한 걱정일 뿐일지도 모른다. 하지만, 안 좋은 예감이 든다.

"……이번 편지에도 게두르리히에 대한 내용이 하나도 없군. 역시 이상해."

페르디난드는 로제마인이 보낸 편지를 만져서 빛나는 잉크로 적은 것은 없는지 봤지만, 그가 바라는 답은 없었다. 뭔가를 숨기고 있다는 것은 분명하다. 그것도 페르디난드에게는 상담할 수 없는 부류의 일이.

"너의 게두르리히를 가르쳐 줬으면 한다."

페르디난드가 편지로 그렇게 물은 것은, 에렌페스트와 로제마인의 주위에 아무런 변화가 없음을 확인하고 싶었기 때문이다.

로제마인은 귀족 특유의 돌려 말하는 표현은 잘 몰라도, '게두르리히가 고향과 사랑하는 이를 가리킨다'는 점은 이미 알고 있다. 정말로 아무것도 짚이는 게 없다면, 로제마인은 '제 게두르리히는 에렌페스트고, 평민 마을 사람들이고, 제 도서관입니다. 잘 아시잖아요?'라든지 '어떤 뜻으로 게두르리히를 쓰신 건가요? 질문은 더 명확하게 해주세요'라고 답장을 보냈을 것이다.

"게두르리히에 대해 전혀 언급하지 않아서 오히려 더 수상하단 말이다. 이 어리석은 것."

이상한 쪽으로 숨겨진 뜻에 대해 열심히 생각한 결과, 페르디난드가 어떻게 반응할지 두려워져서 대답하기 곤란해졌을 것이다. 즉, 지금의 로제마인은 그렇게 열심히 생각해도 자신의 게두르리히를 명확하게 할 수 없는 상황에 빠져 있다는 뜻이다.

"지기스발트 왕자가 사정을 알고 있는 것 같다는 점을 보면, 왕족과 관련된 일인가? 어떻게 관련된 것인지는 모르겠지만, 구르트리스하이트가 목적이겠지."

왕족은 지하 서고의 고어조차 제대로 읽지 못하는 것 같았다. 그들이 조금이라도 빨리 구르트리스하이트를 손에 넣고 싶어 한다면, 어떻게든 신전에서 성전을 읽고 있는 로제마인을 끌어들이려고 할 것이다.

그것은 정말로 로제마인이 바라는 일일까. 페르디난드가 왕명을 받았던 때와 마찬가지로 궁지에 몰렸을 가능성도 있지 않을까. 로제마인의 얼굴을 보면 뭔가를 숨기고 있는지 아닌지 바로 알 수가 있는

데, 정보조차도 쉽사리 손에 넣을 수 없는 지금 상황 때문에 너무나 화가 났다.

"그게 완성되면 어떻게든 될지도 모르겠지만……."

로제마인이 무엇보다 소중히 여기고 지키려 하는 것은 무엇인가. 그걸 모른다면 자신의 움직임이 헛수고가 될 가능성도 크다고 페르디난드는 생각했다.

간단히 물어볼 수도 없는 거리 때문에 진력이 나는 기분으로, 페르디난드는 손에 들고 있던 편지를 책상 위에 던졌다. 꽤나 멀어진 것 같다는 기분이 들었다.

"어떤 사정이 있고, 뭘 숨기고 있고, 어떤 이유로 로제마인을 끌어들인 건지는 모르겠지만, 까딱하면 그 멍청이가 폭주할 것이다."

흐릿한 안개처럼 주위에 감돌고 있던 불안과 불신감이 강하고 깊고 짙게 변해 있었다. 주위의 생각들이 제대로 보이지 않는 가운데 함부로 움직이면 악수가 돼 버릴 가능성도 크다. 그렇게나 명확했던 로제마인의 게두르리히가 불투명해지고, 질베스타도 정보를 보내 주지 않고, 페르디난드 자신이 나아갈 길조차도 제대로 보이지 않게 됐다.

……겨울이 되면 라이문트를 통해서 연락할 수 있게 된다. 영지 대항전도 있고. 귀찮게 편지로 떠보는 것은 그만두고, 직접 묻도록 하자.

페르디난드는 귀찮다는 것처럼 한숨을 쉬고는, 로제마인처럼 문제 해결을 '뒤로 미뤄 버리기로 했다.

디르크와 벨트람의 세례식

수확제가 끝나면 겨울 준비를 시작한다. 이제는 익숙해진 작업이기에, 고아원도 신전장실도 프랑과 다른 사람들에게 맡겨 두면 된다. 멜키오르와 견습 청색 신관들의 겨울 준비도 신전의 시종들이 주도해서 진행하고 있다. 주인들은 봉납식 때 외에는 성에 머물기 때문에 겨울 준비를 제대로 해 두지 않았다가는 자신들만 곤란하게 되니까.

나도 겨울 준비는 신전 사람들에게 맡기고 내 준비를 했다. 페르디난드가 부탁한 마지를 만들고, 귀족원에서 도서관 스밀을 만드는 데 필요한 소재를 준비하느라 바쁘다. 아렌스바흐로 음식과 과자도 보냈다. 슬슬 지난번에 편지 답장과 함께 보낸 것들이 떨어질 때가 됐고, 지금 보내 두면 영지 대항전에서 만나게 될 겨울 끝 무렵까지는 어떻게든 버틸 수 있겠지.

……우흐흥, 이번에는 물고기로 국물을 내서 내 취향대로 바꿔 만든 아렌스바흐 요리를 보내봤어.

아렌스바흐 요리에 익숙한 사람에게는 '맛있기는 한데 이건 아니야! 가짜다!'라는 감상이 튀어 나올 수준으로 개조했지만, 그런 건 신경 안 써.

"그나저나 페르디난드 님의 공방에는 꽤나 다양한 소재들이 있네요. 굳이 채집하러 가지 않아도, 여기서 전부 준비할 수 있지 않을까요?"

내가 마지를 조합하는 옆에서 힐쉬르의 메모를 보며 소재를 꺼내고 있던 클라리사가 감탄한 목소리로 말했다. 조합을 하고 싶은 문관에게는 그야말로 보물의 산처럼 여겨지는 모양이다.

"페르디난드 님이 모은 것도 많지만, 유스톡스가 각지에서 소재를 채집해서 선물로 가지고 온 것들이 많은 모양이에요. 저는 제사를 치르기 위해서 체력 온존을 우선해야만 했지만, 페르디난드 님은 기원식이나 수확제 때에 채집하셨다는 것 같거든요."

나는 그런 이야기를 하며 시간 단축 마술을 사용했고, 조제법을 열심히 들여다보면서 조합해 나갔다. 페르디난드의 조제법은 절차도 사용하는 소재도 많아서 귀찮아.

……파박, 하고 마력을 사용해서 단숨에 가루를 흘려 넣으면 빠른데 말이야. 아으.

그렇게 귀족원에 갈 준비를 하고 있는데, 그레티아가 보낸 올도난츠가 날아왔다. 디르크와 벨트람의 세례식 의상과 견습 청색들에게 줄 의상을 확보했다는 모양이다. 구 베로니카 파벌에게서 접수한 물건 중에 아이들 의상이 없는지 물어보고, 물려줄 수 있는 의상은 없는지 찾아달라고 했었다.

"일단 입혀서 맞춰 볼 필요가 있습니다. 언제 신전으로 가져가면 될까요?"

"사흘 뒤로 하죠. 그 무렵이면 조합도 끝날 테니까요."

"쉬시는 날을 고려해서 닷새 뒤로 하겠습니다."

올도난츠를 통한 대화를 거듭해서, 닷새 뒤에 그레티아와 멜키오르의 시종이 의상을 가지고 신전에 오기로 정했다.

당일. 영주가 보내는 물건이기 때문에 견습 청색 신관들은 멜키오르의 방에서 자신에게 필요한 의상을 고르기로 했다. 첫 연회에서 입을 의상, 아이들 방에 있을 때 입을 의상, 귀족원에 가는 사람은 검은색 바탕의 의상, 기수복, 조합복 등 여러 가지가 필요하다.

"저는 고아원에서 디르크와 벨트람에게 의상을 입혀 보고 오겠습니다."

나는 그레티아와 시종들을 데리고 고아원에 갔고, 1층에 있는 세례를 치르지 않은 아이들이 사용하는 큰 방에서 디르크와 벨트람에게 의상을 입혀 보기 시작했다. 두 사람에게도 세례식 때와 성의 아이들 방에서 입을 옷이 필요하다. 그레티아는 척척 두 사람에게 옷을 입혀 보고, 옷을 분류해서 바구니 두 개에 나눠 넣었다.

"이렇게 깨끗한 옷을 받을 수 있다니, 대단하네."

"세례식에서 입을 옷인데, 너무 싸 보이고 낡은 것이 아닌가."

숲으로 갈 때 입는 여기저기 기워 붙인 옷과 신전복만 입어 봤던 디르크는 검은색에 가까운 어두운 갈색 눈을 반짝이면서 기뻐했지만, 약 1년 전까지는 기베 뷜토르의 자식으로 살아왔던 벨트람은 싫다는 것처럼 얼굴을 찌푸렸다.

"어머나, 범죄자의 자식에게는 이것도 과분할 정도랍니다. 마음에 안 든다면 스스로 장만하도록 하세요. 그렇게 해 준다면 저도 옷을 준비하는 수고가 줄었을 텐데."

"뭐?"

생각지도 못한 말을 듣고 고개를 확 돌린 벨트람에게 그레티아가 차갑게 웃어 보였다. 평소에는 앞머리에 가려져 있는 경우가 많은 청록색 눈동자에는 노골적으로 모멸하는 빛이 깃들어 있었다.

"자기 입장을 전혀 이해하지 못한 것 같군요. 아우브는 딱히 자비심이나 상냥한 마음으로 범죄자의 자식을 구원해 주신 것이 아닙니다. 장래의 귀족 숫자를 확보하기 위해서입니다. 범죄자의 자식은 역시나 불온분자라고 판단하신다면, 간신히 연좌를 면한 아이 따위는 바로 처분당합니다."

그레티아의 차가운 눈빛과 엄한 말 탓에 벨트람의 표정이 얼어붙었다. 최소한 고아원에서는 그런 말을 들어 본 적이 없었겠지. 상처받은 표정의 벨트람을 그레티아가 더 몰아붙였다.

"지금까지 이어져 왔던 연좌를 회피하는 것은 간단한 일이 아닙니다. 지금 자신이 얼마나 운이 좋은지도 모르는 자는 그저 불안 요소일 뿐입니다. 밖에 내보내기 전에 제거하는 쪽이 좋지 않을까요, 라우렌츠?"

"그레티아, 말이 너무 심해요."

나도 모르게 그렇게 말렸더니, 그레티아는 빙긋 미소를 지으며 진지한 눈빛으로 나를 보며 말했다.

"어리석은 자의 언동에 열 명 이상의 목숨이 달린 것도, 형인 라우렌츠가 제대로 가르치지 못한 것도 사실입니다. 설령 불안 요소라고 해도 죄 없는 아이를 제거할 수는 없다는 어설픈 소리를 하시려면, 자기 입장 정도는 제대로 가르친 뒤에 하셔야 합니다. 응석을 받아 주기만 하는 것은 착한 행동이 아닙니다, 로제마인 님. 이대로 가면 기껏 죄를 저지른 가족의 연좌를 모면한 목숨을, 이번에는 어리석은 아이 때문에 잃게 됩니다. 함께 아우브의 후견과 세례식을 받게 될 디르크까지 같은 벌을 받게 된답니다."

일단 구원을 받았다고 해서 영원히 그 목숨을 보장하는 것은 아니다. 그리고 그들을 고아원에 받아들인 이상, 고아원 아이들 전부가 위험하게 여겨진다. 귀족은 약 일 년 전에 들어온 아이들과 예전부터 있던 아이들을 구별하지 않는다. 그리고 견습 청색 신관으로서 열심히 노력하고 있는 아이들과 이름을 바친 자도 똑같이 취급한다. 최악의 경우에는 범죄자를 감쌌다는 이유로 또다시 신전이 멸시받게 된다. 그 가능성을 지적한 것이다. 그레티아가 "그런 것은 바라지 않으시겠죠?" 라고 말하며 가만히 쳐다보자, 나는 고개를 끄덕여 보였다.

"반지는 후견인인 아우브께서 준비해 주신다는 모양입니다. 그리고 디르크는 제가, 벨트람은 멜키오르 님의 시종이 담당할 예정입니다."

"……제거를 바라면서도 준비는 해 주시는군요. 정말 고맙습니다, 그레티아."

그레티아는 살짝 웃으면서 "세례식 당일에 입을 의상만 두고 가겠습니다. 나머지는 작년과 마찬가지로 성의 아이들 방으로 가져가겠습니다." 라는 말을 하고는 자리에서 일어났고, 바구니를 가지고 성으로 돌아갔다. 넋 나간 표정인 벨트람의 머리를 라우렌츠가 툭, 하고 건드렸다.

"벨트람. 표현이 조금 과격하기는 했지만, 그레티아가 한 말은 사실이다. 성에서 생활하게 되면 싫어도 현실이 보이게 될 거야. 고아원처럼 상냥하게 대해 주는 세상이 아니다."

그 뒤에 디르크와 벨트람은 봄부터 쓰게 될 귀족 구역의 방과 가구를 골랐다. 시종을 선택하는 것은 봄에 돌아온 뒤에 하게 된다. 콘라트는 당분간 고아원에서 견습 회색 신관으로 지내고, 몸이 성장해서 의식을 치를 수 있을 만큼 마력이 늘어나면 견습 청색 신관으로서 자기 방을 얻게 된다는 듯하다.

디르크와 벨트람은 내가 빌려준 반지로 축복하는 연습을 하거나, 발표회를 위한 페슈필 연습을 하고, 세례식에서 하는 의식의 순서와 귀족의 상하 관계를 공부했다.

다들 열심히 준비하는 사이에 가을 성인식이 끝나고 겨울 세례식도 끝났다. 평민의 제사를 마칠 무렵에는 대부분의 귀족들이 귀족가에 도착했다. 우리도 겨울 사교계 시작에 대비해서 성으로 이동했다. 시작의 연회에서 귀족 아이들의 세례식과 발표회를 치르게 된다.

당일, 나는 성의 내 방에서 리젤레타와 오틸리에의 도움을 받아 의식용 의상을 입었다. 그레티아는 디르크를 챙기기 위해 신전으로 갔고, 옷을 갈아입힌 뒤에 고아원에 있는 아이용 페슈필을 가지고 올 예정이다.

"오늘 의식을 마치면, 이 의식용 의상은 귀족원으로 가지고 가시는 거죠?"

"그래요, 오틸리에. 아우브 클라센부르크께서 양아버님께 연락을 주셔서 귀족원이 시작하면 바로 봉납식을 치르기로 했다나 봐요."

중앙 신전에서 신구를 빌리기 위해서는 봉납식 시기를 피해야만 한다. 동시에 실기에서 가호를 받는 의식을 치르는 3학년에 조금이라도 많은 가호를 받기 위해서는 가능한 빠른 시기에 제사를 경험하는게 좋다. 중앙 신전과 귀족원 교사들이 의논한 결과, 학생들의 봉납식은 귀족원이 시작한 직후에 하급, 중급, 상급으로 세 번에 나눠서 치르기로 정했다는 것 같다.

"제 사정은 완전히 무시했다니까요. 어떻게 생각하나요, 리젤레타?"

"중앙과 상위 영지에서 결정한 일을 강요하는 것은 항상 있는 일입니다. 하지만 로제마인 님의 부담을 줄이기 위해서 하급 봉납식은 샤를로테 님이, 중급 봉납식은 빌프리트 님이 치르시는 것은 어떤지 빌프리트 님이 아우브께 제안하셨습니다."

"그렇게 하면 큰 도움이 되겠네요."

의식 준비와 회의 때문에 시간을 빼앗길 게 확실하니까 강의를 열심히 따라가지 않으면 영지 봉납식 때 돌아올 수 없게 돼 버린다.

"아우브의 교섭 덕분에 영지 회의 때에 동행했던 청색 신관들이 학생의 부담을 줄이기 위해 귀족원에도 동행하게 됐습니다. 최소한 귀족원 봉납식이 끝날 때까지는 로제마인 님께 호의를 여럿 붙여드릴 수 있습니다. 정말 마음이 든든하네요."

신관장인 하르트무트, 청색 신관의 호위 기사를 맡은 코르넬리우스, 다무엘, 레오노레, 안게리카는 봉납식이 끝날 때까지 귀족원 출입이 허락됐다.

"제게는 큰 도움이 되지만, 다른 분들은 많이 힘드시겠네요. 갑자기 동행이 결정된 탓에 서둘러서 귀족원에 갈 준비도 해야 하고, 겨울의 사교 예정이 엉망이 돼 버렸다고 들었어요. 제가 없는 사이에 중앙으로 이동할 준비도 진행할 예정이었는데."

분개하는 나를 오틸리에가 쓸쓸하게 웃으면서 달랬다.

"로제마인 님, 그렇게 화내지 않으셔도 동행 허가를 받았다고 환희하는 사람도 있습니다."

"……그건 누군지 말 안 해도 알아요."

옷을 다 갈아입었더니 그레티아한테서 올도난츠가 날아왔다. 디르크와 벨트람은 물론이고, 견습 청색 신관들도 성에 도착했다는 것 같다.

"새로운 에렌페스트의 아이들을 맞이하라."

단상에서 내 곁에 서 있는 하르트무트가 그렇게 말하자, 문이 활짝 열리고 귀족이 될 아이들이 입장했다. 열두 명의 아이들 속에서 디르크와 벨트람은 제일 뒤에서 걷고 있었다.

이 자리에서 세례식을 치르는 아이는 여섯 명이다. 하르트무트가 신화 이야기를 하고, 신분이 낮은 사람부터 마력을 등록했다.

"디르크."

이름을 부르자 디르크가 긴장한 얼굴을 하고서 앞으로 나왔다. 나는 디르크에게 마력 검사 마술구를 내밀었다. 디르크는 마술구 막대를 손으로 잡아서 빛나게 했다. 박수 소리가 터져 나왔다. 한심한 표정을 지은 디르크에게 빙긋 웃어 보이고, 나는 메달을 집어서는 마술구에 도장을 찍는 것처럼 꾹 눌러서 등록했다.

……뭐야, 이거?

마력을 등록했는데 색이 거의 달라지지 않았다. 엄청나게 희미한 색으로 모든 색이 있는 것 같기도 하고 없는 것 같기도 한, 이상한 느낌이다. 굳이 말하자면 바람 속성이 강한 것 같기도 하고.

……이런 때는 어떻게 해야 좋지?

나도 모르게 이 자리에 있을 리가 없는 페르디난드를 찾으려고 고개를 돌렸다가 하르트무트와 눈이 마주쳤다. 조금 어색하다.

그런 내 눈빛을 알아차리지 못했는지, 하르트무트는 가까이 다가와서 메달을 들여다봤다. 그리고 나처럼 알 수 없다는 얼굴로 "바람의 가호는 있는 것 같군요." 라고 중얼거렸다. 일단 바람의 가호가 있는 것 같다는 정도는 나도 알고 있다.

……하르트무트도 모르나 보네.

아무리 생각해 봤자 답이 나올 리가 없으니까, 나는 디르크 쪽을 보면서 미소를 지었다.

"바람의 가호가 있습니다. 신들의 가호에 걸맞은 행실을 명심한다면, 보다 많은 축복을 받을 것입니다."

조금 이상한 일이 발생하기는 했지만, 메달에 마력을 등록하는 자체는 무사히 마쳤다. 하르트무트가 관리하기 위해서 상자에 넣었다. 등록을 마치자 질베스타가 마술구 반지를 들고서 무대로 올라왔다.

동시에 큰 홀 안이 술렁거리기 시작했다. "저게 구 베로니카 파벌의 아이인가." "연좌를 면한 아이다."라고 수군거리는 소리가 들려오기 시작했다. 귀족들이 연좌를 면한 아이들을 어떻게 생각하는지, 그레티아가 말했던 성의 현실을 똑똑히 보여주고 있었다.

그런 주위의 목소리를 완전히 무시하고, 질베스타는 디르크에게 반지를 내밀었다.

"신과 모든 사람이 인정한 디르크에게 반지를 선물한다. 부모가 없으니 내가 후견인이 된다. 따라서 가문의 격이 아니라 네 마력량에 따라서 계급을 정한다. 새로운 중급 귀족이 탄생했다. 축하한다, 디르크."

"진심으로 감사드립니다, 아우브 에렌페스트."

디르크는 긴장한 기색을 전혀 찾아볼 수 없는 웃는 얼굴로 정중하게 감사 인사를 하고는, 왼손 가운데 손가락에 끼워진 빨간 마석이 박힌 반지를 봤다.

"디르크에게 땅의 여신 게두르리히의 축복을."

내가 축복을 보내자, 디르크도 연습한 대로 축복을 돌려보냈다. 푸근한 빛이 떠올라 나한테 전해졌다.

짝짝, 드문드문 치는 듯한 박수 소리가 들려왔다. 지금까지 경험한 세례식들과 달라서, 아무래도 거부하고 있는 듯한 분위기가 피부로 느껴졌다. 가슴 속에 불안이 스멀스멀 퍼져 나갔지만, 어쨌거나 디르크의 세례식은 끝났다.

"벨트람."

흠잡을 곳을 찾으려는 듯 빤히 쳐다보는 귀족들의 시선 속에서 벨트람도 디르크와 마찬가지로 앞으로 나와서 마력을 등록했다. 벨트람은 평범하게 색이 변했다.

디르크 때는 무슨 일이 일어났던 걸까. 같은 신식이지만, 내가 등록하던 때와는 분명하게 달랐다. 하지만 나는 색이 완전한 전속성이었으니까, 내가 이상한 건지도 모른다.

"물과 불의 가호가 있습니다. 신들의 가호에 걸맞은 행실을 명심한다면, 보다 많은 축복을 받을 것입니다."

벨트람의 마력 등록이 끝나자, 또 질베스타가 반지를 가지고 왔다. 이번에는 파란 마석이 박혀 있다. 아무래도 벨트람은 여름에 태어난 모양이다.

"신과 모든 사람이 인정한 벨트람에게 반지를 선물한다. 부모가 없으니 내가 후견인이 된다. 따라서 가문의 격이 아니라 네 마력량에 따라서 계급을 정한다. 새로운 중급 귀족이 탄생했다. 축하한다, 벨트람."

"진심으로 감사드립니다, 아우브 에렌페스트."

벨트람은 그렇게 말하며 한쪽 무릎을 꿇고는, 질베스타를 향해서 두 손의 손바닥을 위쪽으로 해서 내밀었다. 질베스타는 뭘 하려는 것인지 바로 이해했는지 몸을 살짝 굽혀서 손을 내밀었다. 벨트람은 그 손을 자기 두 손으로 공손하게 잡고는, 질베스타의 손등에 자기 이마를 댔다.

단상에서 영주에 대해 최고의 감사를 바치는 벨트람의 모습에 귀족들의 수군거리는 목소리가 잠깐 멈췄다.

그 뒤에 다른 아이들의 세례식을 마치고, 페슈필 발표회를 했다. 하급 귀족부터 시작했고, 중급 귀족에서 디르크와 벨트람이 순서대로 연주했다. 디르크는 연습 시간이 적었던 것치고는 잘 연주한 것 같았다. 벨트람은 역시 제대로 교육을 받은 귀족 아이라는 사실을 잘 알 수 있는 훌륭한 연주였다.

발표회가 끝나자, 하르트무트의 마무리 발언을 끝으로 신전장과 신관장은 일단 퇴장한다. 나는 신전장의 의식용 의상에서 사교용 의상으로 갈아입고서 식당으로 갔다. 귀족원에 입학하는 신입생들에 대한 수여식을 마친 영주 일족과 같이 점심식사를 하고, 다시 큰 홀로 향했다. 오후는 사교 시간이다.

사교 자리에서는 '중앙 신전으로 가시나요?'라는 질문을 많이 받았고, 에스코트해 준 빌프리트가 '그런 일은 없습니다'라는 말로 귀족들을 쫓아내는 모습이 눈에 띄었다.

귀족들과 한바탕 인사를 나눈 뒤에, 나는 구 베로니카 파벌 아이들에게 "올해도 귀족원에서 열심히 해요."라고 인사하며 돌아다녔다. 음식을 꽤나 게걸스레 먹는 귀족들 몇 명이 눈에 띄었다. 몇 년 전이라면 모를까 이제는 그렇게 신기하지도 않은 음식인데, 이렇게 많은 사람이 모여서 음식에 몰두하고 있는 모습이 신기했다.

……이상한 사람들이네.

"아마도 중앙에서 귀성하라는 명령을 받은 귀족이겠죠. 겨울 중반에 귀환했을 때, 시간을 내서 인사를 나눌 예정입니다."

내 시선을 눈치 챘는지 하르트무트가 작은 소리로 가르쳐 줬다. 주목을 받고 있으니까 지금은 말을 걸지 않는 쪽이 좋다고 해서 나는 그 사람들한테서 시선을 돌렸다.

"로제마인 님."

디르크의 목소리에 나는 고개를 돌렸다. 디르크 옆에는 그레티아와 벨트람이 있었고, 그 가까이에는 신전에서 자주 봤던 사람들이 있었다. 아마도 견습 청색 신관들을 중심으로 교류의 폭을 넓혀 가고 있는 모양이다. 새롭게 1학년이 되는 견습 청색 신관은 수여식에서 받은 영지의 망토와 브로치를 벌써부터 착용하고 있었다. 칼스테드의 제2 부인 소생인 니콜라우스도 새로운 망토다.

"디르크, 이렇게 귀족들이 많은 곳에서 로제마인 님께 함부로 말을 걸어서는 안 된다. 원래는 로제마인 님이 먼저 말을 걸어 주시기를 기다려야 하는 거라고."

벨트람이 디르크의 팔을 잡아당기면서 귀족 사회의 규칙을 가르쳐 줬다. 그 말을 들은 디르크는 "죄송합니다, 로제마인 님." 이라면서 나한테 사과했다. 나는 디르크에게 빙긋 웃어 보인 뒤에 벨트람 쪽을 보며 말했다.

"벨트람, 정말 훌륭했어요. 눈에 보이는 형태로 아우브께 감사를 표한 덕분에, 한순간이나마 귀족들의 목소리가 멈췄잖아요."

벨트람은 말문이 막힌 것 같은 얼굴이 되더니 시선을 살짝 돌렸다. 아마도 쑥스러워하고 있다. 라우렌츠는 걸핏하면 '무릎을 꿇고 감사할까요?'라고 말하는 성격인데, 형제지만 성격은 꽤나 다른 것 같다.

"벨트람, 이 뒤에는 그레티아와 함께 디르크가 큰 실수를 하지 않도록 지켜봐 주세요."

"너무나 큰 역할을 맡기지는 말아 주세요, 로제마인 님."

귀족의 상식을 모르는 디르크의 감시는 정말 힘든 일이겠지. 벨트람은 싫다는 것 같은 얼굴로 디르크를 돌아보았다. 하지만 디르크에게 자잘한 것까지 가르쳐 주는 벨트람의 모습에서 왠지 생기가 느껴졌다. 고아원에서 지내던 때보다는 우호적으로 보여서 마음이 놓였다.

"벨트람은 괜찮아 보이네요, 그레티아."

"안심하시기에는 아직 이릅니다, 로제마인 님."

아이들에게 향하는 시선과 말을 통해서 구 베로니카 파벌 귀족이 얼마나 힘든 입장에 처해 있는지를 뼈저리게 느끼며, 겨울 사교계가 시작되었다.

겨울의 아이들 방과 귀족원의 시작

겨울 사교계가 시작되면 미성년자는 아이들 방에서 지내게 된다. 예년과 마찬가지로 나는 처음 보는 아이들의 인사를 받고, 공부와 게임을 진행했다. 구 베로니카 파벌 아이들이 따돌림이나 괴롭힘을 당하지 않도록 신경을 쓰면서.

귀족원에 갈 나이인 아이들은 숙청 기간을 귀족원에서 같이 보낸 탓인지, 아니면 정신없이 상황이 달라지는 속에서도 귀족원에서는 변함없는 분위기를 유지해야겠다고 생각하는지는 모르겠지만 구 베로니카 파벌에게도 격의 없이 대하고 있다.

거기에 이끌렸는지, 귀족원에 입학하지 않은 아이들에게서도 삐걱거리는 분위기는 느껴지지 않았다. 다 같이 게임에 열중하거나, 공부 시간에는 우수한 성적을 내서 과자를 받으려고 필사적이었다.

"좀 더 분위기가 나빠질 거라고 생각했는데, 생각보다 분위기가 좋군요."

"음. 샤를로테가 로제마인이 없어졌던 무렵의 아이들 방처럼 될지도 모른다고 걱정했었는데, 그런 일은 일어나지 않았어."

영주 부부는 사교로 바쁘기 때문에 함께 저녁 식사를 하는 인원은 아이들뿐이다. 그래서 저녁 식사를 마친 뒤에는 아이들 방에 대한 반성점이나 귀족원에서 어떻게 할지에 대해 천천히 이야기하는 자리를 갖게 된다. 기탄없이 의견을 주고받기 위해 범위 지정 도청 방지 마술구를 사용했다.

샤를로테와 빌프리트는 아이들 방의 분위기가 나빠지지 않았다고 안도했다. 멜키오르는 즐거운 아이들 방이 됐다고 기뻐하는 것 같고.

"어른들의 파벌 싸움에 말려드는 것은 영지에 있는 기간뿐이고, 귀족원에서는 다른 영지에게 이기기 위해 서로 협력하자는 분위기가 생긴 것 같습니다. 그 분위기를 이대로 유지했으면 좋겠습니다."

"그 감각을 지닌 채 성인이 되고, 에렌페스트 내부의 세력 싸움보다 다른 영지와의 관계를 생각할 수 있는 귀족으로 키워 가야만 하겠군요."

샤를로테가 말하자 빌프리트도 고개를 끄덕이면서 멜키오르에게 시선을 보냈다.

"내가 놀란 것은 멜키오르가 아이들을 생각보다 잘 이끌고 있다는 점이다. 작년에는 숙청 때문에 북쪽 별채에 격리돼 있어서 걱정했었는데, 올해는 아이들 방을 문제없이 이끌어 갈 수 있겠군."

"형님, 그것은 신전의 고아원에서 다른 아이들과 게임을 하거나 이야기를 하면서 지낸 덕분이라고 생각합니다. 사람 숫자는 조금 많지만, 크게 다를 것은 없으니까요."

멜키오르는 빙긋 웃으면서 말했다. 본인이 말한 대로 고아원에서의 경험이 도움이 된 것 같다. 자기가 게임에 몰두하는 게 아니라, 가끔씩 주위를 확인할 수 있는 사람이 됐다.

"제가 걱정하는 것은 올해 1학년의 학습 진도입니다. 작년에는 아이들 방에서 공부할 기회가 거의 없었잖아요? 괜찮을까요?"

이론 공부는 그 전부터 해 왔으니까 크게 문제 될 것이 없다. 모두가 좋은 점수를 받을지는 조금 미묘하지만, 첫날에 합격할 수는 있다. 하지만 페슈필 연습이 부족하다는 점이 눈에 띄었다. 작년의 1학년과 비교하면 하급 귀족과 중급 귀족의 차이가 현저했다.

"언니, 여기서 걱정해 봤자 소용없는 일이죠. 저희 악사가 있는 동안에 조금이라도 연습을 도와주게 하고, 각각의 학습 진도를 잘 확인해서 대응하도록 하죠."

샤를로테가 그렇게 말하자 빌프리트는 "학습 진도를 개별적으로 확인한단 말이지……. 1학년 때의 악몽이 되살아나는군." 이라고 중얼거리고는, 나한테 폭주하지 말라고 주의를 줬다.

……도서관이 걸려 있는 문제도 아닌데 폭주할 리가 없잖아, 그런 말은 실례야.

"저는 디르크나 벨트람이 잘 적응할 수 있을지 걱정했었는데, 두 사람 모두 괜찮은 것 같아서 안심했습니다."

디르크도 벨트람도 고아원에서 카루타와 트럼프를 해 봤기 때문에 게임에서 이기고 과자를 받으면 기뻐했다. 우리가 보고 있기 때문이기도 했겠지만 노골적으로 멸시당하는 일은 없었고, 잘 적응한 것처럼 보였다.

하지만 디르크는 귀족이 되겠다고 결심한 지 반년 정도밖에 안 됐다. 카루타나 트럼프에서는 이길 수 있어도 역사나 지리에 관한 지식이 상당히 부족하고, 페슈필 연습도 열심히 해야 한다. 무엇보다 귀족으로서의 상식을 배우는 것이 중요한 과제다.

벨트람은 여러 각도에서 자신의 상황을 다시 생각해야만 한다. 숙청만 없었다면 상급에 가까운 중급 귀족이었겠지만, 지금은 고아로서 세례식을 치른 중급 귀족이다. 중급 귀족 중에서도 가장 아래쪽이다. 이 차이는 크다. 세례식을 마친 지금은 라우렌츠를 형이라고 부를 수도 없다. 자신의 입장 때문에 당혹스러워하고 있다는 게 눈에 보였다.

"아우브의 후견을 받아 고아원 출신으로 세례식을 치른 귀족은 처음입니다. 어느 정도 불리한 점은 어쩔 수 없겠지만, 너무 큰 불이익을 당하지 않도록 멜키오르가 아이들 방에서 잘 신경 써 주세요."

"예, 로제마인 누님."

성의 구 베로니카 파벌 아이들 방에서 묵고 있는 견습 청색 신관들도 큰 문제는 없는 것 같다. "자기 시종이 있는 신전 쪽이 더 편하기는 하지만, 그래도 괜찮습니다." 라고 견습 청색 무녀 중 한 사람이 말했다. 수확제라는 긴 여행을 거치면서 주종간의 관계가 깊어진 것 같다. 그러다 보니 떨어져 지내면 조금 쓸쓸한 것 같고. 나도 서로 마음이 통하는 프랑 일행과 떨어지면 쓸쓸하니까, 그 기분은 이해한다.

"구 베로니카 파벌에게 원한을 품고 있는 사람이나 아이들에게 험하게 대하는 사람이 아이들 방 시종으로 배치되지만 않으면 좋겠는데 말이죠. ……임명한 분은 어머님이셨죠? 샤를로테는 아이들이 묵는 방에 배정된 시종이 어떤 사람인지 알고 있나요?"

"괜찮아요, 언니. 제가 귀족원에 가게 되니까 제 성인 시종을 두고 갈 예정이에요. 걱정하실 필요 없어요."

갓 태어난 아이 곁에 있어야 하는 플로렌치아 대신에 샤를로테가 자기 시종을 붙여 준 모양이다. 그렇다면 마음이 든든하지.

"아, 그렇지. 샤를로테, 대장장이에게 주문했던 물건이 왔어요."

"벌써 완성됐나요? 정말 기뻐요, 언니."

문장이 들어간 동전 같은 펜던트 톱이 완성됐다. 물론 샤를로테에게 선물할 것이고, 둘이서 디자인을 생각한 물건이니까 동전처럼 심플한 물건도 아니다. 내 문장 주위에 부조로 샤를로테의 문장과 가호를 받고 싶은 신의 기호를 새겨 넣었기 때문에, 꽤나 호화로운 물건이 됐다. 섬세하고 세밀한 장식은 요한의 특기라서 상당히 훌륭하게 완성됐다.

신들의 기호 부분에는 작은 마석을 넣을 수 있는 구멍이 뚫려 있어서 샤를로테가 직접 마석을 넣을 수 있다. 방어용이 아니라 신들의 가호를 받기 위한 부적으로 사용하려면 자신의 마석을 사용하는 쪽이 마력이 더 잘 통하고 기도가 잘 전해지는 듯하는 기분이 든다는 모양이다.

"로제마인 누님, 무슨 이야기인가요?"

"샤를로테가 떨어져 있어도 자매의 유대를 알 수 있는 물건이 있었으면 좋겠다고 부탁해서, 전속 대장장이에게 제 문장이 들어간 펜던트 톱을 만들게 했어요."

"제 것은 없나요?"

멜키오르가 슬프다는 것처럼 어두운 표정으로 나를 쳐다봤다. 그런 얼굴로 쳐다보면 곤란하다고.

"떨어져 있어도 자매라고 생각할 수 있는 징표가 필요하다는 샤를로테의 마음이 기뻐서 만들게 했어요. 귀족의 상식에 따르면 다른 영지로 가면 남이 되는데, 아우브와의 양자 결연도 해소되면 더더욱 그렇게 되겠죠. 떨어져 있어도 언니라고 생각해 달라는 의미인데, 제가 강요한 물건은 아니잖아요?"

뭔가를 선물하려고 해도 '떨어지면 남이 아닙니까'라고 당연하다는 얼굴로 말해 버릴지도 모른다. 샤를로테처럼 직접 '갖고 싶다'고 부탁한다면 모를까, 내가 먼저 자매의 증표를 선물할 수는 없다.

"저는 로제마인 누님을 존경하니까, 떨어지면 쓸쓸해질 것 같습니다. 저도 증표가 있으면 좋겠습니다."

"멜키오르가 그렇게 생각해 준다면 만들게 할게요. 지금 바로 주문하면 요한이 겨울 동안에 만들어 주겠죠."

아직 눈이 그렇게 많이 쌓이지 않은 지금이라면 요한에게 주문이 전해질 것이다. 겨울에는 밖에 나갈 수 없으니까 시간 여유가 있다는 이야기를 들은 적도 있고, 지금 일을 주는 쪽이 요한도 우울한 생각을 잊을 수 있겠지.

내가 흔쾌히 받아들이자 멜키오르가 환하게 웃었다. 내가 샤를로테의 디자인을 설명하고 멜키오르를 위한 펜던트 톱을 둘이서 생각하며 디자인하고 있었더니, 옆에 있는 빌프리트도 뭔가를 그리기 시작했다.

"난 이런 게 좋다, 로제마인."

"……예? 빌프리트 오라버니도 저와의 뭔가가 필요하신 건가요?"

나를 잘 따르던 샤를로테나 멜키오르라면 모를까, 빌프리트는 약혼하는 것도 엄청나게 싫어했고 심한 말도 잔뜩 했었는데. 이제 와서 나와의 인연을 증명하는 뭔가를 원하는 의미를 모르겠다. 내가 불만이라는 표정을 보였더니, 빌프리트가 살짝 떨떠름한 표정을 지었다.

"남매 관계라면 상관없다. 나는 요즘 들어 그 점을 뼈저리게 실감하고 있어."

빌프리트의 날카로운 분위기가 깔끔하게 사라져 있었다. 하고 싶은 말을 전부 내뱉은 덕분에 날카로운 칼날 같은 사춘기를 넘긴 걸까.

솔직히 말해서, 어째서 태도가 이렇게 달라졌는지 영문을 모를 지경이다. 우리는 약혼자다운 일이라고는 무엇 하나 한 게 없기 때문에 약혼하기 전에도, 약혼 중에도, 약혼 취소가 결정된 뒤에도 내 의식은 딱히 달라지지 않았다. 그런데, 빌프리트는 태도가 크게 달라졌다.

"약혼 취소가 결정된 뒤로 빌프리트 오라버니의 대응이 꽤나 달라지셨는데, 약혼자와 남매가 그렇게나 다른 건가요?"

"전혀 다르지 않은가. ……아아, 혹시 너는 아직도 모르는가? 으음, 성장하면 언젠가 알게 될 것이다. 나도 막 약혼했을 때는 그 차이를 몰랐으니까."

"지금은 아시는 건가요?"

"그래. 남매와 약혼자는 완전히 다른 것이고, 너와 나는 늦건 이르건 같은 결과를 맞이했을 것이다. 나는 도저히 견딜 수가 없었다."

내 머리부터 발끝까지 쓱 훑어본 뒤, 빌프리트는 우월감이 가득한 웃는 얼굴로 "로제마인도 빨리 성장하면 좋겠군."이라고 말했다. 그리고는 자신이 원하는 디자인을 내밀었다. 뭔가 정말로 깨달음을 얻은 듯한 얼굴이다. 빌프리트가 먼저 성장했다는 것 때문에 조금 원통하다고 생각하면서, 나는 디자인 그림을 받았다.

아…… 하지만 이 무의미한 멋에 집착하는 구석은 하나도 성장하지 않았네.

다음날, 나는 바로 플랑탱 상회에 요한에게 발주를 넣어 달라는 편지를 보냈다.

그리고는 귀족원으로 출발하는 날까지 저녁 식사 때에 이야기를 나누면서 아이들 방의 상황을 확인하고, 귀족원 예습을 하고, 귀족원 공동 연구에서 할 봉납식의 순서에 대해 의논하면서 하루하루를 보냈다.

4학년이 출발하는 날, 나와 빌프리트는 귀족원으로 이동했다.

"이쪽에서 쉬도록 하십시오, 로제마인 님. 저는 그레티아와 함께 방을 정돈하도록 하겠습니다."

리카르다 대신 성인 시종으로서 귀족원에 같이 와 준 사람은 리젤레타다. 올해는 상급 귀족인 브륀힐데가 아직 내 측근으로 들어와 있으니까 왕족이나 상위 영지와의 교섭을 맡길 수 있고, 영지에 남게 되는 클라리사를 제어하기 위해서 오틸리에를 에렌페스트에 남겨 둬야만 했다 보니, 나와 함께 중앙에 가기 위해서는 얼굴을 알려 둘 필요도 있다는 이유 때문이다.

"리젤레타, 봉납식 때문에 마지막에 오게 될 하르트무트 일행의 방도 준비할 수 있는지 확인해 주세요."

"알겠습니다."

리젤레타와 그레티아가 짐을 정리하러 가자, 브륀힐데가 다목적 홀로 안내해 줬다. 영주와 약혼한 브륀힐데가 내 측근으로 활동하는 것은 귀족원 한정이다. 성에서는 서쪽 별채에 방을 받아서 영주 일족에 준하는 대우를 받고 있다. 그래서 영주의 허가가 없으면 북쪽 별채에 들어갈 수도 없게 되어 얼굴을 보는 일도 거의 없어졌다. 나는 오랜만에 브륀힐데가 내린 차를 마시면서 이야기를 나눴다.

"브륀힐데, 그레첼은 어떤가요?"

"영주 일족의 측근들께서 협력해 주신 덕분에 아주 깔끔해졌습니다. 클라리사의 광역 마술 모조 마법진은 정말 훌륭했습니다. 가을에는 곳곳의 목공 공방에서 차례로 짐이 도착해서는 순식간에 건물에 문과 창문을 만들었습니다. 마차가 잔뜩 오가는 광경을 보면서 아버님이 상업 지구를 넓게 만들기를 정말 잘했다고 가슴을 쓸어내리셨답니다. 올 겨울에는 각 상점들이 내부를 정리할 예정입니다. 봄에는 많은 상점들이 생기겠죠."

장인들과 지시를 내리는 상인들이 차례로 찾아오고, 거기에 따라 주변에서 겨울을 나기 위한 물자들이 계속 들어온다. 갑자기 인구가 늘어난 덕분에 그레첼은 엄청나게 떠들썩했다는 모양이다.

"그리고 브륀힐데의 동생 베르틸데 말인데요, 저는 어떻게 대하면 좋을까요?"

"베르틸데는 로제마인 님의 시종이 되는 것을 기대하면서 엘비라 님을 섬겨 왔습니다. 올 겨울만이라도 측근으로 받아 주신다면 감사하겠습니다."

이동하기 전까지의 짧은 기간이 되겠지만, 견습 시종으로서 날 섬기게 했으면 좋겠다는 게 언니인 브륀힐데의 답인 모양이다. 나는 바로 승낙했다.

"브륀힐데가 베르틸데를 가르칠 거죠? 그렇다면 멜키오르의 측근도 같이 데리고 다녀 주면 안 될까요? 멜키오르의 학생 측근을 제가 맡기로 했지만, 그래도 제 방에 들일 수는 없잖아요? 하다못해 상위 영지와의 다과회 교섭이나 준비처럼 실제로 봐야만 알 수 있는 것들을 볼 수 있는 기회만이라도 만들어 줬으면 싶어요."

에렌페스트 학생들 중에서 상위 영지와의 교섭을 가장 많이 경험한 사람은 브륀힐데다. 졸업하기 전까지 최대한 후임을 키워 줬으면 싶다.

"알겠습니다. 에렌페스트의 장래를 위한 일입니다. 최대한 열심히 하겠습니다."

브륀힐데는 플로렌치아를 통해서 아렌스바흐의 천을 받았다는 사실을 가르쳐 주면서 제1 부인의 체면을 세워 준 내 판단을 칭찬했다.

"세대교체를 해야겠다고 생각하는 때에 라이제강계 노인들이 설쳐도 큰일이고, 플로렌치아 님의 체면을 세워드리는 것이 약혼했을 때 아우브와 맺었던 약속이니까요. 로제마인 님께서 제가 아니라 플로렌치아 님의 체면을 세워 주셔서 정말 다행이었습니다."

플로렌치아와 브륀힐데는 같은 파벌에 속해 있다. 기껏 여성 파벌이 정리되었는데 이 시기에 파벌을 또 나눠서는 안 된다는 모양이다.

"사교에 대해 잘 모르는 저는 큰 도움이 안 되겠지만, 이동한 이후의 에렌페스트에 최대한 영향이 없도록 도와드릴게요."

"감사합니다. 하지만 돕는 것은 시종인 제 일이랍니다, 로제마인 님."

브륀힐데가 후훗, 하고 웃고는 살짝 뒤로 물러났다. 그 다음으로 다가온 사람은 뮤리엘라였다. 엘비라에게 이름을 바치고 인쇄업을 위해서 바쁘게 일하고 있다는 이야기를 들었다. 뮤리엘라도 귀족원 한정 측근이다.

"로제마인 님, 귀족원에서는 또다시 잘 부탁드리겠습니다."

"저야말로 잘 부탁드려요, 뮤리엘라. 인쇄업 쪽은 어떤가요?"

"적은 마력만으로도 움직이는 전이진을 사용해서 각지에서 견본만이라도 성으로 보낼 수는 없는지 문관들이 열심히 궁리하고 있습니다. 시험 인쇄한 책을 확인하는 데 몇 번이고 사용하다 보니 열화가 심한 점과, 마력을 조금이라도 더 절약하는 것이 과제입니다."

조금이라도 빨리 나한테 새로운 책을 전해 주기 위해서 가장 먼저 견본을 보내는 제도를 만들 수는 없는지 엘비라가 제안하고 열심히 노력하고 있다는 듯하다.

……어머님!

"힐쉬르 연구실의 라이문트에게 개선에 관한 조언을 받거나, 뮤리엘라가 함께 연구하면 좋을 것 같아요. 저는 올해는 도서관 마술구를 만드느라 바쁠 것 같습니다."

나는 감격하면서 뮤리엘라에게 라이문트와의 공동 연구를 권했다.

다음날은 샤를로테가 찾아왔고, 테오도르도 측근으로서 합류해서 퀼른베르거에 머물고 있던 구텐베르크들의 이야기도 들려줬다.

2학년이 도착하고 한숨 돌렸으니 이번에는 강의에서 사용할 소재를 채집해야 한다. 고학년 중에는 이미 소재를 채집하러 간 견습 기사들도 있지만, 견습 문관이나 시종들은 아직 가지 않았다. 위험 부담이 적도록 모두 함께 갈 예정이다.

기수를 타고 기숙사에서 출발했다. 조수석에 타고 있는 견습 호위 기사는 유디트다. 밖에 나왔더니 상공에 빛나는 선이 보였다. 영주회의 때에 보였던 마법진이다. 대체 무슨 마법진인지 궁금해졌고, 나는 마법진의 전체 모습을 보기 위해서 기수의 고도를 높였다.

"로제마인 님, 어디까지 올라가시려는 건가요?"

유디트가 이상하다는 얼굴로 묻는 목소리를 듣고서야 나는 정신이 번쩍 들었다. 곤혹스러워하는 견습 기사들의 기수가 쫓아오는 모습이 보였다.

"사실은 더 높이까지 올라가고 싶지만, 여러분이 걱정하실 테니까 그만 내려가도록 하죠."

나는 채집 장소에 도착해서 기수에서 내리고는, 일부 지역에 슈첼리아의 방패를 쳤다.

"저는 위험한 일이 일어나지 않게 방패를 쳐 드릴 뿐입니다. 제사에서 신들의 가호를 받을 수 있도록 채집 장소의 재생은 여러분들이 직접 해 주세요. 영주회의 때에 귀족원에 왔던 어른들이 회복시켜 주셨으니까 여러분도 할 수 있습니다."

다른 영지의 학생들은 스스로 신께 기도를 바쳐서 회복시키고 있으니 똑같이 한다면 장래에는 에렌페스트의 학생들만이 받을 수 있는 가호의 숫자가 적어질지도 모른다. 그리고 내년에는 내가 없어지니까 학생들의 능력만으로 어느 정도까지 회복할 수 있는지 확인해 두고 싶다. 제사에 관해서는 일단 지금은 에렌페스트가 한 걸음 앞서고 있으니까, 앞으로도 열심히 해 줬으면 싶다.

"회복약을 만들기 위한 소재는 많이 채집해 두는 게 좋아요. 봉납식도 있으니까 예년보다 많이 필요할 겁니다."

회복약을 만들기 위한 소재를 잔뜩 채집한 필린느가 기합이 들어간 얼굴로 채집 장소 회복 의식에 참가했다. 내가 축사를 가르쳐 주고, 원을 그리며 선 학생들이 복창하면서 플류트레네에게 기도를 바쳤다. 영주회의 때와 마찬가지로 채집 장소가 회복되어 갔다. 하급 귀족이나 저학년 아이들이 중간에 지면에서 손을 떼고 이탈했지만, 채집 장소는 무사히 회복됐다.

"저는 조금 마음에 걸리는 것이 있어서 기수를 타고 상공에 올라가서 확인하고 오겠습니다. 빌프리트 오라버니와 샤를로테는 다른 사람들을 이끌고 먼저 기숙사로 돌아가세요."

"언니는 뭘 확인하시려는 건가요?"

"……왕족과 관계된 일이라서 비밀이에요."

"알겠습니다. 조심하세요."

다른 사람에게는 보이지 않는 마법진이다 보니 설명해 봤자 의미가 없다. 나는 기수에 올라타고서 상공으로 향했다. 마력 선이 있는 부분을 넘어서 높이, 더 높이 날아 올라갔다.

"로제마인 님, 어디까지 가시는 건가요?"

"귀족원을 한눈에 볼 수 있는 높이까지요. 조금만 더 가면 돼요, 유디트."

이렇게 높은 곳까지는 올라와 본 적이 없다고 움찔거리고 있는 유디트에게 목적지를 말했다. 나는 상공에서 귀족원을 내려다봤다. 눈이 쌓여 하얗게 물든 귀족원 부지를 뒤덮는 것처럼 신들의 귀색으로 그어진 선들이 마법진을 이루고 있었다. 마법진 끝에는 운해(雲海)가 보일 뿐이다. 뭐라고 할까, 마법진에 맞춰서 귀족원을 만들어 놓은 것처럼 보이기도 했다.

……선별 마법진이다.

귀족원을 덮고 있는 마법진은 신전장의 성전 앞부분이나 봉납식 무대에 나타났던 것과 같은, 왕을 선별하기 위한 마법진이었다. 전체적인 형태는 영주회의 때와 다를 게 없는 것처럼 보였다. 사당을 돌면서 마법진을 만들어 낸 내가 귀족원에 없었으니까 당연한 일일 수도 있지만, 그렇다고 시간이 지나면 사라지는 것도 아닌 모양이다.

……사당에서 마력을 바치고 열심히 기도를 해서 나온 마법진이니까, 왕의 선별과 관계가 있는 건 틀림없는데……. 왕의 양녀가 돼서 왕족으로 등록하면 이것도 변화하려나?

성전에는 자세한 내용이 없고, 마법진이 나타났다고 성전의 내용이 바뀌지도 않았다. 지하 서고에 있는 서책들에도 그다지 자세한 내용은 없었다. 어쩌면 아직 못 읽은 부분에는 있을지도 모르지만, 그곳의 기록은 왕이 되기 위해 고생한 사람들이 '나도 고생했으니까 너도 고생해라'라는 느낌의 쌀쌀맞은 힌트밖에 없었다.

……마법진을 작동시키는 데 필요한 건 마력이니까, 이 위에서 축복을 뿌리면 작동하려나? 아니면 마력을 잔뜩 담은 커다란 마석을 떨어트린다든지? 아냐, 아무리 그래도 귀족원 전체에 마력을 골고루 뿌리는 건 힘들 테고, 마석을 떨어트리면 위험하겠지. 음…….

어떻게 이 마법진을 기동시켜야 좋을지 생각해 봤지만, 좋은 생각은 떠오르지 않았다.

……기도를 바쳐서 나온 마법진이니까, 발동하는 데도 기도가 필요한 걸까? 다시 한 번 사당 순례를 해 볼까? 아니면, 어딘가 사당 말고 다른 기도하는 곳이 있던가? 내가, 꽤나 여러 곳에서 기도를 했으니까…….

이 마법진이 나타난 뒤에 강당에서 영주회의 봉납식을 했지만, 딱히 아무런 일도 일어나지 않았다.

"뭔가 알아내셨나요, 로제마인 님?"

"보인 건 있지만, 그 다음을 생각해 봐도 잘 떠오르지 않으니까 기숙사로 돌아갈게요."

내 발상이 빈곤한 건 어제오늘 일이 아니니까 답이 나올지 아닐지도 모르는 일 때문에 호위 기사들을 언제까지고 붙잡아 둬서는 안 되겠지.

"저기, 유디트. 귀족원에서 기도하는 장소라면 어디가 있을까요?"

"아까는 채집 장소에서 기도를 했지만, 보통 기도를 올리는 장소라면 강당 안쪽이 아닐까요? 제단이 있는 곳에서 기도를 하겠죠?"

꽤 많은 곳에서 기도를 했던 나는 바로 생각해 내지 못했지만, 보통 사람한테는 기도를 바치는 곳이라면 예배당이다. 잘 생각해 보니 영주회의 때는 강당에서 기도했을 뿐이고, 제단이 있는 가장 안쪽 방은 아니었다. 가장 안쪽 방에 있는 제단을 향해 기도를 하면 뭔가가 일어날지도 모른다.

……어라, 다음 봉납식은 거기서 하는 거였지?

어쩌면 마법진이 작동할지도 모른다. 마음의 준비도 안 된 상태에서 이상한 일이 일어나기 전에 알아차려서 정말 다행이다. 봉납식 전에 왕족에게 연락하는 쪽이 좋을지도 모르겠네.

"유디트, 정말 잘 했어요! 아마 모든 사람들이 유디트에게 감사할 거예요."

"예? 제가요?"

영문을 모르겠다는 듯 연보라색 눈을 깜박거리는 유디트에게 빙긋 웃어 보이며 나는 기숙사로 돌아갔다.

오늘은 신입생들이 이동하는 날이다. 브륀힐데의 동생 베르틸데가 상급생의 안내를 받아서 다목적 홀에 들어왔다. 오늘은 상급생들이 신입생을 손님으로서 환영하고 대접하는 날이다.

베르틸데는 나와 가까운 자리로 안내받았고, 언니 브륀힐데가 내린 차를 받고는 기쁘다는 듯 미소를 지었다. 자매간에 정말 닮은 찰랑찰랑한 생머리가 흔들렸다. 브륀힐데의 머리카락은 심홍색이지만, 베르틸데는 로즈핑크색이다. 동글동글한 연갈색 눈은 두 사람이 쏙 빼닮은 것처럼 보인다.

"환영합니다, 베르틸데. 제 견습 시종으로서 브륀힐데에게서 잘 배우도록 하세요."

"예, 로제마인 님."

멜키오르의 견습 시종들도 내 곁으로 데려와서 앞으로의 예정에 대해 이야기했다. 내 측근들은 도서관에 동행하기 위해 가능한 빨리 강의를 마쳐야만 한다.

"1학년 강의가 제일 먼저 끝날 테니까 열심히 공부하도록 하세요. 주인인 멜키오르를 위해서라도 좋은 성적을 내 주세요."

"예!"

니콜라우스를 마지막으로 신입생이 전부 도착했다. 상급생도 전부 다목적 홀에 있다. 나는 올해 공동 연구에 대해 이야기하고, 견습 문관들에게 영주 후보생의 측근인지 아닌지와 상관없이 각자 할 일을 분담했다.

"작년에는 하마터면 드레반헬에게 연구 성과를 빼앗길 뻔했어요. 비밀 유지에 신경 쓰고, 에렌페스트의 독자적인 부분이 있어야 한다는 점을 생각하면서 연구에 임해 주세요."

그런 이야기를 하는 사이에 다무엘, 안게리카, 레오노레, 하르트무트, 코르넬리우스가 도착했다. 봉납식에서 청색 의상을 입고 참가하는 성인 멤버들이다.

"올해는 영주 후보생들이 하급, 중급, 상급 세 번으로 나눠서 봉납식을 합니다. 모든 제사에 참가하는 다섯 명은 힘들겠지만, 잘 부탁드립니다."

"에렌페스트의 봉납식 전에 끝내야만 합니다. 중앙 신전이나 클라센부르크와의 일정 조정은 맡겨만 주십시오. 로제마인 님의 강의에 지장이 없도록 하겠습니다."

하르트무트가 웃는 얼굴로 말했다. 이런 때는 정말 믿음직하다니까. 가슴에 있는 문장이 들어간 마석을 만지면서 싱글싱글 웃지만 않으면 완벽했을 텐데.

"아, 여러분. 다 모여 계시는군요. 사감인 힐쉬르입니다."

예년과 마찬가지로 힐쉬르가 와서 올해 예정을 이야기해 주었다. 진급식이나 친목회 예정도 예년과 마찬가지다. 설명을 마치자 힐쉬르는 바로 나한테 다가왔다.

"로제마인 님, 도서관의 마술구를 만들기 위한 소재는 모으셨나요? 희소한 소재가 많다 보니 걱정이 돼서 말이죠."

"문제없습니다. 어느 소재건 페르디난드 님께 물려받은 공방에 있었습니다."

"어머나, 역시나 페르디난드 님이시군요. 이제 제 연구도 진척되겠어요. 안심했습니다."

……뭐? 자기 연구가 안심이라고?! 역시 힐쉬르 선생님과 페르디난드 님은 정말 쏙 빼닮은 사제지간이라니까!

변함없는 힐쉬르의 모습에 체념하는 한숨과 함께 귀족원 생활이 시작됐다.

나는 다른 사람들이 필사적으로 예습하는 가운데, 진급식 때까지의 귀중한 자유 시간을 오랜만에 독서를 하며 보냈다. 다목적 홀에서 에렌페스트 각지에서 인쇄한 새로운 책을 읽었다. 디터 이야기에는 삽화가 들어갔고, 단켈페르거의 역사서와 예년대로 귀족원 사랑 이야기 등의 새로운 책이 여러 권 있다.

왕의 양녀가 되기로 정해진 뒤에는 인수인계에 필요한 자료만 읽었고 독서에 몰두할 시간이 없었다. 마지막으로 시간을 잊을 정도로 책에 빠졌던 게 대체 언제였더라. 목이 너무나 마를 때 단숨에 물을 마신 것 같은 충족감을 느끼며, 나는 만족스레 한숨을 쉬었다.

……아아, 행복해. 역시 책이 있어야 살아 있다는 실감이 든다니까.

친목회(4학년)

세 점 종이 울리면 진급식이 시작된다. 준비하느라 바쁘게 움직이고 있는 기숙사 내부의 분위기가 느껴지는 가운데 리젤레타의 베르틸데가 내 머리카락을 땋아 주고 있었다. 브륀힐데와 그레티아는 신입생 여자아이들에게 머리 장식을 나눠 주러 갔고.

"베르틸데는 머리를 잘 땋는군요."

"제가 머리 땋는 걸 좋아합니다. 엘비라 님께도 칭찬받았어요."

엘비라를 모시던 때에 어떤 일을 했는지, 어떤 이야기를 했는지 수다를 떨면서 베르틸데가 머리카락을 정돈해 줬다. 그런 베르틸데의 로즈핑크색 머리카락에는 신입생 여자아이들에게 선물한 머리 장식과 부모님이 입학 선물로 선물해 주셨다는 머리 장식이 달려 있었다.

한참동안 베르틸데의 모습을 지켜보고 있던 리젤레타가 머리 장식을 준비하거나 짐을 확인하기 시작한 것으로 보아 견습 시종으로서 합격인 모양이다.

"로제마인 님, 친목회에 동행할 측근은 마티아스, 로데리히, 브륀힐데로 괜찮으실까요?"

"그래요, 리젤레타."

"어제 정보를 수집하러 갔던 문관들에게서 들어온 정보입니다만, 올해는 클라센부르크에 영주 후보생 신입생이 있다는 듯합니다. 인사할 때를 위해서 다시 한 번 이름을 말씀드리도록 할까요?"

내가 독서에 몰두하느라 못 들었다는 것을 눈치챈 듯한 리젤레타가 짓궂게 웃었다.

"부탁할게요."

"아우브 클라센부르크와 제3 부인 사이의 공주로, 장시안 님입니다. 아마도 봉납식 관련으로 몇 번인가 만나시게 될 겁니다."

……장시안 님, 장시안 님…….

나는 몇 번인가 마음속에서 되풀이한 뒤에 이름을 외웠다.

"좋은 아침입니다, 로제마인 님."

"좋은 아침이에요, 다무엘."

준비를 마치고 다목적 홀에 갔더니 다무엘이 있었다. 하르트무트와 코르넬리우스도 있지만, 두 사람은 귀족원에서 같이 지낸 적이 있어서 큰 위화감이 없다. 하지만 다무엘이 다목적 홀에 있는 일은 낯설고 너무나 이상했다. 꼭 청색 신관 의상을 입어서 그런 것만은 아닌 듯한데.

"레오노레와 안게리카도 잘 부탁드려요."

다무엘 일행이 오늘 청색 신관 의상을 입고 있는 이유는 우리가 진급식과 친목회에 가 있는 동안 중앙 신전 사람들과 회의를 해야 하기 때문이다. 클라센부르크에서는 누가 나올지 모르겠지만, 에그란티느한테서 오늘 회의를 하자는 연락이 왔다.

"봉납식 논의는 하르트무트에게 맡기겠습니다. 다른 분들은 하르트무트가 너무 폭주하지 않도록 주의해서 지켜봐 주세요."

"알겠습니다."

또 임마누엘과 하르트무트가 대립할 것 같아서, 나는 같이 가는 코르넬리우스와 다무엘에게 꼭 신경 써 달라고 부탁해 뒀다.

"로제마인은 오랜만에 친구를 만나지? 친목회, 잘 다녀와."

"예, 코르넬리우스 오라버니."

코르넬리우스의 배웅을 받으며 나는 현관 홀로 나왔다. 거기에는 에렌페스트의 망토를 두른 학생들이 홀을 가득 메우고 있었다. 긴장한 얼굴의 1학년들이 귀엽다. 브륀힐데와 샤를로테가 린샴을 구해 준 덕분에 학생들의 머리카락은 하나같이 매끈매끈 반짝반짝했다.

"그럼, 가도록 할까. 신입생은 망토와 브로치를 잃어버리지 않도록, 그리고 에렌페스트의 문 번호를 잊지 않도록 조심해라. 기숙사로 돌아오지 못하게 되니까."

빌프리트의 호령에 우리는 문밖으로 나가서 강당으로 향했다.

영지의 순위가 약간 변동되기는 했지만, 그렇다고 큰 차이는 없다. 우리는 8번에 정렬했다.

예년처럼 진급식이 시작되고, 강의에 대한 설명을 들었다. 영주회의에서 결정한 것처럼 슈타프를 3학년 때 취득한다는 것, 그렇게 되면서 강의 내용도 옛날 커리큘럼을 크게 도입함에 따라 변경된다는 일 등에 대해 들었다.

"저는 슈타프 취득을 기대하고 있었는데 말이죠⋯⋯."

베르틸데가 약간 불만이라는 듯 입술을 삐죽 내밀었다. 주위에 있는 다른 1학년들도 굳이 따지자면 불만인 것 같았다. 커리큘럼이 변경된다는 것만 발표하고 그 이유를 말하지 않았으니 불만을 갖는 사람도 있겠지.

"슈타프는 귀족이라는 증거니까 빨리 갖고 싶은 마음은 알겠지만, 취득 시기를 최대한 늦추는 쪽이 좋아요."

"그런가요?"

"예. 봉납이나 기도로 신들의 가호를 잔뜩 받을 수 있다는 걸 알게 됐어요. 마력에 큰 변동이 생기면 1학년 때 취득한 슈타프로는 자신의 마력을 제대로 다루지 못할지도 몰라요. 커리큘럼 변경은 그걸 막기 위한 일이고요. 강의 때 다른 영지의 1학년이 불만을 품고 있으면, 그렇게 가르쳐 주세요."

베르틸데는 이해했는지 "알겠습니다"라고 대답했다. 가까운 데서 이야기를 듣고 있던 듯한 니콜라우스도 고개를 끄덕였다.

진급식이 끝나면 친목회를 위해 계급별로 나뉘어서 이동한다. 우리 영주 후보생은 각각 측근을 세 명씩 데리고 작은 홀로 이동했다.

"8위 에렌페스트에서 빌프리트 님, 로제마인 님, 샤를로테 님이 오셨습니다."

문앞에 서 있는 문관으로 보이는 사람의 목소리와 함께, 우리는 작은 홀로 들어갔다. 안에는 작년과 마찬가지로 힐데브란트가 앉아 있었다.

"올해도 시간의 여신 드레팡아의 실이 교차해서 이렇게 뵐 수 있게 되었습니다."

에렌페스트 차례가 오면 빌프리트가 대표로 인사하는 것도 매년 하는 일이다. 나는 빌프리트와 샤를로테 사이에 낀 상태에서 힐데브란트와 마주봤다.

"이번 봉납식은 첸트께서도 기대하고 계십니다. 저는 아직 정식으로 입학한 것은 아니지만, 계급을 하나 낮춘 중급 귀족의 봉납식이라면 부담도 적을 것이라며 첸트께서 참석을 허락하셨습니다. 귀족원 제사에 참가하는 일은 처음이다 보니 정말 기대됩니다."

생글생글 웃으며, 힐데브란트는 정말 신난다는 것처럼 말했다.

……지하 서고에 들어갈 수 있도록 마력 압축을 하고, 고어 공부도 하는 등등 힐데브란트 왕자는 정말 열심히 하는구나. 아직 귀족원에 입학하지도 않았다는 걸 믿을 수가 없다니까.

이번에는 왕족으로서 봉납식에 참가한다는 모양이다. 지금부터 적극적으로 제사에 참석하면 신들의 가호도 잔뜩 받을 수 있겠지. 지금 왕족 중에서 첸트가 될 가능성이 가장 큰 사람은 힐데브란트일지도 모른다.

"유르겐슈미트를 다스리는 왕족이 적극적으로 제사에 참여하는 것은 정말 중요한 일이니까, 힐데브란트 왕자님의 긍정적이고 열심히 노력하는 모습은 정말 훌륭하다고 생각합니다. 봉납식이 힐데브란트 왕자님께 쉽사리 얻을 수 없는 경험이 되기를 기원합니다."

힐데브란트를 격려하고 무대에서 내려온 뒤에는 상위 영지에 인사하러 간다. 처음에는 클라센부르크다. 클라센부르크의 테이블에는 키가 나랑 거의 비슷한 여자아이가 측근들을 거느리고서 싱긋 미소를 지으며 맞이해줬다. 연보라색 머리카락에 파란 눈동자가 귀여운 소녀다. 차분한 분위기가 정말 클라센부르크 여성답다는 생각이 들었다.

"장시안 님, 생명의 여신 에이비리베의 엄격한 선별을 받은 이 희귀한 만남에 축복을 기도하는 것을 허락해 주십시오."

"허락합니다."

반지에서 튀어나온 축복을 받고, 장시안이 에그란티느나 프림베르와 비슷한 느낌의 우아한 미소를 지었다.

"에렌페스트와는 공동 연구로서 봉납식을 하도록, 아우브께서 그리 말씀하셨습니다. 보다시피 1학년이다 보니 익숙하지 않은 연구를 하느라 당혹스러워하는 일도 많으리라고 생각됩니다. 로제마인 님, 부디 많은 지도 편달을 부탁드리겠습니다."

"저야말로 잘 부탁드리겠습니다, 장시안 님."

클라센부르크와의 인사를 마친 다음에는 단켈페르거다. 레스티라우트가 졸업했기에 올해는 한넬로레 혼자 서 있다. 눈이 마주치자 한넬로레가 친근한 미소를 지었다. 나도 싱긋 미소를 지어 보였다.

빌프리트가 "로제마인." 이라고 작은 소리로 부르면서 에스코트하던 손을 빼고는 내 등을 살짝 밀어 줬다. 한넬로레하고는 내가 제일 사이가 좋으니까 인사를 양보해 준 것 같다.

"올해도 시간의 여신 드레팡아의 실이 교차해서 이렇게 뵐 수 있게 되었습니다. 오랜만에 뵙습니다, 한넬로레 님."

다른 학생들과 달리 한넬로레는 영주회의에서 만났었지만, 오랜만인 건 사실이니까.

"올해는 단켈페르거에서 기뻐하실 책이 여러 권 있습니다. 레스티라우트 님의 그림이 들어간 디터 이야기도 있고, 단켈페르거의 역사책도 나왔습니다. 페르네스티네 이야기 3권도 있습니다만, 이미 읽으셨죠?"

한넬로레의 남성 호위 기사는 에렌페스트의 새로운 책에 큰 관심을 보였지만, 한넬로레의 심금을 울리지는 못한 것 같다.

"예, 페르네스티네 이야기 마지막 부분에는 크게 감동했습니다. 올해는 귀족원 사랑 이야기의 새로운 책은 없으신지요? 하나같이 훌륭한 사랑 이야기들이라서 정말 기대하고 있습니다만……."

"물론 있습니다. 올해도 서로 책을 빌리도록 하죠."

"예, 기대하겠습니다."

둘이서 미소를 지으며 인사를 마치고, 다음으로 드레반헬 앞으로 이동했다. 여기는 영주 후보생이 여러 명 있고 작년보다 어린 영주 후보생이 추가된다고 했지만, 대표로 서 있는 사람은 오르트빈이다. 빌프리트가 인사를 하고, 올해도 공동 연구를 하는 것은 어떤지 제안을 받았다.

"아쉽지만 올해는 클라센부르크, 프뢰벨타크와 함께 제사에 관한 공동 연구를 할 예정이 잡혀 있다. 개인적으로라면 모를까, 영지 차원에서 협력하는 큰 연구는 힘들 것 같군."

"관심이나 협력을 끌어낼 주제가 필요하다는 말인가……. 군돌프 선생님과 상담해 봐야겠네."

오르트빈이 그렇게 말하면서 나를 봤다. 작년처럼 군돌프를 이용해서 나를 공동 연구에 끌어들일 생각인 것 같다.

……군돌프 선생님이 뭐라고 하건, 난 안 해.

내가 귀족원에서 최대한으로 하고 싶은 연구는 도서관 마술구 제작이고, 인쇄업의 비약을 위해서 전이진을 개량하는 뮤리엘라와 라이문트를 돕는 것이다. 하지만 올해는 귀족원에서도 에렌페스트에서도 바쁘다. 중앙으로 이동하기 전에 별궁도 확인해야 하고, 중앙에서 측근을 선택하는 일도 할 필요가 있겠지. 왕족과 이야기해야 하는 일이 늘어날 것도 불 보듯 뻔하다. 에렌페스트로 돌아가면 아이들 방의 견습 청색 신관들을 데리고 봉납식을 치러야 하고, 중앙에서 돌아온 귀족들과 면회할 예정도 잡혀 있고, 뒷일을 위해서 영지 귀족들과 면회하는 일도 많아질 것이다.

개인적으로는 귀환 기간을 최대한 길게 잡고 싶으니까, 솔직히 말해서 도서관 마술구 연구 시간을 낼 수는 있을지도 의심이 된다. 까딱하면 힐쉬르에게 소재를 전부 맡기게 될지도 모른다고 생각하고 있는 지경이다.

……하아. 알고는 있었지만, 좋아하는 일을 할 시간은 거의 없을지도 모르겠네.

이번 겨울에 할 일들을 머릿속에 떠올리고 힘이 쭉 빠져나간 상태에서 드레반헬 앞을 떠났다. 그 뒤에 기렛센마이어와 하우프레체 쪽에 인사하는 일은 샤를로테에게 맡겼다. 기렛센마이어의 루친데는 자기 남동생과 여동생을 소개해 줬다.

남동생은 2학년이고, 이번 가을에 양자의 인연을 맺었다는 모양이다. 내가 알고 있는 한에서 기렛센마이어의 영주 후보생은 여자들뿐이니까 같은 영지 안에서 남편감을 받아들이기 위해서 혈족 남자아이와 양자 결연을 맺어서 영주 후보생을 늘리는 것은 흔한 일이다. 하지만 전문 코스가 나뉘기 직전인 시기에 양자 결연을 하는 일은 보기 드물다.

하우프레체는 6학년 여성이 대표로 인사를 했는데, 여기도 남동생과 여동생이 있었다. 빌프리트는 남동생과 어느 정도 교류가 있었던 것 같다. 여동생은 양자 결연을 맺은 신입생인 것 같고.

"……왠지 올해는 영주 후보생 신입생이 많네요. 갑자기 숫자가 늘어났어요."

"신들의 가호를 받는 방법과 그 효과가 알려지면서 양자 입적이 늘어난 것 같다고 하르트무트가 말하지 않았나."

장시안의 이름을 제대로 못 들었던 것처럼 여러 가지 정보를 제대로 안 듣고 흘려 넘겨 버린 듯하다. 전문 코스가 나뉘기 이전인 연령에 마력적으로도 문제가 없는 혈족 상급 귀족과 영주가 양자 결연을 맺는 일이 많아졌다는 모양이다.

"하르트무트는 간만에 찾아온 네 소중한 독서 시간을 방해하지 않기 위해서 나와 샤를로테에게 정보를 전해 달라고 했었는데, 네 바로 옆에서 보고했잖나? 아무리 그래도 못 들었다는 건 이상하지 않은가?"

"독서하고 있을 때 주위 소리가 안 들리는 건 딱히 이상한 일도 아니라고요. 어제는 정말 오랜만에 책을 읽다 보니, 정신을 잃고 몰두하기도 했지만."

……그나저나 오랜만에 찾아온 소중한 독서 시간을 방해하지 않기 위해서라니……. 뭐야 그거, 하르트무트 주제에 너무 멋있잖아. 나도 모르게 가슴이 찡, 할 뻔했어.

독서 시간을 확보할 수 있도록 배려해 주는 건 정말 기쁘지만, 보고가 제대로 전달되지 않는 건 곤란하다. 앞으로는 보고를 글자로 적어서 읽도록 해 주는 쪽으로 신경을 써 주면 좋겠다고 부탁해 보자.

그런 생각을 하는 사이에 빌프리트가 아렌스바흐와의 인사를 마쳤다. 디트린데가 졸업하고 레티치아가 아직 입학하지 않은 올해는 디트린데의 측근인 마르티나가 대표로 나와 있는 모양이다.

"숙부님과 디트린데 님은 무탈하신가?"

"예, 페르디난드 님은 아렌스바흐에 큰 도움이 되고 계십니다. 주추를 물들인 뒤로는 마력 공급도 도와주고 계십니다."

……뭐?! 아직 성결식도 치르지 않았는데, 집무에 제사는 물론이고 마력 공급까지 하고 있는 거야?

내가 깜짝 놀라면서 마르티나를 봤더니, 난처하다는 듯한 미소를 지었다.

"성결식을 치르기도 전에 비밀 방을 주도록 하라는 횡포에 가까운 왕명을 디트린데 님이 받아들이시는 대신에 성결식을 치르기 전이지만 마력을 공급하겠다고 페르디난드 님께서 말씀하셨다는 모양입니다. 이 얼마나 상냥한 분이신가요."

비밀 방은 결혼을 못 했는데도 에렌페스트로 돌려보내지 않는 아렌스바흐의 비상식적인 행동에 따른 요구였다. 그런데 그 대신 마력 공급을 시키는 건 이상한 일이 아닌가 싶다.

……정말로 페르디난드 님이 제안한 걸까? 기원식에서 채집을 했던 것처럼 페르디난드 님한테 뭔가 꿍꿍이가 있는 걸까? 아니면 주위의 비난을 피하기 위한 아렌스바흐의 로비 활동?

마르티나가 빌프리트에게 아우렐리아가 어떻게 지내는지 묻는 모습을 보면서 나는 생각에 잠겼다. 어느 쪽이건 실제로 있을 법한 일이다 보니 진실을 알 수가 없다.

그 뒤에 7위인 가우스뷰텔과의 인사도 마치고 에렌페스트의 자리로 돌아왔다. 지금부터는 하위 영지가 인사하러 오기를 기다려야 한다.

임멜딩크가 인사하러 왔을 때, 나보다 한 학년 위인 뮤렌로이에가 보라색 머리카락을 팔락, 하고 넘기면서 미소를 지었다. 동정과 멸시와 조소가 뒤섞인 그녀의 미소를 보자 경계심이 강해졌다.

"로제마인 님은 양자 결연을 취소하고 중앙 신전 신전장이 되신다면서요? 아무리 유르겐슈미트에 제사의 중요성을 알리기 위해서이긴 해도, 영주 후보생에서 상급 후보생으로 강등되고 중앙 신전에 들어가게 되다니, 큰일이군요. 정말 불쌍합니다……."

……중앙 신전 신전장이 된다는 소문, 다른 영지에서도 제대로 돌

고 있나 보네.

왕족이 몇 번이나 조용히 호출한 탓에 에렌페스트의 귀족들이 그렇게 판단한 것 같은데, 다른 영지 귀족들도 똑같이 생각한 걸까. 아니면 아렌스바흐의 게오르기네에게 선동당해서 '에렌페스트의 성녀는 중앙 신전 신전장이 되어야 마땅하다!'라고 왕족에게 제안한 영지려나. 쿡쿡 웃는 소리가 들려오는 걸 봐도, 에렌페스트가 성녀를 빼앗기는 데 대해 고소하다고 생각하는 영지들이 몇 군데 있는 것 같다.

"첸트께서는 로제마인을 중앙 신전에 보낸다는 이야기를 하신 적이 없습니다."

빌프리트가 딱 잘라서 말하자 뮤렌로이에는 "어머나?" 하고 놀라면서 오렌지색 눈동자를 깜박거렸다. 주위에 있는 사람들도 술렁거렸고, 사람들의 시선이 우리 쪽으로 모였다.

"그럴 리가 없습니다. 영주회의에서 아우브 에렌페스트가 왕의 초대를 받지 않았던가요."

"왕족으로부터 중앙 신전 신전장을 맡는 것은 어떤지에 대한 이야기가 있던 것은 사실이지만, 아직 아무것도 정해지지 않았습니다."

나는 일단 뮤렌로이에의 주장을 긍정하고서 빙긋 웃었다. 뮤렌로이에의 머릿속에서는 내가 상급 귀족으로 강등된다는 게 확정되어 있는 모양이지만, 앞날이 어떻게 되건 지금은 영주 후보생이고 에렌페스트가 임멜딩크보다 상위 영지다. 멋대로 떠드는 꼴을 가만히 듣고 있을 이유가 없다.

"제 몸이 허약하다 보니 다른 영지까지 가서 제사를 치르는 것은 도저히 무리입니다. 그래서 제가 중앙 신전 신전장이 된다면, 왕족을 비롯한 각지 영주 일족이 중앙 신전으로 오셔서 제사를 배우셔야 한다고, 아우브 에렌페스트께서는 그렇게 대답하셨습니다."

내가 중앙 신전 신전장이 된다면 왕족을 비롯한 모든 영지의 영주 일족도 내 길동무가 돼야 할 거라고 대답했더니 뮤렌로이에의 안색이 확 달라졌다. 자신이 신전에 들어가는 일은 생각해 본 적도 없다는 표정이다.

"왕족과 각지의 아우브로부터 중앙 신전에 가는 일에 대한 대답이 없는 한, 제가 중앙 신전에 들어가는 일도 없습니다. 첸트의 판단에 따라서는 내년부터는 견습 청색 무녀 의상을 입으신 뮤렌로이에 님과 중앙 신전에서 만나게 될지도 모르겠군요."

임멜딩크에게 딱 잘라서 그렇게 대답했더니 그 뒤에는 중앙 신전 이야기를 하는 사람이 싹 사라져 버렸다.

프뢰벨타크의 상급생과는 공동 연구에 대해 빌프리트와 샤를로테가 이야기를 나눴다. 이 공동 연구는 두 사람이 중심이 되는 것이니까, 나는 한 걸음 뒤로 빠져서 이야기를 들었다. 아무래도 프뢰벨타크에서는 귀족들이 신전에 가서 조금이라도 많은 가호를 받거나 수확량을 늘릴 수 있도록 기도를 바치고, 마력을 봉납하고 있다는 듯하다.

……그러고 보니까, 에렌페스트 귀족들은 평민 마을 사람들과 거래 이야기를 나눌 때 외에는 신전에 오지를 않네.

그런 생각을 품고서 친목회 시간을 보냈다. 저학년 영주 후보생이 늘어나서 떠들썩한 친목회였다.

우리가 기숙사로 돌아왔을 때는 하르트무트 일행도 다목적 홀에 돌아와 있었다. 나는 바로 봉납식에 관한 보고를 듣기로 했다. 중급과 하급에서 봉납식을 하는 빌프리트와 샤를로테도 함께 보고를 들었다.

"교섭하느라 고생하셨어요. 어떻게 정해졌나요?"

"클라센부르크와 에렌페스트의 공동 연구일 뿐이고 강의는 아니기 때문에 강의 시간을 비워 줄 수는 없고, 흙의 날을 이용하는 형태로 봉납식을 치르기로 했습니다."

학생 쪽에서는 조금이라도 빨리 제사를 경험하고 가호를 늘릴 수 있도록 기도를 바치고 싶지만, 교사들 쪽에서는 공동 연구란 희망자가 강의를 마친 뒤에 시간에 맞춰서 행하는 것이기 때문에, 강의 시간을 빼 줄 수는 없다고 했다. 그래서 흙의 날에 희망자를 모아서 봉납식을 하기로 했다는 모양이다.

"공동 연구는 강의가 아니라서 학생들이 전부 참가해야 한다는 의무가 있는 것도 아니고, 특별한 사례를 하나 만들게 되면 나중에 귀찮아지게 되니까요. 강의 시간이 아니고 최대한 빠른 시기라는 기준으로 생각한다면, 흙의 날을 이용하는 수밖에 없겠죠."

클라센부르크가 좀 더 세게 밀어붙일 줄 알았는데, 그러지는 않았던 것 같다. 중앙 신전은 '세 번으로 나눌 필요 없이 한 번에 끝냈으면 한다'고 요구했다지만, 하급 귀족과 영주 후보생은 마력량 차이가 너무 크다는 이유로 귀족원 측이 각하했다는 모양이다.

"중앙 신전이 몇 번이고 에그란티느 님께 매달렸지만, 영주회의 대봉납식에서 의식을 잃은 청색 신관과 무녀의 예를 언급하자, 최종적으로는 임마누엘도 반론하지 못하게 됐습니다."

하르트무트가 훗, 하고 재미있다는 것처럼 웃었다.

"그리고 에그란티느 님의 말씀에 의하면, 힐데브란트 왕자가 안전을 위해 계급을 낮춰서 중급 귀족의 봉납식에 참가하는 것처럼 저학년에게는 한 계급 아래의 봉납식에 참가하는 것을 제안하셨다는 듯합니다."

하르트무트의 말을 듣고서 샤를로테가 안심했다는 것처럼 가슴을 쓸어내렸다.

"위험이 줄어드는 것은 좋은 일이죠. 마력 공급은 익숙하지 않으면 정말 힘든 일이니까요."

"저학년 하급 귀족은 참가를 보류하는 쪽이 좋을지도 모른다. 공급할 때는 자신의 마력량이 얼마나 남았는지 파악하기 힘드니까."

샤를로테의 말에 빌프리트도 동의했다.

"그래서, 우리는 어느 흙의 날에 봉납식을 하게 됐지?"

"로제마인 님이 에렌페스트로 귀환하시는 것을 고려해 보면 첫 번째 흙의 날에 영주 후보생과 상급 귀족의 봉납식을 치르는 것이 좋겠다고 판단했습니다. 두 번째 주는 중급 귀족, 세 번째 주는 하급 귀족입니다."

내가 응응, 하고 고개를 끄덕이고 있는데 코르넬리우스가 불만이 있다는 것처럼 하르트무트를 노려봤다.

"로제마인 님의 몸을 생각하면 저는 하급 귀족부터 봉납식을 시작하고 세 번째 주에 상급이 치르는 쪽이 좋다고 제안했습니다만……."

첫 주는 아무래도 강의가 많으니까 흙의 날에는 반드시 쉬어야 한다. 코르넬리우스는 강의가 끝난 세 번째 주에 내가 봉납식을 치르는 쪽이 좋겠다고 제안한 모양이다.

"로제마인 님의 몸 상태를 우선하고 싶다는 코르넬리우스와 조금이라도 빨리 에렌페스트로 돌아가시기를 바라시는 상황에서 세 번째 주는 너무 늦다는 하르트무트의 의견이 대립해서 정말 큰일이었습니다."

다무엘이 한숨을 쉬자, 레오노레도 피곤하다는 얼굴로 고개를 저었다.

　"에그란티느 님이 중재해 주셨고, 신분 순서대로 하는 쪽이 바람직하다는 이유로 영주 후보생과 상급 귀족의 봉납식을 첫 번째 주에 진행하기로 했습니다."

　"왕족 앞에서 대립했다는 말인가요?"

　샤를로테와 빌프리트의 눈이 휘둥그레졌다. 나도 깜짝 놀랐다.

　……저 둘, 대체 무슨 짓을 하고 온 거야?!

　"에그란티느 님은 '두 사람 모두 정말 자기 주인을 아끼시는군요', 라고 말씀하시면서 쓸쓸하게 웃으셨는데, 솔직히 저는 죽다 살아난 기분이었습니다."

　다무엘과 레오노레가 조금 먼 곳을 보는 눈으로 말했고, 나는 '왕족 앞에서 그런 말다툼을 했다니!'라는 생각에 머리를 쥐어뜯고 싶어졌다. 내가 저지른 일 때문에 머리를 쥐어뜯었던 보호자들의 기분을 알 것 같다.

　"다음에 에그란티느 님께 사죄를 드려야겠군요."

첫 주 강의

다음날부터 강의가 시작되기 때문에 학생들은 친목회에서 돌아오자마자 필사적으로 공부하기 시작했다.

"올해는 강의 내용이 크게 달라진다고 사전에 연락이 있었으니까, 드레반헬 학생들이 버거운 상대가 될 것 같습니다. 순위를 유지할 수 있도록 열심히 합시다."

"에렌페스트에서는 옛날 강의 내용도 계속 공부해 왔다. 크게 걱정할 필요는 없겠지."

봉납식에 관한 논의를 마친 샤를로테와 빌프리트가 학생들을 고무하면서 공부에 참가했다. 제사를 치르기 위해서 같이 온 성인들 중 다무엘, 코르넬리우스, 레오노레, 하르트무트가 교사 역할을 맡아서 공부 시간이 부족했던 1학년들의 공부를 도왔다.

안게리카는 내 호위다. 결코 도움이 안 되는 게 아니다. 안게리카가 있어 준 덕분에 견습 호위 기사들이 공부에 집중할 수 있으니까 공부가 아닌 다른 곳에서 도움이 되고 있다. 신전에서 집무를 볼 때와 똑같다.

"리젤레타, 안게리카. 올도난츠를 보내야 하니 방으로 돌아가죠."

나는 공부하고 있는 다른 사람들에게 방해가 되지 않도록 안게리카와 리젤레타를 데리고 방으로 돌아가서 올도난츠를 날렸다. 솔랑쥬에게는 신입생 등록 예약을 위해, 에그란티느에게는 하르트무트와 코르넬리우스에 관한 사죄와 봉납식에서 무슨 일이 일어날지도 모른다고 주의를 주는 내용을 보냈다.

솔랑쥬한테서는 '이틀 뒤 점심시간에 등록하러 오세요'라는 답장이 돌아왔다. 그리고 에그란티느한테서는 '봉납식에서 무슨 일이 일어나게 될지에 대해 영주 후보생 코스 강의가 끝난 뒤에 자세한 이야기를 나누고 싶다'는 답장이 왔다.

……무슨 일이 일어날지는 나도 알 도리가 없는데, 뭐라고 답을 해야 좋을까?

다음 날 아침, 아침 식사 뒤에도 아슬아슬한 시간까지 공부를 한 뒤 학생들은 첫날 강의에 갔다.

우리 학년은 오전에 이론을 배우고 오후에는 실기다. 오전 이론은 문제없이 전원 합격했다. 커리큘럼 변경 때문에 당혹스러워하는 영지도 많았지만, 상의 영지들은 제대로 공부한 듯했다.

오후의 실기는 조합인데, 약간 효과가 높은 회복약 조합이 과제였다. 나는 시간 단축 마술을 사용해서 빠르게 끝냈다. 페르디난드의 의뢰로 만들었던 마지 조합과 비교하면 너무 간단해서 강의가 끝날 때까지 할 일도 없이 가만히 있었다.

일찌감치 조합을 마치고 느긋한 기분으로 교실 안을 둘러봤더니, 다른 사람들도 조금씩 익숙해졌다는 것을 알 수 있었다. 특히 견습 문관들은 조합할 기회가 많은 덕분에 익숙해 보이는 사람이 많았다.

"이렇게 둘러보니 누가 견습 문관인지 금방 알 수 있네요. 손놀림이 다르니까요."

"고도의 기술을 사용해서 누구보다 빨리 조합을 마친 로제마인 님은 영주 후보생이 아니신가요?"

꼼꼼하게 약초를 자르고 있는 한넬로레가 씁쓸하게 웃으면서 나를 봤다.

"어머나, 한넬로레 님. 저는 문관이기도 하답니다. 그러니까 조합에 익숙해도 이상할 게 없죠."

"영주 후보생은 보통 스스로 회복약을 만들거나 마술구를 만들지 않는다, 로제마인."

여전히 약초를 자르는 손놀림이 위태로운 빌프리트가 메서를 손에 쥐고서 말했다. 한넬로레의 손놀림도 비슷한 수준인 것으로 보아 영주 후보생이 조합을 거의 안 한다는 점을 알 수 있다.

"하지만 약혼 마석은 영주 일족이라도 해도 다른 이의 손을 빌리지 않고 자기 혼자 힘으로 조합해야만 해요. 오르트빈 님은 비교적 익숙해 보이네요. 빌프리트 오라버니는 게빈넨보다 먼저 조합 실력을 키워야 하지 않을까요? 잘게 자르는 게 잘 안 된다면, 하다못해 크기를 맞춰서 잘라야만 마력을 균등하게 담을 수 있거든요?"

페르디난드라면 소재 준비 단계에서 실격이라고 했을 것이다. 내가 지적하자 빌프리트는 "으음……." 하는 소리를 내면서 메서를 노려봤다.

다음날에도 이론은 문제없이 클리어했다. 내 측근들이 가르쳐 준 덕분인지 1학년도 비교적 높은 점수를 받고 합격했다는 모양이다.

오늘은 점심시간에 도서관에서 신입생들을 등록하는 날이다. 나는 서둘러서 점심 식사를 마치고는 1학년과 내 학생 측근들을 데리고 도서관으로 갔다. 아무래도 도서관 등록은 봉납식과 전혀 관계가 없기에 성인 측근들은 기숙사에서 대기하기로 했다.

"로제마인 님은 도서관을 정말 좋아하시죠? 그리고 하얀색과 검정색 스밀이 있고요? 언니에게 들었습니다."

브륀힐데와 리젤레타에게 슈바르츠와 바이스가 귀엽다는 이야기를 들었는지, 베르틸데는 신이 난 걸음걸이로 걸어갔다.

"귀엽지만, 함부로 데리고 나가지 못하도록 방어 마술이 잔뜩 걸려 있어요. 슈바르츠와 바이스를 함부로 만지지 않도록 조심하세요."

신입생들에게 그렇게 주의를 준 뒤 솔랑쥬가 보낸 초대용 목패를 넣어서 문을 열고는 도서관으로 들어갔다. 매년 그랬던 것처럼 열람실로 들어가는 문 앞에 있는 회랑에서 솔랑쥬과 슈바르츠, 바이스가 맞이해 줬다.

"오랜만에 뵙습니다, 솔랑쥬 선생님."

"별일 없어 보여서 다행입니다, 로제마인 님."

내가 솔랑쥬와 인사를 하고 있는데, 슈바르츠와 바이스가 내 주위를 둘러쌌다. 여전히 귀엽다.

"공주님, 왔다."

"공주님, 오랜만."

"슈바르츠와 바이스도 오랜만이네요. ……오르텐시아 선생님은 집무실에 계신가요?"

집무실을 향해 걸어가면서 그렇게 물었더니, 솔랑쥬는 정말 곤란하다는 표정을 지었다.

"이쪽에는 없습니다. 몸이 좋지 않은지 누워 있다는 것 같더군요."

"오르텐시아 선생님 방은 도서관에 있었죠?"

사서가 묵는 방은 도서관에 인접한 사서 기숙사인데, 전해들은 이야기처럼 말하는 이유를 잘 모르겠다. 내가 고개를 갸웃거렸더니 솔랑쥬는 천천히 고개를 저었다.

"오르텐시아는 여름 중반쯤에 갑자기 부군이 불러서 중앙에 있는 집으로 돌아갔고, 그 뒤로 단 한 번도 도서관에 오지 않았습니다."

영주회의가 끝나면 오르텐시아의 일이 줄어들기에 자택에서 통근하게 됐고, 도서관에 오는 빈도도 줄었다는 모양이다. 그리고 여름 중반. 일하는 중에 갑자기 집으로 돌아오라는 연락을 받고 돌아간 이후로 모습을 보이지 않았다는 듯하다.

"그때는 건강해 보였습니다. 하지만 당분간 도서관에 못 갈 것 같다는 연락을 보내온 뒤로 아무런 소식이 없었습니다……. 귀족원이 시작되기 전에 본인이 아니라 부군께서 연락을 주셨습니다. 가을 끝 무렵부터 자리에 누웠기 때문에 겨울에는 사서 일을 할 수가 없게 됐다고요."

겨울의 귀족원은 눈이 잔뜩 쌓이기 때문에 몸에 좋은 환경이라고 할 수는 없다. 일이 마음에 걸려서 제대로 요양하지 못하면 곤란하니까 오르텐시아가 제대로 쉬어 줬으면 좋겠다.

"가을 끝 무렵부터라면, 꽤 오래됐네요? 지금쯤 몸이 많이 좋아졌지만 상황을 지켜보기 위해서 일을 자제하는 것이라면 좋겠는데."

"예, 그러게 말이죠. 걱정이 되기는 하지만, 귀족원이 막 시작된 시기다 보니 병문안을 갈 수도 없습니다. 곧 회복될 거라고 믿도록 하죠."

또다시 사서가 한 사람이 돼 버렸다고 쓸쓸해 보이는 미소를 지은 솔랑쥬가 신입생들을 등록해 줬다. 그 동안에 나는 일단 집무실에서 나와 열람실로 들어갔다.

"슈바르츠, 새로운 책은 들어왔나요?"

"이쪽."

슈바르츠의 안내를 받아서 책장을 봤더니 새로운 참고서가 늘어나 있었다. 열람실을 둘러보는 중간에 보관 서고 문이 보였고, 영주회의 때 오르텐시아가 디트린데에게 뭔가 말했던 것이 생각났다.

……결국 슈라트라움의 꽃이라는 게 뭘까? 페르디난드 님도 편지에서 알아보겠다고 말한 뒤로는 아무 소식이 없네.

페르디난드는 바빠서 그런 걸 신경 쓸 상황이 아닌지도 모른다. 그런 생각을 하고 있는데 필린느가 날 부르러 왔다. 아무래도 신입생 등록이 끝난 모양이다.

"그럼, 또 오겠습니다."

"예, 올해는 귀족원에서 큰 제사가 있지요? 많이 힘드시겠지만, 저도 응원하고 있습니다. 바쁘시더라도 여유가 되시면 또 도서관에 들러 주세요."

솔랑쥬의 격려가 너무 기뻐서 나는 웃는 얼굴로 깔끔하게 "예!"라고 대답했다. 도서관에서 나가기 위해 걸음을 옮기려고 했더니 슈바르츠와 바이스가 날 붙잡았다.

"공주님, 마력 필요해."

"오르텐시아, 없어."

"아, 그러고 보니 귀족원이 시작된 뒤로 마력을 전혀 공급해 주지 않았군요. 로제마인 님, 정말 죄송합니다만 공급해 주실 수 있을까요?"

오르텐시아가 솔랑쥬에게 남겨 주고 간 마석의 마력이 다 떨어졌다는 듯하다. 나는 슈바르츠와 바이스의 이마에 있는 마석을 쓰다듬어서 마력을 공급하면서 솔랑쥬를 바라보았다.

"솔랑쥬 선생님, 오르텐시아 선생님이 안 계시다면 왕족을 통해서 도서위원에게 마력 공급을 부탁하는 쪽이 좋을 것 같아요. 올해는 제가 에렌페스트로 돌아가는 기간이 길거든요."

"그렇군요. 힐데브란트 왕자님께 연락을 드려 보겠습니다. 왕자님이 오르텐시아의 부군께 검을 배우신다는 것 같으니까, 오르텐시아의 상태를 알고 계실 수도 있겠네요……."

솔랑쥬의 분위기가 조금 밝아진 것 같아서 안심하고 나는 도서관을 뒤로했다.

오늘 오후 실기는 음악이다. 작년과 마찬가지로 과제곡과 자유곡을 연주하면 된다.

신전에 있을 때는 로지나가 가능한 한 페슈필 연습 시간을 확보해 준 덕분에 과제곡은 별문제 없이 연주할 수 있었다. 하지만 파울리네는 '합격'이라는 말을 하지 않고, 조금 불만이라는 얼굴로 날 쳐다봤다.

"……파울리네 선생님, 왜 그러시나요?"

"작년 같은 축복이 부족합니다, 로제마인 님."

"예? 축복이 필요하다는 이야기는 못 들었습니다만……."

영주회의 때 사당을 순례하면서 슈타프가 강화된 덕분에 작년 강의 때와는 달리 축복이 멋대로 튀어나오는 일은 없어졌다. 그런 숨겨진 사정은 말할 수 없지만, 어쨌거나 음악 시험에 축복이 필요하다는 이야기는 들은 적이 없다.

"진지하게 기도하면서 연주하면 축복이 되는 것이 아닌가요? 클라센부르크와 프뢰벨타크와의 공동 연구를 통해서 제사의 중요성을 주지시키려 하는 지금, 로제마인 님의 기도가 부족하면 곤란합니다."

축복을 뿌리면서 연주하라는 말을 들은 나는 뭔가 수긍할 수 없다는 기분을 맛보면서도 다시 페슈필을 안았다. 반지에 마력을 담으면서 페슈필을 튕기고, 신들께 기도를 바치면서 노래했다. 물의 여신에게 바치는 노래라서 초록색 축복의 빛이 넘쳤다.

"훌륭한 연주였습니다. 물의 여신 플류트레네께서도 상당히 기뻐하시겠죠."

파울리네는 만족한 얼굴로 합격했다고 말해 줬지만, 나는 앞날이 상당히 불안해질 것 같다는 기분이 들었다.

……어라? 이거 혹시 봉납무를 출 때도 똑같은 소리를 듣는 건 아닐까?

음악 실기를 마치고 기숙사에 있는 내 방으로 돌아왔다. 학생 측근들은 다목적 홀에서 공부하고 있어서 여기 있는 사람은 리젤레타, 레오노레와 안게리카다. 나는 음악 실기에서 축복을 뿌리라는 이야기를 들었던 것과 봉납무 시간에도 같은 요구를 받을지도 모른다는 점에 대해 측근들과 상담했다.

"선생님께서 요구하신다면 축복을 해도 좋지 않을까요? 억제해야만 한다고 참는 것보다는 즐겁겠죠?"

"로제마인 님께 부담이 가지 않는다면 문제는 없다고 생각합니다만, 뭔가 걱정되는 점이라도 있으신가요?"

리젤레타와 레오노레의 말을 듣고, 나는 아주 살짝 고개를 숙였다.

"강의에서 다른 사람에게는 요구하지 않는 일을 저한테만 요구하는 점을 수긍할 수가 없어요."

딱히 부담이 가는 건 아니지만, 강의의 합격 여부에 나한테만 축복

유무라는 요소를 추가했다는 점을 납득할 수가 없다. 안 그래도 주목받고 있는데, 더 특별하게 보이게 되잖아.

"오히려 로제마인 님을 특별하게 보여주기 위해서 그렇게 한 건 아닐까요?"

"레오노레?"

"특별하다는 사실을 눈에 보이는 형태로 주지시킨다면 로제마인 님께서 왕의 양녀가 되는 일을 사람들이 쉽게 이해할 수 있지 않을까, 라고 생각했습니다."

레오노레의 말을 수긍하려다 말고 나는 황급히 고개를 저었다. 왕족은 비밀리에 준비하라고 말했다. 출신 영지와 깊은 관계를 맺고 있는 선생님들이 많은 상황에서 귀족원 선생님들에게 정보를 흘렸을 리는 없을 것이다.

"이유나 목적은 어떻게든 만들 수 있으니까 왕족이 몰래 움직였다고 해도 이상할 것은 없다고 봅니다. 그리고 어중간하게 정보를 숨겼다면 다른 영지 사람들이 중앙 신전에 들어간다고 확신한 것처럼 굴었던 이유도 납득할 수 있습니다."

레오노레의 말에 따르면 봉납식 회의에서도 제사를 세 번 모두 내가 치러 줬으면 싶다고 에그란티느가 말했다는데, 그것도 나를 특별하게 보이도록 하려는 목적이라고 생각했다는 모양이다.

"로제마인 님은 변칙적인 수단으로 왕족에 들어가게 되니까, 질투나 비뚤어진 시선을 피하기 위해서는 특별하게 여겨지는 쪽이 유리하게 작용할 수도 있겠죠."

주위에서 '나랑 별다를 것도 없는데, 어째서 저 아이가?'라고 여기는 것과 '저 아이라면 어쩔 수 없지'라고 여겨지는 것은 천지차이라는 설명을 듣자 나도 수긍했다.

"좋은 쪽으로 작용한다면 그래도 좋습니다. 저는 저녁 식사 때까지 잠깐 독서를 할게요."

"잠시만 기다려 주세요, 로제마인 님. 독서하시기 전에 이걸 봐 주세요."

리젤레타가 슥, 하고 나무 상자를 내밀었다.

"로제마인 님의 강의가 끝나기를 기다리는 사이에 라이문트가 전달한 것입니다. 페르디난드 님과 레티치아 님이 보내신 물건입니다. 편지도 들어 있답니다."

수상한 물건이 들어 있지는 않은지 확인하기 위해서 나무 상자와 편지는 이미 검사를 마쳤다. 뚜껑을 열었더니 작은 유리 단지에 빨간색과 초록색과 노란색 마석 같은 물건, 끝에 끈이 달린 작은 통과 편지가 들어 있었다.

"편지에 의하면 레티치아 님께서 란체나베에서 오신 분께 받은 과자와 장난감을 나눠드린다는 것 같습니다. 딱 한 번만 사용할 수 있지만 정말 아름다운 물건이라고 적혀 있었습니다. 에렌페스트 사람들 모두가 같이 즐겨 줬으면 한다고 하셨습니다."

내가 보낸 과자와 음식이 정말 기뻤던 모양이고, 페르디난드한테서 '신기한 것을 좋아하니 기뻐하겠지'라는 말을 듣고서 나한테도 나눠 주기로 했다는 것 같다.

"페르디난드 님께서는 아렌스바흐의 정보를 몇 가지 적어 주셨습니다. 내일 시험에 합격하실 자신이 있으시다면 저녁 시간까지 비밀방에서 답장을 쓰셔도 됩니다. 학생들의 공부를 도와주는 일은 하르트무트 쪽에 맡기면 되니까요."

"정말 고마워요, 리젤레타."

"언니는 문 앞에서 호위를, 레오노레는 코르넬리우스를 도와서 1학년들의 교사 역할을 맡아 주세요."

리젤레타는 수석 시종으로서 두 사람에게 일을 배정하고, 내가 강의에서 사용했던 폐슈필과 문구들을 정리하기 시작했다.

나는 나무 상자를 들고 비밀 방에 들어가서는 바로 편지를 읽었다. 마석 같은 물건은 컬러풀한 사탕이고, 작은 통은 끈을 당기면 반짝거리는 아름다운 것이 튀어나오는 폭죽 같은 물건이라는 모양이다. 페르디난드가 구조를 알고 싶어 해서 어쩔 수 없이 한 개를 줬다고 적혀 있었다.

……그 매드 사이언티스트가, 어른답지 못하게!

그 뒤에 바로 '장난감을 주는 대신에 과제를 조금 줄여 주시기로 했습니다'라고 적혀 있어서 레티치아가 피해만 본 건 아닌 듯하다는 생각에 마음이 놓였다. 레티치아도 페르디난드한테 조금 더 익숙해졌다는 뜻이겠지.

"자, 페르디난드 님 편지에는 무슨 내용이 적혀 있으려나?"

귀족원이 시작하기 전에 주추를 물들였다는 이야기, 그래서 페르디난드는 마력을 등록하고 주추에 마력을 공급하게 됐다는 이야기, 레티치아도 마석을 사용한 공급 연습을 시작했다는 이야기, 가을 끝 무렵에 란체나베가 돌아갔고 경계문을 닫았다는 이야기. 영지 대항전에서 내가 보낸 음식의 조리법을 사들이고 싶다는 내용이 적혀 있었다.

"……게두르리히의 질문에 대한 내용은 없는 것 같네. 크게 중요하지 않은 질문이었나?"

건드려 봐도 딱히 빛나는 글자는 없었다. 재촉하지 않았다는 사실에 안도와 함께 미묘한 불안이 느껴졌다.

음…… 영지 대항전 때 만나서 직접 캐물을 것 같은 기분이 드네.

"뭐, 그때는 질문을 하면 되겠지? 페르디난드 님이 무슨 의미로 게두르리히라는 말을 썼는지, 아무리 생각해도 모르겠어요. 제 게두르리히를 알아내서 페르디난드 님은 뭘 하실 생각인가요? 설명이 너무 부족한 것 같아요."

혼자서 고개까지 끄덕이며 납득하고, 나는 답장을 썼다. 앞면에는 레티치아에게 보내는 감사 인사와 함께 '제 음식 조리법은 비싸답니다. 흥정이 기대되네요'라고. 그리고 뒷면에는 빛나는 잉크로 '성결식도 치르지 않았는데 마력 공급을 받아들이다니, 대체 무슨 꿍꿍이신가요?'라고 적었다.

그 다음날에도 이론은 순조로웠다. 실기는 조합인데, 마력이 잘 통하게 만드는 동조약을 만들어야 했다. 교실 앞쪽에 쳐 놓은 하얀 천에 조합 순서를 비추면서 힐쉬르가 후훗, 하고 웃으며 "어디에 쓰는 약인지 알고 있겠죠?"라고 물었다.

"아우브의 허가를 받아서 범죄자 등의 기억을 들여다볼 때, 동조하기 쉽도록 하기 위해서 사용합니다."

나도 기억을 들여다보일 때 먹은 적이 있는 약이다. 나한테 사용한 약의 용도 정도는 알고 있다. 자신만만하게 대답했더니 힐쉬르가 엄청나게 미묘한 표정을 지었다.

"……또 특수한 사례가 나왔군요."

"특수한가요? ……다른 사용 방법도 있는 건가요?"

내가 고개를 갸웃거렸더니 어쩌선지 주위에 있는 학생들이 질렸다는 얼굴로 "뭐?"라고 하면서 날 쳐다봤다. "무슨 소릴 하는 거지?" "어째서 모르는 거야?"라고 웅변하는 듯한 시선이 따갑다. 힐쉬르가 질렸다는 듯 한숨을 쉬면서 설명해 줬다.

"이 약은 일반적으로 결혼한 남녀가 서로를 물들이기 위해서 사용한답니다. 아우브가 허가를 받아야만 사용할 수 있는 특수한 사정의 약을 공통 강의에서 가르칠 리가 없겠죠?"

……아으. 하지만 그런 사용 방법은 페르디난드 님한테 못 들었는데?!

장래의 필수품이라는 이유로 만드는 방법을 가르치는 약이라는 모양이다. 페르디난드 님에게 배웠으니까 만드는 방법은 나도 알고 있다. 하지만, 일반적인 사용 방법은 몰랐다.

……특수한 사례가 아니라 일반적인 쪽을 가르쳐 달라고요, 페르디난드 님 바보, 바보!

마음속에서 페르디난드 님을 욕하면서 나는 재빨리 조합했다. 하급 귀족도 사용하는 약이라서 조합 자체는 간단했다.

"조합은 완벽했지만, 로제마인 님은 정말로 묘한 부분에서 특이하시군요."

"그 말은 제 스승에게 해 주세요. ……그보다, 어째서 서로를 물들이기 위해서 이런 약이 필요한 건가요? 대체 언제 사용하는 거죠?"

조합을 마친 약을 제출하면서 질문했더니 힐쉬르는 웬일로 곤란하다는 표정을 짓고는 "정말이지, 페르디난드 님은……." 이라고 말하며 이마에 손을 얹었다. 다른 사람들은 아직 조합이 끝나려면 한참 멀었기에 힐쉬르는 어쩔 수 없다는 얼굴로 내 질문에 대답해 줬다.

"일단 귀족은 부모가 가진 마력의 속성을 이어받아서 태어납니다. 그건 알고 계시겠죠?"

"예. 그리고 태어난 계절의 속성도 붙는 거죠? 나면서부터 지니고 있는 속성을 적성이라고 하고, 자신의 적성은 세례식 때 메달을 통해서 확인할 수 있습니다. 적성이 있는 속성의 마술이나 조합이 쉬워집니다. ······맞죠?"

내가 배운 것들을 떠올리면서 대답했더니 힐쉬르는 "맞습니다." 라고 말하며 만족스레 고개를 끄덕였다.

"무작정 마력을 흘려 넣는다고 해서 섞이는 것은 아닙니다. 자신의 것이 아닌 마력에는 반발이 일어납니다. 피가 가까운 친족이라면 반발이 적은데, 그건 알고 계시나요?"

토론베 토벌에서 페르디난드가 마력을 흘려 넣어 줬을 때 고통을 맛봤고, 그 반발을 이용해서 상처를 막았다고 들었다. 그리고 한넬로레가 다루는 바다의 여신의 신구는 부모의 신구를 만지면서 자기 마력을 흘려 넣어서 만든 물건인데, 내가 똑같이 마력을 흘려 넣었더니 반발이 일어나서 비명을 질렀었다.

내가 의기양양한 얼굴로 "예. 이미 경험했습니다." 라고 대답하며 고개를 끄덕였다. 힐쉬르가 순간적으로 멈춰 버리더니 몇 번인가 눈을 깜박거린 뒤에 "경험······?" 이라고 중얼거렸다. 내가 무슨 이상한 소리를 했나?

"깊은 질문은 하지 않겠습니다. 한마디로, 그대로는 받아들일 수 없는 타인의 마력을 받아들일 수 있도록 하기 위해 약을 사용해서 물들기 쉽게 해 주는 것입니다. 이 약이 들어간 음료는 일반적으로 침소에 들어가기 전에 마시는 것이랍니다."

그리고 앞으로 나는 마력을 받아들여야 한다는 마음의 준비를 하기 위해 약혼할 때 각자의 마력을 담은 마석을 선물하고, 그것을 몸에 지녀서 피부에 적응시켜 둔다는 듯하다. 부적 같은 것과는 달리, 약혼할 때 선물하는 마석은 마력이 서서히 흘러나오는 물건이라는 것 같다.

"그렇군요. 처음 알았네……. 어라, 잠깐?"

……어라? 나, 혹시 페르디난드 님의 마력에 물든 건 아닐까?

힐쉬르는 특수한 사용 방법이라고 말했지만, 기억을 들여다봤을 때 페르디난드 님은 나한테 그 약을 썼을 것이다. 똑같이 부모의 마력을 이어받지 않은 신식인데도 디르크한테는 적성이 없고 나한테 적성이 있는 이유라면, 그것 때문이 아닐까?

나…… 농담이 아니라 정말로 시집갈 수 없는 몸이 돼 버린 거 아냐?! 마력적으로 생각해서!

"저, 저기, 힐쉬르 선생님. 이런 질문을 드려서 죄송한데요, 그 약을 사용하는 건 한 번뿐인가요? 한번 상대의 마력에 물들면 계속 그 상태인가요?"

내가 허둥지둥하며 질문했더니, 힐쉬르 선생님은 한심하다는 표정을 지었다.

"무슨 말씀인가요? 약을 사용해서 조금씩 물들여 봤자 시간이 지나면 마력은 점점 자기 색으로 돌아온답니다. 자신의 몸속에서 새로운 마력이 생겨날 때는 원래 자신이 지닌 마력으로 만들어지니까요."

부부간이라 러브러브한 시기에는 서로 마력을 물들여서 마력의 성질이 아주 가까워지지만, 밀월 기간이 지나면 점점 상대의 영향이 흐릿해진다는 모양이다. 임신 기간에는 아이가 아버지의 마력을 가까이에서 접하도록 하기 위해서 빈번하게 마력을 흘려 넣는 쪽이 좋다는 것 같다. 아내가 임신했을 때 다른 아내를 받아들이지 않는 쪽이 좋다는 것도 그런 이유 때문인지도 모른다.

"그렇군요. 시간이 지나면 문제없는 건가요. 안심했네요. 그런데, 약을 마신 뒤에는 어떻게 마력을 흘려 넣는 거죠?"

내가 별생각 없이 그렇게 질문했더니 힐쉬르가 아주 씁쓸한 표정을 지었다. 관자놀이를 손가락으로 누른 뒤에 크게 한숨을 쉬었다.

"······로제마인 님, 그런 질문은 에렌페스트로 돌아간 뒤에 엘비라 님이나 플로렌치아 님께 하시도록 하세요. 외모가 어려 보여서 깜박할 수도 있지만, 이제 슬슬 그런 것도 알아야 할 나이니까요."

아······ 성교육과 관련된 얘기구나. 그러고 보니 침소에 들어가기 전에 마신다고 했었지. 귀족 특유의 의식이나 뭔가가 있는 건 아닌가 싶었는데, 한마디로, 그 얘기구나.

나는 바로 수긍했지만, 교실 앞쪽에서 당당하게 질문할 일은 아니었던 것 같다. 교실에 있는 다른 학생들이 뭐라 말로 표현할 수 없는 미묘한 얼굴로 어색한 분위기를 풍기고 있는 모습이 눈에 들어왔다. 조합은 끝났지만 제출하러 앞으로 나오지 못한 사람도 있을 정도로, 엄청나게 난처해하고 있다는 게 느껴졌다.

······죄, 죄송해요. 앞으로 조심할게요!

내가 힐쉬르 앞에서 물러나 내 테이블로 돌아왔더니, 거기에는 엄청나게 미묘한 분위기가 감돌고 있었다.

"마력 반발을 이미 경험했다는 게 무슨 뜻이냐, 로제마인? 대체 누구와 경험한 거지?"

"그게, 한넬로레 님과 경험했어요."

"한넬로레 님이라고?!"

주위 사람들이 예상 밖이라는 반응으로 술렁거렸고, 한넬로레에게 시선이 집중됐다. 시선을 받은 한넬로레가 깜짝 놀라더니 쭈뼛쭈뼛 나를 쳐다봤다.

"로제마인 님, 저는, 전혀 기억이 없는데요……."

"작년에 단켈페르거와 공동으로 의식을 연구하던 때 둘이서 신구 계승 방법에 대한 얘기를 했었잖아요. 그리고 제가 한넬로레 님의 신구에 마력을 흘려 넣었죠? 그때 한넬로레 님의 마력과 반발했었고……."

내가 마력 반발을 느꼈던 때에 대해서 설명했더니 한넬로레는 "아, 그때 말이군요!"라고 말하면서 이해했다는 표정을 지었다.

"로제마인 님께서 마력을 조금만 흘려 넣으셔서 깜짝 놀랐을 뿐이지 영향은 전혀 없었습니다. 힐쉬르 선생님도 말씀하신 것처럼 타인의 마력에 의한 영향은 금세 사라지니까 안심하세요."

한넬로레가 빙긋 미소를 짓자, 주위 사람들이 "뭐야……."라면서 반은 안도한 듯한, 반은 재미없다는 듯한 한숨을 쉬었다.

"로제마인, 네 말투는 여러모로 사람을 너무 오해하게 만든다. 주위 사람들은 마치 네가 이 약을 먹고 나한테 물들었다는 것처럼 받아들이지 않았나."

빌프리트의 말을 듣고는 '그렇구나. 주위에서는 빌프리트 오라버니한테 물든 것처럼 보였구나'라고 이해하고, 나는 필사적으로 머리를 굴렸다. 약혼 취소가 정해졌는데 그런 오해가 퍼져 나간다면 빌프리트도 나도 곤란하다.

……하지만, 어째서 빌프리트 오라버니는 자기 걱정은 안 하는 거

지?! 양아버님이 기억을 들여다볼 때, 빌프리트 오라버니도 먹었잖아?!

거기서 나는 앗, 하고 놀랐다. 그렇다, 에렌페스트에는 이 약을 마신 사람이 여러 명이 있다. 나나 빌프리트만이 아니다.

"……빌프리트 오라버니가 오해를 살 수도 있는 말을 한 것에 대해서는 정말 미안하게 생각해요. 하지만, 제 주위에는 이 약을 사용한 사람이 여러 명 있거든요. 약을 마신 뒤에 마력이 어떻게 되는지 걱정하는 건 당연한 일이 아닐까요?"

"여러 명, 있다고?"

"예, 고유명사까지는 말하지 않겠지만, 작년 겨울부터 올봄 사이에 사용한 아이들이 여러 명 있잖아요? 아무리 자기 무죄를 증명하기 위해서라고 해도, 장래에 영향이 생긴다면 곤란하지 않을까요?"

내가 열심히 쥐어짠 밀에 빌프리트가 "하긴, 여러 명이 있군." 이라고 말하고는 생각에 잠겼다.

"그리고, 일이라고는 해도 범죄자와 동조해야만 했던 기사분들도 정말 힘들었을 것 같아요."

윽, 하고 정말 싫다는 표정을 지은 건 상급 기사 사람들인 것 같다. 기억을 들여다보는 마술구로는 상대에게 자기 마력을 흘려 넣을 뿐이지만, 그래도 쉬운 일은 아니겠지.

"로제마인, 그건 걱정할 필요 없다. 이 약의 효과는 그리 오래 가지 않으니까. 영향이 완전히 사라지는 데까지 길어 봤자 한 달 정도겠지."

"그렇군요. 아이들 마력은 괜찮겠네요."

……한 달 정도라. 뭐야, 괜히 걱정했네.

페르디난드한테 물든 건 아닌가 싶어서 당황했지만, 아무래도 문제가 될 정도는 아닌 모양이다. 심문했던 기사들한테 물들었을지도 모르는 마티아스나 다른 사람들도 아무 문제 없을 것 같아서 다행이다.

조금 사고를 치기는 했지만, 조합을 마친 다음 날 오전은 이론 수업이었고, 오후에는 영주 후보생의 강의가 있다. 올해도 내 책상 앞에는 발판이 있고, 옆자리는 한넬로레다.

"잘 부탁드려요, 한넬로레 님."

"로제마인 님 옆자리에 있으면 여러모로 조언을 들을 수 있어서 큰 도움이 돼요."

둘이서 후훗, 하고 웃고 있는데 에그란티느가 교사로서 교실에 들어왔다.

······어라?

에그란티느의 춤추는 것처럼 우아한 움직임도, 호사롭게 꾸민 금발도, 온화한 미소를 머금은 오렌지색 눈동자도 내 기억 속에 있는 그대로였다. 하지만, 뭔가가 다르다. 예전보다 훨씬 예뻐진 것 같은 기분이 든다. 내면에서 풍기는 화려함이 더 커진 것 같다고 할까, 어깨에서 힘이 빠지고 자연스러워졌다고 할까, 말로 표현하기는 힘들지만 아무튼 예뻐졌다. 묘하게 시선을 끄는 분위기가 있다.

"여러분, 오랜만입니다. 지금 모형이 들어올 겁니다."

보조하는 사람들이 모형을 테이블 위에 올려놓았다. 내 앞에도 하나 놓였다. 새하얀 모래를 채워 놓은 상자 안에 주추 마술을 본 딴 마술구가 들어 있다. 이건 영지 모형이다.

보조하는 사람들이 마술구를 전부 나눠 주고 퇴실한 뒤, 에그란티느는 이 모형을 물들이라고 지시했다. 작년 강의에서 상자 정원을 물들이는 데 시간이 걸렸던 학생이 "또 처음부터 물들여야 합니까?"라고, 조금 짜증난다는 목소리로 물었다.

"예, 그렇습니다. 아무래도 일 년 동안 상자 정원의 마력을 유지할 수는 없으니까, 매년 처음부터 다시 물들이고 있습니다."

하긴, 유지하는 것보다 처음부터 다시 물들이는 쪽이 마력이 덜 든다. 나는 수긍했지만, 영주 후보생치고는 마력이 아슬아슬한 수준의 학생에게는 몇 번이고 다시 물들이는 게 많이 힘든 듯하다. 우울한 얼굴로 모형을 들여다보는 학생을 바라보며 에그란티느가 말했다.

"하지만, 이 정도 크기의 마술구를 물들이는 데 주저한다면 아우브가 될 수 없습니다. 진짜 주추는 이렇게 작지 않으니까요. 아우브로서 물들이거나 유지하는 것은 훨씬 힘든 일이랍니다."

에그란티느는 빙긋 미소를 지으면서 상자 정원 모형을 가리켰다. 장차 영주가 되려고 하는 사람이 영주 후보생이다. 그렇다면 이 정도 모형은 간단히 물들여야 한다는 것은 틀린 말이 아니다. 하지만 마력이 부족한 패자조 영지나 작은 영지에서는 주추 마술에 마력을 공급하는 자의 수를 유지하기 위해 상급 귀족으로 강등시키는 쪽이 좋을 정도로 마력이 적은 사람도 영주 일족으로 남겨 두고 있다. 그런 사람에게는 정말 힘든 과제다.

"그럼, 시작하세요."

나는 에그란티느의 호령과 동시에 슈타프를 꺼내 상자 정원의 주추 마술에 갖다 대고는 마력을 흘려 넣었다. 마술구가 물들고, 마력을 받아들인 하얀 모래가 검은 흙으로 변하고, 조금씩 초록색이 생겨나기 시작했다.

"로제마인 님은 여전히 빠르시군요. 이 모형을 자신의 마력으로 물들이셨으면, 올해는 다른 영주 일족이 마력을 공급하기 위한 공급실과 등록 마석을 만들도록 하죠."

"예."

공급실과 출입을 등록하기 위한 마석은 영주만이 만들 수 있다. 그리고 공급실에 들어가는 사람은 일곱 명으로 정해져 있다. 마력을 공급하기 위한 장소가 최고신과 다섯 대신의 인이 찍힌 숫자만큼만 있기 때문에, 그 이상은 들어갈 수가 없다.

물론 등록 마석만이라면 얼마든지 만들 수 있다. 드레반헬은 영주와 양자 결연을 맺은 사람이 많아서 성인이 된 영주 일족이 많다는 모양이다. "미성년자는 마력 공급을 자주 할 수는 없지만, 등록만은 해 뒀습니다."라고 다과회에서 아돌피네에게 들은 적이 있다.

……영주 후보생이 많다니, 정말 좋겠다.

"왜 그러시나요, 로제마인 님? 복잡한 표정을 짓고 계신데……."

"그게, 주춧돌 마술에 마력을 공급할 수 있는 사람에 대해서 생각하고 있었어요. 드레반헬처럼 사람이 많은 곳이 부럽다고 생각했죠. 에렌페스트는 미성년자를 제외하면 세 명 뿐이라서……."

내 말을 들은 한넬로레가 "정말 힘들겠네요." 라고 말하며 표정이 어두워졌다.

"단켈페르거는 할아버님과 할머님도 건재하시고 숙부님도 계시니까요. 아버님의 제2 부인이나 제3 부인까지 포함하면 성인만 해도 일곱 명은 간단히 넘어요."

오라버니도 성인이 됐다고 한넬로레가 중얼거렸다. 내년에는 제2

부인의 자식이 귀족원에 들어온다는 것 같고, 미성년자 영주 후보생도 여러 명 있다고 했다.

"그만큼 인재가 풍부하다는 것이 정말 부러워요."

"하지만 중급 영지인 에렌페스트가 그 정도 인원으로도 힘들다면 아렌스바흐는 정말 힘들겠네요."

한넬로레의 말을 듣고서 깜짝 놀랐다. 아렌스바흐에서 주추 마술에 마력을 공급할 수 있는 성인은 이제 막 성인이 된 디트린데와 게오르기네뿐이다. 그리고 미성년자 영주 후보생도 아직 귀족원에 입학하지도 않은 레티치아뿐이고.

……지금도 페르디난드 님을 마구 부려먹다니, 너무해! 라고 생각하지만, 다른 사람의 도움을 받고 싶어 하는 마음은 정말 이해가 되네.

아으…… 하고 신음을 흘리고 싶어진 그 때, 상자 정원 안에 마력이 완전히 퍼져 나갔다는 게 느껴졌다. 감각적인 영역이지만, 계속 흘려 넣고 있던 마력이 순간적으로 되돌아왔다.

"에그란티느 선생님, 다 했습니다."

"그럼, 공급실을 만들도록 하죠. 마석은 준비되셨나요?"

"예. 이미 마석을 포화시켜 뒀으니까 지금부터 금가루로 만들겠습니다. 설계도를 그리기 위한 마지는 이걸 사용하면 될까요?"

페르디난드한테 미리 배워 둔 덕분에 뭘 하면 되는지는 알고 있다. 나는 강의를 위해서 준비해 두라는 말을 들었던 도구를 꺼내서는 순서대로 확인했다.

"예, 괜찮습니다. 이 마법진을 보면서 스틸로로 그려 주세요."

나는 지참한 마석을 금가루로 바꾸고는 공급실을 만드는 데 필요한 마법진을 들여다봤다. 모든 신들의 기호가 가득 들어가 있는 마법진은 정말 복잡해서 그리기 힘들었다.

……복사해서 붙여 넣을 수 있을까?

나는 시작 지점과 끝나는 지점을 손가락으로 톡톡 두드려서 지정했다. 하지만 마력이 전혀 나오지 않는다. 아무래도 안 되는 모양이다. 기껏 개발한 복사해서 붙여 넣는 마법인데, 상당히 한정적인 상황에서만 쓸 수 있다. 너무 아쉽다. 나는 포기하고 스틸로로 마지에 마법진을 그리기 시작했다.

……쳇, 편하게 하고 싶었는데.

내가 마법진을 다 그렸을 무렵에는 한넬로레도 상자 정원을 다 물들이고서 금가루를 만들고 있었다. 마석을 꼭 쥐고서 마력을 담고 있다.

"로제마인 님은 벌써 다 그리셨나요?"

"벌써라뇨. 너무 오래 걸려서 피곤해요."

"정말 빠르고 깔끔하게 그리신 것 같은데……."

한넬로레가 그렇게 말하면서 내가 그린 마법진을 들여다봤다. 나도 내 마법진을 봤다. 그렇게 깔끔하지는 않은 것 같다. 이렇게 조금 떨어져서 보니까 기호 몇 가지가 비뚤어진 게 보인다.

"그런가요? 페르디난드 님한테는 너무 느리고 기호가 균등하지 않다고, 아름다움이 부족하다고 자주 혼났는데요. 아마 이것도 합격할지 아닐지 미묘한 수준일 거예요."

복잡하고 어려운 마술을 사용할 때는 마법진의 기호가 조금 어긋나기만 해도 효율이 떨어진다는 모양이다. 페르디난드가 수긍할 때까지 몇 번이고 스틸로로 다시 그려야만 했다.

"저희 어머님보다 엄격하시네요."

한넬로레가 조금 놀란 것처럼 말했다. 아무래도 단켈페르거의 제1부인도 엄격한 분이신 모양이다. 나도 모르게 살짝 웃고 말았다.

"한넬로레 님, 페르디난드 님의 지도가 정말 엄격하기는 하지만, 계속 지도를 받다 보면 점점 합격선이 어느 정도인지 알게 돼요. 그것만 알아내면 어떻게든 합격할 수 있는 수준을 노리면서 빨리 그리는 것도 가능해져요. 한넬로레 님도 합격선을 찾아 보시는 게 좋을 거예요."

너무 잘 하면 합격 기준을 높여 버리니까 조심해야 하지만, 이라고 말하면서 그렇게 해 보라고 권했더니 한넬로레는 잠시 멍한 표정을 지은 뒤에 살며시 한숨을 쉬었다.

"……로제마인 님은 엄한 지도를 받으면서도 의외로 여유가 있으시군요."

……뭐? 그런 거 없는데? 빨리 다음 책을 읽고 싶어서 항상 아슬아슬했거든.

지금은 독서 시간을 충분히 갖지도 못할 만큼 여유가 없는데, 다른 사람들한테는 여유가 있는 것처럼 보이는 걸까?

"로제마인 님, 준비가 다 되셨으면 공급실을 만들어 주세요."

"예."

나는 엔트비켈른과 같은 요령으로 공급용 마술구를 만들고, 주추 마술과 연결해 나갔다. 공급용 마석은 일곱 개 만들었다. 예습하면서 한 번 만들어 본 경험이 있으니까 크게 실패하지는 않을 거야.

……이 정도면 되려나?

내가 결과물을 제출했더니 에그란티느가 눈이 휘둥그레져서 "훌륭해요."라고 말했다. 예상보다 빨리 만든 모양이다. 페르디난드 덕분이지만, 예습해서 여유를 보였기 때문에 봉납식 같은 귀찮은 일을 떠넘기는 것 같다는 생각도 들었다.

"다음에는 영지 주민 등록 메달 만드는 방법을 배우고, 등록과 폐기를 해 보겠습니다. 오늘은 시간이 다 됐으니까 다음 시간에 하도록 하죠."

에그란티느의 설명을 듣자 나는 조금 우울한 기분이 들었다. 등록 메달 폐기는, 그거다. 핫세에서 페르디난드가 했던 처형이다. 전 기베 게를라흐처럼 도망친 범죄자를 처형하기 위해서는 알아 둬야만 하는 것이지만, 그렇다고 기분이 좋은 일은 아니다.

······핫세의 처형 풍경이 생각나서 기분이 나빠졌어!

강의에서 하는 것은 영민으로 간주한 마석의 마력을 메달에 등록하고, 메달과 함께 마석을 파기할 뿐이다. 핫세의 처형 풍경을 보지 않았더라면 나는 아무 생각도 없이 강의를 마쳤겠지.

하지만 마석이 부서지는 모습을 보면 그 날 봤던 처형 풍경이 생각난다. 기분도 나쁘고, 한동안 기분이 가라앉는다.

······괜찮아. 마석이니까 안 무서워. 안 무서워.

강의 종료를 알리는 종이 울렸다. 다른 사람들이 재빨리 정리를 마치고 교실에서 나가는 와중에 에그란티느가 싱긋 웃으면서 나를 불렀다.

"로제마인 님은 남아 주시겠어요? 잠시 할 얘기가 있습니다."

"알겠습니다, 에그란티느 선생님."

걱정된다는 듯 몇 번이나 뒤를 돌아보면서 교실에서 나가는 빌프리트와 한넬로레에게 살짝 손을 흔들어 보이고, 나는 교실에 남았다. 다른 사람들이 다 나가고 보조하는 사람들이 교재로 사용한 상자 정원을 다 치우고 나니 교실에는 나와 에그란티느 단둘만 남았다.

"하실 말씀이라는 게 뭔가요, 에그란티느 선생님?"

"봉납식에서 무슨 일이 일어날지도 모른다고 하셨죠? 대체 무슨 일이 일어나는 건가요? 가능한 자세히 가르쳐 주실 수 있을까요?"

올도난츠로 이야기를 나눴던 내용 그대로였다. 나는 처음에 생각했던 대로, "무슨 일이 일어날지는 저도 예상할 수 없어요."라고 대답했다.

"예상도 할 수 없는데, 무슨 일이 일어난다는 건 알 수 있다는 건가요?"

"예. 구르트리스하이트를 얻기 위해서는 기도가 필요하잖아요? 신들께 기도하고 빛의 기둥을 세우고, 사당에서 기도를 바쳐야만 하니까……."

내 말을 듣고 에그란티느가 고개를 끄덕였다. 귀족원 사당을 빙글빙글 돌면서 기도를 바쳐야 한다는 것은 지하 서고에 있는 하얀 석판에도 적혀 있는 내용이다.

"가장 깊은 방은 기도를 바치기 위한 예배실이니까 거기서 봉납식을 하고 여러 사람이 기도를 바치면 무슨 일이 일어날 것 같다는 생각이 들었습니다. 하지만 무슨 일이 일어날지는 예상할 수 없어요."

"작년에도 봉납식을 했지만, 아무것도 달라지지 않았었죠?"

에그란티는 이상하다는 듯 고개를 갸웃거렸다. 빨간 빛의 기둥이 나타나기는 했지만, 귀족원에서는 당연한 현상이었다. 나도 그 정도 규모의 변화로 아무 일도 없이 끝났으면 좋겠다고 생각한다.

"하지만 작년에는 중앙 신전이 협력을 거부해서 제단의 신구를 사용하지 못했어요. 제 슈타프를 변형시킨 성배를 둘러싸는 모양이었기 때문에 마력이 제단으로 흘러가지도 않았고, 그저 성배에 마력을 담을 뿐이었죠. 하지만 올해는 중앙 신전이 협력해 주니까 제단을 향해서 기도하겠죠?"

그리고 사당을 순례한 것도 아니고, 하늘에 거대한 마법진이 나타나 있는 상태도 아니었다. 작년과 올해는 여러 의미에서 조건이 다르다.

"성결식 때 신구를 사용했더니 신기한 현상이 일어났던 것처럼 제단을 향해 기도를 바치면 신기한 일이 일어날지도 모릅니다. 마음의 준비만이라도 해 두는 게 좋지 않을까 싶어서 연락을 드렸습니다."

내가 아나스타지우스한테서 '갑자기 닥치는 것보다는 마음의 준비를 할 수 있잖느냐. 네가 관련됐는데 아무 일도 일어나지 않을 리가 없으니까'라는 말을 들었다고 얘기했더니, 에그란티느가 쿡쿡 웃었다.

"첸트께도 보고해 마음의 준비를 하시도록 하겠습니다. 그리고 클라센부르크의 영주 후보생이 새로 입학했습니다. 장시안 님은 아직 마력 압축을 하지 않았으니까 중급 귀족의 봉납식에 출석할 예정입니다. 중급 귀족은 빌프리트 님이 담당하신다고 하셨죠?"

"그렇습니다. 봉납식을 세 번이나 치르는 건 제게 너무 부담이 되니까, 라는 이유로 분담하는 쪽으로 제안해 주셨어요."

내가 싱긋 미소를 지어 보였더니 에그란티느도 마찬가지로 미소를 지었다.

"로제마인 님의 측근 두 분도 정말 주인을 소중히 여긴다는 것이 느껴졌습니다. 두 분 모두 로제마인 님께 부담이 가지 않도록, 이라는 이야기만 하셨으니까요."

에그란티느가 흐뭇한 것이라도 보는 표정으로 날 봤다. 그리고 사실은 봉납식을 치르기 전에 장시안과 나를 초대해서 다과회를 하고 싶었다든지, 장시안을 비호해 줬으면 싶다는 이야기를 했다. 비호와 공동 연구는 별개라고 생각하는데, 내 인식이 잘못된 걸까?

……봉납식에 대해 가르쳐 줬으면 싶다고 부탁했다면 흔쾌히 받아들였겠지만, 제1위인 클라센부르크를 제8위인 에렌페스트가 비호한다고? 반대 아닌가?

"제가 장시안 님보다 입장이 위인 왕족이 되는 내년부터라면 비호할 수 있겠지만, 올해는 아직 힘들 것 같습니다."

"어머나, 로제마인 님. 너무 어렵게 생각하실 것 없이 다과회에 초대하거나 초대를 받아들이면서 사이좋게 지내 주시기만 하면 충분합니다."

"그 정도로 괜찮다면……."

같이 다과회를 하는 정도로 괜찮다면 어떻게든 되겠지. 시간을 내기가 힘들 뿐이지.

……도서관 마술구 연구, 할 수 있을까? 가장 하고 싶은 일인데 말이야. 음…….

"흔쾌히 받아들여 주셔서 정말 기뻐요. 로제마인 님, 공동 연구, 잘해 봐요."

나는 고개를 갸웃거렸다. 그런 말을 하면 곤란한데 말이야. 그리고 나는 굳이 따지자면 클라센부르크에 협력만 해 주고 있다는 기분인데.

"공동 연구를 잘 해 보자고 하셔도, 클라센부르크는 대체 어떤 연구를 하는 건가요?"

"예?"

"저는 아무 말도 못 들었고, 에렌페스트 입장에서는 봉납식에서 연구할 것은 딱히 없습니다. 왕족과 상위 영지에서 협력을 요청하셔서 제사를 치를 뿐입니다. 클라센부르크의 장시안 님은 대체 어떤 연구를 하시려는 건가요?"

에그란티느가 깜짝 놀라서 입에 손을 대는 모습을 나는 이상하다는 기분으로 바라보았다. 연구 테마도 정해지지 않았고, 봉납식 준비 외에는 아무것도 논의한 게 없는데 잘 해 보자는 말을 듣는다면 대체 뭐라고 대답해야 좋을지 모르겠다.

"저는 작년에 공동 연구는 학생의 영역이니까 딱히 아우브의 허가는 필요 없다는 이야기를 들었습니다. 하지만 클라센부르크와의 공동 연구는 아우브의 제안으로 시작해서 에그란티느 님이 지원하셔서 결정됐고, 논의나 합의는 학생들이 없는 상태에서 이뤄졌습니다."

에그란티느가 깜짝 놀랐다는 표정으로 나를 봤다. 하지만 정말로 학생들은 전혀 끼어들지 못했다. 나는 친목회에서 인사를 나눴던 장시안 외에는 클라센부르크 학생들의 얼굴이 전혀 떠오르지 않을 정도였다.

"저희 의견은 듣지도 않은 상태에서 날짜와 시간이 결정되고, 연구 테마조차 정해지지 않았는데 대체 어떻게 연구하면 좋을까요?"

학생들의 가호를 늘리기 위해, 제사에 대해 널리 알리기 위해, 왕족이 많은 마력을 얻기 위해서라는 이유가 있으니까 봉납식에 협력하는 것까지는 상관없지만, 공동 연구라고 하면 뭔가 느낌이 오지 않는다.

"이점이 많으니까 봉납식을 치르는 건 좋은 일이라고 생각합니다. 클라센부르크가 열심히 해 주셨으면 싶으니까 올해는 상위 영지의 요청에 따르겠습니다. 하지만, 제가 왕의 양녀가 된다면 에렌페스트 입장에서는 딱히 얻는 것도 없는 클라센부르크와의 공동 연구는 그만두겠습니다. 솔직히 말해서 여유가 전혀 없는 강의 초반에 휴일을 날려 가면서 봉납식을 치르는 건 상당히 귀찮은 일입니다."

에그란티느가 개입했던 것처럼 나도 개입해서 공동 연구를 그만두게 한다. 빌프리트와 샤를로테에게 부담을 주고 우수한 성적을 거두려고 노력하는 학생들을 끌어들여가면서까지 에렌페스트가 해야 할 일은 아니다.

"왕족에 대한 공헌이 에렌페스트의 이익이 아니던가요?"

클라센부르크가 이끌어 주면서 봉납식을 치르면 왕족에게 공헌할 수 있다고 에그란티느는 말했다. 하긴, 에렌페스트가 승자 영지로서 공헌하는 것도 필요하겠지. 하지만 굳이 클라센부르크와 같이 해야만 하는 일은 아니고, 내가 왕족으로 들어가는 것도 에렌페스트의 공헌으로 취급하기로 했을 테니 더 이상의 부담은 필요 없다.

"로제마인 님, 에렌페스트의 협력이 있어야만 봉납식을 치를 수 있습니다. 제사를 치를 수 있는 사람이 없으니까요. 그렇게까지 폐가 되는 일이었다면 좀 더 일찍 말씀해 주셨으면 좋았을 텐데……."

뺨에 손을 대면서 곤란하네요, 라고 말하는 에그란티느를 똑바로 쳐다보면서 나는 고개를 저었다.

"저는 겨울 초에 이미 결정된 일이라는 연락을 받았을 뿐이고, 의견을 묻거나 하지도 않았기 때문에 제 생각을 말씀드릴 수도 없었습니다. 에그란티느 님이 개입한 시점에서 이미 왕족의 명령이 되니까 에렌페스트로서는 거절할 수가 없습니다."

왕족이 개입한 시점에서 에렌페스트 입장에서는 단순한 학생의 공동 연구가 아니다. 영주간의 의논을 통해서 결정하는 학생의 공동 연구라는 것은 보통은 존재하지 않는다. 그런 보통이 아닌 연구를 계속할 생각은 없다.

"클라센부르크가 내년에도 똑같이 봉납식을 치를 예정이라면 올해 봉납식을 잘 연구해서 클라센부르크의 학생이 제사를 치를 수 있게 되면 좋을 것이라고 생각합니다. 아, 그것을 올해의 연구 테마로 삼는 건 어떨까요?"

빌프리트와 샤를로테도 할 수 있게 됐고, 멜키오르과 견습 청색 신관들도 수확제에서 훌륭하게 의식을 치렀다고 들었다. 준비 기간이 일 년이나 있으니 의욕만 있다면 어떻게든 되겠지. 내가 봄부터 가을에 걸쳐서 열심히 노력해 준 견습 청색 신관들의 노고를 이야기했더니 에그란티느는 무슨 말을 해야 좋을지 모르겠다는 표정이 되었다.

"반 년 동안 열심히 노력하면 제사를 치를 수 있습니다. 클라센부르크에는 그렇게 전해 주세요, 에그란티느 님."

귀족원 봉납식

에그란티느 님과 이야기를 나눈 다음 날, 강의에 합격하고 기숙사에 돌아왔더니 브륀힐데가 나한테 달려왔다. 아무래도 클라센부르크에서 봉납식 때까지 공동 연구에 관한 이야기를 하고 싶다는 제안이 들어왔다는 듯하다. 하지만 오늘은 봉납식 바로 전날이다. 지금부터 봉납식 때까지는 이야기를 나눌 여유가 하나도 없다.

"이걸 어쩌죠? 봉납식 전까지라고 해도 시간을 낼 수 있는 건 내일 아침밖에 없어요. 중앙 신전 신관들이 준비하는 동안에 인사를 하거나 잠깐 이야기를 나누는 정도는 가능할 것 같아요. 하지만, 그건 결례가 되지 않을까요?"

나는 클라센부르크에서 들어온 요청에 대해 빌프리트와 샤를로테의 의견도 들어 봤다. 두 사람 모두 복잡한 표정을 지었다.

"봉납식 자체는 아직 두 번이 더 남았다. 굳이 첫 번째 의식 전에 만나야만 할 필요는 없겠지. 하지만 에렌페스트에서 제사의 대표는 너니까, 그쪽은 너와 이야기를 나누는 것을 바라는 것 같아."

봉납식을 위해서 모이는 학생들에게 어떻게 설명할지, 어디서부터 어디까지를 클라센부르크의 범위로 삼을까 등등, 의식 전에 의논하는 쪽이 좋은 일들이 많은 건 사실이다.

"친목회 때에 네 측근들이 불려 갔었지? 의논은 그때 다 끝난 게 아니었나?"

"의식의 절차에 관한 이야기를 나눴을 뿐입니다. 학생들이 없는데 공동 연구의 논의는 말도 안 되는 일이죠. 학생들 사이에 누가 누군지 알지도 못하는 지금 상태에서는 공동 연구라고 할 수가 없습니다. 먼저 인사 정도는 해 두고 싶은 게 솔직한 심정입니다. 저는 친목회에서 인사를 나눴던 장시안 님 외에는 그쪽 학생들의 얼굴을 하나도 모르니까요."

빌프리트와 샤를로테 역시 클라센부르크 학생들의 얼굴을 모르는 것 같다.

"클라센부르크의 장시안 님이 참가하시는 건 빌프리트 오라버니의 의식인데, 사전에 인사 한 번 나누지 않아도 괜찮을까요?"

"음? 하긴, 내가 봉납식을 치르기 전에 인사라도 나누고 싶기는 하군. ……그렇다면, 다음 주인가? 시간을 내기가 상당히 어려운데 말이야."

이번 봉납식에서 클라센부르크와 접촉하는 시간이 가장 긴 사람은 빌프리트다. 내 몸 상태를 이유로 빌프리트와 샤를로테가 의식을 치르기로 했는데, 내가 그 현장에 나타날 수는 없으니까.

"언니, 오라버니. 설령 시간이 내일 아침밖에 없다고 해도 인사를 나눌 자리를 만드는 쪽이 좋지 않을까요? 클라센부르크에서 먼저 제안했는데 에렌페스트가 시간을 내주지 않았다는 말을 들을 가능성이 있습니다. 내일 아침이라는 급박한 시간대라도 에렌페스트가 배려했다는 자세를 보여 주는 쪽이 무난할 것 같아요. 갑작스러운 초대를 거절할지 받아들일지는 클라센부르크 쪽의 판단에 맡기도록 하죠."

샤를로테의 말에 따르면 사교적으로는 일단 면회 시간을 가지는 쪽이 좋다는 모양이다.

"그렇군. 너무 갑작스럽다고 거절당한다면 다음 주에 다시 약속을 잡으면 된다는 말인가. 너는 준비하느라 바쁘겠지? 클라센부르크를 상대하기는 힘들다고 봐야겠군."

빌프리트가 말하자 샤를로테도 "장시안 님은 여성이시니까, 저도 같이 가는 쪽이 좋겠죠." 라고 말하며 고개를 끄덕였다. 봉납식을 여러 번 치르는 건 마력적으로 힘드니까 서로 얼굴이나 익혀 두기 위해서인데, 두 사람도 강당에 와 준다고 한다. 그렇다면 정말 큰 도움이 된다.

"그렇다면 내일 아침, 식사를 마친 뒤에 세 점 종이 울리기 전까지 강당에서 인사를 나누고, 자세한 이야기는 나중에 다과회에서 나누자고 제안하면 될까요? 브륀힐데, 답장을 부탁드릴게요."

"알겠습니다. ……가죠."

브륀힐데의 말에 베르틸데와 그레티아는 물론이고 멜키오르의 견습 시종까지 따라가는 모습이 보였다. 교육 중이구나.

클라센부르크와 만나는 일에 대해 의논하던 도중에 갑자기 샤를로트가 고개를 들었다.

"저, 언니가 돌아오시기 조금 전에 에렌페스트에서 목패가 왔어요. 멜키오르의 시종과 문관이 한 사람씩 내일 봉납식에 온다는 것 같아요."

"뭐?"

"멜키오르가 신전에서 봉납식을 치르기 전에 측근에게도 한 번쯤 경험하게 해 주고 싶다는 부탁을 했고, 아버님께서 허락하셨다는 모양입니다. 언니의 호위 기사들에 섞이는 형태로 청색 의상을 입고서 온다나 봐요."

성에 있는 멜키오르의 호위와 측근을 전부 귀족원에 보낼 수는 없어도, 그 중에서 가호 재취득을 기대할 수 있는 젊은 사람 둘을 보내 겠다는 듯하다.

"학생 측근들에게도 멜키오르가 명령했습니다. 귀족원 봉납식을 제대로 경험하고, 에렌페스트의 봉납식 때까지 귀족원 강의를 마치고 로제마인 누님과 같이 돌아오도록, 이라고 말이죠."

샤를로테의 전언을 들은 멜키오르의 측근들은 '예전부터 그렇게 말씀하셨기에, 열심히 귀족원 강의를 마치고 있습니다'라고 대답했다고 한다. 정말 믿음직하네.

봉납식 당일. 나는 아침 식사를 마치고 몸을 씻은 뒤에 신전장의 의식용 의상을 입었다. 귀족원에서 몇 번이고 입을 의상은 아닌데, 리젤레타는 이 옷을 입혀 주는 게 아주 능숙해졌다. 베르틸데가 진지한 얼굴로 리젤레타의 손놀림을 보면서 잘 기억해 두려고 하는 게 느껴졌다.

"로제마인, 에렌페스트에서 멜키오르의 측근들이 도착했다."

"다른 사람들도 준비가 다 됐으면 강당으로 가도록 하죠."

나는 청색 의상을 입은 사람들에게 말했다. 신관장 하르트무트를 선두로 성인이 된 내 호위 기사들과 멜키오르의 측근들, 그리고 빌프리트와 샤를로테가 청색 의상을 입었다. 인원이 상당히 많다. 클라센부르크와도 만나야 하니까 빌프리트와 샤를로테의 측근들도 같이 있는데, 그 사람들은 청색 의상을 입지 않았다.

청색 의상을 입은 사람들과 함께 줄줄이 강당으로 향했다. 가는 중에 조금 전에 에렌페스트에서 온 멜키오르의 측근들에게 성에 있는 아이들 방의 상황을 물었다. 아무래도 멜키오르가 잘 운영하고 있다는 것 같다. 나도 귀족원에 있는 멜키오르의 측근들이 어떻게 지내는 지에 대해 말해 줬다.

"강의에 합격하고 시간에 여유가 생기면 견습 기사들한테는 코르넬리우스와 레오노레가 독을 구분하는 방법이나 처리하는 방법을 가르치고, 훈련도 시키고 있습니다. 견습 문관들에게는 하르트무트와 다무엘이 신진 업무와 서류 업무에 대해, 견습 시종에게는 강의를 마친 브륀힐데가 이곳저곳에 데려가고 있어요. 에렌페스트의 봉납식을 치르러 돌아갈 때까지긴 하지만."

그 뒤에는 성인들이 귀족원에 있을 명분이 없어지기 때문에 기간이 한정되기는 하지만, 그 기간 안에 상당히 농밀하게 교육할 예정이다.

강당에 들어갔더니 검은 망토를 두른 사람들과 청색 신관들이 바쁘게 일하는 모습이 보였다. 저 청색 신관들은 중앙 신전 사람들이겠지.

이번에도 힐데브란트가 가장 깊은 방으로 가는 문을 여는 역할을 맡았는지, 중앙 기사단과 함께 있었다. 강당에 들어온 우리를 알아봤는지, 힐데브란트가 빙긋 웃었다.

"로제마인, 일찍 오셨군요."

"어머나, 힐데브란트 왕자님이 더 일찍 오시지 않았나요. 오늘은 이쪽의 제사에 참가하지 않으시는데, 문을 여는 역할 때문에 오신 거죠? 왕족도 정말 힘드시겠네요."

우리가 인사를 나누고 있었더니 클라센부르크 사람들도 다가왔다. 장시안은 먼저 힐데브란트와 인사를 나눴고, 그리고는 나를 보면서 말했다.

"로제마인 님, 갑작스런 제안에 이렇게 배려해 주셔서 정말 감사합니다."

"장시안 님, 순서가 달라지기는 했지만, 바쁜 사람부터 소개해드리겠습니다. 이쪽은 청색 의상을 입고 있지만, 영주 후보생의 측근이자 신전 업무를 도와주고 있는 이들입니다. 얼마 뒤에 치러질 중급과 하급의 봉납식에서도 보시게 되실 겁니다."

나는 바로 하르트무트 일행을 소개했다. 호위 기사는 내 옆에 두지만, 신관장인 하르트무트와 멜키오르의 측근들은 중앙 신전의 청색 신관들과 함께 의식을 준비해야만 한다.

"지금부터 중앙 신전 사람들과 같이 의식 준비와 최종적인 논의를 할 예정입니다. 클라센부르크 분들도 동행하시겠습니까?"

장시안이 옆에 있는 여성을 슬쩍 보자, 몇 사람이 하르트무트를 따라서 제단 쪽으로 걸어갔다. 그 모습을 지켜본 뒤 나는 장시안에게 빌프리트와 샤를로테를 소개했다.

"두 사람이 중급과 하급 봉납식을 치르게 됩니다. 오늘은 인사를 드리기 위해서 이렇게 왔습니다. 자세한 이야기는 나중에 천천히 하도록 하죠. 클라센부르크는 어떤 연구를 하실지 결정하셨나요?"

"클라센부르크에는 제사에 관한 것으로 추정되는 오래된 서책이 있습니다. 이 봉납식을 통해서 제사 방법을 배우고 옛 제사를 재현하고 싶습니다만, 어떠실까요?"

단켈페르거처럼 자신의 영지에 전해지는 제사를 올바른 형태로 부활시킬 수 있다면 영지에 도움이 될 테고, 귀족들이 치르기 쉬운 의식이 되리라고 생각한 모양이다.

"아주 좋은 발상이시군요. 그 서책에 적혀 있는 제사에 관한 기술을 꼭 한 번 보고 싶습니다."

장시안이 말한 오래된 서책이라는 말을 듣자 내 머리에 있는 안테나가 쫑긋, 하고 움직였다. 보고 싶다, 읽고 싶다고 생각하고 있었더니 장시안이 기쁘다는 것처럼 푸근한 미소를 지었다.

"너무 오래돼서 실물을 가지고 나오기는 힘들고, 필사한 물건을 바탕으로 재현을 시도할 예정입니다. 대화 자리에 필사본을 가지고 나올 테니, 로제마인 님께서 꼭 한 번 살펴봐 주셨으면 좋겠습니다."

……장시안 님, 좋은 사람 아닐까? 엄청 좋은 사람 아닐까?

"에렌페스트에서도 옛 의식을 올바르게 재현한 적이 있습니다. 그 의식의 효과는 정말 훌륭했죠. 옛 의식을 재현한다는 부분을 공통 연구로 삼고, 어떤 의식을 재현할지에 대한 부분을 독자적인 연구로 선정한다면 공동 연구의 형태가 갖춰질 것 같습니다."

하르덴첼에서 치렀던 봄을 부르는 의식을 에렌페스트의 연구 소재로 삼으면 그다지 많은 시간을 들이지 않아도 연구의 형태를 갖출 수 있겠다고 생각하고 있었더니, 빌프리트와 샤를로테도 고개를 끄덕였다.

"그 연구라면 하르덴첼의 사례가 좋겠죠. 제가 기베 분들께 이야기를 들었으니까 도움이 될 듯합니다, 언니."

"역시 샤를로테네요. 정말 마음이 든든해요."

인사를 나누고 연구의 개요에 대한 이야기를 조금 나누는 사이에 의식 준비가 다 된 모양이다. 중앙 신전의 청색 신관들이 가장 깊은 방에서 나왔다. 선두에 있는 사람은 하르트무트였고, 바로 나를 향해 걸어왔다.

"로제마인 님, 준비가 다 됐습니다."

"고마워요, 하르트무트. 다른 분들께도 잘 설명해 주셨겠죠?"

멜키오르의 측근들과 클라센부르크의 학생들도 의식 준비를 견학했다. 설명 담당인 하르트무트가 많이 힘들었겠네. 내가 고생했다고 말했더니 하르트무트는 빙긋 웃었다. 그리고는, "중앙 신전의 청색 신관들이 의식을 지켜보겠다고 말했습니다만, 어떻게 할까요?"라고 말하며 임마누엘 쪽을 봤다.

이번 봉납식에는 중앙 신전에서도 신구인 성배를 가지고 왔다는 듯하다. 그래서 임마누엘이 의식에 동석하고 싶다는 말을 했다는 모양이고. 신구의 중요성을 설명하고 자신들이 동석해서 지켜봐야만 한다든지, 자기들도 제사 준비를 도왔으니까 제사에 참가할 권리가 있다고 주장하는 임마누엘에게 나는 고개를 저어 보였다.

"중앙 신전의 청색 신관들은 영주회의 때 봉납식에서 쓰러졌으니까 영주 후보생과 상급 귀족이 모이는 오늘 봉납식에는 참석을 자제해 주세요. 위험성을 조금이라도 줄이기 위해 제사에 참가하지 않는 이는 왕족이건 호위 기사건 예배당 안에 들어오지 못하게 되어 있습니다. 굳이 본인의 눈으로 봐야만 하시겠다면 하급 귀족 봉납식에 중앙 신전의 성배를 가지고 와 주세요."

미성년자 하급 귀족의 봉납식이라면 중앙 신전의 청색 신관들도 자신의 마력 흐름을 멈추지도 못하고 기절하는 일은 없을 것 같으니까. 내가 그렇게 말했더니 임마누엘은 어쩔 수 없이 중앙 신전의 성배를 들고서 돌아갔다.

나는 빌프리트, 샤를로테, 장시안을 데리고 가장 깊은 방으로 들어가서 제단의 공물과 신상, 신구, 빨간 카펫이 제대로 깔려 있는지 등을 확인했다. 그런 우리를 클라센부르크의 학생들이 필사적으로 따라다녔다. 확인을 마친 뒤에 힐데브란트에게 준비가 다 됐다고 전하고, 왕족에게 연락해 달라고 했다. 이것으로 귀족원의 봉납식 준비는 끝났다.

"장시안 님, 실제 의식의 흐름에 대해서는 오늘 참가자에게 여쭤봐 주세요. 오늘은 다른 참가자들이 오기 전에 기숙사로 돌아가시는 쪽이 좋을 것 같습니다."

괜히 얼쩡거리다가는 돌아갈 기회를 놓치게 된다. 내 말에 고맙다고 대답한 장시안에 뒤이어 빌프리트와 샤를로테도 기숙사로 돌아갔다.

"에렌페스트와 클라센부르크에는 부담을 주게 됐지만, 잘 부탁한다."

"첸트께 도움이 되어서 영광입니다. 봉납식에 참가하는 분들은 작년과 같군요."

작년과 마찬가지로 왕족을 먼저 안에 들여보낸 뒤 바람의 방패로 선별하면서 영주 후보생과 상급 귀족을 가장 깊은 방으로 들여보냈다. 올해는 바람의 방패가 있다는 걸 알고 있는 탓인지 마음에 뭔가 켕기는 것이 있는 사람은 처음부터 참가하지 않기로 한 모양이다. 참가 희망자들은 단 한 사람도 탈락하지 않고 가장 깊은 방으로 들어갔다.

몇몇 영지로부터는 채집 장소 회복에 대해 고맙다는 인사를 받기도 했고, 졸업할 때 가호를 재취득하기 위해 노력하고 싶은데 어떻게 기도하는 것이 효율적인지 등에 관한 질문도 받았다. 제사에 대한 태도가 긍정적으로 바뀐 영지들이 있다는 것을 확인한 것만으로도 조금 기뻤다.

"자신을 위해 기도하는 것이 아니라 다른 누군가를 위해서 기도하는 것이 가장 효율적입니다. 소중한 사람과 서로를 위해 기도하는 건 어떨까요?"

"그렇게 훌륭한 머리 장식을 선물해 주시는 약혼자가 계신 로제마인 님은 쉬이 말씀하시지만, 아직까지 약혼자가 없는 제게는 조금 어려운 일일지도 모르겠습니다."

풀죽은 얼굴로 그렇게 말하는 상대에 마음속으로 "뜨아아아아! 미안해요!"라고 사과하는 일도 있었다.

"그러니까, 약혼자가 아니라 가족이나 친척, 친구라도 되고요, 서로 기도를 할 수는 없지만 기도를 바치는 대상이 사람이 아니라도 괜찮아요. 영주 일족은 영지를 위해서 기도를 바치고 있으니까요."

"친구, 말씀이신가요. 정말 감사합니다."

마음이 풀린 듯한 여학생을 멜키오르의 측근이 지정된 위치로 안내했다.

작년에는 성배를 중심으로 도넛 모양으로 자리를 배치했지만, 올해는 제단을 향해서 왕족이 제일 앞줄에 서고, 그 뒤로 영주 후보생, 상급 귀족 순서로 배치했다. 희망자들만 참가했다고는 해도, 작년과 달리 문관은 물론이고 기사와 시종도 있다 보니 인원수가 엄청나게 많다.

사람들이 전부 들어오자 문이 닫히고 의식이 시작되었다. 하르트무트가 제사의 시작을 선언하자 사람들이 무릎을 꿇었고, 손에 든 종을 딸랑, 하고 울렸다.

"신전장, 입장."

그 목소리에 따라 나는 호위 기사들에게 둘러싸여 걸어가기 시작했다.

······에렌페스트에서도 봉납식은 예배실이 아니라 귀족 구역에 있는 의식의 방에서 했으니까 이렇게 신상이 있는 제단을 향해 봉납식을 하는 건 처음인 것 같네.

사람들이 줄지어 있는 사이를 똑바로 걸어가서는 왕족 앞으로 나서서 제일 앞에 섰다. 호위 기사들은 제일 앞줄에 있는 사람들에게 부담을 덜 수 있도록 마력을 담은 마석을 건네주고 있다.

나는 주위를 둘러보고는 하르트무트와 눈짓을 주고받고서 고개를 끄덕였다. 하르트무트가 종을 내려놓고 내 옆에 와서 무릎을 꿇었다. 나도 무릎을 꿇고서 빨간 카펫 위에 손을 짚었다.

"나는 세계를 창조하신 신들께 기도와 감사를 바치는 자."

작년 봉납식에 참가했던 사람과 영주회의 봉납식에 참가했던 어른들에게 이야기를 들었겠지. 사람들이 기도문을 복창하면서, 제사는 원만하게 시작됐다. 마력이 빨간 카펫을 타고서 빛의 파도가 되어 흘러갔고, 제단을 타고 올라갔다. 마력이 풍부한 귀족들만 참가한 봉납식이다보니, 에렌페스트에서 제사를 치렀을 때보다 빛의 흐름이 빠르고 제단이 반짝 반짝 빛나는 것처럼 보일 지경이었다.

마력이 제단을 향해 계속 흘러가고, 새하얀 신상이 안고 있는 신구의 마석이 각각의 귀색으로 빛나기 시작했다. 에렌페스트의 봉납식에서는 볼 수 없었던, 처음 확인된 현상이다.

"살아 있는 모든 생명에 은혜를 내려 주신 신들에게 경의를 표하며, 고귀한 신력의 은혜에 보답할지어라."

직후, 모든 신구에서 각각 귀색의 빛의 기둥이 솟아올랐다. 일곱 색의 빛은 일단 똑바로 솟아오른 뒤에 꼬이는 것처럼 얽혀서는 하나의 덩어리가 되어 날아갔다.

우와…… 신구가 잔뜩 있으니까 요란하구나.

"로제마인 님, 슬슬 한계입니다."

하르트무트와는 반대쪽 옆에서 무릎을 꿇고 있던 다무엘이 힘들어하는 목소리로 말하고는 마석과 손을 바닥에서 뗐다.

"의식은 끝났습니다. 여러분, 바닥에서 손을 떼 주십시오."

……신구가 전부 빛날 줄은 몰랐지만, 빛나기만 하고 아무 일도 없이 끝나서 다행이다.

나는 봉납식을 무사히 마쳤다고 안도하며 가슴을 쓸어내렸다. 무슨 일이 일어날지 전전긍긍했던 왕족도 같은 심경이겠지. 맥 빠진 듯한 얼굴을 하고 있었다.

회복약을 마시고 잠깐 쉬는 시간을 준 뒤, 학생들을 가장 깊은 방에서 나가게 했다. 그 뒤에 왕족이 성배에 담긴 마력을 마석으로 옮겨서는 호위 기사에게 운반하게 했고, 중앙 신전 사람들이 뒷정리를 했다.

"첸트, 도서관에도 마력을 조금 나눠 주실 수 있을까요? 올해는 오르텐시아 선생님이 안 계셔서 아마도 마력이 부족할 겁니다."

"아버님, 도서관의 마력이 끊어지면 곤란하니까 로제마인에게 나눠 주십시오."

지기스발트가 거들어 준 덕분에 첸트는 쾌히 마력을 나눠 주겠다고 했다.

"마력을 어떻게 도서관으로 운반하실 생각인가요?"

"제 성배로 운반하면 됩니다. 에르데그랄."

슈타프를 변형시켜서 my 성배를 만들고, 거기에 마력을 담아 달라고 했다. "여전히 상식을 벗어난 행동을 하는군." 이라고 중얼거린 아나스타지우스의 말에 다른 사람들도 동의하는 듯했지만, 나만 슈타프로 신구를 만들 수 있는 건 아니게 됐으니까, 그 말에는 이의를 제기하고 싶다.

……귀찮으니까 일일이 따지지는 않지만.

작년에 도서관의 마석에 흘려 넣은 것과 같은 양의 마력을 성배에 받았고, 나는 측근들과 도서관에 가기로 했다. 레오노레에게 도서관에 올도난츠를 보내 달라고 했고, 코르넬리우스와 다무엘에게 성배를 들게 했다. 출발 준비가 다 됐을 때 나는 왕족을 둘러보았다. 작년에는 왕족이 직접 확인해야 한다고 했었는데.

"제가 왕족 대표로 확인하도록 하겠습니다."

나와 눈이 마주치자, 지기스발트가 자처했다. 나는 누가 그 역할을 맡건 상관없기 때문에 "잘 부탁드리겠습니다." 라고 대답하고는 내 측근들과 같이 걸음을 옮기기 시작했다.

강당에서 나오자 밖에 있던 학생들이 우리를 보고 한 걸음 물러나는 모습이 보였다. 측근 모두가 청색 의상을 입고 있어서 완전히 신전 사람들의 행렬처럼 보인 탓일까. 아니만 선두에 지기스발트가 있어서 그런 걸까.

주위 사람들의 주목을 받으며 우리는 중앙동을 나와 이동 복도로 들어섰다. 그 순간, 귀족원 하늘을 덮고 있는 마법진이 강하게 빛나고 있다는 것을 알아차렸다. 나도 모르게 걸음을 멈추고 창문을 통해 하늘을 봤다.

으아…… 역시 가장 깊은 방에 있는 제단 앞에서 기도를 바치는 게 일종의 방아쇠 역할을 한 것 같아.

마법진에 마력이 충분히 공급돼서 언제 기동해도 이상하지 않은 상태인 것처럼 보였다. 한 번만 더, 뭔가 계기가 있다면 바로 작동하겠지.

……하지만, 이다음에는 어떻게 해야 좋을까? 한 번 더 기도를 해야 하나?

이 뒤에 뭘 해야 좋을지 힌트가 필요했지만, 열쇠의 관리자 중에 한 사람이었던 오르텐시아가 없는 상황에서 지하 서고에 갈 수 있을까.

"로제마인, 왜 그러십니까? 뭔가 복잡한 표정입니다만."

이동 복도에 들어선 순간에 발을 멈춘 내가 걱정됐는지, 지기스발트가 말을 걸었다. 지기스발트한테도 상공에 있는 마법진은 안 보이는 것 같다. 나는 고개를 젓고 다시 도서관을 향해 걸어가기 시작했다.

"올해 귀족원에 오르텐시아 선생님이 안 계시는 점이 너무나 걱정될 따름입니다. 오르텐시아 선생님은 서고 열쇠를 관리하시는 분이잖아요? 그 역할을 대신 할 상급 문관은 안 계신 걸까요?"

지하 서고에 못 갈지도 모른다는 뉘앙스를 담아서 물었더니, 지기스발트가 씁쓸한 미소를 지었다.

"오르텐시아는 라오블루트가 끈질기게 설득해서 취임했던 사람이고, 귀족원에 못 갈 것 같다는 연락이 들어온 것은 귀족원이 시작되기 직전이었습니다. 그러다 보니 당장 대신할 문관을 찾을 수는 없습니다. 단, 클라센부르크에서 장시안을 도서위원으로 삼았으면 한다는 제안이 있었으니, 강의가 끝날 무렵에 등록하면 좋을 것 같다고 생각하고 있습니다."

도서위원을 늘려서 열쇠 관리자 숫자를 맞춘다고 해결되는 것이 아니냐고 지기스발트가 제안했다. 슈바르츠와 바이스에게 마력을 공급하는 일도 걱정되고, 솔랑쥬도 혼자 있으면 외로울 테니까 도서위원이 늘어나는 건 좋은 일이다.

"하지만 상급 사서가 한 사람도 없는 상태인데, 괜찮을까요?"

"그건 일단 해 보지 않으면 저로서는 어떻게 대답할 방법이 없습니다."

그런 이야기를 하는 사이에 도서관에 도착했다. 마중 나온 솔랑쥬와 지기스발트가 인사를 나누는 옆에서 슈바르츠와 바이스가 평소처럼 내 주위를 뛰어다녔다.

"공주님, 왔다."

"공주님, 책 읽어?"

"어머나, 정말 기쁜 제안이지만, 오늘은 마력을 공급하러 왔어요."

솔랑쥬가 싱긋 미소를 지으며 "로제마인 님의 배려는 정말 감사할 따름입니다." 라고 말하고는 작년에도 마력 공급을 했던 마술구가 있는 곳으로 안내해 줬다.

"솔랑쥬 선생님, 오르텐시아 선생님이 맡기신 마석이 있었죠? 먼저 그쪽에 마력을 채우도록 하죠. 도서위원이 수업을 마치기 전에 슈바르츠와 바이스의 마력이 떨어지면 큰일이니까요."

"어머나, 정말 고맙습니다. 제 마력으로는 도서관의 일상 업무를 처리하는 것이 고작이니까요."

나는 솔랑쥬한테서 받은 빈 마석을 성배에 담가서 마력을 채웠다. 그리고 남은 마력을 작년과 마찬가지로 큰 마석에 부어 달라고 했다.

무지개색이 조금 짙어졌으니까 당분간은 괜찮겠지.

……이걸로 됐어. 오늘 할 일 끝.

지기스발트가 흥미롭다는 듯 도서관의 마술구를 들여다보는 옆에서 나는 볼일을 마친 성배를 없애고서 후우, 하고 숨을 내쉬었다. 다음 순간, 슈바르츠와 바이스가 내 손을 잡아끌었다.

"공주님, 할버님도 마력 필요해."

"할버님, 불러."

"어머나, 오르텐시아 선생님이 안 계시니까 그쪽도 마력을 공급하는 쪽이 좋겠군요. 솔랑쥬 선생님, 어떻게 할까요? 제가 공급해도 괜찮을까요?"

상급 귀족인 오르텐시아가 취임했으니까 내가 손대지 않고 맡겨 뒀었는데. 없어졌다면 그쪽에도 마력을 공급하는 게 좋겠지. 나도 모르는 사이에 갑자기 도서관의 기능이 멈춰 버리기라도 하면 큰일이니까.

"로제마인 님께 여유가 있으시다면 부탁드리겠습니다. 중급 귀족인 제 힘으로는 도저히 모든 마술구에 마력을 공급할 수가 없으니까요……."

오르텐시아가 없어서 정말 힘든 것 같다. 솔랑쥬가 미안하다는 듯 부탁했고, 나는 2층 열람실로 갔다. 봉납식을 마친 뒤에 회복약을 마셨으니까 마력 면에서는 아무 문제없다.

"지기스발트 왕자님, 저는 2층에 있는 마술구에도 마력을 공급하고 오겠습니다."

"로제마인은 정말로 도서관을 소중하게 여기는 모양이군요. 솔직히 말해서, 도서관에 이렇게까지 많은 마력을 공급하고 있을 줄은 몰랐습니다.”

지기스발트의 말에 웃는 얼굴로 고개를 끄덕이고서 나는 슈바르츠와 바이스, 그리고 측근들과 함께 계단을 올라갔다. '할버님'에게 마력을 공급하려면, 2층 열람실 안쪽에 있는 메스티오노라의 상이 들고 있는 구르트리스하이트의 마석을 만지면 됐었지.

나는 구르트리스하이트의 마석에 손을 댔다. 쪼옥, 하고 마력이 빨려 나갔다. 얼마나 필요한지도 모르는 채 마력을 흘려 넣었더니, 갑자기 머릿속에 선명한 마법진이 떠올랐다.

눈앞에 있는 풍경 위에 마법진이 빛나는 것처럼 보였고, 눈이 따끔따끔해서 나도 모르게 눈을 감았다. 어두워진 시야에 마법진만이 선명하게 보였다.

……신구를 만들 수 있게 됐을 때의 감각과 똑같은가?

그렇게 생각한 순간, 몸이 둥실, 하고 공중에 떠오르는 듯한 기분이 들었다. 균형을 잃고 쓰러지려는 것일지도 모른다, 라는 생각에 황급히 눈을 떴다.

“어? 뭐야?”

어째선지 나는 새카만 공간에 홀로 서 있었다.

할버님과의 대면

"여기가, 어디지?"

새카만 공간을 둘러봤지만 아무도 없다. 주위에 있던 측근들은 어디로 가 버렸을까. 굳이 따지자면 나 혼자 어딘가로 이동해 버렸다고 보는 쪽이 맞을지도 모른다.

"메스티오노라의 상에 마력을 공급했고, 마법진이 떠올랐고, 휙 하고 방출됐으니까…… 신들의 사당으로 이동했을 때 같은 느낌, 인가?"

내 상황을 돌이켜 보고 나름대로 예측해 보았다. 하지만 그 사당에는 신들의 상이 줄지어 있었다. 기도하라고 가르쳐 주는 친절한 설계였고. 지금은 주위가 새카매서 무슨 일이 일어나는 건지, 뭘 해야 좋을지 하나도 모르겠다.

……도서관에 갇혀 버리는 건 상관없지만, 새카맣게 어두운 건 곤란하다.

나는 주위 상황을 살피기 위해서 천천히 손을 뻗어 봤다. 손이 닿는 범위에는 벽이 없다. 상자 모양의 무언가에 갇혀 버린 건 아닌 모양이다. 다음으로 웅크리고 앉아서 발밑을 더듬어 봤다. 바닥 같은 딱딱한 것이 있었다.

"……아."

바닥에 닿은 손끝에서 마력의 선이 뻗어 나가기 시작했다. 마력으로 이루어진 선이 뻗고 퍼져 나가면서 내 발밑에서부터 천천히, 주위

풍경이 보이기 시작했다. 마치 마력으로 어둠을 씻어냈더니 그 밑에 숨겨져 있던 풍경이 드러나는 것 같기도 했고, 내 마력으로 풍경을 만들어 내는 것처럼 보이기도 했다.

나는 깜짝 놀라서 손을 뗐지만, 어둠 속에 풍경이 퍼져 나가는 현상은 멈추지 않았다. 내가 있는 지점을 시작점으로 바닥에 쏟은 물이 퍼져 나가는 것처럼 주변의 모습이 나타났다.

방음 효과가 좋아 보이는 융단이 깔린 바닥이 큰 호를 그리는 것처럼 퍼져 나갔고, 어느 지점에서부터 아래를 향해 뚝 떨어졌다. 커다란 원기둥 모양 건물 안에 원주 안쪽에 있는 벽을 따라서 계단을 만들어 놓은 것처럼 아래로, 아래로 향하는 나선 계단이 뻗어 있다.

그리고 옆으로 퍼져 나간 빛이 벽에 닿자 이번에는 세로 방향으로 풍경이 보이기 시작했다. 바닥과 가까운 위치에서 위로 퍼져 나가는 것처럼 나타난 풍경은 책이 가득 꽂혀 있는 책장이었다. 천장까지 이어진 천장이 이번에는 옆으로 쫙 퍼져 나갔다. 어둠 밑에 숨겨져 있던 것은 커다란 나선 계단과 벽을 따라서 끝도 없이 이어진 책장이 있는 거대한 도서관이었다.

"흐아아?! 뭐야 여기?! 신이 내려 주신 낙원인가?!"

나는 벽에 죽 늘어서 있는 책장에 압도당하며 주위를 둘러봤다. 이렇게 책이 많은 도서관을 유르겐슈미트에서는 처음 봤다. 그렇게 감동했던 귀족원 도서관보다 압도적으로 많다. 마치 우라노 시절에 사진 등에서 봤던 외국 도서관 같다.

"우와아아! 책, 책! 저기서부터 여기까지, 위에서부터 아래까지 전부 책! 이얏호!"

지혜의 여신상에 마력을 공급했더니 이렇게 훌륭한 곳에 오게 됐다. 메스티오노라에 대한 경의와 감사는 도저히 말로 표현할 수 없을 지경이다. 이런 때는 몸으로 표현하는 수박에 없겠지.

"지혜의 여신 메스티오노라께 기도를!"

퍼엉, 하고 감정이 이끄는 대로 튀어나온 축복을 뿌려 대며 나는 활짝 웃는 얼굴로 제일 가까운 곳에 있는 책장으로 달려갔다. 책장에 꽂힌 책의 책등을 만지며 감촉을 즐겨 보려고 손을 뻗었다. 그런데, 손에 닿은 것은 평평한 물건의 감촉이었다. 머릿속에 새하얘졌다. 벽에 그려진 그림이라도 되는 양, 책을 손으로 잡을 수가 없었다. 찰싹찰싹 벽을 두드려 봤지만, 책은 튀어나오지 않았다.

"Nooo! 뭐야 이거! 괜히 좋아했잖아?! 너무 끔찍한 사기야! 내 기도, 돌려줘!"

이렇게 기뻐하게 해 놓고는 그 직후에 절망의 늪에 빠트려 버리다니, 대체 뭐냐고. 지혜의 여신 메스티오노라한테 잔뜩 항의하고 싶다.

"그대, 이곳에 있는 지식을 바라는 자인가?"

"바랍니다! 읽고 싶어요! 진심으로!"

눈물을 글썽이며 절규하는 것처럼 대답한 뒤에 퍼뜩, 정신이 들었다.

……누구 목소리지?!

누군가가 있는 것 같다. 내 너무나 본능적인 행동과 아무리 봐도 영주의 양녀에 걸맞지 않은 언동을 제대로 목격한 모양이다. 이건 큰일이다. 상당히 큰일이다. 신들의 사당에서와 똑같은 기분으로 폭주해 버렸는데, 영주 후보생이 절대로 보여선 안 될 추태다. 식은땀이 줄줄 흐르는 것 같은 기분을 맛보며 나는 쭈뼛쭈뼛 고개를 돌렸다.

"……어?"

거기에는 금색 스밀이 있었다. 슈바르츠와 비슷한 크기지만, 말투가 상당히 유창하다.

"그렇다면 이리 오도록 하라. 지식을 바라는 이여."

금색 스밀이 뿅뿅 뛰면서 계단을 내려갔다. 한 번 뛸 때마다 다섯 계단씩 내려가다 보니, 계단을 내려가는 속도가 상당히 빠르다. 어디까지 내려가려는 건지는 모르겠지만, 내가 있는 곳은 커다란 원기둥 모양 도서관 같은 건물의 꼭대기 층이다. 일찌감치 내 힘으로 내려가는 건 무리라고 포기하고, 나는 주위를 주의 깊게 둘러본 뒤에 기수에 탔다. 금색 스밀 말고는 아무도 없으니까 야단맞을 일은 없겠지.

"여긴 어디죠? 슈바르츠랑 바이스가 말했던 할버님은 당신인가요? 기다리고 있다느니, 부르고 있다는 말을 들었는데…….."

나는 계단을 내려가면서 금색 스밀에게 물었다. 금색 스밀은 나를 돌아보지도 않고 계단을 뿅뿅 뛰어 내려가면서 대답해 줬다.

"이곳은 방문자의 바람을 비춰 주는 곳. 방문자에게 지식을 바라는 마음과 자격이 있는지를 확인하고, 배웅하는 곳. 그대의 마음은 확인했다."

……뭐? 그러니까, 내가 바라는 게 벽을 가득 채울 정도로 책이 있는 도서관이라는 거야? 아, 그러고 보니까, 어둠보다는 도서관에 갇히고 싶다고 생각했었지.

메스티오노라는 아무런 관계가 없는 모양이다. 멋대로 기뻐하고, 멋대로 축복하고, 멋대로 실망해서 죄송해요, 라고. 마음속으로 사과했다.

"아, 그리고 말이죠, 당신이 할버님인가요?"

"이곳은 방문자의 바람을 비춰 주는 곳. 방문자에게 지식을 바라는 마음과 자격이 있는지를 확인하고, 배웅하는 곳. 그대의 마음은 확인했다."

"저기, 그 얘기는 이미 들었는데요."

금색 스밀이 말은 유창하게 하지만, 말하는 패턴은 얼마 안 되는 것 같다. 무슨 질문을 해도 똑같은 대답만 했다.

아래쪽으로 끝도 없이 이어진 것처럼 보였던 도서관은 환상이었던 모양이다. 3층에서 4층 정도의 계단을 내려갔더니 제일 아래에 도착했다. 계단 맞은편에, 일곱 개의 마석이 달린 문이 있었다.

"그 문에 손을 대라. 자격이 있다면 열릴 것이다."

금색 스밀이 그렇게 말했지만, 예전에 지하 서고에 있는 문에서 튕겨 나간 적이 있었던 나는 엄청나게 망설였다.

"저기, 저는, 왕족 등록이 없는데요……."

"그 문에 손을 대라. 자격이 있다면 열릴 것이다."

금색 스밀은 똑같은 말만 반복했다. 내 의견은 들어 주지 않는다. 어쩔 수 없이 나는 기수에서 내려 경계하면서 문에 손을 댔다. 빠직, 하고 튕겨 나가도 괜찮게, 살짝 건드렸다가 바로 손을 뺐다. 하지만 튕겨 나가지 않고, 마석 하나가 빨갛게 빛났다.

……괜찮은가 보네.

이번에는 손바닥 전체를 문에 댔다. 모든 마석이 빛나더니 문이 저절로 안쪽을 향해 열렸다. 하지만, 문 너머는 무지갯빛 막 같은 것 때문에 보이지 않았다. 어디로 이어진 걸까. 활짝 열린 문 앞에서 멍하니 서 있었더니, 금색 스밀이 내 옆에 와서 섰다.

"신들께 인정받고 지식을 바라는 이여. 가도록 하라. 그대가 바라는 것은 이 너머에 있다."

"예! 책을 잔뜩 읽고 올게요!"

다시 기수에 타고, 나는 안쪽이 보이지 않는 문 안으로 뛰어들었다.

혼자 타는 레서 버스로 돌진했더니, 벽에 바위가 노출된 동굴 안쪽 같은 장소가 나왔다. 흐릿하게 빛나는 하얀 길이 나아갈 곳을 알려 주고 있다. 기수를 타고 달려갔더니, 막다른 곳에 하얀 나선 계단이 나타났다. 1학년 때 신의 의지를 얻기 위해서 갔던 곳에도 하얀 계단이 있었고, 그 계단을 올라갔더니 시작의 정원이 있었던 일이 생각났다.

"어디서 본 적이 있는데…… 이 위에 시작의 정원이 있지 않았나?"

기수를 타고 나선 계단을 올라갔더니 예상했던 대로 시작의 정원이 나왔다. 기억 속에 있는 것처럼 하얀 원형 바닥이 깔린 광장이고, 한가운데에 같은 재질의 하얀 조각상 같은 큰 나무만이 있는 장소다. 슈타프를 얻었을 때는 신의 의지가 있었는데, 가호를 얻는 강의 때에는 이것도 없었다.

이곳의 모습은 몇 번을 와도 변함이 없는 것처럼 보였다. 커다란 하얀 나무의 줄기가 천장을 향해 뻗어 있고, 천장에는 하얀 가지가 넓게 퍼져 있다. 커다란 구멍이 있는지, 하얀 조각상 나무에 우거진 하얀 나뭇잎 사이로 햇살 같은 가느다란 빛 여러 줄기가 쏟아져 내려왔다.

……또 오기는 했는데, 여기서 뭘 어쩌라는 거지? 여기에 책은 하나도 없는데.

나는 금색 스밀이 시키는 대로 해서 책을 읽으러 왔는데, 여기에는 책이 하나도 없다. 나는 기수에서 내려 걸어서 나무 주위를 한 바퀴 돌았다.

"이제야 왔나……."

"응?"

어디선가 목소리가 들려왔는데, 여기에는 아무도 없다. 금색 스밀에 추태를 보여 줬던 일을 떠올린 나는 바로 내 행동을 돌아보았다. 아직까지는 본능적으로 움직이진 않았던 것 같다.

……영주 영애 실격인 행동은 안 했지? 응. 괜찮아, 괜찮다고.

영주 후보생다운 행동을 잊지 않도록 명심하며 주위를 둘러봤더니 한가운데에 있는 큰 나무가 조금씩 투명해지다 천천히 사람 모양으로 변하기 시작했다.

"뭐?! 흐에?!"

너무나 신기한 현상을 보고 나는 슬금슬금 뒷걸음질 쳤다. 영문을 모르겠다. 나는 책을 읽고 싶어서 여기까지 왔는데, 책은 한 권도 없고 이상한 일이 일어나고 있다. 이해할 수 없는 현실에 직면했더니 바로 돌아가고 싶은 기분이 들었다.

……출구는, 어디지?

여기서 도망치려고 했지만, 내가 들어온 계단으로 이어지는 구멍은 어느새 막혀 버려서 완전한 원형 광장이 돼 있었다. 즉, 도망칠 길이 없어졌다.

……뭔진 잘 모르겠지만, 엄청난 일이 일어나고 있다는 건 알겠어. 내 상식으로는 헤아릴 수 없는 일이야!

이 현상이 유르겐슈미트에서 흔히 일어나는 일인지 누구한테 묻고 싶다. 마음속으로 안절부절못하고 혼란에 빠져 있는 사이에 큰 나무는 똑바로 선 사람 모양이 되어 있었다.

큰 나무의 인상 그대로인 사람이었다. 그다지 믿을 수 없는 내 시각적 판단에 의한 연령 판정에 의하면 나이는 30대 후반. 날씬하고 덩치가 큰 남성인데 새하얗다. 허리 아래까지 늘어진 길고 하얀 머리카락, 입은 옷은 하얀색, 피부도 하얗다. 신경질적일 사람이리라고 생각되는 이유는 페르디난드처럼 미간에 주름이 있기 때문일까.

그는 눈을 감은 채 입을 열었다.

"너무 늦었다. 그대는 대체 뭘 하고 있었나. 주추 마술은 결핍되고, 유르겐슈미트 전체를 감싸는 마력도 희박해지지 않았는가."

"예? 뭐라고요? 죄, 죄송합니다?"

만나자마자 야단을 맞았고, 나는 뭐가 뭔지도 모르는 상황에서 일단 사과를 했다. 한눈에 봐도 보통 사람이 아니다. 화나게 하면 무슨 일이 일어날지 모른다. 저자세로 나가는 게 좋겠지.

그런데, 왜 갑자기 야단을 맞았는지 이유를 모르겠다. 처음에 너무 늦었다고 했으니까, 이 사람이 날 기다리고 불렀다는 할버님이려나.

"저기, 혹시 할버님이신가요?"

"할버님? ……그래, 상당히 그리운 호칭이구나."

이 사람이 할버님인가. 나는 하얀 남자를 빤히 쳐다봤다. 슈바르츠와 바이스와 말을 들어 보면 나이가 많고 대단한 분이니까 조심해서 대응해야 할지도 모르겠다.

"할버님, 질문이 있습니다만, 말씀드려도 될까요?"

"나도 질문할 것이 있다. 그대, 그릇이 많이 줄어들지 않았는가. 묘한 저주라도 걸렸나?"

"예? 저주?"

당신은 누구인지 물어보려고 했는데, 할버님이 뜬금없는 소리를 해서 물어보지 못했다.

……무슨 저주에 걸렸던가?

"그 그릇으로는 여기까지 와도 도저히 받아들이지 못할 터. 귀찮게 하는구나."

"무슨 말씀이신가요?"

그릇은 뭐고 대체 뭘 받아들여야 한다는 건지, 물어보고 싶은 것들은 너무나 많다. 하지만, 할버님은 내 질문에는 대답하지 않고 똑바로 선 채로 얼굴만 위쪽으로 향했다.

"부탁해도 되겠는가? 안박스."

할버님이 그렇게 말한 순간, 파란 빛이 내 몸에 쏟아졌다.

……응? 안박스라면 육성의 신이었지 아마?

꽤나 편하게 부르네, 하고 속 편한 생각을 하다가 내 몸이 변하기 시작했다는 걸 알아차렸다. 뼈가 삐걱거리는 듯한 소리가 나며 근육을 잡아 늘리는 것 같은 감각이 덮쳐 왔고, 온몸이 엄청나게 아팠다. 생각지도 못한 사태에 힉, 하고 놀랐다.

"아, 아야! 아파, 아파요! 할버님!"

"체념하고 견뎌라."

"너무해요!"

사전에 아무런 설명도 없이 멋대로 안박스한테 부탁해서 성장시키면서 '체념해라'는 너무하잖아. 한 마디 하고 싶지만 나한테 쏟아지는 파란 빛을 막을 방법이 없고, 온몸의 끔찍한 아픔도 멈추지 않았다.

엄청난 아픔 속에서 제일 먼저 큰일이라고 생각한 건 허리띠였다. 양말을 묶어 두기 위한 허리띠와 호박 팬티 끈이 배에 파고들었다. 아프고 숨쉬기도 힘들었다. 나는 너무 아픈 탓에 울면서도 정신없이 기수 마석과 회복약을 매달아 둔 가죽 띠를 벗었고, 신전장 의상의 띠를 풀고, 의식용 의상을 벗어 던졌다. 그리고 속에 입은 의상의 치마를 들쳐 올리고는 허리띠와 팬티 끈을 풀었다.

후, 하고 숨쉬기 편해졌을 때는 머리가 뿌득뿌득 소리를 내고 있었다. 머릿기름까지 발라서 꽉 묶어 둔 탓에 두피 이곳저곳을 엄청나게 잡아당기고 있다. 바로 머릿기름을 씻어 내지 않으면 큰일이 날 것 같다는 생각이 들었다.

"바셴!"

물에 휩싸인 채 나는 머리 장식을 뽑았다. 내 머리는 머릿기름을 씻어 내면 끈을 풀기 쉬워지기 때문에 머리카락이 알아서 풀려 나갔다.

끔찍한 아픔 속에서 안도할 수 있었던 여유는 아주 잠깐이었다. 신발이 꽉 조여들면서 발가락이 신발 속에서 꺾이기 시작했다. 필사적으로 신발을 벗었지만, 양말까지 조여들고 있었다. 발끝도 괴롭지만, 허벅지는 이대로 가면 피가 흐르지 않게 돼 버릴 것 같다.

"메서."

나는 슈타프로 나이프를 만들어서 양말을 허벅지부터 발끝까지 단숨에 찢어 버렸다. 자기 몸에는 흠집을 내지 않는 슈타프로 만든 날붙이이기에 가능한 거친 방법이다.

그대로 내가 입고 있는 의상의 등에 있는 끈도 칼로 잘랐다. 투둑, 하는 소리와 함께 등이 편해지고 옷의 등 부분이 벌어졌다.

가슴이 답답해서 윗옷을 벗었더니 거의 속옷만 입은 상태가 됐다. 가슴도 우라노 시절보다 성장해서 골짜기가 보일 정도가 되다 보니 속옷도 엄청나게 답답해졌는데, 옆구리에 메서로 칼집을 내면 일단은 입고 있을 수 있다. 아래쪽은 여유 있는 호박 팬티라서 몸에 꽉 끼는 상태가 되기는 했지만 벗지는 않아도 된다.

……아으, 아슬아슬하게 최소한의 존엄은 지켰네. 세이프. 하마터

면 알몸이 될 뻔했어.

물론 우라노 시절의 기억이 있으니까 아직 괜찮다고 생각할 뿐이지, 유르겐슈미트 귀족 기준으로는 완전히 아웃이다. 아가씨한테 이 무슨 끔찍한 짓이냐고.

……솔직히 성장하고 싶다고 생각하기는 했지만, 이런 성장은 바라지 않았다고!

정신이 들어 보니 어느새 파란 빛이 사라져 있었다. 생각지도 못한 파란 빛이 내려온 하늘을 노려봤다. 완전히 성장했는지 몸의 아픔은 어느새 가셨다. 온몸이 피곤하고 나른한 기분이 들지만, 그 끔찍한 아픔이 사라진 것만 해도 다행이다.

……회복약을 마셔야겠다.

나는 상냥함이 들어간 회복약을 마신 뒤 신전장의 의식용 의상을 집었다. 신전장의 의식용 의상은 성장해도 입을 수 있도록 긴 옷자락을 위로 올려서 고정하는 모양으로 지어 두었다. 실을 끊어서 옷자락을 풀어 주면 성장한 몸에도 입을 수 있겠지. 돈을 절약하기 위해서 그렇게 지었을 뿐이고 이렇게 사용하는 건 생각도 못 했었지만, 그래도 그 시절의 나한테 박수를 보내고 싶다.

메서로 올려 놓은 옷자락을 고정한 실을 끊은 뒤 펄럭, 하고 입었다. 리젤레타처럼 깔끔하게 묶을 수는 없지만, 일단 띠를 묶었다. 어떻게든 속옷 차림은 피한 것 같다.

하아, 하고 피곤이 섞인 한숨을 쉬면서 고개를 들었더니, 하얀 남자는 꼼짝도 하지 않고 서 있었다. 나는 안박스에게 성장시켜 달라고 부탁한 원흉을 노려봤다.

"할버님, 제 창피한 모습을 다 보셨죠?"

"내게 모습은 보이지 않는다. 내게 보이는 것은 마력뿐이다."

어? 하고 생각했다. 하지만, 생각해 보니 이 사람은 지금까지 단 한 번도 눈을 뜨지 않았다.

"그릇이 성장한 것 같구나. 그 무렵보다 성장한 것 같아서 다행이다. 이번에는 제대로 된 길을 통해서 왔다. 그 시절보다 조금은 예의를 갖추게 됐다고 해야겠지."

……제대로 된 길? 그 무렵? 잠깐. 다른 사람 얘기 아냐? 어? 나, 혹시, 다른 사람으로 착각해서 성장당한 거야?

저 사람은 눈을 감고 있어서 사람을 잘못 봤다는 사실 자체를 모르는 게 아닐까.

"저, 죄송합니다만……."

"자, 빨리 슈타프를 꺼내서 기도를 바쳐라."

"예? 저기, 잠깐만요. 사람 잘못……."

"더는 기다릴 수 없다. 빨리 해라."

엄한 목소리로 말하자, 나는 반사적으로 "예." 라고 대답하고는 슈타프를 꺼냈다. 기도를 바치는 정도라면 지금까지 얼마든지 해 온 일이다. 눈앞에 있는 사람이 내 이야기를 들어줄 때까지 시키는 대로 해 주는 수밖에 없겠지.

내가 설득을 포기하고 슈타프를 꺼낸 순간, 그 끝부분에서 귀색이 차례로 튀어나오기 시작했다.

"꺄악!"

슈타프에서 튀어나온 귀색은 나를 중심으로 지름 1미터 정도의 원기둥 모양으로, 일곱 개의 빛이 되어 둥둥 떠 있었다. 높이는 내 가슴 언저리. 구슬 모양으로 떠 있던 귀색의 빛은 밀도가 더해지며 색이 짙

어지더니, 사각형으로 변해 갔다. 최종적으로는 내가 영주회의 때 신들의 사당을 돌면서 얻었던 귀색 석판으로 변해서 허공에 떠 있었다.

내 앞에 있는 것은 처음 손에 넣었던 파란 석판이었다. 그것을 받아들였을 때 머릿속에 새겨졌던 말이 저절로 입에서 튀어나왔다.

"크래프타르크."

파란 석판이 가느다란 빛의 기둥이 되더니, 마치 다음 말을 외우라는 것처럼 파란 빛이 원기둥 모양의 오른쪽으로 이동했고, 다음 석판이 내 앞으로 왔다.

"빌레데알."

"타이디힌더."

"나이군슈."

"트렐라카이트."

"아오스트라크."

"롬베쿠아."

나는 내 앞으로 온 석판을 보면서 머릿속에 떠오른 말을 그대로 입에 담았다. 그때마다 석판은 빛의 기둥으로 변화해서 옆으로 이동했다.

마지막으로 내가 빛의 기둥에 감싸이자, 하얀 사람은 눈을 감은 채 천천히 위쪽으로 시선을 옮겼다. 나도 따라서 천장을 올려다봤다. 하얀 나무가 할버님으로 변화한 탓인지, 천장에는 구멍이 뻥 뚫렸고 파란 하늘이 보였다.

"최고신과 다섯 대신의 이름을 부르며, 진심으로 기도하여라. 메스티오노라의 지혜를 빌고 싶다고, 말이다."

하얀 사람이 시키는 대로, 나는 그 자리에서 무릎을 꿇고 기도를 바쳤다.

"나는 세상을 창조하신 신들께 기도와 감사를 바치는 자. 높고 정정한 천공을 관장하는 최고신은 어둠과 빛의 부부신, 어둠의 신 시크잔트라하트, 빛의 여신 페어슈프레디. 넓고 호호막막한 대지를 관장하는 다섯 위의 대신, 물의 여신 플류트레네, 불의 신 라이덴샤프트, 바람의 여신 슈첼리아, 땅의 여신 게두르리히, 생명의 신 에이비리베. 제 기도를 들어 주시고 메스티오노라의 지혜를 제게 주소서."

메스티오노라의 서

나를 둘러싼 일곱 개의 빛이 슝, 하고 하늘로 올라간 직후, 빛이 쏟아졌다. 빛과 함께 급류처럼 흘러 들어오는 지식에 나도 모르게 저항하려고 한 순간, 질책하는 목소리가 울렸다.

"거스르지 마라. 모두 받아들이라. 가능한 많이, 가능한 남김없이, 흘리는 것 없이 메스티오노라의 지혜를 받아들이도록 하라."

할버님이 받아들이라고 해서 나는 몸에서 최대한 힘을 빼고 흘러 들어오는 지식을 가능한 많이 받아들이려고 내 나름대로 노력했다. 마음속에서는 '내가 바라는 건 책이지, 이렇게 머릿속으로 흘러 들어오는 지식이 아니야!'라고 화를 내기도 했지만, 책이 아니라면 받은 지식을 책으로 만들면 된다.

……언젠가 이 지식을 전부 인쇄할 거야! 어떤 지식이건 전부 오라고!

마음만은 받아들이기 위한 만전의 태세를 갖추고, 나는 하늘에서 빛과 함께 쏟아지는 지식을 받아들였다. 하지만, 곤란하게도 성전에 실린 제사의 지식과 단켈페르거에서 빌린 책에 있던 신들의 일화가 뒤섞인 상태에서 동시에 흘러 들어왔다.

……잠깐만. 분류! 분류해 줘! 리베스크힐페의 장난 이야기와 플류트레네의 연애 이야기와 제사의 기도문을 섞지 말아 줘! 그리고, 지금 알았어. 할버님은 에어베르민. 생명의 신과 땅의 여신을 이어 준 전 생명의 권속신. 건국 무렵부터 모습이 달라지지 않았어. 엄청나게 젊

게 꾸몄네.

중요한 지식도 있지만, 마구 흘러 들어오는 것 중에는 잡다한 정보가 더 많았다. 솔직히 계통을 따라 정리되지 않고 마구 뒤섞인 지식인 것처럼 느껴졌다.

……아아아! 사본이 필요하다든지, 첸트로서의 업무에 반드시 필요한 지식만 석판이나 성전에 따로 적어 두고 싶어 하는 기분을 알겠어. 이렇게 잡다한 지식은 검색 기능이 없으면 전혀 도움이 안 될 테니까!

첸트가 만드는 각 영지의 주추, 신전의 당초 역할, 신전장의 성전에 관한 지식, 첸트가 국경문을 순례하며 유르겐슈미트에 마력을 공급하는 방법 등, 중요한 지식도 흘러 들어왔다.

……응? 잠깐. 흘러가지 말아 줘. 그거, 진짜 중요하거든. 혹시 게오르기네 님이 에렌페스트의 주추를 빼앗을 방법이라는 게…….

"생각하지 마라. 전부 받아들여라. 흘리게 된다."

흘러 들어오는 지식에 대해 생각하려고 했던 순간, 에어베르민이 질책했다. 엄청나게 긴급하고 중요한 일을 알게 됐지만, 그 부분에 대해 생각하려고 하면 머릿속으로 흘러 들어오는 지식이 튕겨져 나간다는 모양이다. 들어오는 지식을 음미하는 일은 허락되지 않고, 그저 머리를 비우고 받아들여야만 하는 듯하다.

……아무 생각도 없이 받아들이는 건 의외로 어려워. 자꾸만 생각하게 되니까.

일단 천천히 내 머릿속을 정리하지 않으면 이렇게 지식이 잔뜩 들어온다 해도 실제로 도움이 되지는 않을 것 같다는 기분이 들었다. 이렇게 받은 지식을 형태로 만든 것이 구르트리스하이트라면, 그때그때 자신에게 필요한 지식을 검색할 수 있는 기능이 필수가 아닐까.

……응?

신화나 신전 관계 지식 다음으로 흘러 들어온 것은 역대 첸트에 관한 역사였다. 그 순간, 흘러 들어오는 지식에 구멍이 생기기 시작했다. 유르겐슈미트의 역사가 어째선지 여기저기 구멍이 뻥뻥 뚫린 상태로 흘러 들어왔다.

하나 예를 들자면, 병에 걸려 자리에 누운 첸트가 한 왕자에게 자신이 가지고 있던 구르트리스하이트를 계승시켜서 국경문을 여는 일을 부탁한 부분이 나온 부분에서 뚝 끊어지고, 다음에는 다른 왕자가 '구르트리스하이트가 사라졌다'고 깜짝 놀라는 부분부터 들어왔다. 이 두 지식에 관련성이 있는지 아닌지, 같은 시대인지 아닌지를 판단하는 건 힘들다.

뭐라고 할까, 전파 상황이 좋지 않아서 뚝뚝 끊어지는 동영상을 보는 것 같다고 할까, 수많은 영화를 아무런 맥락도 없이 이어 붙인 영상을 보는 것 같은 느낌으로, 상당히 기분이 나쁘고 답답했다.

무엇보다 곤란한 건, 이 구멍은 역사의 흐름에서만 발생하는 것이 아니다. 후대 첸트가 영지를 부유하게 만들기 위해서 만든 의식을 치르는 방법이나 그 마법진 일부에 검게 먹칠이 된 부분도 있다. 지하 서고의 석판에서 본 적이 있는 의식과 마법진 일부가 빠진 것이다.

……으아아! 저항하지 않고 전부 볼 테니까, 보여 주려면 제대로 보여 줘! 엄청 신경 쓰이니까!

하지만, 내 필사적인 바람은 이루어지지 않았다.

쏟아지던 빛이 사라지고, 머릿속에 지식이 강제로 흘러 들어오던 것이 멈췄다. 수많은 책을 단숨에 읽었던 때처럼 새로운 지식으로 머릿속이 포화 상태가 되어 있었다. 지혜 멀미라고 할까, 왠지 머릿속이 두루뭉술했다.

"잘 받아들였구나. 잠시 쉬어라."

"그럼, 말씀대로 쉬도록 하겠습니다."

나는 그 자리에 벌렁 누웠다. 솔직히, 머릿속 깊은 곳이 어질어질한 기분이 들어서 앉아 있기도 벅차다고 해야겠지. 그대로 눈을 감았다. 누워 있는데도 머리가 흔들리는 것 같은 기분이 들었다. 머릿속이 엉망진창이고, 도저히 생각을 정리할 수가 없었다. 그런데도 원래 받았어야 할 지식 중에 30에서 40퍼센트 정도가 빠져 있다는 것은 어렴풋이나마 알 수 있었다.

……내가 다 받아들이지 못했다는 건가?

전부 가지겠다는 마음만은 있었지만, 내 그릇이라고 할까, 실력이 따라가지 못해서 놓쳐 버린 걸까. 나는 낙담하면서 천천히 한숨을 쉬었다.

"어째서 메스티오노라의 지식에는 첸트와 아우브의 정보가 많고, 하급 귀족과 평민들의 정보는 거의 없는 걸까요? 에어베르민 님은 알고 계시나요?"

멍한 상태에서 그냥 생각난 의문점을 말했더니, 에어베르민이 대답했다.

"슈타프를 얻은 이들 중에서 일정 이상의 마력을 지닌 자가 마석이 되었을 때, 메스티오노라의 지혜에 더해지기 때문이다."

아무래도 메스티오노라의 지혜는 첸트나 아우브가 죽었을 때, 그 사람의 기억을 모아서 업데이트하는 것 같다. 어쩐지 옛날 정보는 많은데 정변 이후의 정보는 극단적으로 적고, 평민들의 정보가 없더라니.

얼마나 누워 있었는지 모르겠다. 갑자기 의식이 돌아오는 듯한 감각이 느껴졌다. 나는 눈을 뜨고 어질어질한 머리에 손을 얹고서 천천히 일어났다. 더 누워 있고 싶기도 했지만, 언제까지고 여기 있을 수는 없다. 도서관의 여신상에 마력을 공급했더니 갑자기 이리로 날아왔다. 남아 있는 측근들이 걱정하고 있겠지.

나는 바닥에 떨어져 있는 머리 장식을 집었다. 무지갯빛 마석 비녀로 평민 시절처럼 머리를 살짝 정리했다. 당장 머릿기름을 써서 제대로 고정할 수는 없지만, 그래도 아무것도 안 하는 것보다는 낫겠지.

"……에어베르민 님. 저는 책을 읽기 위해 이곳에 왔습니다. 그런데, 책도 읽지 못했고 손에 들어온 것은 구멍투성이 지식이라니, 너무나 아쉽습니다. 실망입니다."

불만을 늘어놓으면서 나는 돌아갈 준비를 했다. 마석과 회복약을 매달아 놓은 가죽 띠를 손으로 더듬어서 끌어당기고, 내가 찢어 버린 양말을 가죽 주머니에 쑤셔 넣었다. 이런 물건들을 여기다 방치해 둘 수는 없으니까.

옷 조각들을 정리하고, 일단 신전장 의상을 벗었다. 마석으로 만든 간이 갑옷을 입으면 브래지어가 필요 없었던 것이 생각나서 속옷 위에 간이 갑옷을 만들었다.

……아, 좋다.

그 위에 등의 끈을 끊어 버린 옷을 입었다. 옆구리에서 위팔 언저리에 칼집을 넣으면 간신히 입을 수는 있다. 갑자기 성장한 탓에 하이웨이스트 원피스처럼 돼 버렸고, 등은 끈이 없어진 탓에 꼴사납게 뻥 뚫린 상태지만, 부풀어 오른 스커트와 신전장 의상 소매에 살짝 보이는 레이스 등을 정리하기 위해서는 필수다.

그리고 신전장 의상을 입었다. 허리띠를 꼼꼼하게 고쳐 매면 조금이나마 꾸민 것처럼 보이겠지. 아래에 입은 의상이 끔찍한 상태라는 건 모르겠지.

마지막으로 마석을 변형시켜서 신발을 만들기로 했다. 강의에서는 갑옷에 맞는 신발을 만드는 연습만 했었지만 그래도 맨발로 걷는 것보다는 낫고, 의식용 의상은 신발을 가릴 수 있는 길이라서 안심해도 된다. 이러면 맨발이 노출될 일은 없다.

"메스티오노라의 지식을 손에 넣고서 아쉽다고 말한 자는 그대가 처음이지만, 그대는 예전 기억과 더하면 거의 모든 지식을 손에 넣었을 텐데? 예전 지식과 더해 보도록 하라."

신발로 변형시키던 마석이 툭, 하고 손에서 떨어졌다. 온몸에서 핏기가 싹 가셨다.

……깜빡 잊었네! 사람을 착각하셨다는 문제가 있엇지!

"저는, 에어베르민 님을 처음 뵈었습니다. 예전의 지식은 어디에도 없습니다."

"……처음이 아닐 텐데? 아무래도 그것은 잊을 수가 없다."

잊을 수가 없다고 해도, 나는 처음이다. 당연하다는 얼굴로 그렇게 말하는 에어베르민에게 나는 다시 한 번 사람을 잘못 봤다고 말했다.

"전에 이곳에 왔던 사람은 어떤 분이신가요?"

"예의를 모르는 어리석은 자다."

"그 말만 가지고는 모르겠습니다. 제대로 된 길이 아닌 곳을 통해 왔다고 하셨는데, 어떻게 왔던 건가요?"

나는 몸단장을 하는 동안 잡담이라도 나누는 기분으로 물었다. 마석으로 신발을 만들면서 물어봤더니 에어베르민은 무례한 침입자의 이야기를 해 줬다.

벌써 10년도 더 된 일이라는 것 같다. 정변 후반 무렵에 모든 사당을 순례하고, 거대한 마법진을 만들어 내고, 에어베르민에게까지 도달할 뻔했던 사람이 있었다는 모양이다.

그 거대한 마법진은 평소에 커다란 나무 모습을 하고 있는 에어베르민이 사람 모습으로 변하고 신들과 교신하기 위해 필요하다는 듯하다. 메스티오노라의 서를 손에 넣기 위해서는 필수인 마법진이다. 그 마법진이 작동하지 않으면 에어베르민과 만날 수 없다. 슈타프를 취득할 때와 가호 의식 때에 이 하얀 정원을 방문했어도 만나지 못했던 것은, 마법진이 작동하지 않았기 때문이다.

도서관에 있는 지혜의 여신상에 마력을 주입하고 금색 스밀과 만났던 그 사람은 '자격은 있지만 마법진이 작동하지 않았다'는 이유로 쫓겨났다는 것 같다. 나는 가장 깊은 방에서 제사를 치러서 마법진에 마력을 채웠지만, 그 사람은 상공에서 마법진에 거대한 마력을 때려 넣었다는 듯하다.

"그리고, 이 하늘을 통해 날아 들어왔다."

에어베르민은 똑바로 선, 전혀 변함이 없는 자세로 위를 바라봤다. 나도 같이 위를 봤다. 신들과 교신하기 위한 장소를 통해서 떨어진 예의도 모르는 어리석은 자와 나를 착각한 것 같다.

"저는 그런 짓을 한 적이 없습니다. 사람을 완전히 잘못 보셨습니다."

……거대 마법진을 작동시키려면 어떻게 해야 좋을지 생각하다가

거대한 마석을 떨어트리려고 생각한 적은 있지만, 실행은 안 했으니까. 아무래도 위험하다고 판단했거든.

"분명히, 마력이 닮은 자는 있다."

태어난 직후인 아기는 어머니와 거의 같은 마력이고, 한참 뜨거운 사이인 부부도 상당히 닮았다고 한다. 하지만 뜨거운 부부라고 언제까지나 같은 색은 아니다. 서로의 마력 영향은 오래 가지 않기 때문이다. 그리고 성장하면 부모자식이라도 차이가 생긴다. 어머니는 남편의 영향이 적어지고 원래 자신의 색으로 돌아가는 경우가 많고, 자식의 마력은 태어났을 때가 기준이 된다. 같은 부모에게서 태어난 형제라도 임신이나 출산 중에 부친이 얼마나 마력을 주었는지에 따라 차이가 생기고, 성장하는 동안에 얻게 되는 가호에 의해서도 차이가 생긴다.

"하지만, 마력이 닮았다고 해도, 최고신의 이름을 똑같이 받는 일은 있을 수 없다. 이런데도 다른 사람이라니……."

마력이 닮았고, 게다가 최고신의 이름까지 똑같은 다른 사람은 있을 수 없다. 그래서 에어베르민은 다른 사람이라고 인식하지 못했다는 듯하다.

"어째서 그대는 슈타프를 얻을 수 있었지? 이렇게까지 마력이 닮았고, 최고신의 이름까지 같은 자는 얻을 수 없을 텐데."

"예? ……아마도, 귀족원 커리큘럼이 변경된 탓이 아닐까요? 제가 슈타프를 받은 일학년 때는 아직 최고신의 이름을 받기 전이었습니다. 마력이 닮은 다른 사람이라고 인식했을 거라고 생각됩니다."

한마디로 최고신의 이름을 받은 뒤에 슈타프를 취득하는 옛날 커리큘럼이었다면 어딘가의 누군가와 동일인으로 여겨져서 내가 슈타프를 받지 못했을 가능성이 있었다는 뜻이다.

……으아, 큰일 날 뻔했네.

"그렇군. 그대는 에이비리베의 표식을 지닌 아이인가."

"……그게 대체 뭔가요?"

"아까 받은 지식 속에 있을 것이다. 메스티오노라의 서를 구현해 보라."

직접 확인해 보라는 말을 듣고 나는 살짝 신음 소리를 냈다. 그 잡다한 지식 속에서 나한테 필요한 지식을 얻어야만 한다. 검색 기능을 추가해 줬으면 좋겠다.

나는 슈타프를 꺼내고 살짝 눈을 감은 뒤에, 지혜의 여신상이 손에 들고 있던 메스티오노라의 서를 머릿속에 떠올렸다. 내가 바라는 메스티오노라의 서와 마법진이 슥, 하고 머릿속에 떠올랐다.

"구르트리스하이트."

슈타프가 메스티오노라의 서 모양으로 변했다. 지혜의 여신상이 가지고 있던 신구보다는 상당히 작다. 성장한 나라면 한손으로 들 수 있는 단행본 크기고, 검색을 중시한 태블릿 모양이다.

"마력의 사각형이 꽤나 작은 것 같다만, 그것으로 메스티오노라의 서를 읽을 수 있겠는가?"

"이것보다 커지면 읽기가 힘들어져요. 그러니까, 에이비리베의 표식을 지닌 아이였죠?"

나는 손가락으로 검색어를 입력해 봤다. 에이비리베의 표식을 지닌 아이란 평민 사이에서 태어난 마력을 지닌 아이 중에서도 죽을 것 같으면서도 죽지 않고 몇 번이나 에이비리베의 손길에서 도망치고, 살아 있는데도 불구하고 죽은 이가 지녀야 할 마력 덩어리가 생겨 있는 사람들을 가리킨다는 모양이다.

……유레베에 담가서 혼을 녹이기는 했는데, 분명 그랬었지.

신식은 흐릿한 전속성이고, 태어난 토지의 속성을 약간 지닌다는 것 같다. 토지의 속성은 국경문에 새겨진 신의 기호에 좌우되는 것 같은데 에렌페스트에서는 바람 속성이, 클라센부르크에서는 땅, 단켈페르거는 불, 아렌스바흐는 어둠, 하우프레체는 물, 기렛센마이어는 빛, 중앙은 생명 속성이 강하게 나타나기 쉽다는 모양이다.

그리고 메스티오노라의 서에 의하면 유르겐슈미트는 생명의 신의 기호를 중심에 두고, 생명의 신의 힘을 가두는 듯한 모양의 마법진으로 형성됐다는 것 같다.

……에어베르민 님, 생명의 신 에이비리베를 대체 얼마나 싫어하는 걸까.

그런 감상은 일단 미뤄 두고, 신식은 부모의 마력 영향을 받지 않아서 흐릿한 전속성이 된다. 그러니 신들께 기도를 올리고, 가호를 받고, 스스로 마력의 색을 만들어 가야만 한다. 스스로 마력의 색을 만들지 못해서 속성이 거의 없는 상태로 결혼하면 그때부터는 반려의 영향을 받게 된다. 자신의 색이 거의 없다 보니 서로 영향을 주고받는 게 아니라, 일방적으로 상대의 영향을 받을 뿐이다. 상대에게 완전히 물드는 것도 아니다. 시간이 지나면 상대의 마력 영향은 점차 희박해진다.

단, 살아 있는데도 불구하고 죽은 사람이 지녀야 할 마력 덩어리가 몸 안에 생겨난 에이비리베의 표식을 지닌 아이는 또 다르다. 몸 안에 마석을 품고 있는 것이나 마찬가지라 그것을 완전히 물들여 버리면 흐릿하게 만들려고 해도 마음대로 되지 않는 상태가 된다는 듯하다. 물들인 상대보다 약간 옅지만 같은 부류의 마력을 지니게 된다나.

……메달에 등록된 디르크와 나와의 적성 차이는 평범한 신식과 에이비리베의 표식을 지닌 아이의 차이라는 건가.

거의 색이 없었던 디르크의 메달과 거의 균등한 전속성이었던 내 메달을 떠올리면서 수긍하려다가 퍼뜩 놀랐다.

……한마디로, 나, 물들어 버렸다는 얘기지?

청색 무녀 시절에 기억을 들여다보는 마술구를 사용했을 때, 동조약을 마신 상태에서 페르디난드의 마력을 흘려 넣었던 것은 틀림없는 사실이다. 같은 마술구를 사용한 빌프리트는 질베스타에게, 마티아스 등은 담당 기사에게 물들었으니까 같은 입장이었다. 조합 강의에서 '다른 사람의 영향은 한 달도 가지 않는다'는 말을 듣고서 안심했지만, 나만은 에이비리베의 표식을 지닌 아이다 보니까 그 영향이 아직까지 남아 있는 것 같다.

나…… 페르디난드 님한테 완전히 물들어 버렸어! 어? 그렇다면, 아까 무례하고 상식도 모르는 어리석은 자라는 게 페르디난드 님인가?! 대체 무슨 짓을 한 거야?!

새로운 지식이 너무 많다 보니 머릿속이 아주 난리가 났지만, 그것보다 새롭게 밝혀진 사실 때문에 어지러울 지경이다.

"짐작 가는 것이 있는가?"

에어베르민의 말에 나는 고개를 끄덕여 보였다.

"저는, 에이비리베의 표식을 지닌 아이인 것 같습니다. 마력에 물든 적도 있습니다. 하지만, 역시 다른 사람입니다. 성별도 다르고요. 한눈에 알 수 있으시잖아요?"

"마력에는 성별이 없다."

……뭐라고요?!

"하, 하지만, 목소리나 말투라든지……."

"그대는 울음소리나 우는 방식을 통해서 자신과 다른 생물의 자웅을 판별할 수 있는가? 나는 발생한 소리를 통해 그대의 의식을 읽어 들이는 것에 불과하다."

강아지나 고양이 소리나 우는 방식으로 암수를 구분하는 것이나 마찬가지라는 에어베르민의 말을 듣자 어쩔 수 없이 수긍하고 말았다. 그건 정말 어려운 일이니까.

"그리고 의식을 읽어 들이는 형태가 아니라면, 멋 옛날과 지금은 언어가 다르지 않은가. 따라서 의사 전달과 지식의 전수는 불가능하다. 그대가 듣고 있는 내 목소리도 그대의 의식이 멋대로 받아들이고 있는 것일 뿐이다."

아무래도 번역기를 사이에 두고 말하는 느낌인 모양이다. 남자의 언어와 여자의 언어 사이에 있는 미세한 차이는 느끼지 못하고, 나는 에어베르민의 외모 때문에 내 멋대로 페르디난드 같은 말투로 받아들이고 있다는 것을 이해했다.

"저기, 에어베르민 님. 그래서, 에이비리베의 표식을 가진 아이가 성인이 되기 전에 물든 경우 뭔가 영향이나 주의할 점 같은 게 있나요?"

이번처럼 다른 사람으로 오해해서 큰일을 당하는 일이 계속 일어나면 곤란하니까.

"그런 특이한 사태는 적다 보니 뭐라 말할 수가 없다. 부모에게 물든 아이와 크게 다른 점은 없을 것이다."

……것이다, 라는 부분이 왠지 못미더운데.

"그대의 마력의 기본이 그자의 것일 뿐이다. 결혼해서 다른 자의 영향을 받게 되면 마력은 저절로 변화한다. 그래서, 그대를 물들인 자가 퀸타가 틀림없는가?"

에어베르민의 말을 듣고 나는 고개를 저었다. 퀸타라는 사람은 모른다.

"저를 물들인 사람은 페르디난드 님입니다."

"잘 모르겠군. 이리로 와서 내게 닿아라. 네 기억을 보겠다."

에어베르민의 말을 들은 나는 일어나서 걸어가려고 했다. 그러다가 콰당, 하고 넘어졌다. 몸의 감각이 이상하다. 이거, 여기서 연습을 하고 돌아가지 않으면 큰일이 날 것 같다.

"뭘 하고 있나?"

"몸이 갑자기 커진 탓에 감각이 어긋났습니다."

"그런가. 빨리 하도록."

……아니, 사람 말 좀 들으세요! 내 사정은 듣지도 않고 키워 버린 게 대체 누군데요?

나는 비틀거리면서 에어베르민 앞에 가서 섰다. 처음 여기 왔을 때하고 비교하면 시선 높이가 상당히 다르다. 어디를 건드려야 좋을지 잠시 고민한 뒤에 손을 건드렸다.

"그렇군. 그대는 퀸타의 마력에 물든 것인가."

"퀸타라는 사람과 페르디난드 님이 같은 사람인가요?"

"그대의 본래 이름이 마인인 것과 같은 사정이다."

아무렇지도 않은 듯 내 본명을 말하네. 아무래도 정말로 기억을 볼 수 있나 보다. 역시 신이었던 분이라고 감탄하고 있었더니 에어베르민이 "……마침 잘 되었군." 이라고 중얼거렸다.

"뭐가 잘 됐다는 말씀이신가요?"

"그대는 스스로 지식을 추구하려 하지 않고 말도 안 되는 수단으로 여기에 도달해서 메스티오노라의 지혜를 받아들이는 일에 저항한 자와 메스티오노라의 서를 나눠 가진 상태다. 그자와 같은 마력을 지녔고 제대로 된 길을 통해 찾아온 그대가 메스티오노라의 서에 더 어울린다."

잃어버린 부분을 찾으라, 고 말하면서 에어베르민이 천천히 하얗고 커다란 나무로 돌아가기 시작했다. 그 대신에, 여기를 통해서 돌아가라는 것처럼 시작의 정원 일부에 출입구가 생겼다.

"……무슨 뜻인가요?"

"모든 지식을 바라는 자여. 그 어리석은 자를 죽이고, 그자의 마석에서 모든 지식을 얻도록 하라. 그리하면 그대는 완전무결한 지식을 지닌 첸트가 될 것이다."

"잠깐만요! 그런 건, 저는 바라지 않는데……."

점점 커다란 나무로 돌아가는 에어베르민에게 호소했지만, 그대로 나무로 변해서 아무 말도 안 하게 돼버렸다.

위쪽에서 햇살이 비치는 시작의 정원에 홀로 서서, 나는 하얗고 커다란 나무를 가만히 바라봤다.

"거절하겠습니다."

에어베르민이 듣건 말건 상관없다. 나도 거절할 거야.

"저는 페르디난드 님을 구하기 위한 지식이 필요한 것이지, 페르디난드 님을 죽여서 얻는 지식에서는 아무런 가치도 느끼지 못합니다. 진심으로 이 세상에 있는 모든 책을 읽고 싶다고 생각하지만, 결코 지식만이 필요한 건 아닙니다."

……구르트리스하이트만 따진다면 다른 방법으로 입수할 수도 있

으니까.

　나는 잠깐 걷는 연습을 하고, 깜빡한 물건은 없는지 잘 확인한 뒤에
시작의 정원을 뒤로했다.

돌아온 나

……자, 이제 어떻게 하지?

시작의 정원에서 나왔더니 강당 안쪽에 있는 제단 위에 있었다. 이곳은 왕족만이 열 수 있는 곳이다. 게다가 밤이다. 높은 위치에 일정 간격으로 설치된 가느다란 창문에서 들어오는 어렴풋한 달빛 속에서 나는 생각에 잠겼다. 시간을 전혀 모르겠다. 지금 왕족에게 연락을 보내면 불경죄가 될 가능성이 크겠지. 저녁 식사 때라면 모를까, 목욕하거나 자는 중에 올도난츠를 보내는 건 안 된다. 나도 그 정도는 안다.

……리젤레타라면 화를 안 내겠지?

수석 시종으로 귀족원에 함께 온 리젤레타라면 적당한 시간에 왕족에게 연락해서 데리러 와 줄 것이다. 나는 리젤레타에게 올도난츠를 보내기로 했다.

"로제마인입니다. 지금 돌아왔습니다. 하지만, 강당 안쪽에 있는 가장 깊은 방입니다. 이곳은 왕족께서 문을 열어 주시지 않으면 나갈 수 없습니다. 죄송하지만 왕족께 연락해 주세요. 그리고, 올 때 머리까지 포함해서 온몸을 가릴 수 있는 망토를 가지고 와 주세요. 다른 사람에게 보여줄 수 있는 모습이 아닙니다. ……아, 어른 망토로 부탁해요! 어린이 것이 아니라 어른 것으로. 어른 것이요."

이 정도로 주장했으니까 어른 사이즈의 후드 달린 망토를 가지고 와 주겠지. 데리러 올 때는 틀림없이 왕족이 같이 있을 테니까 비녀만 가지고 대충 정리한 머리라든지, 신전장 의상 밑에 있는 누더기를 보여 줄 수는 없다.

붕, 하고 슈타프를 휘둘렀더니 하얀 새가 창문을 통해서 날아갔다.

"이걸로 됐어."

나는 기수를 꺼내서 제단 밑으로 뛰어내렸고, 메스티오노라의 서를 꺼내서는 그대로 기수 안에서 읽기 시작했다. 태블릿을 상정했기 때문에 어렴풋이 빛이 났고, 그래서 어두운 예배당 안에서도 글자를 읽을 수 있었다.

……이렇게 하면 왕족이 데리러 오는 게 늦어져도 괜찮겠지.

하지만 이건 취미로 하는 독서가 아니라 진지한 자료 조사다. 지식이 흘러 들어오는 도중에 게오르기네가 에렌페스트의 주추를 빼앗을 방법에 관해 마음에 걸렸던 부분을 조사해야만 한다. 분명 영지의 주추에 관한 지식이 흘러 들어온 때였다.

나는 짐작이 가는 검색어를 입력해서 영지의 주추와 그것을 빼앗는 싸움의 역사를 읽기 시작했다.

……그래! 이거야! 당장 양아버님께 알려야 해

메스티오노라의 서에 실려 있는 정보를 읽은 나는 초조한 기분에 사로잡혔다. 한시라도 빨리 에렌페스트에 정보를 전하고, 게오르기네의 습격에 대비해야만 한다.

……아직 늦진 않았겠지? 벌써 움직이고 있는 건 아닐까……?

작년 습격은 겨울 초로 계획했었다. 하지만 우리가 귀족원으로 이동한 직후에 마티아스 쪽에서 밀고해 줘서 사전에 막을 수 있었다. 올해도 겨울 초에 움직인다면 귀족원이 시작됐으니까 언제 움직여도 이상할 것이 없다.

……더 이상 협력자는 없을 테니까, 침입하는 건 쉽지 않겠지

만······.

작년 숙청에서 게오르기네에게 이름을 바친 귀족들은 없어졌을 것이다. 하지만 아직도 협력자가 숨어 있을 가능성은 있다. 나는 도저히 가만히 있을 수가 없어서 기수에서 내리고는 기수를 사라지게 했다.

"······아읔!"

초조한 기분에 사로잡힌 채 주위를 얼쩡거리려고 했는데, 두 걸음 만에 발이 꼬여서 넘어져 버렸다. 차가운 바닥에 누워서 머리를 식히라는 걸까. 나는 그대로 바닥을 기는 것처럼 제단으로 이동해 걸터앉았다.

······최소한 리젤레타한테는 연락이 됐으니까, 아직 게오르기네 님한테 주추 마술을 빼앗기지 않은 건 분명해. 진정하자, 진정해.

나 혼자 초조하게 굴어 봤자 여기서 나가지 못하면 아무것도 할 수가 없다. 올도난츠는 영지 경계를 넘을 수 없기 때문에 에렌페스트까지는 보낼 수 없다. 마술구 편지라면 도착하겠지만, 지금은 없다. 아무것도 할 수 없다면, 구르트리스하이트로 주추 마술에 관한 정보를 조금이라도 더 모으면서 앞으로의 일에 대비하는 쪽이 좋겠지.

······메스티오노라의 서는 왕족이 원하는 구르트리스하이트니까, 다른 사람들한테 보여 줄 수는 없어. 찬찬히 조사하려면 지금뿐이야.

마음을 진정시키기 위해서 독서를 하고 있는데, 예배당 문에서 순간적으로 번쩍, 하고 강한 빛이 들어왔다. 나도 모르게 문을 보면서 일어났다. 예상보다 빨리 데리러 온 모양이다.

지기스발트와 힐데브란트를 선두로 여러 사람이 들어왔다. 두 사람과 그 측근들 뒤에 리젤레타, 코르넬리우스, 마티아스, 그레티아 네 사람도 있다.

"로제마인 님!"

"가지고 와 줬군요, 리젤레타. 정말 고맙습니다."

날 걱정해 줬다는 걸 어렴풋이 알 수 있는 표정으로 뛰어온 리젤레타의 손에는 잘 개켜 놓은 천이 들려 있었다. 리젤레타는 재빨리 나한테 후드 달린 망토를 씌워 줬고, 그레티아와 둘이서 매무새를 다듬어 줬다.

"무사하셔서 다행입니다. 정말 걱정했어요."

"리젤레타, 그레티아, 정말 미안하지만 저기 있는 신발과 천조각을 사람들 눈에 띄지 않도록 가지고 가 주시겠어요?"

내가 작은 소리로 몰래 부탁했더니 그레티아는 망토 자락을 정돈하는 척하면서 물건을 회수했고, 자기가 가지고 온 천으로 감쌌다. 이제 주위에 꼴사나운 모습을 드러내는 건 피할 수 있게 됐다.

……그래, 잘 했어. 나, 너무 완벽한 거 아냐?

약간 큰 망토가 온몸을 감쌌음을 확인한 뒤 나는 코르넬리우스의 도움을 받아서 천천히 발을 움직였다. 에스코트를 받으면 넘어지지 않을 수도 있겠지만, 기수 사용 허가를 받는 쪽이 무난하다. 할 일을 마친 리젤레타와 그레티아가 주위의 시선을 신경 써서 내 뒤에, 코르넬리우스와 마티아스가 내 양 옆에 섰다.

그리고 그제야 알았는데, 어느새 힐데브란트가 내 정면으로 다가와 있었다.

"로제마인, 그 모습은……?"

힐데브란트는 엄청나게 놀란 얼굴로 날 올려다보고 있다. 키가 자기랑 비슷했었는데, 순식간에 머리 하나만큼은 성장했으니 충격을 받을 만도 하겠지. 나는 다른 사람들과 찬찬히 비교하면서, 그제야 내가 성장했다는 것을 실감했다.

"시작의 정원에서 에어베르민 님이 육성의 신 안박스께 제 성장을 부탁하셨습니다."

"시작의 정원……?"

힐데브란트가 더 물으려고 했지만, 거기에 대답해 줄 시간은 없다. 나는 '류켄' 주문을 외워서 구르트리스하이트를 치우고는 신중하게 걸어서 지기스발트 앞으로 갔다. 그의 진녹색 눈동자가 예전보다 꽤 나 가까운 곳에 있다.

"지기스발트 왕자님. 무례한 짓이라는 것은 알고 있습니다만, 자세한 이야기는 영주회의 때 말씀드려도 되겠습니까? 시급히 에렌페스트로 귀환해서 아우브와 의논해야만 할 일이 있습니다. 영주회의 때까지는 돌아올 테니, 부디 허락해 주십시오."

나는 지기스발트한테서 물러나도 좋다는 허락과 기수 사용 허가를 받았다. 갑자기 높아진 시선과 커진 몸에 아직 적응하지 못했다. 평소처럼 정강이까지 오는 의상이라면 모를까, 옷자락이 끌리는 의식용 의상을 입은 상태에서는 너무 위험하다. 일인용 기수에 올라타고는, 뭔가 할 말이 있는 것 같은 왕족들의 시선을 무시하고 기수를 타고 기숙사로 돌아왔다.

기숙사는 놀라울 정도로 어두웠고 너무나 조용했다. 인기척이 전혀 느껴지지 않는다. 많은 학생들이 있는 기숙사밖에 몰랐기 때문에, 나는 깜짝 놀라서 주위를 둘러보았다.

"코르넬리우스 오라버니, 리젤레타. 다른 사람들은 어디 갔나요?"

"영지로 귀환했습니다. 이미 졸업식도 끝났으니까요."

"로제마인 님은 계절 하나가 지날 동안 안 계셨습니다. 정말 걱정했답니다."

"예? 계절 하나가 지날 동안, 이라고요?"

내 감각으로는 고작해야 하루 이틀 정도였기 때문에 정말로 놀랐다. 벌써 봄이 됐고, 귀족원 수업도 끝났다는 모양이다.

"로제마인 님, 귀환은 언제 하실 생각이신가요? 슬슬 일곱 점 종이 칠 때가 됐으니, 오늘은 귀환하실 수 없습니다. 며칠 동안 쉬시고 싶다면 로제마인 님의 바람을 우선하도록 하겠습니다."

리젤레타가 이삼일 정도라면 보고를 늦출 수 있다는 뜻을 담아서 말했다. 하지만 나는 조금이라도 빨리 돌아가고 싶어서 고개를 저었다.

"코르넬리우스 오라버니, 마티아스. 에렌페스트에 연락을 부탁드리겠습니다. 오늘 밤은 기숙사에서 쉬고, 몸에 문제가 없으면 내일 귀환하겠습니다. 배도 고프고, 너무나 피곤하니까요."

"생김새가 그렇게나 달라질 정도니까, 겨울 동안에 많은 일이 있었다는 걸 알겠다. 오늘밤엔 푹 쉬도록 해라, 로제마인."

코르넬리우스가 예전처럼 머리를 쓰다듬으려고 손을 내밀다가 멈췄다. 생김새가 달라진 탓에 당혹스러워하는 것이다. 나는 망토의 후드를 벗고는 그 손을 잡아서 내 머리 위에 얹었다.

"정말 큰일이었습니다, 코르넬리우스 오라버니. 자, 쓰다듬어 주세요."

코르넬리우스의 얼굴을 보면서 그렇게 말했더니 복잡한 표정으로 "로제마인은 빨리 내면도 성장해야겠군." 이라고 말하면서 머리를 쓰다듬어 줬다. 그동안 그레티아는 푸고에게 내 식사를 준비해 달라는 부탁을 하기 위해 주방으로 갔다.

"내일, 귀환하면 하르트무트가 엄청나게 시끄러울 것 같군."

엄청나게 귀찮다는 것처럼 그렇게 말하고, 코르넬리우스는 "빨리 방으로 돌아가라." 며 손을 흔들었다. 날 걱정해 주는 게 분명한 표정의 코르넬리우스에게 고개를 끄덕여 보이고, 리젤레타와 같이 계단을 올라왔다.

내 방으로 돌아와서는 기수를 없애고 후드 달린 망토도 펄럭, 하고 벗어 버렸다. 식사를 가져온 그레티아가 깜짝 놀라기도 하고 곤혹스러워도 보이는 눈으로 나를 빤히 쳐다봤다. 지금까지는 잘 보였던 그레티아의 청록색 눈동자가 잘 보이지 않는 건, 눈높이가 달라진 탓이겠지.

"……로제마인 님의 시선이 저와 비슷한 높이가 되셔서, 익숙해질 때까지는 조금 당혹스러울 것 같습니다."

내 키는 그레티아와 같거나 약간 작은 정도다. 지금까지 올려다봐야 했던 그레티아와 눈높이가 거의 같아졌다. 정말로, 단숨에 커졌구나.

음…… 리젤레타보다는 아직도 조금 작네.

"그나저나 대체 무슨 일이 일어나신 건가요? 하르트무트가 매일같이 로제마인 님이 성장하시고 계시다고 말했습니다만, 이렇게까지 성장하실 줄은 몰랐습니다."

"지금까지는 귀여운 분위기셨는데, 지금은 정말 아름다우세요."

두 사람의 말을 듣고 나는 살짝 한숨을 쉬었다.

"에어베르민 님이 그릇이 성장하지 않았다고 말하셨고, 그분의 부탁을 받은 육성의 신 안박스가 저를 성장시키셨습니다. 갑자기 성장하느라 엄청나게 아팠어요."

신전장의 의식용 의상을 벗었더니, 너덜너덜해진 의상이 휜히 드러났다. 그 꼴을 본 리젤레타와 그레티아가 눈이 휘둥그레졌고, 급격하게 성장시킨 신에게 화를 냈다.

"양말도 신지 못할 정도로 성장하게 하다니……! 갈아입을 옷도 없고 시종도 없는 곳에서 대체 무슨 짓을 하신 건가요. 게다가, 육성의 신 안박스는 남신이 아니시던가요!"

"정말 아름답게 성장하신 것은 기쁜 일이라고 생각합니다. 하지만, 그렇게 성장하기를 바라셨던 로제마인 님이 성장하셨다고 기뻐하시는 것이 아니라 곤혹스럽고 불만을 품으시게 했다는 점 때문에 저는 용서하기가 힘듭니다."

두 사람의 말을 듣고, 나는 나도 똑같이 어디다 터트릴 수 없는 화를 품었다는 사실을 말했다.

"하지만, 이렇게 그레티아와 눈높이가 같아졌다는 것을 실감하니까 이제야 기쁜 마음이 드네요. 지금까지는 저 혼자 있어서 비교할 대상도 없었고 거울을 볼 수도 없었기 때문에 성장했다는 실감이 거의 느껴지지 않았어요."

엄청난 아픔을 견디고 옷을 수습하느라 필사적이었기 때문에 도저히 성장을 음미할 여유가 없었다. 이렇게 내 방에서 거울을 보니까 '잘도 이렇게까지 미인으로 자랐네'라고 나 스스로도 감탄할 정도의 미소녀로 자랐다. 정말로 언동에 조심하지 않으면 안게리카보다 더 아쉬운 미소녀가 돼 버릴 것 같다.

"그나저나 괜찮으시겠어요, 로제마인 님? 그러니까, 왕족보다 에렌페스트를 우선한 모양이 돼 버렸는데……."

리젤레타가 내 의상을 벗겨 주면서 걱정된다는 듯 물었다. 하지만 나는 크게 신경 쓰지 않았다. 외모 변화에 놀란 틈을 노리기는 했지만, 어쨌거나 지기스발트와 힐데브란트 두 사람에게 승낙을 받았다. 문제는 없겠지.

"왕족이 허가했으니까 걱정하지 않아도 되지 않을까요? 저는 왕족보다 에렌페스트가 걱정되고, 이렇게 의상도 엉망이 돼 버렸어요. 몸 크기가 이렇게까지 달라졌으니 당장 내일부터 입을 옷이 하나도 없잖아요? 도저히 왕족과 이야기를 할 상황이 아니에요."

며칠 안에 왕족과 만나도 창피하지 않을 옷을 준비하는 것은 당연히 말도 안 되는 일이다. 에렌페스트로 돌아간다고 해도 새로운 의상이 완성될 때까지는 신전장 의상을 입고서 지내는 수밖에 없다.

내 말을 들은 리젤레타와 그레티아가 일단 서로 얼굴을 마주 보고는 옷방으로 들어갔다. 그리고는 큰 사이즈의 의상을 가지고 나왔다.

"하르트무트가 강경하게 로제마인 님이 성장하고 계신다고 주장해서 브륀힐데의 옷을 몇 벌이나마 남겨 뒀습니다. 그리고 길베르타 상회에 짓던 의상의 작업을 중단하라는 지시를 해 뒀습니다."

듣자 하니 하르트무트는 내가 도서관에서 실종된 그때부터 '로제마인 님은 메스티오노라께 불려 가셨습니다'라고 주장했고, 매일매일 황홀한 얼굴로 '오늘도 로제마인 님의 마력이 성장하셨습니다'라고 실황 중계를 했다는 모양이다. 기숙사에서는 내 걱정보다 어떻게 해야 하르트무트의 입을 다물게 할 수 있을지 사람들이 골머리를 썩였다는 듯하다.

……뭐야 그거? 엄청나게 무섭잖아.

"모든 이가 반신반의했습니다만, 하르트무트가 너무나 확신을 가진 태도였고, 이름을 바친 다른 사람들도 결코 틀린 말은 아니라고 했기 때문에, 일단 준비는 해 뒀습니다."

리젤레타가 그레티아 쪽으로 시선을 옮겼더니 그레티아가 고개를 끄덕였다.

"저는 로제마인 님의 마력에 감싸여 있었습니다. 때때로 그 마력이 강해졌기 때문에 생명에 지장이 없으시다는 것은 알 수 있었습니다. 그래도, 하르트무트처럼 몸이 성장하셨다고 생각하지는 못했습니다만……."

브륀힐데의 의상은 내 의상을 따라서 만들었기에 등 부분이 끈으로 묶는 방식이라서 사이즈를 조절하기 쉽다는 이유, 아우브의 제1부인이 되기로 정해진 때부터 준비한 겨울 의상이라서, 유행이나 가문의 격 측면에서 봤을 때 다른 사람의 의상보다는 나한테 맞는다는 이유, 브륀힐데가 성인식을 치렀기 때문에 도서관에 두고 간다고 해도 곤란할 것이 없다는 등등 여러 이유가 있었다는 모양이지만, 결국 브륀힐데의 의상을 남겨 두고 가는 쪽이 제일 좋았다는 듯하다.

"성으로 돌아가면 서둘러 치수를 재고 옷을 짓게 하겠습니다만, 이 의상이 있으면 당분간은 버틸 수 있지 않을까요?"

"놀랐습니다. 정말로."

리젤레타의 말을 듣고서 나는 어른 사이즈의 속옷으로 갈아입은 뒤 마석으로 만든 간이 갑옷을 입은 위에 브륀힐데의 의상을 입어 봤다. 가슴이 조금 답답하고 옷자락이 길다. 하지만 등의 끈으로 조절할 수 있고, 옷자락을 조금 올리면 입을 만하다. 속옷은 리젤레타가 시간이 났을 때 몇 가지 준비했다는 모양이다. 내가 성장기에 들어섰기 때문에 여러 벌을 만들어 둬도 헛된 일이 되지는 않을 거라고 생각했다는 듯하다.

"아무래도 신발은 발에 맞춰서 만들어야 하니까 당분간은 마석으로 만드는 수밖에 없겠네요."

"마력적으로는 큰 문제가 없으니까, 그래도 상관없습니다."

저녁 식사를 든 뒤 목욕을 했다. 그 동안에 리젤레타와 그레티아에게 귀족원에서 있었던 일에 관한 이야기를 들었다. 봉납식은 중급과 하급 모두 무사히 끝났다는 이야기, 나는 몸이 안 좋아서 누워 있는 것으로 처리하고 귀족원 수업을 끝냈다는 이야기, 한넬로레가 엄청나게 걱정했고 병문안 선물로 책을 빌려줬다는 이야기, 클라센부르크에서 가지고 온 자료를 다무엘과 하르트무트가 읽고 필사해 뒀다는 이야기, 영지 대항전에서 페르디난드에게 마지를 건네줬다는 이야기, 졸업식 에스코트에서는 마티아스가 상대를 정하지 못했고, 구 베로니카 파벌 아이들 가운데에서 어떻게든 해야 할 것 같다고 진지하게 고민했다는 이야기 등을 해 줬다.

"마티아스는 결국 오틸리에에게 에스코트를 부탁했습니다. 부모가 없는 마티아스가 귀족원에서 다른 영지의 상대를 찾기는 어렵고, 그레티아나 뮤리엘라에게 상대해 달라고 하려면 사전에 이야기를 해 둬야 여성이 의상을 준비할 수 있을 테니까요."

설마 마티아스가 오틸리에에게 에스코트를 부탁하게 되리라고는 생각도 못 했다. 얼굴은 잘생겼고 실력도 우수하니까 여자아이 한두 명 정도는 간단히 어떻게 할 수 있을 거라고 생각했는데. 부모 역할을 맡아서 이것저것 해 줘야 했나, 라는 생각을 하게 될 줄은 몰랐다.

"저는 주인으로서 부족했군요……. 마티아스한테 뭐라고 사과해야 할까요."

"아닙니다, 로제마인 님. 마티아스는 전 기베 게를라흐의 아들이고, 로제마인 님과 함께 중앙으로 가는 것을 고려해서 처음부터 에스코트 상대를 고를 생각이 없었습니다. 만약에 같은 입장인 사람들 중에서 상대를 골라서 체면을 차릴 생각이었다면 마티아스 자신이 좀 더 일찌감치 움직여야 했습니다."

보통 학생이라도 스스로 상대를 찾아서 부모에게 소개하거나, 다른 영지인 경우에는 영지 대항전에서 상대의 부모를 만나는 등등의 절차를 거쳐야만 에스코트하는 데까지 도달할 수 있다. 이름을 받아서 부모 역할을 대신하는 나한테 미리 소개하지 않았던 마티아스가 잘못한 거라고 그레티아가 딱 잘라서 말했다.

"내년에 졸업하는 라우렌츠가 마티아스를 보고는 좀 더 일찌감치 준비해야겠다고 초조해하고 있는 모양입니다. 자, 로제마인 님. 이야기는 이 정도로 하시죠. 내일부터는 또 바빠지시겠죠?"

리젤레타가 침대에 누우라고 말했다. 나는 얌전히 리젤레타가 시키는 대로 했다. 정말로 피곤하기도 하고, 내일부터는 바빠질 테니까.

다음날 아침, 식사를 마치고 푸고에게도 돌아갈 준비를 하라고 한 뒤 리젤레타를 비롯한 측근들과 짐을 정리하기 시작했다. 호위 기사는 교대로 기숙사에 오기 때문에 짐이 적지만, 계속 기숙사에 머물면서 내가 돌아오기를 기다려줬던 리젤레타와 그레티아는 짐이 많았다.

"미안해요, 두 사람 모두."

"괜찮습니다, 로제마인 님. 마음 쓰지 마세요. 주인이 안 계신 성에 저희가 있어 봤자 아무 의미가 없었으니까요."

성에서의 정보 수집은 오틸리에 혼자서도 충분히 할 수 있다. 문관들은 신전이나 성에서 할 일이 있고, 기사들은 훈련에도 참가해야만 한다. 그래서 기숙사에 남을 수 있는 사람이 리젤레타와 그레티아 두 사람뿐이었다.

짐 준비를 마친 뒤 우리는 전이진의 방으로 이동했다. 오늘도 나는 기수에 타고 있다. 옷을 갈아입다가 팔을 여기저기 부딪치고 넘어지는 등등, 리젤레타와 그레티아에게 추태를 잔뜩 보였다. 이 상태에서 계단을 내려가는 건 정말 위험하니까 측근들이 자신들을 안심시키기 위해서라도 기수를 사용해 달라고 애원했다.

"에렌페스트에서는 이미 맞이할 사람이 기다리고 있다는 것 같습니다."

계단을 내려온 뒤에 코르넬리우스, 마티아스와 합류했다.

"리젤레타와 내가 로제마인 님과 함께 전이진으로 돌아갈 테니, 그레티아와 마티아스는 짐과 요리사의 이동을 확인한 뒤에 돌아와 주겠나? 기숙사 문단속은 나중에 노르베르트가 확인하러 올 테니까 걱정하지 않아도 된다."

코르넬리우스가 전이 순서와 최종적인 확인 사항에 대해 설명하는 사이에 전이의 방에 도착했다. 거기서 대기하고 있던 두 기사가 내 모습을 보고 깜짝 놀랐다. 경악한 얼굴 속에 자기 상식으로는 가늠할 수 없는 기분 나쁜 무언가를 봤던 때에 드러나는 무의식적인 거절이 담겨 있었다. 측근들은 급격한 성장에 당혹스러워했을 뿐이고 혐오감은 보이지 않았기 때문에 이런 일은 생각도 못 했다. 나는 다른 사람의 눈을 통해서 내가 얼마나 비상식적인 존재인지를 실감했고, 나도 모르게 한 걸음 뒤로 물러났다.

"아직 몸에 익숙하지 않으신가요? 안박스의 축복은 부담이 꽤나 큰 것 같군요."

마티아스가 빙긋 웃으면서 살며시 등을 떠밀어 줬다. 신경 쓰지 않
아도 된다는 마음을 느낀 나는 뒤를 돌아보고 살짝 고개를 끄덕였다.

"마티아스, 뒷일을 부탁드릴게요. 그레티아와 함께 최대한 빨리 돌
아와 주세요."

"알겠습니다."

코르넬리우스와 리젤레타와 나, 셋이서 전이진 위에 올라갔다. 마
티아스와 그레티아의 배웅을 받으며 나는 에렌페스트로 귀환했다.

이번에도 전이의 방에 주재하고 있던 기사들이 놀랐고, 나는 떨떠
름한 기분으로 방을 나왔다.

"걱정했다, 로제마인! 으억?! 하르트무트한테 듣기는 했지만, 정말
로 커졌구나! 유르겐슈미트에서 제일가는 미인이 되지 않았느냐!"

"과장이 너무 심하시네요, 할아버님."

"할아버님, 너무 가깝습니다! 한 걸음 더 떨어져 주세요."

코르넬리우스가 제지하기는 했지만, 어쨌거나 보니파티우스가 제
일 먼저 맞이했다. 그 뒤에는 질베스타와 플로렌치아, 빌프리트, 샤를
로테, 멜키오르와 측근들도 모여 있다. 다들 나를 보고서 얼빠진 표정
을 짓고 있다.

아으…… 시선이 따갑다.

"양아버님, 지금 돌아왔습니다. 걱정을 끼쳐드려서 죄송합니다. 제
가…… 정말 중요한 이야기를 드려야 할 것 같습니다만, 시간을 내주
실 수 있을까요? 게오르기네 님이 어떤 형태로 에렌페스트의 주춧을
빼앗으려고 하는지를 알았습니다."

그 순간, 나를 보고서 놀라고 있던 질베스타의 얼굴이 굳어졌다.

"주추에 관한 이야기니까 아우브 외에 다른 분께는 말씀드릴 생각이 없습니다. 단 둘이서 이야기를 나눌 준비가 되신 뒤에 불러 주세요."

"당장 가자. 무엇보다 먼저 알아야만 할 일이다. ……보니파티우스, 내 집무실까지 로제마인의 에스코트를 부탁한다."

질베스타는 그렇게 말하고 몸을 돌리더니 한 발 먼저 자기 측근들을 데리고 영주 집무실을 향해 걸어가기 시작했다. 나는 보니파티우스가 자신의 허리에 손을 딱 댄 자세로 기다리는 모습을 보고 살짝 웃으면서 보니파티우스의 팔꿈치에 손을 얹었다. 예전에는 손목 언저리에 내 눈이 있었는데, 지금은 팔꿈치 정도 높이까지 올라와 있었다.

빌프리트를 비롯한 형제들이 나와 보니파티우스를 둘러쌌다.

"하르트무트가 매일 성장하고 있다면서 시끄럽게 굴었는데, 정말로 성장했구나. 놀랐다."

"우흐흥, 미인이 됐죠? 거울을 보고서 저도 깜짝 놀랐어요."

"음. 분명히 미인이 됐군. 그런데, 내면은 성장하지 않은 건가? 외모와의 차이가 너무 심하구나."

"내면이 성장하지 않은 건, 빌프리트 오라버니와 마찬가지네요."

"뭐? 나는 엄청나게 성장했다."

농담을 주고받으면서 나는 눈높이로 키를 비교해 봤다. 조금 분하지만 빌프리트보다는 작다. 빌프리트도 성장기라서 그렇겠지. 왠지 키가 자란 것처럼 보인다.

"언니, 잘 오셨어요. 어머나…… 키가 저보다 조금 커지셨네요. 정말 신기한 기분이에요."

오오…… 나, 진짜로 커졌다. 이제 정말로 샤를로테의 언니 같아.

지금까지 중에서 최고로 에어베르민과 안박스에게 감사했다. 이건 대단하다. 언니로서의 존엄을 되찾은 기분이다. 감동해서 부들부들 떨고 있는데, 멜키오르가 마찬가지로 감동한 눈빛으로 나를 바라봤다.

"저는 신전에 있으면서 하르트무트한테서 누님이 지혜의 여신 메스티오노라에 의해 신들의 세계로 초대받으셨고, 신들의 축복을 받아서 성장하고 계신다고 들었습니다만, 정말이었군요."

"하르트무트?!"

멜키오르에게 대체 무슨 소리를 한 거냐는 심정으로 고개를 돌렸더니, 하르트무트가 당연하다는 얼굴로 빙긋 웃었다.

"저는 단 한 마디도 거짓을 말하지 않았습니다. 로제마인 님이 제 눈앞에서 지혜의 여신 메스티오노라께 불려가셨고, 매일 성장하고 계시는 모습을 느꼈으니까요."

"하르트무트가 거짓말을 했던 건가요?"

멜키오르가 빤히 쳐다보자, 나는 뭐라고 대답해야 좋을지 고민했다. 곤란하게도 하르트무트의 말은 거의 맞는 말이었다.

"저, 전부 아니라고 하지는 않겠어요. 큰 줄기는 맞거든요. 육성의 신 안박스께서 저를 성장시켜주셨으니까요."

"역시 로제마인 누님께는 신들의 축복이 함께하시는군요."

……아아아아! 조금 다르지만 설명하기가 힘들어. 무엇보다 자랑스러운 얼굴의 하르트무트가 왠지 좀 짜증 나!

주위와 비교하면서 내 몸이 성장했다는 걸 느끼고, 하르트무트 때문에 성녀 전설이 더 가속하고 있다는 걸 실감하며 나는 영주 집무실을 향해 걸음을 옮겼다. 아직은 걷는 게 어색하다. 바로 발목이 꺾이고 넘어질 뻔하면서 나는 보니파티우스의 팔에 매달리고 말았다.

"죄송합니다, 할아버님. 제가, 아직 이 몸에 적응하지 못해서……."

"그렇다면, 이렇게 하면 되겠지."

기수에 탈게요, 라고 말하기도 전에 보니파티우스가 나를 가볍게 들어 올렸다. 코르넬리우스가 말릴 틈도 없이 빠르게.

"저기, 할아버님. 제가, 이만큼 성장했으니까 무거우실 텐데요. 그냥 내려 주세요."

"아니, 나는 이 정도 무게는 돼야 다루기가 편하다. 예전에는 너무 가벼워서 어떻게 해야 좋을지를 몰랐지만, 이 정도로 성장했으면 내 아내를 들었던 경험도 있으니 아무 문제없다."

의기양양한 얼굴로 옛날이야기를 하는 보니파티우스 주위에서는 내 호위 기사들이 호위 대상을 순식간에 빼앗겼다고 안절부절못하고 있었다.

"어떻게 할까요, 로제마인 님? 있는 힘껏 스승님한테서 탈환할까요?"

"뭔가 표현이 뒤숭숭하네요, 안게리카. 아주 안정감이 있으니까 이대로 있어도 괜찮아요."

나는 보니파티우스한테 내 몸을 맡기기로 하고 힘을 뺐다. 적어도 보니파티우스의 눈에서는 급격한 성장에 대한 혐오감을 찾아볼 수 없었다. 순수하게 성장을 기뻐하고 있음을 알 수 있다.

"보통은 어릴 때 이렇게 안아 주다가도 크면 못 하게 되잖아요? 하지만 할아버님은 반대인 것 같으니까, 이번에는 응석을 부리도록 할게요."

주추 마술

결국 나는 보니파티우스에게 어린아이처럼 안긴 채로 영주 집무실에 도착했다. 문 앞에는 칼스테드와 기사단 부단장이 서 있었는데, 보니파티우스에게 안긴 내 모습을 보고서 눈을 깜박거렸다.

……뭐, 이 체격이 돼서 안긴 채로 등장할 거라고는 생각도 못 했겠지?

칼스테드가 코르넬리우스를 슬쩍 쳐다본 것으로 보아 날 걱정해 주고 있는 모양이다. 하지만 만족스러운 얼굴의 보니파티우스를 보고는 바로 어쩔 수 없다는 것처럼 미소를 지었다 바로 표정을 다잡고서 문을 열어 줬다.

"로제마인 님, 아우브 에렌페스트께서 기다리고 계십니다."

"예. ……할아버님, 여기까지 데려다주셔서 감사합니다."

나는 보니파티우스에게 내려 달라고 한 뒤, 사람들을 물리고 영주 집무실 안에서 혼자 기다리고 있는 질베스타를 향해 신중하게 걸어갔다. 하지만 문이 닫히는 소리를 듣고는 반사적으로 뒤를 돌아본 탓에 그 직후 발이 꼬여서 요란하게 넘어졌다.

"푸핫! 중요한 이야기라고 해서 긴장하고 기다리는 앞에서 대체 무슨 짓을 하는 거냐?"

"아으……. 아직 커진 몸에 적응하지 못했어요. 당분간은 성 안에서 기수를 타고 돌아다녀도 될까요?"

자기도 모르게 웃음이 터져 버린 듯한 질베스타가 웃으면서 가까이 다가와 손을 내밀어 줬다. 나는 그 손을 잡고서 일어나고는 이번에는 좀 더 신중하게 걸음을 옮겼다.

"오늘 아침에도 옷 갈아입는 중에 발이 꼬여서 넘어지고, 할아버님과 같이 걸으려다가 무릎이 꺾일 뻔도 하고, 정말 큰일이었어요."

"네 기수라면, 그건가. ……그 모습이 돼서도 그걸 타겠다는 거냐?"

"제 레서 군은 정말 귀여워요. 그륀하고는 하나도 안 닮았잖아요."

질베스타가 싫다는 표정을 지었지만 나는 발끈했다. 내 레서 버스는 귀엽고, 정말 편리하다. 다른 기수로 바꿀 생각은 없다.

"기수는 물론이고, 언동이 외모와 전혀 안 어울린다. 겉모습만 본다면 지금의 너는 정말로 성녀인데 말이다?"

"빌프리트 오라버니도 말씀하셨고 거울도 봤으니까 일단 자각은 하고 있습니다. 하지만 아닌 척 꾸미는 정도라면 모를까, 사람의 내면은 그리 쉽게 바꿀 수 있는 게 아니니까 어쩔 수 없는 일이겠죠?"

양아버님도 그렇게 크게 달라지진 않았잖아요? 라는 의미를 담아서 미소를 지어 보였더니, 질베스타는 씁쓸하게 웃으면서 "뭐…… 내가 뭐라고 할 수는 없는 일이군." 이라고 말하며 고개를 끄덕였다.

나와 질베스타는 서로 마주 보고 의자에 앉았다. 나는 천천히 숨을 내쉬었다. 질베스타도 표정을 다잡았다.

"그래서, 누님이 말이다……. 주추를 빼앗을 방법을 알았다는 게 대체 무슨 말이지?"

주추를 빼앗기는 것은 영주에게 있어 최악의 사태다. 주추를 빼앗긴 시점에서 전 영주는 다시 빼앗을 것을 경계하는 새로운 영주의 손에 죽게 된다. 토지는 물론이고 목숨까지 빼앗기는 것이다.

다른 영주 일족도 목숨을 빼앗길 가능성이 크다. 자식을 한 사람 정도 남겨서 기존에 있던 귀족들이 잘 따르도록 하기 위해 새 영주의 자식과 결혼시키는 경우도 있다. 하지만, 게오르기네의 경우에는 본인이 에렌페스트 출신이다. 질베스타의 자식을 남겨 둬야만 할 이유가 없다. 마력이 부족한 세상이다 보니 목숨만은 살려 줄지도 모른다. 하지만 그 경우에는 하얀 탑에 갇혀서 계속 마력을 빼앗기는, 죽은 것이나 마찬가지인 인생을 살아가게 될 것이다.

"확실한 증거가 있는 것은 아닙니다. 하지만 성전 도난 소동을 생각해 보면 틀림없다고 생각합니다."

"성전 도난 소동이라고? 뭔가 샛길이나 새로운 마술구의 정보가 아니라?"

질베스타가 이해할 수 없다는 얼굴로 날 쳐다봤다. 다른 샛길이 있는지 아닌지는 둘째치고, 메스티오노라의 서를 손에 넣었을 때 흘러 들어온 신전과 성전의 역할을 생각해 보면 크게 틀린 건 아니라고 본다.

"결론부터 말씀드리면 말이죠. 각 영지의 주추는 신전의 예배당 바로 아래에 있습니다."

"……뭐?!"

질베스타의 움직임이 몇 초 동안 멈췄다. 그리고는 고개를 도리도리 젓고서 다시 한 번 "뭐?"라고 말했다. 상당히 동요한 모양이다.

"물론 하얀 벽으로 둘러싸인 방이고 마력적으로 분리된 공간이니까, 신전에 있는 사람 아무나 들어갈 수 있는 곳은 아닙니다."

"그야 그렇겠지만……. 성이 아니라, 신전에 있다는 말은……."

"아우브에게서 차기 아우브에게 양도되는 것이 주추로 전이하는 데 필요한 열쇠가 되는 마술구입니다. 그리고 영주의 방에는 주추로 가는 문이 있잖아요. 사람들이 성안에 있다고 믿는 것도 이상한 일은 아닐 거예요. 지금까지의 역사 속에서 주추를 찾겠다고 성 안을 뒤져 댔던 사람들에게는 맹점이었다고 해야겠죠."

내 말을 들은 질베스타가 엄청나게 씁쓸한 표정을 지었다.

열쇠가 되는 마술구를 물려주지 않고 영주가 사망한 경우, 차기 영주는 주추로 가기 위한 마술구를 찾는 데서부터 시작하게 된다. 대부분의 경우에는 영주가 몸에 지니고 있거나 비밀 방에 놔두지만, 마술구의 모양이 보통 열쇠와 다르다 보니 찾는 데 꽤나 고생하게 된다.

"하지만, 아우브가 넘겨주는 영주의 방과 주추를 연결하는 열쇠를 잃어버렸다고 해도, 영주의 역할을 다할 수 있도록 사전에 차기 아우브에게 건네주는 열쇠가 있습니다. 영주로서 할 일을 하면서 천천히 또 하나의 열쇠를 찾을 수 있도록……."

공급실에서 주추에 마력을 주입하면서 필사적으로 주추의 위치를 찾을 필요는 처음부터 없었던 것이다.

"로제마인, 나는 차기 아우브에게 주는 예비 열쇠 따위는 모르고, 받지도 않았다. 설마 아버님이 누님께……."

"아닙니다."

화난 기색을 드러내는 질베스타에게 나는 고개를 저어서 부정했다.

"양아버님은 건국 신화를 기억하고 계시나요?"

"뭐, 대충은……."

질베스타가 갑자기 무슨 뜬금없는 이야기냐고, 당혹스럽다는 표정으로 나를 봤다. 하지만 갑자기 뜬금없는 이야기를 꺼낸 건 아니다.

"그렇다면, 초대 왕이 신전장이었다는 사실은 기억하고 계시죠? 신께 기도를 바치는 신전에 주추를 설치하는 것은 초대 왕에게는 당연한 일이었습니다."

자신들의 기도는 물론이고 신전에서 바치는 모든 기도를 주추로 흘려보내기 위해서, 그리고 신들께 기도를 전하기 쉽게 하고자 주추는 신전과 함께 만들어졌다. 더 얘기하자면 신전에 있는 신구와 성전도 주추를 설치할 때에 첸트가 만들어 낸다. 이것은 첸트가 할 일이라고 적혀 있는데, 구르트리스하이트를 손에 넣지 않으면 알 수 없는 일이라고 생각한다.

"그리고, 한동안 각 영지의 차기 아우브가 신전장을 맡았습니다. 지금의 양아버님이라면 이해하실 수 있으리라고 생각합니다만, 제사를 치르고, 가호를 늘리거나 마력을 늘리기 위해서는 중요한 역할이었습니다."

"그랬군."

세월이 지나자 차기 영주가 신전에서 신전장으로서 제사를 맡는 동안 성과 신전 양쪽을 출입할 수 있는 다른 영주 후보생이 영지 안에 있는 귀족들을 이끌면서 발언권을 얻게 됐다. 신전장이었던 차기 영주가 영주로 취임하더라도 마력을 봉납해서 제사를 치를 뿐인 장식품처럼 취급받게 되었다. 제사와 정치가 조금씩 분리되고, 신전에 들어가기를 거부하는 영주 후보생이 나오기 시작했다. 그런 흐름 속에서 초대 왕이 만들었던 시스템이 가진 당초의 목적이 잊혀져 갔다.

"역사 이야기는 이제 됐다. 그래서 어쨌다는 거냐?"

"그러니까, 차기 아우브인 신전장이 반드시 계승하게 되는 성전의 열쇠야말로 신전에서 주추로 가는 문을 열 수 있는 열쇠입니다."

그래서 옛날에는 영주가 갑자기 죽더라도 큰 문제가 없었다.

"게오르기네 님은 전 신전장과 친밀하게 편지를 주고받았으니 그쪽을 통해서 흘러 나간 정보일지도 모른다고 생각합니다. 게오르기네 님의 관계자이자 성전의 주인이었던 사람은 그분뿐이었으니까요."

보통 귀족은 신전에 가지 않는다. 그래서 신전에 관한 지식은 귀족원 강의에서 대충 배울 뿐이다. 출입하지도 않고, 기본적으로는 멸시하는 곳이다 보니 깊이 알려고 하지도 않는다.

게오르기네 자신이 신전에 가 본 적이 있는지 없는지는 모르겠지만, 전 신전장은 성과 귀족 거리에 자주 갔던 것 같고, 게오르기네를 귀엽게 여겼다는 사실은 남겨진 편지만 봐도 알 수 있다.

"하지만 그런 정보를 알고 있었다면 누님은 더 일찍 주추를 빼앗으려고 들었을 텐데. 아렌스바흐로 시집가기 전에, 내가 아우브가 되기 전에, 에렌페스트를 방문했을 때……."

"게오르기네 님이 언제 주추에 대해 알았는지가 문제라고 생각합니다. 제가 신전장이 된 뒤에 정보를 얻었다면 성전의 열쇠를 얻기가 힘들어졌겠죠."

"아…… 그렇군. 내가 허가해서 숙부님의 편지를 누님이 유품으로서 가지고 간 적이 있다. 대부분 누님이 보낸 편지였는데, 숙부님이 미처 보내지 못했던 편지도 여러 통 있었다. 그때 가져간 편지 중 하나에 그 정보가 있었겠지."

질베스타는 아주 피곤하다는 얼굴로 머리를 감쌌다. 편지의 내용을 확인하고, 전부 줘도 문제 없는 것들이라고 판단했던 모양이다. 귀족이 아니었던 전 신전장이 마술적인 수작을 부리지는 못했을 거라고 생각했던 듯한데, 솔직히 마술구를 사용하지 않아도 암호를 사용하면 상대에게 전하는 것은 가능하다.

"지금, 성전의 열쇠는 신전장인 네가 가지고 있었지?"

"신전에 보관해 두고 있습니다. 하지만, 성에 오거나 양아버님께 주추의 위치를 캐묻지 않아도 주추를 손에 넣을 수 있는 수단이 있다는 사실 자체가 가장 중요한 문제입니다. 게오르기네 님께 이름을 바쳤던 달돌프 자작부인에게 성전을 도난당했던 사건을 생각해 봐도 신전 쪽의 입구를 노리고 있는 것 같다고 생각합니다."

내 추측을 듣고 질베스타는 깊은 한숨을 쉬었다.

"틀림없는 것 같구나. 성에서 주추로 가는 문은 경계도 하고 있고, 보니파티우스와 함께 비밀 통로 따위의 대책도 세워 뒀다. 하지만, 신전에서 주추를 빼앗을 수 있으리라고는 생각도 못 했구나."

신전을 습격당하면 주추를 빼앗기는 것도 시간문제. 기본적으로 마력이 적은 청색 신관들이 관리하고 있으니까 게오르기네가 열쇠를 빼앗는 것도 간단한 일이겠지.

"저나 멜키오르가 신전에 있을 때는 호위 기사도 있습니다. 하지만, 저희가 없을 때 신전은 아주 허술한 상태가 됩니다. 봉납식을 제외한 겨울 사교계 기간. 그리고 봄의 기원식과 가을 수확제 때 성전 열쇠를 신전에 놔둔 채 저희는 신전을 비웠었습니다."

꿀꺽, 질베르타가 침을 삼켰다. 이렇게 생각해 보면 신전은 너무나도 무방비한 곳이다. 주재하는 영주 후보생을 지키기 위한 호위는 있지만, 주추를 지키는 것은 열쇠 하나뿐이다.

"주추의 장소와 성전의 열쇠 양도를 어떻게 할지 양아버님이 잘 생각해 주세요. 신전에 주추가 있는 것을 어떻게 숨기고, 어디까지 정보를 공개해서 방위할지는 맡기도록 하겠습니다. 갑자기 신전의 수비를 강화하기 시작하면 주위에서 이상하게 여기겠죠. 그래도 어떻게든 대책을 세워야만 한다고 생각합니다. 주추 방위 계획을 어떻게 할지는 아우브가 하실 일입니다."

봄의 기원식이 끝나면 에렌페스트를 떠날 내가 나설 일이 아니다. 주추에 대한 관여가 가능해지는 성전 열쇠를 멜키오르에게 물려줘도 될지에 대해 생각해 줬으면 싶다.

"주추 방위에 관해서는 신전도 고려하도록 하겠다. 누님이 실행에 옮기는 건, 봄의 기원식 기간이 가장 가능성이 크겠군……."

"어째서죠? 작년에 있었던 숙청으로 협력자가 줄어었어요. 봄이 아니라 가을일 수도 있고 겨울일 수도 있습니다. 내년일 수도 있고 후년일 수도 있거든요?"

말로는 가능성이 크다고 하면서도 실제로는 단정하는 듯한 질베스타의 말에 나는 입술을 삐죽 내밀었다. 그렇게 생각하다가는 뒤통수를 맞게 될지도 모른다. 하지만 질베스타는 확신한다는 것처럼 진녹색 눈동자를 번쩍 빛냈다.

"네가 오랫동안 병석에 누워 있었다는 것은 영지 전체가 알고 있다. 저 높은 곳으로 올라간 것은 아니냐고 난리를 치다가 해고당한 교사도 있었다. 그리고 네 귀환은 아직 영지에 알려지지 않았다. 신전의 수비가 허술해졌다고 판단하고 있겠지. 무엇보다 페르디난드가 본관에 방을 얻기 전에 승부를 걸어 올 것 같다. 그 녀석을 멀리 둘 수 있는 건 성결식을 치르는 영주회의 전까지다."

그러고 보니…… 페르디난드 님의 편지에도 정보를 얻기 힘들어졌다는 내용이 적혀 있었지.

"귀중한 정보에 감사한다, 로제마인. 누님한테 선수를 치는 건 이번이 처음이군."

"기원식을 노린다면, 벌써 가까운 곳까지 와 있을 수도 있다고 생각합니다. 그 은색 천을 사용하면 경계를 넘는 것도 간단할 테니까요."

질베스타가 눈을 꽉 감았다.

"란체나베의 사제는 은색 천을 두르고 있었다. 같은 물건인지, 색이 은색일 뿐인지 아닌지는 모른다. 하지만, 란체나베에서 천을 대량으로 들여올 수 있다면 누님이 전쟁 준비를 갖췄다고 생각해도 되겠지."

메스티오노라의 지식에는 은색 천이 나오지 않았다. 토루크에 관한 지식도 없었다. 너무 최근에 만들어진 것이라서 그런 건지, 외국의 지식은 없는 건지. 아니면, 페르디난드가 가지고 있는 지식일까.

"그런데 로제마인. 너는 대체 어디서 그런 지식을 얻었지?"

이야기를 마치고 자리에서 일어난 내게 질베스타가 물었다. 나는 "……어디서 얻었을 것 같으세요?"라고 질문으로 대답하며 빙긋 웃어 보였다.

한참 동안 날 보고 있던 질베스타는 뭐라 말로 표현할 수 없는 표정을 지었다.

"……설마, 정말로 손에 넣은 거냐?"

뭘, 이라는 말은 하지 않았다. 나도 굳이 묻지 않았다. 그래도 충분히 알 수 있다.

"70%도 안 되고, 중요한 부분이 꽤 많이 빠져 있어서 활용하기는 꽤 힘들지만요."

그렇게 말하면서 나는 출구를 향해 신중하게 걸어갔다. 그리고 집무실에서 나가기 직전에 빙글, 뒤를 돌아봤다.

"저는 바로 신전으로 돌아가겠습니다. 먼저 열쇠를 확인하고 싶어요. 성전이 바뀌어 있었으니까 열쇠에도 독 말고 뭔가 다른 수작을 부렸을 가능성이 있습니다. 성전은 책이니까 제가 냄새나 생김새나 무게로 진짜인지 아닌지 판단할 수 있지만, 열쇠에 관해서는 전혀 자신이 없으니까요."

내가 가슴을 활짝 펴고 그렇게 말했더니, 질베스타가 손으로 머리를 감싸면서 신음했다.

"잘 확인해라. 두고두고 소중하게 지켜야 할 열쇠에 이상한 수작을 부려 놨다면 끔찍한 일이 벌어질 테니까."

"예에. 그럼, 실례하겠습니다."

성전의 열쇠

"저는 지금부터 서둘러 신전으로 돌아가겠습니다. 양아버님의 요망도 있으니까, 길베스타 상회는 신전 쪽으로 오도록 변경했으면 싶습니다만……."

내가 방으로 돌아와서 그렇게 말했더니, 리젤레타가 난색을 표했다.

"로제마인 님이 내일 성으로 돌아오시는 게 가능하시다면, 성에서 치수를 재도 될까요? 플로렌치아 님, 샤를로테 님, 엘비라 님의 전속 재봉사를 불러서 의상을 의뢰할 예정입니다."

측근인 브륀힐데한테서 물려받은 의상을 언제까지나 주인에게 입힐 수는 없다고, 시종들이 여러 곳에 의견을 전해서 조정해 줬다는 모양이다. 그리고 영주회의 때까지 준비하지 못하면, 중앙에 이동할 때 입을 의상이 없다는 최악의 상황이 벌어진다. 리젤레타와 오틸리에의 준비를 헛되게 할 수는 없다.

"알겠습니다. 내일은 이쪽으로 돌아오겠습니다."

"내일 치수 측정과 의상 선택에는 저도 동행하게 해 주세요. 로제마인 님께 도움이 되고 싶습니다."

베르틸데가 귀족원에서는 전혀 도움이 못 됐다고 슬픈 목소리로 말하면서 나를 봤다. 기껏 시종이 됐는데 시종다운 일은 하나도 못 했다고 탄식하는 베르틸데에게 맞춰 나는 몸을 살짝 앞으로 굽혔다.

"제가 리젤레타나 그레티아에게 이야기를 들었을 때는 멜키오르의 측근들에게 지지 않을 정도로 열심히 노력해서 샤를로테의 다과회를 도와주셨다고 하던데요? 정말 우수하고, 제가 없는 동안에도 에렌페스트의 유행을 널리 알리기 위해서 열심히 노력하셨다고 들었어요."

"하지만, 제가 로제마인 님을 모실 수 있는 기간은 언니가 아우브와 성결식을 할 때까지니까⋯⋯."

브륀힐데가 정식으로 제2 부인이 되면 베르틸데는 브륀힐데의 견습 시종이 되기로 결정되어 있다. 그 전에 조금이라도 더 내 시종다운 일을 하고 싶다고 간절하게 바라는 베르틸데의 모습이 너무나 귀여웠다.

"그럼, 내일 주문하는 의상 중에 하나는 베르틸데에게 맡기도록 하죠. 제 여름 의상을 하나 주문해 주세요. 제가 보기에도 분위기가 많이 달라졌으니까, 그 부분도 잘 생각해 주세요."

"감사합니다."

기쁘게 미소 짓는 베르틸데에게 내일 브륀힐데도 불러 달라고 부탁했다.

"결혼 준비로 바쁘겠지만, 브륀힐데의 결혼 퇴직을 축하하는 뜻으로 머리 장식을 선물하고 싶습니다. 베르틸데, 갑작스럽기는 하지만 지금이라도 브륀힐데에게 전해 주시겠어요?"

"물론이죠, 로제마인 님. 언니도 틀림없이 기뻐할 겁니다."

베르틸데가 브륀힐데에게 연락하기 위해 일단 자리를 뜨자, 나는 바로 신전으로 돌아갈 준비를 시작했다.

"양아버님께서 말씀하신, 신전에서 확인해야만 하는 일이 있는 것뿐이니까 내일은 이쪽으로 돌아오겠습니다. 전속 악사 로지나는 성에서 대기하게 해 주세요. 전속 요리사 푸고는 기숙사에 오랫동안 묶여 있었으니까 신전으로 데려가겠습니다. 내일 대신할 사람을 데리고 올 게요."

그레티아가 신전과 전속에게 연락하기 위해 움직였다. 그 모습을 슬쩍 보면서 나는 내 문관들 쪽을 보며 말했다.

"하르트무트와 필린느는 신전에 동행해 주세요. 로데리히와 클라리사는 성에서 한넬로레 님이 빌려주신 책의 필사를 부탁드립니다. 그리고, 호위 기사이지만 다무엘, 안게리카, 마티아스, 라우렌츠는 저와 함께 신전에, 나머지는 성에서 대기하세요. 아마도 양아버님과 할아버님께서 부르실 겁니다."

방위 계획 재검토 등의 이유로 기사단 쪽에서 부를 가능성이 있다. 상급 기사인 코르넬리우스와 레오노레는 남겨 두고 싶지만, 안게리카는 남겨 둬도 의미가 없다.

내가 지시를 내리는 동안 리젤레타와 오틸리에 두 사람이 재빨리 짐을 싸기 시작했다. 이번에는 체격이 크게 달라졌기 때문에 신전에 있는 의상만 가지고는 잠을 자기도 곤란해서 갈아입을 옷이 필요해졌다.

"다녀오세요, 로제마인 님. 빨리 돌아오시길 기대하고 있겠습니다."

신전에 도착하고 기수에서 내리자마자 보인 것은 신전 시종들의 놀란 얼굴이었다. 일제히 깜짝 놀라서 날 응시하고 있다. 이단의 존재를 보는 듯 거절하는 눈도 아니고, 사정이 있다는 것을 이해하고 조용히 받아들여 준 귀족 측근들과도 달랐다. 굳이 따지자면 하르트무트의 말을 있는 그대로 믿었던 멜키오르의 눈에 가까웠다.

……아으, 틀림없이 세뇌당했어.

"지금 왔습니다."

"……다녀오셨습니까, 로제마인 님. 하르트무트 님께 듣기는 했습니다만, 신들의 축복을 받아서 정말로 크고 아름답게 성장하셨군요."

모니카가 눈을 반짝거리면서 말했지만, 부정하지도 못하고 우물거리기만 했다. 하르트무트가 짜증이 날 정도로 내가 무사하다는 것과 마력적으로 성장했다는 이야기를 했다. 그래서 거부하는 반응이 거의 없고, 사람들이 쉽게 받아들여 줬다는 건 나도 이해한다. 말한 내용과 열기가 기분 나빴다는 건 다들 인정하는 사실이지만, 그래도 내가 보통 생활로 돌아온 건 하르트무트 덕분이다.

……그건 알고 있어. 알지만, 왠지 감사하기 힘들단 말이야.

"계속 어린 모습만 봐 왔던지라 깜짝 놀랐습니다만, 로제마인 님의 성장을 정말 기쁘게 생각합니다."

"제가 알고 있는 사람 중에서 로제마인 님이 가장 아름다우십니다."

프랑과 길은 처음부터 나를 섬겼던 사람이다. 온화한 미소를 지으며 내 성장을 기뻐해 주는 프랑과 조금 쑥스러워하는 얼굴로 주먹을 꽉 쥐고서 칭찬해 주는 길을 보니 나도 모르게 미소가 흘러나왔다.

"여러분이 기뻐해 주시니까 저도 기쁩니다."

길과 프리츠에게 성에서 가지고 온 짐을 운반해 달라고 부탁하고, 신전장실로 돌아가면서 프랑과 잠에게 내일 예정과 전속들의 행동에 대한 연락 사항을 말했다.

"겨울 성인식이 얼마 안 남았습니다만, 의식용 의상은 준비하실 수 있을까요? 아니면, 멜키오르 님께 제사를 부탁드리도록 할까요?"

"성장해도 입을 수 있도록 지었으니까 의식용 의상은 문제없습니다. 평상복을 수선할 때까지는 의식용 의상을 입을 수밖에 없다는 점이 문제로군요. 내일, 성에서 치수를 재고 의상을 주문할 예정이니까, 그때 얘기해 보겠습니다. 길베르타 상회에 수선하러 보내 주세요."

성에서 치수를 잴 예정이니까 거기에 맞춰서 신전의 평상복도 수선해 주겠지.

"내일은 성예서 예정이 있으시군요? 그렇다면, 오늘은 대체 어떤 용건으로 신전에 돌아오셨는지요?"

"성전 열쇠를 확인하기 위해서입니다. 새로운 사실을 조금 알게 돼서 다시 확인할 필요가 생겼습니다."

나는 신전장실로 돌아와서는 니콜라가 내려 준 차를 마시면서 프랑이 성전 열쇠를 가지고 오기를 기다렸다. 그동안에 다무엘과 안게리카에게 지시를 내렸다.

"다무엘, 안게리카. 미안하지만 평민 마을의 문을 전부 다니면서 은색 천을 두르고 시내에 들어오는 사람은 없는지 잘 확인해 달라고 병사들에게 전해 주시겠어요? 발견했을 때는 절대로 소동을 일으키지 말고 바로 기사단에 연락해 달라고 해 주세요. 상대는 고위 귀족일 가능성이 크니까 결코 그 자리에서 잡을 필요는 없습니다."

"예!"

다무엘과 안게리카는 바로 뒤로 돌아서 밖으로 나갔고, 은색 천이라는 부분에 반응한 마티아스가 나를 보면서 "로제마인 님, 그건……"이라고 중얼거렸다. 은색 천이 발견된 곳은 기베 게를라흐의 여름 저택이다. 그렇다면 은색 천이 가리키는 인물을 추측하는 것도 간단하겠지.

"마력을 지닌 수상한 인물이 몰래 침입할 가능성이 있습니다. 제가 돌아오기 전날에 봄을 축하하는 연회가 끝났잖아요? 그렇다면 슬슬 눈이 녹을 테니까 마차도 경계할 필요가 있습니다."

마티아스는 성큼성큼 내 앞으로 걸어와서는 무릎을 꿇었고, 두 팔을 가슴 앞에서 교차했다.

"로제마인 님, 저를 게를라흐로 보내 주십시오. 보니파티우스 님과 조사하러 갔던 때, 영지 안에서 마술구를 숨겨 둔 오두막을 몇 군데 발견했습니다. 열면 바로 알 수 있도록 보니파티우스 님이 함정을 설치해 뒀습니다. 확인하러 가게 해 주십시오."

"할아버님께 여쭤보도록 하죠. 만약에 간다면 기사단 분들과 같이 가세요."

나는 보니파티우스에게 '마티아스가 게를라흐의 함정을 확인하러 가고 싶다고 합니다'라는 내용으로 올도난츠를 보냈다. 보니파티우스는 질베스타, 칼스타드와 에렌페스트의 방위 계획을 다시 짜느라 바쁘겠지만, 그래도 기사단에서 사람을 보내 주기는 하겠지.

그렇게 생각하고 있었더니 바로 답장이 왔다.

"나도 확인이 필요하다고 생각하던 참이다. 기껏 설치해 놓은 함정이 망가지는 건 바라지 않으니 내가 가도록 하마. 마티아스, 회복약은 충분히 챙겨라. 하루 만에 돌아올 테니."

아무래도 보니파티우스는 회복약을 벌컥벌컥 마시면서 기수를 타고 전속력으로 강행할 생각인 것 같다. 나는 비밀 방에서 여러 종류의 회복약을 가지고 와서 비장한 표정을 짓고 있는 마티아스에게 줬다.

"마티아스, 이걸 사용하세요. 효과는 보장합니다. 할아버님의 전속력에 따라가려면 힘들 것 같은데, 괜찮겠어요?"

"……이 확인은 제가 바란 일입니다. 가겠습니다. 저는 에렌페스트가 더 이상 어지러워지는 것을 바라지 않습니다. 온 힘을 다해 지키겠습니다."

마티아스는 고맙다는 말을 하면서 회복약을 받았다. 이제 라우렌츠 혼자만 남았는데, 아무래도 호위 기사가 너무 줄었다. 유디트를 신전으로 부를까 생각하고 있는데, 라우렌츠가 "걱정하실 것 없습니다, 로제마인 님." 이라고 말하며 웃었다.

"유디트에게는 연락해 뒀습니다. 로제마인 님의 호위를 더는 줄일 수는 없으니, 보니파티우스 님도 신전으로 와 주신다는 것 같습니다."

……와우. 내 측근들, 너무 우수해.

"이것이 성전의 열쇠입니다, 로제마인 님."

바쁘게 준비하는 호위 기사들이 진정되기를 기다렸다가, 프랑이 성전의 열쇠를 줬다. 나는 열쇠를 받아들고 의자에서 일어났다.

"고맙습니다, 프랑. 저는 잠시 비밀 방에 들어가 있겠습니다. 안쪽에는 호위가 필요 없습니다. 바깥에서 대기해 주세요."

유디트와 라우렌츠 두 사람을 신전장실 호위로 남겨 두고 나는 혼자서 비밀 방으로 들어갔다. 비밀 방 안에 있는 테이블 위에 열쇠를 툭, 하고 내려놓고는, 나는 슈타프를 꺼내서 "구르트리스하이트." 라고 주문을 외웠다. 태블릿 모양 메스티오노라의 서를 손가락으로 누르면서, 성전의 열쇠에 대해 검색했다.

"어디어디?"

성전의 열쇠는 주추와 한 쌍이 되도록 만들어진다. 마력을 등록하기 위해 마석 위에 작은 마석이 또 있고, 그 색은 영지의 색과 같기 때문에 열쇠를 보면 어느 영지의 열쇠인지 알 수 있다는 모양이다.

헤에, 하고 생각하면서 열쇠를 자세히 들여다봤더니 영지의 색을 나타내는 마석이 에렌페스트의 황토색에 가까운 금색이어야만 하는데 연보라색이었다.

"이거, 에렌페스트의 열쇠가 아니야! 아렌스바흐의 열쇠?! 어? 어째서? 나, 이걸로 몇 번이나 성전을 열었었는데?!"

당황해서 열쇠 항목을 읽어 나갔는데, 세상에나. 열쇠는 주추와 한 쌍이지만 성전과는 쌍이 아니었다. 첸트가 마술로 만들기 때문에 열쇠의 물리적인 모양은 어느 영지의 성전 열쇠든 같은 모양이다. 성전과 열쇠에 등록된 마력이 같다면 소유자로서 성전을 열 수 있다는 것 같다.

먼 옛날의 첸트에게 있어 신전장의 성전은 메스티오노라의 서를 얻기 위해서 치르는 제사의 기도에 대해 적혀 있는 교과서 같은 물건이다. 언젠가 스스로 가지고 다닐 수 있는 메스티오노라의 서를 취득하는 것이 전제였다. 슈타프로 만든 메스티오노라의 서와 달리 성전은 크고 무거운 데다 파손될 위험성도 있다.

……성전은 교환 가능성을 전제로 했으니까 열쇠와 쌍을 이루면 불편한 부분도 있었겠지.

옛날 역사에서는 영지를 없애거나 만들 때, 주추 마술과 그 열쇠는 반드시 첸트가 마술로 처리했다. 하지만 신전에 있는 신구와 성전은 다시 사용하는 경우도 많았던 것 같고.

첸트가 만들어 내는 열쇠는 주추 마술과 한 쌍을 이루기 때문에 신전에서 주추로 이어지는 문은 그 영지의 열쇠가 아니면 열 수 없다. 하지만 이 열쇠는 영주가 갑자기 죽었을 때에 사용하기 위한 예비다.

주추와 성전의 열쇠에 등록된 마력이 같을 필요는 없다. 주추 마술과 쌍을 이루는 열쇠라면 누가 사용해도 신전 쪽 문을 열 수 있다.

"그렇다면 에렌페스트의 열쇠는 대체 어디 있는 거지?"

멍한 상태에서 중얼거렸지만, 머릿속 한 구석에서는 이미 답이 나와 있었다. 이미 게오르기네의 손에 넘어가 있겠지. 성전 도난 사건 때, 나는 다른 사람의 마력에 물들어 있던 열쇠를 다시 물들였다. 성전이 열려서 진짜 열쇠라고 인식했었는데, 그게 다른 영지의 열쇠일 거라고는 상상도 못 했다.

"하지만, 이건 우리가 알아차리면 반대로 아렌스바흐의 주추를 차지할 수 있는 거잖아? 그렇게 위험 부담이 큰 짓을, 대체 왜……?"

이게 게오르기네의 계획이었다면, 그 사람이 대체 무슨 생각을 하고 있는 건지 모르겠다. 아렌스바흐의 주추는 필요 없다는 걸까. 아니면 알아차릴 리가 없다고 자만한 걸까. 어쩌면, 뭔가 이쪽을 속이기 위한 함정이었던 걸까. 나는 도저히 모르겠다.

하지만 아렌스바흐의 열쇠와 바뀌쳤다는 사실을 통해 거기에 있는 딸과 백성들을 버리더라도 문제가 없을 만큼 게오르기네가 에렌페스트의 주추에 집착하고 있다는 것만은 확실하게 전해졌다. 손에 넣어서 소중하게 간직하겠다는 감정은 없는 모양이다. 굳이 따지자면, 질베스타에게서 빼앗는 것과 자기 손으로 부숴 버리는 것만을 바라는 것처럼 여겨졌다.

……만약에, 게오르기네가 바라는 것이 에렌페스트를 부숴 버리는 것이라면?

단숨에 핏기가 가시는 기분이 들었다. 아우브 에렌페스트가 되는 것이 아니라 에렌페스트를 부숴 버리기를 바라고 있다면 그 사람은 나한테 가장 큰 강적이 된다. 대화도 통하지 않고, 목숨을 구걸해 봤자 소용없다. 목숨을 없애 버리는 데 전혀 주저하지도 않고, 평민 따위는 신경도 쓰지 않겠지. 오히려 지키려는 자세를 보이면 그것을 약점이라고 생각해서 중점적으로 노릴 것 같다.

"뒷일을 전혀 생각하지 않고 주추를 손에 넣으려고 한다면, 그렇게 어렵지도 않아……."

주추 마술은 영지의 기초다. 귀족원 강의에서 배운 대로, 주추를 통해서 마력을 채우면 토지가 풍요로워진다. 반대로 마력이 다 떨어지게 되면 도시는 붕괴하고, 토지는 하얀 사막으로 돌아간다. 그래서 평소에는 시간을 들여서 전 영주와 자신의 마력을 조금씩 교환하거나, 전 영주를 완전히 웃도는 대량의 마력을 때려 넣어서 단번에 바꿔 버려야 한다. 하지만 빼앗아서 파괴하는 거라면 시간도 걸리지 않고, 다시 물들이기 위해서 대량의 마력을 쓸 필요도 없다.

빈 마석을 잔뜩 가지고 와서 주추의 마력을 빨아들이거나, 커다란 마술을 사용해서 주추의 마력을 잔뜩 소비시켜 버리면 주추 마술에 담겨 있던 마력이 줄어든다. 마력이 줄어들면 에렌페스트의 도시는 물론이고, 농촌이나 마을까지 포함해서 영지 전체가 일단 하얀 사막으로 돌아가고, 주민들은 거의 전멸해 버릴 가능성이 생긴다. 그래도 좋다면, 마력을 줄여 버린 뒤에 다시 물들이는 자체는 아주 쉽다. 주추 마술을 얻는 것은 정말 간단하겠지.

원래 그런 형태로 영지를 멸망시키는 것은 허락되지 않는다. 하지만 지금의 첸트는 구르트리스하이트를 지니지 않아서 주추를 부당하게 빼앗아 주민과 토지에 해를 끼치는 자가 영주가 되더라도 벌을 내릴 수도 없다. 그걸 알고 있기에 저지를 수 있는 폭거다.

……첸트가 필요해. 구르트리스하이트를 가진 정당한 첸트가.

메스티오노라의 서를 가진 내가 유르겐슈미트의 주추를 손에 넣을 수만 있다면 게오르기네도 간단히 막을 수 있겠지. 주추를 손에 넣은 영주와 귀족원에서 배웠을 뿐인 영주 후보생이 할 수 있는 일에 차이가 있는 것처럼, 주추를 손에 넣은 첸트와 구르트리스하이트를 가졌을 뿐인 차기 첸트 후보는 다르다.

……게오르기네 님을 막고 싶어.

그렇게 생각해 봤자 내 메스티오노라의 서는 구멍투성이다. 지하 서고 깊은 곳에 있는 첸트를 위한 구르트리스하이트 사본과 달리 대마술에 필요한 마법진 부분이 쥐가 파먹은 것 같은 상태다. 메스티오노라의 서를 완성시키거나 구르트리스하이트 사본을 손에 넣어야 한다.

……어떻게 에렌페스트를 지켜야 할까? 슈첼리아의 방패로 도시 전체를 덮어 버릴까?

언제 게오르기네가 쳐들어올지도 모르는데, 시내 전체에 슈첼리아의 방패를 계속 쳐 두기는 힘들다. 그리고 은색 천으로 마력 방패를 뚫고 들어올 가능성도 있다. 게오르기네가 주추에 접근하기 전에 붙잡는 게 제일이다. 주추를 얻으려고 한다면, 본인이 와야만 하니까.

초조해진 내가 혼자서 생각해 봤자 좋은 생각은 떠오르지 않았다. 생각하기 전에 질베스타에게 알리는 쪽이 좋겠지. 나는 성전 열쇠를 쥐고서 비밀 방에서 나왔다.

"중요한 사실을 알아내서 성으로 돌아가겠습니다. 이 열쇠는 안전을 위해서 제가 보관하겠습니다. 프랑, 다무엘과 안게리카가 돌아오면, 각각 신전 뒷문과 정면 현관에서 대기하라고 해 주세요. 그리고 신관장실에 있는 하르트무트에게 멜키오르를 신전으로 부르라고 전해 주시고요."

치수 재기와 초조한 마음

올도난츠로 '새로운 사실이 밝혀졌으니 이야기할 시간을 내주세요'라는 연락을 하고 성에 돌아왔더니 내일 저녁 식사 때에 질베스타가 시간을 내주기로 했다. 지금은 방위 계획을 다시 짜느라 바쁘고, 중간에 보니파티우스가 뛰쳐나간 탓에 많이 힘들어져서 시간을 낼 수 없다는 모양이다.

……정말 급한 일인데!

보통은 면회 예약을 잡고서 사흘 정도 기다려야 한다는 걸 생각해 보면 내일 저녁 식사 이후라는 대답은 충분히 빠른 편이다. 하지만 지금처럼 올도난츠로 내용을 말할 수 없는 비밀 이야기를 하고 싶을 때는 바로 다음 날이라도 엄청나게 기다리게 하는 듯한 기분이 든다.

"로제마인 님이 예상보다 빨리 돌아오셔서 저희는 정말 기쁩니다. 내일 주문할 의상에 대해 로제마인 님과 이야기를 나눌 시간이 생겼으니까요."

오틸리에와 리젤레타가 목패를 여러 개 꺼냈다. 봄 끝 무렵에는 중앙으로 이동하기로 정해져 있는데, 급격하게 성장한 탓에 준비했던 의상들을 전부 새로 만들어야 한다. 그런 상태에서는 시간을 내서 재봉사와 디자인을 상담하는 것부터 시작하면 도저히 제때 맞출 수가 없다. 어떤 의상을 주문할지 큰 방향성을 정해 두고 싶은 모양이다.

"의상만이 아닙니다, 로제마인 님. 신발도 양말도 속옷도 전부 부족합니다. 미리 로제마인 님이 원하시는 것을 듣고서 어느 정도 디자인을 정해 두지 않으면 도저히 하루 안에 끝낼 수가 없습니다."

그레티아와 베르틸데도 부르고, 클라리사와 레오노레까지 동원해서 의상에 관해 의논했다. 얼굴 생김새와 분위기가 달라졌기 때문에 예전에 주문했던 것 같은 귀여운 느낌의 의상은 어울리지 않아서 디자인을 완전히 바꿔야만 한다.

"시간 관계상 천을 새로 물들이는 건 힘들겠죠. 르네상스 말고 다른 천을 쓸까요?"

"아뇨, 가능한 르네상스에서 염색한 천을 사용하겠습니다. 의상에 르네상스의 천을 전혀 사용하지 않으면 전속이라고 할 수가 없겠죠? 같이 데려갈 때 입장이 난처해지게 하고 싶지 않으니까, 디자인을 잘 생각해 보도록 하죠."

내가 성장하기 시작하면서 어머니가 물들이는 천에 사용하는 꽃의 종류와 분위기가 약간 어른스러운 것이 되어 있었다. 그러니까 쓸 수 있는 것도 있겠지.

"브륀힐데의 의상을 바탕으로 생각해 보는 건 어떨까요? 원래 제 유행을 잘 도입한 옷이니까요. 완전히 처음부터 생각하는 것보다는 빠르겠죠."

나는 내가 입고 있는 의상의 치맛자락을 손으로 집으면서 말했다. 머리카락이나 피부색이 다르기 때문에 천은 다시 골라야 하지만, 디자인은 비슷한 느낌으로 만들면 되겠지.

"기왕 하는 김에 새로운 뭔가를 추가하고 싶네요. 로제마인 님이 측근의 의상을 그대로 사용하는 것은 그다지 좋은 일이 아닙니다."

유행이란 위에서부터 흘러 내려오는 것인 만큼, 브륀힐데의 것을 유용하는 게 아니라 어떻게든 새로운 요소를 추가하자는 말을 듣고 나는 "음……." 하고 생각에 잠겼다. 하지만 의상에 대해 생각하려고 해도 머릿속에 떠오르는 것은 신전과 게오르기네에 대한 생각뿐이었다.

의상 준비가 급하다는 건 알고 있지만, 아무래도 너무 여유를 부리고 있다는 생각만이 들었다. 뭐라 말로 표현할 수 없는 초조한 기분이 가슴 속에서 치밀어 오르는 것을 간신히 삼킨 그 때, 문득 아렌스바흐 관련으로 생각이 났다. 페르디난드가 보내 준 천이 있었지.

"아렌스바흐에서 보낸 천을 사용하는 건 어떨까요? 얇은 천이니까 여름 의상에 사용하는 게 좋을 것 같아요. 이렇게 스커트 부분 위에 꽃잎처럼 덧댄다든지, 이 소매 부분에 이렇게 덧대면 아래쪽의 염색무늬가 비쳐 보이면서 분위기가 달라질 것 같아요."

"정말 대단하네요. 저도 그런 의상을 입어 보고 싶어요."

베르틸데가 눈을 반짝거리면서 꽃잎처럼 덧댄 디자인을 집어 들었다. 다른 사람들은 그 모습을 흐뭇하게 바라보면서도 "지금 정해야 하는 건 로제마인 님의 의상입니다." 라고 주의를 줬다.

주문하기 쉽도록 대략적인 디자인을 정하는 일을 마쳤더니, 벌써 저녁 식사 시간이었다. 사람들 앞에서 실례되는 모습을 보이지 않도록, 식사는 방으로 가져다 달라고 부탁해서 느긋하게 먹었다. 뭐라고 할까, 귀족답고 우아하게 먹으려면 세세한 움직임에 신경을 써야 해서 익숙하지 않은 몸으로는 힘들다. 예전과 똑같은 느낌으로 고기를 잘랐더니 커틀러리가 접시에 부딪치면서 요란한 소리를 내기도 했고, 가볍게 먹으려고 했는데도 스푼을 움직이는 손과 입의 감각이 다르기도 해서, 조정이 필요했다.

"그래도 어제보다는 많이 익숙해지신 것 같습니다."

"아직 시간이 더 필요할 것 같지만……."

식사를 마친 뒤에는 몸을 씻고 잠자리에 들었다. 내일은 질베스타와 이야기도 할 수 있을 테고, 보니파티우스와 마티아스도 돌아올 것이다. 조금이나마 안심할 수 있는 보고가 있을지도 모른다고 생각하면서 이불을 덮었다.

"로제마인 님, 안색이 조금 좋지 않으신 것 같습니다만. 괜찮으신가요?"

"리젤레타……. 어젯밤에는 슈라트라움의 축복이 없었던 것 같네요."

질베스타한테 연락하는 게 너무 늦어서 큰일이 벌어지는 꿈을 꾼 탓에 잠을 제대로 못 잤다. 초조한 기분에 사로잡힌 채, 나는 치수를 재기 위한 작은 홀로 갔다. 나, 플로렌치아, 샤를로테, 엘비라, 브륀힐데까지 관계자 전원의 전속 재봉사들을 불러 모아서 단번에 봄과 여름 의상을 주문하기로 했다. 오전에는 의상, 오후에는 신발과 액세서리를 정할 예정인데, 그래도 많은 사람들이 모여 있었다.

"로제마인 님이 오셨습니다."

경악한 표정을 지은 사람들은 관계가 깊은 전속들이고, 표정이 딱히 달라지지 않은 사람들은 거의 처음 보는 다른 사람들의 전속이다. 정말 알기 쉽다.

놀란 얼굴의 재봉사들 중에는 투리도 있었다. 성인이 되면서 성에 들어오는 것도 허락된 모양이다. 투리가 내 전속으로 중앙에 가게 되면 왕궁에도 출입하게 될 테니까, 영주의 성에 드나드는 것도 이상한 일은 아니다. 내 전속이라는 입장을 생각하면 당연한 일일 수도 있지만, 엄청나게 출세한 것도 사실이다.

……투리, 투리. 봐, 이거 봐! 나, 엄청나게 컸어!

투리의 모습을 본 순간, 초조한 기분보다 기쁨이 더 커지기 시작했다. 조금 더 크게 보이도록 살짝 뒤꿈치를 들려고 하다가, 쓸데없는 짓을 해서 넘어지기라도 하면 큰일이라는 생각이 들었다. 나는 지금의 외모에 어울리도록 신중하게, 최대한 우아하게 보이도록 걸어가서 의자에 앉았다.

"오틸리에와 베르틸데는 어제 정한 디자인을 양어머님과 어머님께 알려드리도록 하세요. 리젤레타와 그레티아는 제 치수 재기를 도와주시고."

"알겠습니다."

치수 재기와 동시 진행으로 디자인도 정하기로 했다. 오틸리에가 오늘의 흐름에 대해 설명하자, 길베르타 상회의 재봉사들도 디자인 담당자와 치수를 잴 사람들로 나뉘어서 움직이기 시작했다. 투리가 줄자를 들고 내 쪽으로 다가왔다.

"투리는 치수를 재는 건가요?"

"제가 만드는 머리 장식은 의상 디자인에 맞춰야 하니까요."

그렇게 말하면서 투리와 또 한 사람의 재봉사가 내 몸 여기저기의 치수를 재서는 목판에 숫자를 적어 나갔다.

"이렇게 재 보니 로제마인 님의 성장을 정말 잘 알 수 있습니다. 신전에서 온 사자에게 신들의 축복을 받아서 성장하셨다고 들었습니다만, 정말로 신들의 힘이 있었던 것 같습니다."

"그래요, 육성의 신 안박스 덕분에 이렇게 성장했지만, 덕분에 의상을 전부 새로 만들게 됐습니다. 하지만 투리의 머리 장식은 성장해도 이렇게 사용하고 있답니다."

나는 머리에 달고 있는 장식을 살짝 건드렸다. 투리는 기뻐하는 얼굴로 "오랫동안 사용하실 수 있도록 궁리해서 만들었으니까요." 라고 말하며 미소를 지었다.

으음…… 그래도 아직 투리 키보다는 작네. 나, 키가 좀 작은 편인가?

주위 사람들은 모르겠지만, 우리는 자매다. 왠지 투리와 내 성장을 비교하게 된다. 언젠가는 투리한테 이길 거라고 옛날부터 생각했는데, 키로 투리를 이기는 건 안박스의 축복까지 받아도 힘든 일인 것 같다.

"겨울 초 무렵에 의상 만들기를 중지하라는 연락이 와서, 로제마인 님께 대체 무슨 일이 일어난 건 아닌지 걱정했습니다만, 나쁜 일이 일어나지는 않은 것 같아서 안도했습니다."

……나쁜 일은 지금부터 일어날지도 몰라.

아직 아무 일도 일어나지 않았다. 게오르기네가 공격해 온다는 것도, 게오르기네가 에렌페스트의 성전 열쇠를 쥐고 있다는 것도, 기원식 때에 습격해 오는 것은 아닐까, 라는 것까지 전부 이쪽의 예상일 뿐 증거는 하나도 없다. 피해망상이라는 소리를 들어도 반론할 수 없는 수준이다.

"무슨 일이 일어나더라도, 제가 지키겠습니다."

그 말을 듣고 투리의 손이 딱 멈췄다. 뭔가를 눈치 챈 것처럼, 귀족을 상대하기 위한 영업용 스마일이 살짝 굳어졌다. 나는 투리를 안심시키기 위해서 빙긋, 미소를 지었다.

치수 재기가 끝나면 디자인을 결정한다. 다 같이 의논했던 디자인 중에서 최종적으로 결정해야만 한다.

"언니는 어떤 디자인이 좋으신가요? 이쪽 디자인이 너무 훌륭해서, 제 가을 의상은 이런 느낌으로 짓고 싶습니다만, 괜찮을까요?"

"로제마인과 일부를 똑같이 맞추고 싶다면, 겨울에 귀족원에서 입는 의상을 맞추는 건 어떨까요?"

사소한 잡담이나 휴식 시간도 가지면서 진행했지만 오전 중에는 의상, 오후에는 신발과 액세서리를 정하는 스케줄로 하루가 꼬박 걸렸기 때문에 완전히 지쳐 버렸다.

……아직 양아버님이랑 이야기도 안 했는데.

지키는 방법

"그래서, 새로운 사실이라는 게 뭐냐? 열쇠에 무슨 함정이라도 있었나?"

저녁 식사를 마치고 나는 영주 집무실로 갔다. 에렌페스트의 주추와 관련된 이야기다 보니, 다른 사람들이 있는 곳에서는 말할 수 없다. 그래서 다른 사람들은 전부 물렸다.

"열쇠가 뒤바뀌어 있었습니다. 지금 제가 신전장으로서 맡아 두고 있는 열쇠는 아렌스바흐의 열쇠입니다."

"뭐라고?!"

질베스타가 내가 꺼낸 열쇠를 자세히 봤다. 복잡한 표정을 짓고 있는 질베스타에게 열쇠를 보여 주면서 작은 마석을 가리켰다.

"이 부분의 작은 돌이 영지의 색을 나타냅니다. 이건 아렌스바흐의 색이죠?"

나는 아렌스바흐의 열쇠를 두고 간 이유를 모르겠다는 것과, 게오르기네의 목적이 영주 취임이 아니라 영지를 파괴하는 것일지도 모른다는 것 등등, 내 생각을 말했다. 말하는 김에 꿈자리가 뒤숭숭해서 잠을 제대로 못 잤다고 투덜대기도 했다.

"이유? 아렌스바흐의 열쇠가 이쪽에 있다면 얼마든지 죄를 뒤집어씌울 수 있다. 에렌페스트가 아렌스바흐를 노리고 있다든지, 페르디난드는 왕명을 받았는데도 불구하고 아렌스바흐를 혼란에 빠트리려 했다든지, 아렌스바흐의 열쇠를 되찾기 위해 에렌페스트를 침공한다든지…….”

공격해 올 이유도 되고, 에렌페스트를 비난할 이유도 된다. 신전에서 자란 나와 페르디난드가 비난의 대상이 되고, 장례식 때에 훔쳤다고 주장하면 질베스타한테도 누명을 씌울 수 있다는 것 같다.

담담하게 말하는 질베스타에게 나는 “그렇게 되면 큰일이잖아요!” 라고 큰 소리를 질렀다.

“그래서 여러모로 생각하고 있지 않느냐. 그런데…… 상대가 언제 공격해 올지도 모르는데 벌써부터 그렇게 긴장하면 몸이 버티지를 못 한다. 걱정 때문에 잠도 못 잘 정도라면, 함정으로 쓸 마술구라도 만들어라. 물론 네 경우에는 왕의 양녀가 되기 위한 준비가 우선이지만…….”

중앙으로 가기 위한 준비는 잘 하고 있느냐는 말에는 웃어서 얼버무렸다. 이제 막 전속 모두의 도움을 받아서 의상을 주문했다. 도저히 잘 되어 간다고 말할 수 있는 상황이 아니다.

“양아버님…… 왕의 양녀가 되는 걸 앞당길 수는 없을까요? 제가 왕의 양녀가 돼서 첸트가 된다면, 좀 더 여러모로 손을 쓸 수 있으니까요.”

지금은 지하 서고 안쪽에 잠들어 있는 왕의 사본이 절실하게 필요하다. 잡다한 기억들을 빼고, 첸트가 일을 하는 데 필요한 정보만을 선별해서 만든 구르트리스하이트가 있으면 좋겠다.

“중앙으로 이동하는 것은 네 준비와 뜻에 달렸다. 하지만…… 에렌페스트의 주추를 지키는 것은 아우브인 내가 해야만 하는 중요한 일이다. 첸트에게 힘을 빌려야만 하는 일이 아니다. 너한테만 무거운 짐을 짊어지게 하고 도움을 바랄 생각은 없다.”

"하지만 양아버님…… 쓸 수 있는 건 뭐든지 써야 해요."

내가 호소하자, 질베스타는 진녹색 눈을 번쩍 빛내면서 천천히 고개를 저었다.

"로제마인, 쓸 수 있는 건 뭐든 써야 한다는 네 생각이 잘못됐다는 말은 하지 않겠다. 하지만, 첸트의 힘은 유르겐슈미트 전체를 지키기 위한 것이다. 첸트가 에렌페스트에 힘을 빌려주는 게 나쁜 일은 아니겠지. 그래도 에렌페스트의 주추를 지키기 위해서 네가 첸트가 되는 건, 아니라고 생각한다."

첸트가 되면 아렌스바흐, 클라센부르크는 물론 질베스타의 험담을 하고 신전을 멸시하는 작은 영지와 중간 영지들까지도 전부 지켜야만 한다. 때로는 에렌페스트를 잘라 버려서라도 유르겐슈미트 전체의 이익을 우선해야만 할 때도 있을 것이다.

"로제마인, 네 식구는 열심히 보호하면서도 다른 것에는 전혀 관심이 없는 네가 정말로 첸트가 될 수 있겠나? 에렌페스트만 생각하고 유르겐슈미트 전체를 지킬 생각이 없는 첸트는 다른 영지에서 싫어할 것이다. 언젠가 제거당해 마땅한 해악이 될 가능성도 있다."

나는 에렌페스트 안에서도 귀족들의 파벌 싸움이나 사고가 거북해서 피해 왔다. 상식이 어긋나서 주위 사람들을 혼란스럽게 만들어 왔다. 이번에는 유르겐슈미트 전체 규모로 그런 일이 일어날 거라고 질베스타가 지적했다.

"네가 내 양녀가 된 건 가족을 지키기 위해서였다. 그때는 처형을 피하기 위해서는 다른 선택지가 없었지. 하지만 지금은 아니다. 네가 첸트가 되지 않더라도 누님을 이기는 것만 생각한다면 다른 방법이 있다. 에렌페스트의 주추를 지키는 것은 네가 아니라 아우브인 내가 선두에 서서 해야만 하는 일이다. 그래도, 너는 첸트가 되기를 바라는가?"

나는 내 손을 봤다. 소중한 사람들을 지키고 싶다. 그러기 위한 힘이 필요하다. 그것은 계속 생각해 왔던 일이다. 페르디난드의 연좌를 회피하려는 것이 구르트리스하이트를 갖고 싶다고 생각한 원동력이다. 하지만 첸트가 되고 싶은지, 그것을 바라는지, 그렇게 묻는다면 답은 바로 나온다.

"저는 제 소중한 존재를 지키기 위한 수단을 늘리고 싶을 뿐이지, 딱히 첸트가 돼서 유르겐슈미트를 다스리고 싶은 것은 아닙니다. 할 수 있는 사람이 있다면 전부 떠넘겨 버리고 싶다고, 진심으로 생각하고 있습니다. 굳이 독서 시간이 줄어들고 새로운 책을 손에 넣기 힘든 환경으로 가고 싶지는 않습니다."

내가 조금 편한 말과 태도로 그렇게 대답했더니 질베스타도 흥, 하고 콧방귀를 뀌고는 의자 등받이에 몸을 기댔다.

"그 정도는 알고 있다. 그래서 나도 그렇게 말했다. 저쪽이 기간이 지났으니까 빨리 오라고 할 때까지는 가만히 있어라. 겨우 한 달이나 두 달이라고 해도, 하고 싶지도 않고 각오도 없는 네가 스스로 첸트가 될 필요는 없다."

첸트가 되기 위해서는 구르트리스하이트를 손에 넣었다고 영주회의에서 공표하고, 중앙 신전 신전장에게 인정받고, 유르겐슈미트의 주추를 손에 넣어야만 한다. 지금의 내 상태는 첸트의 일을 하기에는 이런저런 지식이 부족해 어중간한, 메스티오노라의 서를 가지고 있을 뿐인 차기 첸트 후보다.

"명령받아서 어쩔 수 없이 구르트리스하이트를 손에 넣었다는 표정을 감추지 말고, 떠넘길 수 있는 능력을 가진 상대가 있다면 귀찮은 일들을 전부 떠넘겨 버리면 된다. 그러지 않으면 계속해서 귀찮은 일들을 떠맡게 될 테니까."

"양아버님?! 갑자기 무슨 말씀이시죠?!"

나도 모르게 큰 소리를 내면서 노려봤지만, 질베스타는 팔짱을 끼고서 고개를 돌렸다.

"사전 논의 때, 왕족 안에서도 의견이 정리되지 않았다는 느낌을 받았다. 네가 구르트리스하이트를 손에 넣어 봤자 어차피 왕족도 상위 영지도 너를 진정한 의미의 첸트로 받들어 모시지는 않겠지. 자신들이 편한 대로 할 뿐이다. 그들은 하위 영지 사람을 자기 뜻대로 움직이는 것을 아주 당연하게 생각하니까."

"너무 대놓고 말씀하시는 것 아닌가요?"

"이렇게 속내를 말할 수 있는 기회는 더는 없을 테니까. 무엇보다 너한테는 귀족의 말이 통하지 않는다는 사실을 잊고 있었다."

태도는 물론이고 표정조차도 꾸미지 않은 채, 질베스타가 나를 보면서 말했다.

"확실하게 말하겠다. 평민 출신이면서 상급 귀족으로 세례식을 치르고 내 양녀가 된 네가 유르겐슈미트를 짊어져야만 한다는 상황이 나는 정말 마음에 안 든다. 너는 신전에서 축복을 뿌려대서 고아들에게 칭찬을 받고, 인쇄업을 키워서 새로운 책을 손에 넣고, 잘 아는 상인들과 에렌페스트 시내를 발전시키기 위해서는 어떻게 해야 좋은지 의논하고 열심히 고민이나 하면 된다."

그것은 내가 에렌페스트에서 허락받은 최대한의 자유였고, 다른 영지에서는 절대로 할 수 없는 일이다. 내 가장 큰 소망을 알아 줬다는 사실에 가슴속이 따뜻해졌다.

"유르겐슈미트를 지키려면 로제마인이 필요하다고? 그럴지도 모르겠지만, 유르겐슈미트를 지키는 건 왕족의 역할일 텐데 말이다. 구르트리스하이트도 없는 채로 군림하면서 왕명으로 페르디난드를 아렌스바흐로 보내고, 너를 빼앗겠다고 건방지게 굴었으니까, 이제 와서 너한테 유르겐슈미트를 뒤집어씌울 게 아니라 왕족이 책임지면 되겠지."

영주회의에서 '내분에 의한 숙청과 오누이 간의 싸움으로 귀족이 줄어들었으니까, 에렌페스트의 귀족이 적은 것도 마력이 부족해서 곤란한 것도 자업자득'이라는 의미의 말을 들었던 듯한 질베스타가 분개하면서 왕족을 욕했다.

……하긴. 형제 싸움으로 유르겐슈미트를 어지럽게 만들고 구르트리스하이트를 잃어버린 왕족이 할 말은 아니네.

베로니카와 전 신전장의 제거는 질베스타가 자기 기반을 잘라 버리면서까지 해야만 했던 일이었고, 남아 있던 고름을 짜내기 위해서는 숙청도 필요했다.

지금 에렌페스트는 귀족이 너무 줄면서 마력도 많이 줄어들었고 귀족들도 혼란에 빠진 상태지만, 숙청을 하지 말았어야 한다는 생각은 들지 않았다. 그리고 이렇게까지 혼란스런 상태에 빠진 이유는 질베스타를 가장 크게 도와줬던 페르디난드를 빼앗긴 탓이다. 계속해서 내려온 왕명만 아니었다면, 에렌페스트의 혼란이 이렇게까지 커지지는 않았을 것이다.

"나는 말이다, 로제마인. 네가 구르트리스하이트를 손에 넣으면 '제 앞가림은 스스로 해!'라고 외치면서 왕족의 얼굴에 집어던져 버렸으면 좋겠다고 생각할 지경이다."

질베스타의 말을 듣자 내 머릿속에는 '이걸 바칠 테니까 왕족의 일은 왕족이 알아서 하시지요!'라고 외치면서 아나스타지우스의 얼굴에 구르트리스하이트를 짝! 하고 집어던지는 장면이 떠올랐다. 나도 모르게 웃음이 나와서 황급히 손으로 입을 가렸지만, 질베스타는 그 모습을 놓치지 않은 모양이다. "조금이나마 기분이 풀렸지?"라고 말하며 빙긋 웃었다.

"책을 사람에게 집어던지는 건 조금 그렇다는 생각도 들지만……기분은 정말 최고겠네요! 에렌페스트 일은 에렌페스트가 알아서 하라고 말했던 아나스타지우스 왕자의 얼굴에 집어던지고 싶어요."

둘이서 한바탕 웃은 뒤에, 나는 질베스타를 가만히 쳐다봤다.

"……그래서, 구르트리스하이트를 손에 넣지도 않고 게오르기네 님을 어떻게 할 방법이라는 게 뭔가요?"

"앞뒤 생각하지 않고 처치하려고 든다면 당장이라도 할 수 있다. 일 년도 전부터 가능했고."

질베스타는 엄청나게 싫다는 얼굴로 말했다. 할 수만 있다면 하면 되는데 왜 안 했던 걸까. 내가 이상하다고 생각했더니, 질베스타는 "간단한 일이다."라고 말하면서 진지한 얼굴로 나를 빤히 쳐다봤다.

"수단을 가리지 말고 죽여라, 라고 페르디난드에게 명령하면 된다. 페르디난드는 그러기 위해서 갔다. 필요하다면 명령해라, 라면서."

"세상에……."

"나는 그 녀석한테 그런 짓을 시키고 싶지 않다. 너라면 명령할 수 있겠나? 페르디난드의 손을 더럽혀 놓고서 에렌페스트는 아무 상관도 없다고 시치미 뗄 수 있고? 이미 아렌스바흐로 떠난 자가 한 일이라느니, 아렌스바흐 내부에서 뭔가 다툼이 있었던 것은 아니냐고 딱 잡아떼면서, 페르디난드한테 모든 책임을 뒤집어씌울 수 있겠나?"

나는 고개를 도리도리 저었다. 질베스타가 "이런 게 내가 아우브 주제에 어설프다는 소리를 듣는 이유다."라고 말하면서 씁쓸하게 웃었다. 하지만 나는 우리 영지 영주가 아무렇지도 않게 그런 명령을 내리는 사람이 아니라서 다행이라는 생각마저 들었다.

"일가족이라도 필요하다면 버리라고는 하지만, 결단하기는 힘들다. 그런 결단을 내릴 수 없기에 너도 아우브나 첸트에는 어울리지 않는다는 뜻이고."

"페르디난드 님께 명령하는 것 말고, 게오르기네 님을 막을 다른 방법은 없나요?"

불안한 마음이 들어서 그렇게 물었더니, 질베스타는 "가장 확실한 것은 페르디난드의 생각인데······."라고 말하면서 팔짱을 꼈다.

"몇 가지 방법은 있다. 하지만 뒷일을 생각하면 아직 아무 짓도 당하지 않은 상황에서 이쪽이 먼저 공격할 수는 없다. 철저히 지키는 수밖에 없겠지. 에렌페스트에 이익이 되도록, 그리고 희생자를 줄이겠다고 생각하면 어려워지는데······. 너는 신전이 싸움터가 되고, 회색 신관과 고아들이 희생되는 것도 싫겠지?"

"당연하죠! 제게 신전은 제2의 집 같은 곳이고, 로제마인 공방도 있어요. 완전히 지켜야 할 대상이에요. 게오르기네 님이 오기 전에 피난 훈련을 시키겠습니다."

내가 그렇게 대답하리라는 걸 알고 있었다는 것처럼 질베스타가 고개를 끄덕였다.

"그렇게 되면 조금 수고와 마력이 들겠군. 하지만 아직 눈이 남아 있어서 마차를 쓰는 것도 힘들고, 아렌스바흐도 이제 막 봄을 축하하는 연회를 마쳤겠지. 위험이 다가오고 있기는 하지만 당장 오늘내일 일은 아니다. 불안해하면서 골머리를 썩는 것보다는 어떻게 요격할지 생각하는 쪽이 건설적이다."

아렌스바흐에서 에렌페스트 신전까지의 거리는 멀다. 적은 인원으로 몰래 침입하기에는 눈이 방해되고, 아렌스바흐의 열쇠를 되찾겠다는 명목으로 많은 인원이 쳐들어온다면 숨는 것이 불가능하다고 질베스타는 말했다.

"일단 평민 마을 문에 기사를 두 명씩 두기로 결정했다."

"저는 평민 마을을 통해서 몰래 들어오는 사람이 있지 않을까 싶어서, 병사들에게 은색 천을 경계하라고 전해 뒀습니다. 발견하면 기사단에 구원 신호를 보낼 거예요."

"그렇군. 이미 대책을 마련해 뒀단 말이지."

질베스타는 그렇게 말하면서 천천히 턱을 쓰다듬었다.

"그런데, 신전 어디에 주춧로 가는 입구가 있지? 주춧를 지킨다고는 해도, 노골적으로 신전에 기사들을 늘려서 주춧의 위치를 알려주는 짓을 할 수는 없다. 당장은 너나 멜키오르 중에 하나를 신전에 상주시켜서 호위 기사를 신전에 두고, 적은 인원으로 지키기 위해 마술구를 배치하고 싶다."

"주춧로 가는 문은 신전 도서실에 있습니다. 신전장의 열쇠가 있어야만 열리는 문이 달린 책장이 있는데, 거기에 메스티오노라의 상이 새겨져 있습니다. 아무래도 그 성전 부분을 움직이면 열쇠 구멍이 나오는 것 같습니다."

게오르기네에게 받은 편지가 잔뜩 들어 있던 상자가 그 열쇠 달린 책장에 있었다. 어쩌면 전 신전장이 다른 사람들 눈에 띄지 않도록 편지를 숨겨 둘 때 알아차렸는지도 모른다.

"아무래도 시험해 보지는 않았지만, 틀림없을 겁니다."

"신전 입구에서 거기까지 가는 동안, 반드시 지나가야 하는 곳이 있나? 전이진을 설치하고 싶은데."

사람을 전이시키기 위한 전이진은 영주만이 설치할 수 있다. 그것을 지나가는 통로에 설치해서 게오르기네를 제거하고 싶은 모양이다.

나는 신전 내부 구조를 떠올렸다. 신전의 문은 셋. 평민 마을 쪽 뒷문, 마차가 지나다닐 수 있는 정문, 귀족 거리와 통하는 귀족문이다. 신전 건물에는 예배실, 고아원 지하의 뒷문, 정면 현관, 귀족문으로 가는 통용문, 전속 요리사들이 드나드는 뒷문 등, 입구가 잔뜩 있다.

……어느 입구를 이용하는지에 따라서 도서실까지 가는 길이 전혀 달라지는데 말이야.

"신전 도서실 입구겠네요. 신전 도서관은 신전에 등록된 사람만 들어갈 수 있습니다. 처음 도서실을 발견했을 때, 제가 투명한 벽에 가로막혀서 들어가지 못하고 울고불고 했던 것처럼, 관계자 외에는 들어갈 수 없어요."

"영지의 경계도 넘을 수도 있으니까, 은색 천을 사용하면 통과할 수 있을 것 같다."

에렌페스트 시내는 영지의 마력으로 다른 영지의 귀족이 들어오지 못하게 해 뒀다. 하지만 은색 천을 두른 자는 들어올 수 있을 것이다. 마력을 경계해서 은색 천을 지닌 채 신전까지 올 거라고 예상할 수 있다.

"하지만 은색 천을 두르고 있으면 전이진도 기동하지 않을 텐데요?"

"그건 그렇지만, 주추 마술이 있는 곳으로 전이하려면 반드시 은색 천을 벗어야만 한다. 그렇다면 주추로 가는 입구 바로 앞에 설치하는 게 제일 좋으려나. ……아슬아슬한 때까지 은색 천을 두르고 경계했는데, 문이 열리고 안에 들어가려고 천을 벗은 순간에 전이당한다. 어떠냐?"

질베스타는 의기양양하게 말했다. 함정을 만들어 놓고 즐거워하는 개구쟁이 같은 얼굴이다.

잘 생각해 보면 주추 마술을 다루려고 할 때 은색 천이 있으면 되레 곤란하겠지. 최후의 순간에는 자기 손으로 벗어야 할 것이다. 일이 잘 풀렸다고 생각한 순간에 전이당하는 게오르기네를 떠올렸더니 살짝 웃음이 나왔다. 전이진을 설치하는 장소는 책장 앞으로 결정됐다.

"하지만, 도서실에 전이진을 설치하면 다른 사람이 이용하지 못하게 될 텐데요."

"아니, 전이하는 대상을 에렌페스트에 등록되지 않은 자로 한정할 예정이다. 신전 도서실에 출입하는 사람은 에렌페스트 사람들뿐이겠지? 그렇게 하면 도서실에 설치해도 평범한 이용자에게는 아무런 영향이 없다."

영주의 마술이라면 자기 영지에 등록된 사람인지 그렇지 않은 사람인지 구별하는 것이 가능하다. 그럴 경우, 세례식을 치르지 않은 아이는 미등록자니까 전이당하게 된다. 하지만 고아원에 있는 세례를 치르지 않은 아이는 귀족 구역에 들어갈 수 없다. 딱히 문제는 없겠지.

"그럼, 플로렌치아 쪽에 전이진 제작을 부탁해야겠군. 너는 자수를 잘 못하지?"

질베스타는 마법진 자수를 평범하게 플로렌치아, 샤를로테, 브륀힐데에게 부탁할 생각이었던 것 같은데, 그렇게 손이 많이 가고 귀찮은 짓을 할 필요는 없다.

"전이진이라는 걸 들키지만 않으면 되는 거죠? 후훗. 입구 앞에 설치할 마법진은 제게 맡겨 주세요. 양아버님은 마지막에 기동 허가만 내려 주시고요."

하룻밤 지나면 사라지는 잉크를 사용하면 된다. 최종적으로 기동시키는 작업은 영주인 질베스타가 해야만 하지만, 그리는 것까지는 나도 할 수 있다. 자수보다 훨씬 빠를 테고.

"무슨 생각을 한 거냐, 로제마인? 아주 못된 얼굴인데?"

"세상에는 잊어버린 것으로 해 둬야만 하는 일이 있는 법이에요, 양아버님."

질베스타는 질렸다는 표정으로 "결국 어느새 네가 중심이 된 것 같은데?" 라고 말하기는 했지만, 결국 허락해 줬다.

"그런데, 전이진을 써서 어디로 이동시킬 건가요?"

"범죄자가 전이할 곳이라면 하나밖에 없지. 하얀 탑이다. 어머님 옆에 누님을 위한 방을 준비해 두겠다. 그 안에서라면 아무리 날뛰어 봤자 영주 일족이 문을 열지 않으면 나올 수 없으니까."

"누님에게 들키지 않도록, 신전의 상황은 크게 바꾸지 않은 채 전이진으로 유도할 생각이다. 누님 성격상, 신전에서 난리를 피워서 기사단이 달려오게 만들지 않고, 비밀리에 일을 처리하려고 할 테니까."

다른 곳에 사람 정신을 쏙 빼놓을 만큼 요란한 소동을 일으켜서 기사단을 이동시키고, 사람들 눈이 그리로 가 있는 틈에 몰래 신전에 잠입할 거라고 질베스타는 말했다. 지금까지의 은밀한 행동을 생각해 봐도 게오르기네라면 그런 수단을 쓸 것 같다.

일이 잘 풀렸다고 생각하며 신전에 잠입했다가 하얀 탑으로 전이 당하는 게오르기네를 생각하고, 우리는 얼굴을 마주보며 씩 웃었다.

"신전에 있는 사람들을 피난시킬 수만 있다면 나쁘지 않을 것 같아요. 저는, 신전에서 희생자가 나오는 건 싫거든요."

"내가 가장 우선하는 것은 누님과 그 일파를 붙잡는 것이다. 평민마을이나 신전에서 희생자가 몇 명 정도 나오는 건 어쩔 수 없다고 생각하지만, 그게 싫다면 네가 희생자가 나오지 않도록 유도할 방법을 생각해 봐라."

도서실까지 안내한 사람은 입막음을 위해서 죽인다고 생각해도 될 것이다. 그러니까, 죽일 수 없는 존재라야만 한다.

……도서실로 안내할 수는 있지만 사람은 아니다. 그리고 뭔가 공격을 받으면 반격도 할 수 있는…… 슈바르츠랑 바이스!

"제가, 신전 도서실까지 안내하는 역할을 맡을 슈바르츠와 바이스를 만들게요!"

싸울 준비

"슈바르츠랑 바이스가 뭐지? 어째서 갑자기 그런 결론이 나왔고?"

너무나 이상하다는 얼굴로 묻는 질베스타에게 나는 내 사고의 흐름을 설명했다. 하지만 여전히 의미를 모르겠다는 것처럼 질베스타가 머리를 감싸고 있다.

"도서관 안내를 위해서 네가 알고 있는 도서관의 마술구를 쓰고 싶다는 건 알겠다. 그런데, 도서관의 마술구는 가동해 두기 위해서 많은 속성과 마력이 필요한 마술구가 아니던가? 너는 봄 끝 무렵에 중앙으로 가 버리게 되는데, 그 뒤에는 누가 마력을 공급하지? 부족하진 않겠나? 누님의 습격은 기원식 무렵일 가능성이 크다고 보고 있지만, 더 늦어질 가능성도 있다. 내 감일 뿐이고, 확실한 증거가 있는 건 아니니까."

"으아!"

귀족원의 슈바르츠와 바이스랑 달리 용도를 구분해서 가동에 필요한 마력량을 줄일 수는 있겠지만, 어둠 속성을 지닌 사람은 거의 없을 것이다. 그리고 내가 가 버리고 나면 에렌페스트는 마력에 여유가 없어진다. 신전을 지키기 위함이라고는 하나 계속 마력을 공급하는 건 힘들겠지.

"그리고, 신중한 누님이 수상한 마술구가 안내하는 대로 따라갈까? 나라도 경계하겠다."

"수상하지 않아요. 슈바르츠랑 바이스는 귀엽다고요."

"귀엽고 안 귀엽고가 아니라, 신전에 그런 마술구가 있는 것 자체가 수상하다는 얘기다. 그런 물건을 만들 바에는 문지기들에게 부적을 여러 개 주는 쪽이 효과적이지 않을까?"

회색 신관들이 공격당했을 때 반격할 수 있는 부적을 잔뜩 주라는 말을 듣고서 나는 탁, 하고 손뼉을 쳤다.

"문지기들을 위해서 전투에 특화된 슈바르츠와 바이스를 만드는 쪽이 좋다는 뜻이군요."

"아니, 전혀 그런 뜻이 아닌데?!"

"왜냐하면, 회색 신관들은 마력이 거의 없거든요. 효과적인 부적을 잔뜩 소지하는 건 힘들어요. 차라리 신전 문을 기사들한테 지키게 하든지, 가능한 마력을 사용하지 않고 수비에 특화된 슈바르츠와 바이스를 만드는 쪽이……."

슈바르츠와 바이스가 공격 모드에 들어갈 때는 단추에 마력을 공급했던 기억이 있다. 문지기들에게 마력을 담은 마석을 주고 필요한 때만 발동할 수 있게 하면, 평소에는 상당히 적은 마력으로 작동시킬 수 있을 것이다. 나중에 메스티오노라의 서를 확인해 보자. 뭔가 힌트가 있을지도 모른다.

"신전 수비는 제게 맡겨 주세요. 일단 양아버님은 주추 마술이 있는 곳에 들어가 버렸을 때에 대비해서 거기에 함정을 설치하시는 게 좋겠습니다. 엔트비켈른으로 입구에 간단한 문이라도 만들고 물건을 올려 둬서 게오르기네 님이 지나간 순간에 무너져서 떨어지게 한다든지, 들어가자마자 바로 나오는 바닥에 '유리구슬'…이 아니라, 둥근 돌을 잔뜩 깔아 둬서 넘어지게 한다든지……."

"그쪽도 생각해 두겠지만, 가능한 누님이 주추 마술에 다가가지 못하도록 하는 방법이 좋다."

질베스타가 "경계문이 아니라 다른 곳으로 들어온다면 어디일까……."라고 중얼거렸다. 지리를 잘 안다는 점을 생각해 보면 역시 게를라흐가 가장 유력한 후보겠지.

"할아버님과 마티아스 쪽에서는 뭐라고 했나요?"

"아직 침입한 흔적은 없다는 것 같다. 아직 눈이 녹지 않았고, 수상한 발자국도 없었고, 보니파티우스의 감에 뭔가 걸린 것도 없었다고 하니까. 게를라흐에 들어오지는 않았다고 생각한다."

은색 천을 둘러서 마력을 완전히 숨기면 영주에게 들키지 않고 영지 경계를 통과할 수 있다. 하지만 온 몸을 감싸야 하니까 슈타프나 기수를 사용할 수 없게 된다. 도보로 이동할 거라고는 생각하기 힘드니까, 뭔가 탈것을 이용하겠지.

"상대가 어떤 수단을 쓸지는 모르겠지만, 영주 일족의 측근 문관을 총동원해서 회복약과 마술구를 잔뜩 만들어 두는 편이 좋지 않을까요? 싸움에 대비한 마술구는 보물 빼앗기 디터를 했던 세대 분들이 잘 알고 있겠죠."

싸움이 벌어지기 전에 얼마나 준비할 수 있을까. 그것이 승패를 크게 좌우할 테니까 이미 은퇴한 보니파티우스나 리카르다 세대도 최대한 활용하는 쪽이 좋을 것 같다.

"저희가 3학년 때 했던 디터에서 사용한 마술구도 유용할 것 같아요. 단켈페르거의 기사들에게도 일정한 효과가 있었으니까요. 그때 하르트무트가 들볶아서 마술구를 만들게 했던 학생들은 만드는 방법을 알고 있습니다. 그 사람들을 동원해서 만들게 하는 건 어떨까요?"

나는 디터에서 사용했던 흉악한 마술구에 대해 설명했다. 빛을 이용해서 눈을 멀게 하거나 벌레가 쏟아지는 등, 마력 자체로 공격하는 것이 아닌 마술구라면 은색 천을 두른 상대에게도 효과가 있을 것이다.

"그렇군……. 보물 빼앗기 디터란 말이지."

"예. 보물 빼앗기 디터는 주추를 지키는 모의전에서 시작된 경기니까, 할아버님 세대에게 이야기를 듣거나 페르디난드 님의 자료를 다시 검토하면서 작전을 짜고 준비하면 좋을 것 같습니다. 주의할 점은 마력이 통하지 않은 은색 천이지만……."

하지만 은색 천도 마력으로 공격하는 귀족을 상대할 때는 상당히 유용하지만, 슈타프 무기를 사용하지 않는 상대에게는 거의 의미가 없다.

"상대의 허를 찌른다는 의미에서 생각해 보면 평민을 이용하는 방법도 고려하는 쪽이 좋을 것 같습니다. 은색 천을 두르고 문을 통과하려 하는 상대에게는 보통 무기를 사용하는 데 익숙한 병사들에게 대응하게 한다든지, 은색 천을 뒤집어쓴 사람이 문에 들어오기 전에 발견한다면 오물이라도 뿌려서 도망칠 수밖에 없는 상황을 만든다든지……."

"너, 꽤 끔찍한 소리를 하는구나. 보통 귀족 여성은 오물을 뿌린다는 건 생각도 못 한다."

질베스타는 약간 질렸다는 얼굴로 말했지만, 이제 와서 그런 말을 해도 별 느낌이 없다.

"어머나, 제가 단켈페르거와의 디터에서 그런 평가를 많이 받았고, 중요한 건 어떤 수단을 사용하건 이기는 거잖아요? 귀족답다든지 정정당당이라는 개념은 아무 도움도 안 된다고 페르디난드 님의 자료에도 적혀 있었어요."

페르디난드가 단련시켰던 세대와 우리 세대에게는 단켈페르거와의 디터를 통해서 몸에 익힌 감각이다. 전력 차이를 메우기 위해서는 상대의 허를 찔러야만 한다.

"양아버님, 페르디난드 님께 음식과 편지를 보내도 될까요? 은근히 조언을 받을 수 있을지도 모릅니다."

"······누님께 들킬 가능성도 있지 않을까? 네 존재를 누님께 알리지 않는 쪽이 좋을 것 같다. 음식과 편지도 네가 아니라 에렌페스트에서 보내는 것으로 해 두는 편이 좋겠지."

병석에 누워 있던 사람이 건강해진 정도라면 그렇게까지 이상하게 여기지 않겠지만, 질베스타가 중심이 돼서 움직이고 싶다면 그것도 좋다.

"보내 주신다면 그래도 좋습니다. 그럼 저는 제 공방에서 측근들과 같이 만들 테니까, 영주 일족의 측근과 학생들에게는 양아버님께서 말씀해 주세요."

질베스타와의 이야기를 마치고 나는 영주 집무실에서 나왔다. 최대한 빨리 여러 가지 마술구를 만들어야만 한다. 신전에 두고 온 사람들도 소집해야겠다고 생각하면서 내 방에 돌아왔더니, 어째선지 싱글싱글 웃고 있는 하르트무트가 기다리고 있었다.

"하르트무트, 어째서 여기 있는 거죠?"

"신전은 멜키오르 님과 측근들에게 맡겨 두고 왔습니다. 아우브와의 대화는 어떻게 되셨나요? 제가 도움이 될 일이 있을까요?"

대놓고 말하지는 않았지만, 하르트무트의 눈이 '자, 명령해 주세요'

라고 강하게 말해 주고 있었다. 말로 뭐라 표현할 수 없는 압력이 느껴져서 나도 모르게 한 걸음 뒤로 물러나고 말았지만, 마술구를 제작하려면 하르트무트와 클라리사의 도움을 받아야만 한다.

"게오르기네 님과의 싸움에 대비해서 마술구와 회복약을 이것저것 만들게 됐습니다. 조합을 해야 하니까 문관들을 불러 모아서 도서관으로 가고 싶습니다만……."

"간단한 것이라면 기사나 시종도 만들 수 있겠죠. 싸움에 대비하신다면, 차라리 영주 일족의 측근 전원을 조합에 동원하면 어떨까요?"

"전부 말인가요? 문관이 아니라도 마술구를 조합할 수 있나요?"

단켈페르거와의 디터에 대비한 마술구는 견습 문관들이 제작했다. 견습 기사나 견습 시종에게는 어려운 조합도 있을 텐데.

"귀족원에서는 모든 이가 조합 실기를 하니까 귀족원에서 배우는 수준의 회복약이라면 기사들도 직접 만들 수 있습니다. 그렇게 해 준다면 문관은 회복약을 만들 시간과 마력을 다른 조합에 활용할 수 있겠죠."

하긴, 문관들끼리만 만들 필요는 없다. 회복약은 숫자가 많이 필요하다. 내가 고개를 끄덕이고 내 측근들을 둘러봤더니, 안게리카는 고개를 도리도리 젓고 있었다.

"저는 호위 기사입니다. 로제마인 님의 호위를……."

"안심하세요. 안게리카한테는 조합을 기대하지 않으니까요. 귀족의 숲에서 재료 채집을 부탁할 수는 있겠지만……."

안게리카가 안도했다는 듯 가슴에 손을 얹고서 '역시 로제마인 님은 대단하십니다'라고 말하며 미소를 지었다.

"안게리카, 그런 부분을 칭찬해 줘도 하나도 안 기쁜데요."

"저는 로제마인 님께서 이해해 주셨다는 점이 기쁩니다."

뭔가 서로 생각이 안 맞는 것도 같지만, 그런 점도 너무나 안게리카다워서 웃음이 나왔다.

"중급 이하는 싸울 때 기사들에게 나눠주기 위한 회복약과 간단한 마술구를 신전 공방에서 만들고, 상급 이상은 도서관에서 고도의 조합을 하는 것으로 일을 나누면 어떨까요? 각 공방에 있는 소재의 품질을 생각해 봐도 장소를 나누는 쪽이 좋을 것 같고, 필린느와 신전 업무에 대해 잘 알고 있는 다무엘을 신전에 두는 것은 멜키오르 님과의 연계를 생각해 봐도 필요한 일입니다."

지금 신전에서는 기원식 준비를 시작하고 있다. 하지만 나는 오랫동안 행방불명이기도 했고, 언제 왕족 쪽에서 중앙으로 이동하라는 요청이 들어올지 모른다는 이유로 기원식을 치르러 가는 멤버에서 빠졌다는 모양이다. 그 대신에 필린느가 내 시종들과 다무엘을 데리고 같이 가기로 했다는 것 같다.

"하르트무트는 어때요? 기원식에는 가지 않나요?"

"저는 로제마인 님이 돌아오시는 대로 이름을 바친 측근으로서 함께 행동하는 것을 최우선으로 생각하고 있었습니다. 그래서 겨울 동안에 신전 인수인계를 거의 마쳤습니다. 이제 곧 행해질 평민 마을의 겨울 성인식은 멜키오르 님께서 신전장으로서 치르실 수 있도록 준비를 갖춰 뒀습니다."

"하르트무트가 너무 우수해서 놀랐어요."

조금 무섭다거나 기분 나쁘다는 생각도 들었지만 말하지 않았다. 우수한 건 좋은 일이니까.

"로제마인 님께서 칭찬해 주셔서 기쁠 따름입니다."

"하르트무트만이 아닙니다, 로제마인 님. 저도 열심히 했습니다. 겨울 동안에 귀족원에서 보내 온 소재는 전부 구분해서 도서관 공방에 가져다 뒀고, 광역 마술을 보조하는 마술구를 개량하거나, 페르디난드 님께서 추가로 부탁하셔도 대응할 수 있도록 마지를 만들어 두기도 했습니다."

클라리사도 하르트무트에게 질 수 없다고 주장했는데, 그 성과는 지금부터 벌어질 싸움을 생각해 보면 정말 훌륭했다. 복사해서 붙여 넣기로 마법진을 복사할 수 있으니까, 마지는 많으면 많을수록 좋다.

"정말 대단해요, 클라리사. 마지는 쓸 데가 정말 많지만, 만드는 데 마력과 시간이 많이 들어가잖아요? 이번에는 포기할까 생각하고 있었어요. 이것으로 저는 신전을 지키기 위한 슈바르츠와 바이스를 만드는 데 전력투구할 수 있어요."

"도서관 마술구라면, 힐쉬르 선생님께서 맡기신 마술구가 있습니다."

리젤레타가 그렇게 말하면서 귀족원에서 가지고 돌아온 짐 쪽을 봤다. 내가 연구하기 위한 소재를 귀족원으로 가지고 갔었는데, 행방을 알 수 없었다. 주위에는 병석에 누워 있다고 말해 뒀기 때문에 힐쉬르가 기숙사까지 소재를 달라고 재촉하러 왔다는 것 같다.

"로제마인 님의 행방을 알 수 없어서 에렌페스트 기숙사가 가장 혼란에 빠져 있던 때였습니다. 힐쉬르 선생님께 말을 맞춰 달라고 부탁드리는 대신에 소재를 제공했었죠. 하지만 속성과 마력량 문제로 조합 도중에 막혔다는 것 같더군요. 영지 대항전 때 오셨던 페르디난드 님을 불러서 완성했다는 모양입니다. 이미 옷도 입혀 뒀답니다."

리젤레타는 슈바르츠와 바이스에게 입히려고 준비했던 옷을 새로운 마술구에 사용한 것 같다.

"정말로 자료를 검색하는 기능밖에 없는 것 같지만, 한 가지 작업에 특화시키고 말하는 기능을 없애면 만들기도 간단해지고, 가동하는 데 필요한 마력도 많이 줄일 수 있다고 합니다."

"그건 정말 크게 참고가 될 것 같네요. 자료와 같이 제 도서관에 가져다주세요."

결국 모두 함께 분담해서 조합하기로 결정했다. 나는 일단 신전으로 돌아가서 신전장실 공방을 개방했다. 로데리히에게 거기 있는 소재들의 관리를 맡기고, 차례로 조합하기로 했다.

"다무엘에게는 평민 마을의 문을 지키게 될 기사들과 병사들 사이에서 중재를 부탁하고 싶어요. 은색 천을 두르고 들어오는 사람이 있으면 슈타프가 아닌 무기에 익숙한 병사들 쪽이 더 잘 대응할 수 있을지도 몰라요."

"알겠습니다."

평민 마을 병사들이 잘 따르는 다무엘만이 할 수 있는 일이겠지. 안겔리카도 얼굴은 알려져 있지만 조정 능력은 기대할 수 없으니까.

"신전과 도서관에서 기사와 문관이 분담해서 조합한다고 하셨습니다만, 시종은 어떻게 하면 될까요?"

"리젤레타와 다른 사람들은 성에서 회복약을 조합하고, 새로 만들스밀 마술구의 옷을 만들어 주면 될 것 같아요. 유디트도 자기가 사용할 수 있는 마술구와 회복약을 만들어 보세요."

지시를 내린 뒤, 나는 도서관으로 이동했다. 질문할 게 있어 보이는 라자팜은 웃는 얼굴로 입을 다물게 하고, 공방에서 힐쉬르와 페르디난드가 만든 스밀 모양 마술구를 꺼냈다. 밝은 녹색 스밀이다. 어떻게 만들었는지 힐쉬르의 연구 결과를 읽어 보면서 여기저기 만져 봤다.

"정말로 검색에 특화되었네요."

일단 혼자서 움직이는 마술구를 만들려면 생명 속성이 필요하고, 슈바르츠와 바이스를 만들려면 전속성인 사람만 조합할 수 있다는 것을 알았다. 나한테 이름을 바치면서 전속성이 됐으니까 하르트무트와 클라리사도 만들 수 있을 것 같다. 마력량이 어느 정도인지는 모르겠지만, 아마도 될 거야.

"슈바르츠와 바이스라고 부르면 너무 헷갈리니까 일단 이름을 지어 주도록 하죠. 자료를 검색하는 마술구니까, '검색이'나 '오팍' (Online Public Access Catalog. 도서관의 도서 검색 단말기)'이 좋을 것 같은데……."

내가 이름을 생각하기 시작하자, 회복약을 조합하기 위해서 소재를 다지고 있던 코르넬리우스가 살짝 곤란하다는 얼굴로 "정말 죄송합니다만, 로제마인 님." 이라고 말하며 슬며시 손을 들었다.

"리젤레타가 귀족원에서 아드레트라는 이름을 지어 주고 옷까지 입혀서 예뻐했으니까, 마술구 이름은 아드레트로 하는 게 어떨까요?"

"예, 저희에게도 익숙한 이름이니까, 아드레트로 하는 게 좋지 않을까요?"

레오노레까지 거들면서 내가 지으려던 이름은 은근슬쩍 각하당했다. 검색이나 오팍 쪽이 이해하기 쉽지만, 다른 사람들한테 익숙하다면 어쩔 수 없다. 아드레트라고 부르자.

"제가 다음에 만들고 싶은 건, 아드레트처럼 검색에 특화된 마술구가 아니라 침입자나 위험인물을 처리하는 데 특화된 마술구예요. 신전을 지킬 수 있는 강한 마술구가 필요해요."

질베스타가 마력 문제를 지적했다는 이야기를 하면서 원하는 점을 말했더니, 하르트무트와 클라리사가 앞다퉈 의견을 내기 시작했다. 좋은 의견이 나오고는 있지만, 메스티오노라의 서를 조금 확인하고 싶어졌다.

"하르트무트, 클라리사. 잠시 비밀 방에서 자료를 읽고 올게요."

"예? 굳이 비밀 방에 들어가실 것까지는……."

놀란 얼굴로 말하는 클라리사에게 빙긋 웃어 보였다. 아무리 측근이라고는 해도, 다른 사람들 눈이 있는 곳에서 메스티오노라의 서를 꺼낼 생각은 없다.

"밖에서는 읽을 수 없는 자료도 있어요. 안게리카, 호위를 부탁드려요. 의견을 다 말하셨으면, 하르트무트와 클라리사는 마지를 만들어 주세요."

나는 힐쉬르가 정리한 연구 자료를 들고서 비밀 방으로 들어갔다. 자료를 테이블 위에 내려놓고 슈타프를 꺼내서는, "구르트리스하이트." 라고 주문을 외웠다.

"도서관과 마술구로 검색하면 뭔가…… 우와, 잔뜩 나왔네!"

슈바르츠와 바이스의 정식 명칭을 몰라서 도서관과 마술구로 검색해 봤는데, 아무래도 도서관은 마술구가 잔뜩 있는 건물인 것 같다. 잔뜩 표시된 마술구 관련 항목만 봐도 귀족원 도서관이 얼마나 중요한 곳인지 잘 알 수 있다.

"이렇게 보니까 구멍이 난 부분을 통해서 페르디난드 님의 취미나 기호를 꽤 알 수 있을 것도 같네……."

지하 서고에 관한 부분과 메스티오노라 상에 관한 부분에는 구멍이 있지만, 나갈 시간을 알려 주는 마술구에는 그다지 관심이 없었던 것 같다. 드문드문 구멍이 난 걸 보면, 페르디난드는 나랑 달라서 일단 머리를 비우고 지식을 전부 받아들이지는 못했던 듯하다.

……관심 가는 부분이 있으면 하나하나 곰곰이 생각했겠지.

그리고 그것이 결과적으로 흘러 들어오는 메스티오노라의 지식에 저항하는 형태가 돼 버렸을 것 같다는 생각이 들었다. 에어베르민이 '저항하지 마라'고 몇 번이나 야단쳐도 생각을 멈추지 않는 페르디난드를 상상했더니 웃음이 나오려고 했다.

"페르디난드 님은 이상한 부분에서 서툴다니까."

나는 살짝 웃으면서 '아주 잘 했다'가 든 마술구 가죽 주머니를 봤다. 오랜만에 들어 보려고 가죽 주머니를 집었다. 마술구를 꺼내고 가죽 주머니를 테이블에 내려놨더니 툭, 하는 소리가 났다.

"그러고 보니 이중 바닥이었지. 여기는 뭐가 들었을까?"

나는 가죽 주머니를 몇 번이나 만져 봤다. 그렇게 큰 것은 아니다. 울퉁불퉁한 마석 같은 감촉이다. 이런 데 뭘 숨겨 뒀을지 너무나 궁금해졌다.

"……나한테 준 거니까, 열어 봐도 되겠지?"

이중 바닥이라서 주머니를 열고 위에서 들여다보기만 해서는 내용물이 보이지 않는다. 바닥 부분을 잘라야만 숨겨진 물건을 꺼낼 수 있기 때문에, 나는 슈타프를 꺼내서 "메서." 하고 주문을 외운 뒤 칼날에 마력을 많이 흘려 넣었다.

이 가죽 주머니는 마력이 통하지 않는 가죽으로 만들었다. 자기 것 이외의 마력을 튕겨 내는 성질을 지닌 마수의 가죽이다. 마력이 통하지 않는다는 점에서는 은색 천과 같지만, 마수보다 강한 마력을 사용한 슈타프제 무기라면 자를 수 있다. 은색 천은 아무리 강한 마력도 통하지 않지만, 평범한 금속 날붙이라면 자를 수 있다. 그런 점에서 큰 차이가 있다.

"여기를 자르면 내용물에 흠집이 안 나려나?"

최대한 구석 쪽을 칼날로 갈랐다. 마력을 많이 흘려 넣은 덕분에 문지르는 정도만 힘을 줬는데도 슉, 하고 칼집이 생겼다.

"류켄."

슈타프 변형을 해제하고 없앤 뒤에, 두근두근하면서 그 칼집 안에 손을 넣어 봤다. 페르디난드는 이 안에 대체 뭘 숨겨 뒀을까. 바스락, 하는 감촉이 손끝에 느껴졌다. 꺼내 보니 하얀 종이로 감싼 5센티미터 정도의 타원형 덩어리였다. 그리고 작게 접은 종이도 보였고.

나는 하얀 덩어리를 테이블 위에 내려놓은 뒤, 먼저 종잇조각을 펼쳐 봤다. 페르디난드의 글씨가 있었다. 급하게 썼는지 글자가 엉망이다.

"어디 보자, 이 종이의 내용물은 퀸타라는 자의 이름을 바치는 돌이다. 언젠가 가지러 갈 테니, 절대로 건드리지 말고 다른 이의 손이 닿지 않도록 네 비밀 방에 보관해 뒀으면 한다…… 라니. 이런 어중간한 취급이 아니라, 제대로 받아 주지 않으면 퀸타가 너무 불쌍한데."

어째서 자기가 이름을 받지 않고 나한테 맡긴 걸까? ……라고 생각한 순간, 퀸타가 어떤 사람의 이름인지 생각이 났다.

"아! 어? 퀸타라면 페르디난드 님 이름 아니었나?! 어? 뭐야? 그럼 이건…… 페르디난드 님의 이름을 바치는 돌이라는 거잖아? 잠깐만. 왜 다른 사람 이름인 것처럼……."

어째서 이 저택에 있는 자기 물건을 보관해 둔 방에 숨겨 두지 않은 걸까. 어째서 이런 소중한 물건을 스스로 관리하지 않는 걸까. 녹음 마술구가 들어 있던 마술구 바닥에 숨겨 둔 걸까. 무엇보다 바칠 상대가 없다면, 어째서 이름을 바치는 돌을 만든 걸까. 의문이 계속해서 샘솟았다.

"혹시 누군가에게 이름을 바치려고 했지만 거절당했나? 페르디난드 님이 누군가에게 이름을 바치는 상황은 잘 떠오르지 않지만, 이름을 바치는 돌을 만들었다면 그럴 가능성이 농후한데……."

사정은 잘 모르겠지만 이름을 바치는 돌을 만들 필요가 있었다는 것과, 그것이 내 눈앞에 있다는 것만은 사실인 듯하다.

이 가죽 주머니를 받은 건, 페르디난드가 아직 아렌스바흐에서 비밀 방을 받기 전이었다. 안전하다고 여겨지는 곳이 없었기 때문이겠지. 자신이 가지고 있는 것도 위험한 상태였던 걸까. 달리 맡길 사람도 없었고. 그리고 왜 하필 나한테 맡겼을까.

"혹시 페르디난드 님이 신뢰하고 있다는 뜻일까? 아냐, 그건 아닐 거야. 내가 페르디난드 님의 진짜 이름을 에어베르민 님한테 들어서 알고 있을 거라고 예상했을 리가 없을 테니까, 굳이 따지자면, 모르는 사람의 이름을 바치는 돌이면 내가 굳이 건드리지 않을 거라고 생각했을지도? 아, 그거라면 가능성이 있겠네."

종이에 싼 덩어리를 보고, 뭐라 말로 표현할 수 없는 기분이 들었다. 자기 돌조차도 곁에 둘 수 없다고 생각했다니, 아렌스바흐는 대체 얼마나 위험한 곳일까.

"이런 건, 나한테 맡겨도 곤란한데 말이야……."

내가 손가락으로 콕 찌르면 데굴, 하고 굴러가는 못 미더운 덩어리.

여기에 페르디난드의 생사여탈을 쥘 수 있는 마석이 들어 있다.

"나, 페르디난드 님의 이름이 퀸타라는 걸 알아 버렸으니까, 이름을 빼앗으려고 마음먹으면 간단히 빼앗을 수 있거든요? ……뭐, 페르디난드 님의 이름을 책임질 각오 같은 건 없으니까, 이대로 두겠지만."

누구의 이름이건 아무런 각오도 없이 받아들일 수는 없다. 그리고 건드리지 말고 놔두라는 메모도 같이 들어 있는 물건이다. 나는 보관 담당으로서 페르디난드가 찾으러 올 때까지 맡아 두기만 하면 된다. 못 본 걸로 하고, 종이에 싼 덩어리를 다시 가죽 주머니 안에 집어넣었다.

누구의 돌이건 함부로 받아들이지 못하는 나는 아마도 페르디난드의 꿍꿍이대로 행동하게 될 것이다. 페르디난드한테 조종당하는 기분이 든다. 아주 조금 분하다는 생각도 들었지만, 이런 소중한 물건을 맡길 만큼은 나를 신뢰한다고 생각하니까 그렇게 화가 나지는 않았다.

……어쩔 수 없으니까 맡아 둘게요. 그러니까, 빨리 찾으러 오세요.

그 뒤로는 전투 특화 스밀과 전투에 쓸 수 있을 것 같은 마술구를 만들거나, 고아원 사람들에게 피난 훈련을 시키기도 하고, 아드레트에게 장서 정보를 등록하는 사이에 시간이 흘러갔다.

최종적으로 나는 마력과 물리, 어떤 공격에도 반격하는 전투 특화 스밀을 세 대 만들었다. 세 곳이 있는 신전 문을 지키기 위한 것이고, 문지기에게 주는 마석을 가진 사람을 주인으로 인식하게 했다.

스밀 만들기를 도운 하르트무트의 말에 의하면 '귀중하고 품질이 좋은 소재가 필요하고, 만드는 사람에게 전속성이 필요한 마술구니까 만들 수 있는 사람은 꽤 드물 것입니다'라고 한다.

하르트무트와 클라리사는 내게 이름을 바치면서 전속성이 됐다. 하지만 이름을 바치면서 얻은 새로운 속성은 원래 자신이 가지고 있는 속성과 비교하면 속성치가 낮다. 절반도 안 되는 수준이다. 그래서 가호를 재취득하고, 권속신의 가호를 받아서 속성치를 늘린 하르트무트는 아슬아슬하게 만들 수 있었지만, 클라리사는 속성치가 부족해서 만들 수 없었다는 모양이다.

"저도, 저도 가호를 재취득하고 싶습니다!"

클라리사는 탄식했지만, 미혼인 다른 영지 아가씨를 신전에 출입시킬 수는 없다. 내가 중앙으로 이동해야 하니까, 당장 재취득 의식을 치르기도 힘들다.

"그러니까, 여러모로 참으라고 해서 미안해요, 클라리사."

"죄송합니다! 제가, 혼인 전부터 로제마인 님을 섬기게 해 주시는 것만으로도 특별하게 취급받고 있는데, 번거롭게 해드려서 정말 죄송합니다."

"클라리사가 도와주지 않았다면 마지가 부족해서 세 대나 만들지는 못했을 거예요. 제 측근으로서 정말 열심히 일해 주고 있다고 생각해요."

나는 완성된 스밀들 쪽을 봤다.

"말하지 못하게 하고 기능을 특화시키면서 마력을 크게 절약하는 데 성공했죠? 만들 때는 몰라도 사용할 때는 적은 마력으로도 움직이게 됐어요. 정말 완벽하다고 생각합니다."

"적다는 건 로제마인 님 기준이겠죠. 세 대를 일상적으로 작동시키려면 상급 귀족 한 사람이 이틀에 한 번은 마력을 공급시켜야 합니다."

"도움이 된다는 건 알고 있지만, 긴급한 때가 아니면 가능한 작동 시키지 않는 쪽이 좋겠죠."

하르트무트와 코넬리우스의 말에 나는 "그렇군요." 라고 동의했다. 그래도 상급 귀족 혼자서 세 대를 유지할 수 있다. 상급 문관 세 명이 둘을 간신히 유지할 수 있었던 슈바르츠와 바이스 때와 비교하면 많이 절약했다.

세 대의 스밀은 항상 문지기와 함께 문에 놓아 두고, 누가 신전 문에 왔을 때나 평민 마을 문에서 기사단에 구원 신호가 들어왔을 때만 작동시키기로 했다.

카밀의 세례식

공방에 틀어박혀서 조합하는 사이에 겨울 성인식이 끝나고 봄 세례식이 눈앞으로 다가왔다. 이 세례식 때는 카밀이 신전에 올 예정이다. 한참 동안 못 봤던 카밀의 세례식이다. 당연히 나도 의욕이 넘치고 있다.

"봄 세례식은 제가 의식을 치르겠습니다."

"로제마인 누님은 가급적 사람들 앞에 나서지 않는 쪽이 좋지 않을까요? 제가 열심히 하겠습니다. 겨울 성인식도 해냈으니까……."

분명히 멜키오르는 마력을 담은 마석을 사용해서 겨울 성인식을 훌륭하게 치러 냈다. 그것 자체는 정말 대단하다고 생각한다. 성장했다는 기분이 들고, 누나로서 정말 자랑스럽다. 하지만 봄 세례식을 양보할 생각은 없다. 세례식에서 카밀을 축복하는 건 나다.

"……제가 에렌페스트에서 치를 수 있는 마지막 의식이니까요. 저기, 멜키오르. 부탁이니까 제가 하게 해 주세요."

"로제마인 누님의 마지막 의식, 말씀이십니까."

"예, 그래요. 이동하기 전에 에렌페스트 평민들에게 마지막 축복을 선사하고 싶어요."

성녀다운 모습을 전면에 내세워서 멜키오르와 하르트무트를 필사적으로 설득했다. 질베스타에게도 부탁해서 나는 봄 세례식에서 신전장으로서의 마지막 의식을 치를 권리를 따냈다.

"이렇게 로제마인 님께 의식용 의상을 입혀드리는 것도 마지막이라고 생각하니, 정말 아쉬운 기분이 듭니다."

모니카와 니콜라가 의식용 의상을 입혀 주며 눈꼬리를 늘어뜨리고는 미소를 지었다. 나는 익숙한 손놀림으로 옷을 입혀 주는 두 사람의 손을 봤다.

"저도 아쉽네요. 겨우 익숙해졌는데……."

성장한 뒤로 한동안은 두 사람이 내 성장한 몸에 옷을 제대로 입혀 주지 못해서 시간이 오래 걸렸었다. 하지만 평소에 사용할 신전장복의 수선이 끝날 때까지 신전에서는 계속 의식용 의상만 입었기 때문에 두 사람은 망설임이라고는 찾아볼 수 없는 손놀림으로 옷을 입혀 주고 있었다.

"필린느는 다 입었을까요?"

"그쪽은 빌마가 대응해 주고 있습니다. 필린느 님은 견습 청색 무녀시니까, 슬슬 예배실로 가실 때가 됐습니다."

필린느는 기원식에 가야 하고 앞으로는 견습 청색 무녀로서 행동해야 한다. 그래서 내가 견습 청색 무녀 시절에 지은 의식용 의상을 물려줬다. 수선해서 옷자락 길이도 깔끔하게 맞췄다는 듯하다. 로제마인 공방의 문장은 그대로 들어가 있다는 것 같지만, '저는 집을 나온 몸입니다. 제 후원처는 로제마인 님이시니까 이 문장이 있어도 상관없습니다'라고 말하면서 일부러 그대로 뒀다. 내 문장이 필린느를 지키는 데 조금이나마 도움이 된다면 다행인데.

"로제마인 님도 준비가 다 됐습니다."

"그럼, 가도록 할까요."

프랑의 선도를 받으며 예배당으로 향했다. 몸이 커진 만큼 걷는 속도도 빨라졌다. 하지만 아무래도 습관이 된 탓인지, 프랑은 살짝살짝 돌아보면서 속도를 확인했다. 하지만 그때의 시선이 어린 시절의 내 머리 언저리 높이였다. 그게 아니라는 것처럼 시선을 약간 높인 프랑이 "이젠 걷는 속도를 맞출 필요도 없어졌군요." 라고 말하며 살짝 쓸쓸하다는 것처럼 웃었다.

내가 성장했기 때문에, 그리고 가까운 시일 내에 에렌페스트를 떠나 버리기 때문에. 두 가지 의미가 담긴 프랑의 말에 코끝이 찡해 왔다.

"……헤어지기가 힘드네요."

"오늘은 로제마인 님의 마지막 의식입니다. 부디 로제마인 님이 가져오신 변화를 직접 확인해 주세요."

"제가 가져온 변화, 말인가요?"

프랑은 예배당 문 앞에 섰고, 천천히 뒤를 돌아봤다.

"필요 없는 사람이라고 고아원에 처박혀 있던 회색 신관들이 식사를 얻고, 제지업과 인쇄업에 종사하게 되고, 에렌페스트의 산업을 지탱하는 사람이 됐습니다. 별생각 없이 신전을 찾아오던 평민들은 진정한 축복을 보고서 진지하게 기도하게 되었습니다. 이유는 제각기 다르지만, 귀족들이 당연하다는 것처럼 신전에 드나들게 되었죠. 디르크나 벨트람처럼 고아 중에서 귀족이 나왔습니다. 멜키오르 님이 차기 신전장이 되기로 하시면서, 앞으로도 영주 일족이 신전을 지켜 주신다는 것이 약속되었습니다. 지금은, 영주님이 신전과 평민 마을을 지키기 위해 움직여 주고 계십니다."

베로니카에게 미움을 사서 신전으로 쫓겨났던 페르디난드나 평민 출신인 내가 떠난 뒤에, 영주의 친아들인 멜키오르가 신전을 지키고 신전장이 되는 것에는 큰 의미가 있다. 그런 변화를 전부 내가 가져온 것이라고 프랑은 말했다.

"신전장, 입장!"

예배실에서 들려온 목소리에 맞춰, 프랑이 문을 열어 줬다. 부드러운 미소의 배웅을 받으며, 나는 성전을 안고서 예배실에 발을 들었다.

어린아이들이 얼빠진 얼굴로 날 응시하는 게 느껴졌다. 틀림없이 '신전장이 조그맣다고 들었는데 아니잖아!'라는 생각이라도 하고 있겠지. 그렇게 생각한 것만으로도 조금 즐거웠다.

천천히 걸어가는데, 줄지어 있는 아이들의 머리가 내 시선보다 한참 아래에 있으니까 작고 귀엽다는 생각이 들었다. 아무렇지도 않게 그런 생각을 하면서 내가 정말로 커졌다는 것을 실감했다.

"로제마인 님."

하르트무트가 당연하다는 것처럼 손을 내밀어 줬다. 이젠 몸이 커져서 성전을 들고 있어도 계단을 올라갈 수 있지만, 그러면 저 손이 무안해지겠지. 나는 성전을 하르트무트에게 건네고, 에스코트를 받으며 단상으로 올라갔다.

"아…………."

더 이상 제단 앞에 발판을 놔둘 필요도 없는데, 준비돼 있다. 하르트무트가 제단에 성전을 내려놓고는 살짝 씁쓸하게 웃으면서 발판을 안쪽으로 밀어서 치웠다.

제단 앞에 서서 예배당 안을 둘러보니, 프랑이 했던 말을 실감할 수 있었다. 귀족원에 들어갔으니까 원한다면 성의 기숙사에서 생활할 수 있는 견습 청색 신관들이 가호 증가와 있기 편하다는 이유로 신전 생활을 선택했다. 멜키오르, 멜키오르의 측근, 필린느가 청색 의상을 입고서 정렬해 있었다.

내 세례식 때는 약간 엄한 얼굴로 아이들을 감시하던 회색 신관들은 자랑스럽게 가슴을 펴고 줄지어 서 있다. 세례식을 치르는 아이들도 해이한 분위기는 찾아볼 수 없고, 약간 긴장한 얼굴로 똑바로 앞을 보고 있었다.

제사에 관한 변화를 느끼면서, 나는 카밀을 찾아서 시선을 움직여 봤다.

카밀…… 어디 있지?

앞쪽에는 부유층 아이들이 있으니까, 카밀은 뒤쪽에 있을 것이다. 마력으로 시력을 살짝 강화하면서 찾아봤더니, 비교적 쉽게 찾을 수 있었다.

……카밀이다. 저기, 카밀이야!

아버지와 많은 닮은 파란 머리카락에 남자아이다운 활발함이 느껴지지만, 얼굴이 투리 어릴 때 얼굴이랑 닮았다. 동네 아이들과 같이 있었기 때문에 금세 알 수 있었다. 플랑탱 상회 견습이 되기 위한 교육을 받고 있는 탓에 혼자만 유난히 자세가 좋고, 머리카락은 린샴으로 윤기를 냈기 때문에 눈에 띄었다.

……어머니도 참, 자수가 아니라 물들인 천을 썼잖아.

세례식 의상은 하얀 천에 자수로 테두리를 꾸미는 옷인데, 어머니는 자기가 물들인 천으로 테두리를 둘렀다. 에렌페스트의 새로운 염색 기술을 피로하는 동시에 나와의 관련성을 보여주는 것 같았다. 카밀의 얼굴을 본 적이 없는 나도 금세 알아볼 수 있도록 생각해 주셨겠지.

하지만…… 틀림없이 어머니의 의도와 다른 형태로, 내년부터는 물들인 천으로 테두리를 두르는 게 유행할 거야.

자수가 서툰 어머니들은 물들인 천으로 테두리를 두르는 변화를 크게 환영할 것이 틀림없다. 만약 나라면 '이거, 새로운 유행이야. 영주 아가씨네 전속이 했었으니까, 틀림없어'라는 이유를 대면서 흉내 낼 게 틀림없다.

그런 유행의 시작을 느끼면서 제사가 시작됐다. 성전의 이야기를 들려주고, 기도 방법을 가르쳐 주고, 축복을 선사했다.

"물의 여신 플류트레네시여, 제 기도를 들어주셔서 새로운 아이의 탄생에 그대의 축복을 내려 주소서. 그대에게 바치는 것은 그들의 마음, 기도와 감사를 바쳐서 성스러운 가호를 받겠사옵나이다."

초록색 축복의 빛이 조금 많이 흘러나오기는 했지만, 어쩔 수 없다. 이래 봬도 투리 성인식 마지막 순간에 저질렀던 것과 비교하면 몇 배는 멀쩡하다고 할 수 있으니까. 너무 참으면 몸에 좋지 않아.

……내가 에렌페스트의 평민들에게 줄 수 있는 마지막 축복이니까, 라고. 멜키오르한테는 그렇게 변명을 해야지.

축복이 끝나자, 회색 신관들이 아이들이 퇴장할 수 있도록 문을 열었다. 문이 활짝 열리자 가족들이 모여 있었다. 아버지와 어머니와 투리가 있었고, 어째선지 루츠도 같이 있다.

아버지와 어머니와 루츠가 성장한 나를 보고서 눈이 휘둥그레지는 모습이 보였다. 한번 가까이에서 본 적이 있는 투리는 딱히 놀라지 않았고. 굳이 따지자면 '봐요, 제 말이 맞죠?'라고 말하는 듯한 의기양양한 얼굴로 보였다.

어머니와 아버지는 날 보고 눈이 휘둥그레진 뒤에, 기쁘다는 것처

럼 웃어 줬다. 급격한 성장을 기분 나쁘게 여기는 게 아니라, 내 성장을 기뻐하는 부모의 얼굴이다. 가슴속이 따뜻해졌다.

"다들 모여서, 이렇게 앞쪽까지 안 와도 되는데!"

카밀이 창피하다는 듯 말하면서 빠른 걸음으로 걸어갔다. 루츠가 웃으면서 "뭐 어때"라고 말하며 카밀의 머리를 살짝 두드려 준 뒤에 고개를 들었고, 나를 보면서 살짝 손을 흔들었다. 나도 손을 흔들어서 대답해 주고 싶었지만 참았고, 더 짙은 미소를 지어 보이는 정도까지만 했다.

······멀리 있네.

카밀의 세례식을 축하하는 가족들 사이에 들어갈 수 없는 내 입장을 알고 있지만, 그래도 너무나 멀어서 슬펐다.

······이런 거리에서 보는 것조차도 마지막이구나.

중앙에 가게 되면 이런 사소한 일조차도 어려워진다. 아이들이 전부 나가서 꽉 닫힌 문을 보며, 살며시 한숨을 쉬었다.

"로제마인 님, 손을."

내 가족에 대해 알고 있는 하르트무트는 끝까지 아무 말도 하지 않고 나를 도왔다. 하르트무트가 내민 손에 내 손을 얹고서 단상에서 내려와, 예배실을 뒤로했다.

"로제마인 님, 성에서 올도난츠가 왔습니다."

예배실 밖에서 대기하고 있던 호위 기사가 진지한 얼굴로 줄지어 서 있다. 코르넬리우스가 한 걸음 앞으로 나서서 입을 열었다.

"기원식 일정을 비롯해, 에렌페스트의 방위에 대해 영주 일족이 논의를 하시겠다는 것 같습니다. 로제마인 님과 멜키오르 님의 호위 기사, 문관, 시종을 한 명씩 데리고 오라고 하십니다."

마지막 의식, 가족과의 만남에 대한 감상에 젖어 있을 여유조차 주지 않으려는 것 같다.

나는 멜키오르와 눈짓을 주고받고 고개를 끄덕였다. 지금은 함부로 신전을 벗어날 수 없다. 누구를 남겨 둘지, 신전 방위는 문제없는지 확인할 필요가 있다. 평민 마을과 신전을 위험하게 할 수는 없으니까.

"제가 회의에 데려갈 사람은 코르넬리우스, 하르트무트, 리젤레타 세 명입니다. 무슨 일이 일어나면 대응할 수 있도록 다무엘, 안게리카, 마티아스, 라우렌츠까지 네 명의 호위 기사와, 고아원장 필린느를 신전에서 대기하도록 하겠습니다. 성에 가기 위한 호위로 레오노레와 유디트를 불러 주세요."

"예!"

나와 멜키오르는 각자의 측근 중에서 신전을 지킬 호위 기사를 남기고 한 사람씩 교대로 신전 문에서 경계를 서는 것과, 평민 마을의 문에 있는 기사와 자주 연락을 주고받으라는 명령을 내렸다. 모니카와 니콜라와 빌마에게는 필린느와 함께 고아원장실을 정리하고 기원식 준비를 하면서 내가 없는 동안 고아원을 잘 부탁한다고 말했다.

"이쪽에 무슨 일이 생기면 제가 다무엘에게 연락하겠습니다. 다 같이 분담해서 평민 마을 문으로 올도난츠를 보내 주세요. 고아원에 연락할 때는 필린느에게 올도난츠를 보내겠습니다. 고아들을 훈련한 대로 피난시켜 주세요."

"알겠습니다."

방위에 관한 논의

성으로 돌아왔더니 오틸리에, 리젤레타, 그레티아 세 사람이 마중을 나와 줬다.

"다녀오셨습니까, 로제마인 님."

"지금 돌아왔습니다. ……클라리사와 로데리히는 도서관에 있나요?"

"예. 클라리사가 로제마인 님을 위해 마지를 만든다면서 열심히 일하고 있습니다. 로데리히는 클라리사의 교육을 받으면서 조합 실력이 많이 좋아진 것 같습니다. 로데리히가 열심히 마력 압축을 해서 마력이 늘어난 덕분이기도 하겠지만, 아무래도 경험은 중요하니까요."

오틸리에가 쿡쿡 웃으면서 가르쳐 줬다. 처음에 이름을 바친 문관이니까 중앙으로 가기 전에 주인을 도울 수 있는 정도까지는 조합 실력을 키우라는 이유로 클라리사가 로데리히를 열심히 부리고 있는 모양이다.

"저는 클라리사와 함께 도서관에 가는 경우가 많은데, 저한테도 조합을 잔뜩 시켰습니다."

유디트는 자신이 던지기 위한 공격용 마술구 만드는 방법을 여러가지 배웠다는 듯하다. 고맙기는 한데, 클라리사의 단켈페르거식 교육 방법은 상당히 엄격한 것 같다.

"로데리히가 중앙에서 얕보이지 않도록 조합 실력을 키우는 것도, 유디트가 자기 무기를 직접 만들 수 있게 되는 것도 전부 중요하니까요."

　나는 내 일만 가지고도 벅찬 상황이기 때문에, 솔직히 말해서 클라리사의 행동이 큰 도움이 되고 있다.

　"회의는 오후부터 시작한다는 모양입니다. 동행하는 측근은 평소와 같은 인원으로 하시겠습니까?"

　"앞으로는 리젤레타를 동행시키겠습니다. 중앙에 같이 가는 사람은 리젤레타니까요."

　지금까지는 상급 귀족인 오틸리에와 동행했지만, 앞으로는 리젤레타와 같이 가겠다고 말하자 오틸리에가 미소를 지으며 고개를 끄덕였다.

　"그게 좋을 것 같습니다. 그럼 저와 그레티아는 중앙으로 이동하실 준비를 진행하겠습니다. 이쪽에 있는 짐은 선별을 마쳤고, 왕족 쪽에서 연락이 오면 바로 짐을 쌀 수 있도록 준비도 해뒀습니다. 신전이나 도서관에 있는 짐은 어떻게 하시겠습니까? 중앙으로 가지고 가실 물건이 있으시다면, 그쪽 물건도 정리해서 슬슬 성으로 가져다 두시도록 하세요."

　페르디난드가 그랬던 것처럼 나에게도 신전의 비밀 방을 닫아 두거나 짐을 운반해야만 하는 시기가 왔다. 바쁜 와중에도 이동 준비는 착착 진행되고 있다.

　"신전의 비밀 방은 이전에 로데리히와 사람들이 조합을 하면서 소재가 상당히 줄어들었으니까, 보충하는 게 아니라 남은 소재와 도구를 도서관 공방으로 옮겼습니다. 그리고 신전에 있는 물건 중에 대부분은 필린느에게 주고 갈 생각입니다. 문제는, 가지고 갈 짐들이 전부 커다란 것들이라는 점인데……."

내가 신전에서 가지고 갈 짐은 매트리스라든지 이불이라든지 서적 같은, 커다란 물건들이다. 그리고 출발하기 직전까지 신전에서 사용할 물건들이고. 옮기는 건 힘들지만, 가지고 갈 물건은 그다지 많지 않다.

"도서관에서 가지고 가실 짐은 어느 정도나 되실까요?"

"책과 소재를 얼마나 중앙으로 가지고 가도 되는지 페르디난드 님게 질문하는 편지를 보냈습니다. 음식과 함께 양아버님을 통해서 보냈고, 지금은 답장을 기다리는 중입니다. 의상 진행 상황은 어떤가요? 영주회의 때까지 준비가 될까요?"

오틸리에가 고개를 끄덕였다. 전속들을 재촉해서 일제히 만들고 있는 의상도 슬슬 가봉하고 싶다는 의견이 나올 때가 됐다는 모양이다.

"오후 회의에서 어떤 이야기가 나올지 모르니까, 회의가 끝난 뒤에 가봉 날짜를 잡도록 하죠."

"알겠습니다."

우리가 각자 측근을 데리고 회의실에 도착했을 때, 안에는 심상치 않은 분위기가 감돌고 있었다. 영주 부부와 그 측근, 거기에 기사단 상층부까지 굳은 표정을 짓고 있었기 때문이다.

"아, 너희도 왔구나. 로제마인, 신전에 호위 기사는 남겨 두고 왔나?"

"물론이죠. 그렇죠, 멜키오르?"

내가 고개를 돌리면서 물었더니, 멜키오르는 빙긋 웃으면서 고개를 끄덕였다.

"로제마인 누님의 호위 기사를 네 명, 제 호위 기사를 네 명, 신전에 남겨 뒀습니다. 니콜라우스도 견습 기사로서 제 호위 기사와 함께 문을 지키라고 했습니다."

멜키오르의 말을 듣자 질베스타 뒤에 있는 칼스테드가 조금 안도한 표정을 지었다. 니콜라우스는 내가 사라진 귀족원에서 비호해 줄 사람을 찾은 결과, 신전에서 낯이 익은 멜키오르의 견습 호위 기사로서 같이 행동한 일이 많았다는 모양이다.

누나로서 제대로 챙겨 주지 못해 미안하기는 하지만, 나는 중앙으로 이동하는 게 결정됐고, 코르넬리우스가 니콜라우스를 경계하고 있기 때문에 이대로 멜키오르가 비호해 주면 좋겠다고 생각하고 있다.

"그럼, 에렌페스트의 방위 계획에 대한 이야기를 하고 싶다."

질베스타는 게오르기네가 주추 마술을 손에 넣을 방법을 알고 있을 가능성이 크다는 것, 기원식 기간이 수상하다는 느낌이 든다는 것, 이미 기사단과 여러모로 의논을 마쳤다는 등의 이야기를 했다.

"아버님, 기사단과의 논의에 참석하는 측근의 호위 기사에게서도 이야기를 들었습니다만, 그건 어느 정도 믿을 수 있습니까?"

빌프리트가 묻자 질베스타는 나를 슬쩍 보고는 고개를 저었다.

"정보 출처는 말할 수 없다. 신뢰도는 높다고 생각하지만, 그렇다고 확증이 있는 것도 아니다. 그래도 아렌스바흐가, 정확히는 게오르기네가 에렌페스트를 노리고 있다는 것만은 틀림없다. 그건 마티아스의 증언만 봐도 분명한 일이다."

게를라흐의 여름 저택에 들렀던 게오르기네는 '에렌페스트의 주추를 손에 넣을 수 있을 것 같다'고 발언했다는 모양이다. 그해 가을에 성전 도난 사건, 겨울에 숙청이 일어났고, 게오르기네에게 이름을 바쳤던 자들이 일제히 처형당했다. 일단은 게오르기네의 계획을 막았다고 생각해도 될 것이다.

"에렌페스트에 있는 수족과 정보원을 없앤 것이 의미가 크다고 생각된다. 그리고 올겨울에는 로제마인이 오랫동안 병석에 누워 있느라 에렌페스트로 돌아갔다고, 귀족원에서 그렇게 말했었지? 그걸 경계해서 움직이지 않았을 가능성이 있다."

아렌스바흐 학생들에게서 그런 정보가 들어오고, 에렌페스트 내부에 있는 정보원이 없어진 상태라면 실제로 어떤지 확인하는 데 많은 시간이 걸렸을 것이다.

"습격해 올 가능성이 가장 크다고 보이는 때는 영주회의부터 성결식까지의 기간이라고 생각한다. 아렌스바흐에 있는 페르디난드가 왕명에 의해서 받은 방은 서쪽 별채에 있다. 그래서 게오르기네의 정보를 얻기가 상당히 힘들어졌다고 했다. 페르디난드가 혼인해서 본격적으로 영주 일족으로서 움직이게 되기 전에 일을 벌일 가능성이 크다."

질베스타의 말을 듣고 모든 사람들의 얼굴이 굳어졌다.

"공격해 왔을 때를 위한 수비 배치 말인데, 아우브인 나는 주추 마술을 최우선해서 지키기 위해 주추의 방에 있겠다. 칼스테드와 기사단 일부는 에렌페스트 시내 전체를 지키는 데 전념하길 바란다. 보니파티우스와 기사단 일부는 에렌페스트 시내 이외의 곳에 적이 나타났을 때, 기베의 기사들을 응원하기 위해 달려가기로 했다."

이미 아렌스바흐와 경계선이 닿아 있는 기베들에게는 경계하라는 연락을 했다는 모양이다. 뭔가 이변은 없는지, 수상한 자를 본 적은 없는지, 평민들에게서도 널리 정보를 모으도록 주의를 줬다는 것 같다.

"일이 벌어지면 너희들도 호위 기사를 이끌고 시내의 수비를 맡아야 한다. 각자의 호위 기사를 이끌고 플로렌치아와 샤를로테가 성을, 빌프리트가 귀족가를, 멜키오르는 신전과 평민 마을을 중심으로 지키도록."

"남성들만이 아니라 저희도 호위 기사를 이끌고 싸워야 하나요?"

후방 지원까지는 생각했지만 직접 싸움터에 나가는 건 상정하지 못했다고 샤를로테가 불안하다는 듯 중얼거렸다. 그 모습을 본 질베스타가 엄한 표정을 지었다.

"당연하다, 샤를로테. 너는 영주 후보생이고, 게다가 아우브가 되기 위해서 움직이고 있지? 그렇다면 솔선해서 싸워야만 하는 입장이 아닌가."

주춧돌을 지키는 것은 다른 누구에게도 양보할 수 없는 영주의 일이다. 주춧돌을 다른 이에게 넘긴 시점에서 자격을 잃기 때문에, 가장 중요하다고 해도 되는 일이리라.

"제 힘으로 주춧돌을 지킬 수 없는 아우브는 아우브가 아니다. 무엇을 위해서 존재하는 호위 기사지? 주춧돌을 지키기 위해 움직이도록 해라."

"……예."

샤를로테가 고개를 끄덕였다. 그러고 보니 나는 유레베 소재 채집과 단켈페르거와의 디터에 참가했었으니까, 어떤 의미에서는 싸움에 익숙했다. 싸워 본 적이 전혀 없고 기사 훈련도 받아 본 적이 없는 샤를로테에게는 힘들지도 모른다.

……이런 부분도, 남성이 아우브에 더 어울린다는 이유라고 봐야겠지.

어린 시절부터 기사들과 훈련을 받은 빌프리트와 딱히 훈련을 받지 않은 샤를로테는 싸움에 대한 마음가짐 자체가 다른 것처럼 보였다. 빌프리트는 기사들과의 훈련에도 참가했고, 자기 호위 기사들과 시내 방위에 관해 이야기도 나누고 있는 모양이다. 귀족 거리를 지키기 위해서 기사단과 어떻게 연계해야 좋을지, 이미 파악하고 있는 것 같다.

"저, 양아버님. 제 담당이 없습니다만……."

"네 담당은 정할 수 없다. 급할 때는 네가 빈 구멍을 메워 줬으면 싶다."

"구멍을 메운다고요?"

"솔직히 말해서, 너는 언제 왕족에게서 소환 명령이 올지 모른다. 기원식 예정을 잡는 것도 말리고 싶은 심정이다. 전투용 마술구 제작에 시간을 너무 들이느라 여러 준비가 원만하게 진행되지 않는다는 이야기가 네 측근들한테서 올라오고 있다. 앞으로는 이동 준비 쪽을 우선해 줬으면 싶다."

에렌페스트 방위도 중요하지만, 왕족이 되기 위한 준비를 갖추는 쪽이 더 중요하다는 뜻이겠지. 나는 고개를 끄덕였다.

"오늘 오전 중에 오틸리에와 이야기를 했습니다. 영주회의 무렵에는 끝날 예정입니다. ……신경을 써 주신 건 감사합니다만, 습격이 벌어진 경우에 어떻게 움직일지 정해 두지 않으면 곤란합니다. 우왕좌왕하기만 하면서 거치적거리는 존재가 되지 않겠습니까."

게오르기네가 공격해 왔을 때에 속 편하게 이동 준비나 하고 있을 수는 없을 테니까.

"왕족에게 도움을 청하거나 전장으로 가는 등의 행동 지침은 필요합니다."

"네가 너무 용감해 보여서 깜짝 놀랐다. 원래 그런 사람이었나?"

샤를로테와 다르게 싸움터로 달려가려고 하는 내 의견에 질베스타가 눈살을 찌푸렸다. 빌프리트가 하아, 하고 한숨을 쉬었다.

"아버님, 어제오늘 일이 아닙니다. 로제마인은 단켈페르거 다음으로 디터를 좋아하는 건 아닌지 의심이 갈 정도입니다."

"빌프리트 오라버니!"

"각자에게 이유가 있다는 것은 알고 있다. 하지만 어느 학생보다 귀족원에 있던 기간이 짧은 데다 기사 코스를 수강한 것도 아닌데, 너는 매년 단켈페르거와 보물 뺏기 디터를 하고 있다. 그런 영주 후보생이 너 말고 또 누가 있지?"

……으아아아아! 생각해 보니 그러네! 반론할 수가 없어!

"그래, 좋다. 측근을 이끌고 싸울 생각이 있다면, 기원식 중에 공격해 왔을 경우에 직할지로 나간 이들의 빈자리를 메워 줬으면 한다."

직할지는 성배를 가지고 가야 하기 때문에 빌프리트, 샤를로테, 멜키오르가 순서대로 갈 예정이다. 나는 성과 도서관에서 이동 준비를 하며, 그 사이에 습격이 발생했을 때는 없는 사람의 빈자리를 메워 달라는 부탁을 받았다.

"알겠습니다. 싸움에 대비한 마술구 제작 상황은 어떻게 되어 가고 있나요?"

"로제마인이 말한 대로 측근 문관은 물론이고 기사와 학생들도 동원해서 회복약과 마술구를 만들게 하고 있다."

영주회의와 귀족원 시기에 풍부한 소재를 잔뜩 채집한 덕분에, 마술구를 만드는 데는 크게 고생하지 않았다는 모양이다.

"각지의 기베에게도 싸움에 대비하도록 연락했는데, 은퇴한 ㄴ인들이 의외로 잘해 주고 있는 것 같다."

젊은 기사들이 보물 뺏기 디터를 경험한 세대에게 어떤 함정이 유효했는지, 어떤 마술구를 어떤 타이밍에서 사용했는지 등을 물으면서 세대 간의 골이 다소나마 메워졌다는 모양이다. 그리고 라이제강계와 구 베로니카 파벌이 서로 으르렁댈 때가 아니라고 협력하는 분위기가 생겨난 지역도 있다는 것 같다.

"밖에 공통의 적에 있으면 안쪽에서 단결하기는 쉬워지는 법이죠. 영지를 뭉치게 할 절호의 기회네요."

자기 영지의 주추는 세대나 지역을 뛰어넘어서 지켜야만 하는 것이다. 숙청이 끝났기에 게오르기네에게 이름을 바쳤던 귀족이 없고, 구 베로니카 파벌이 연좌를 회피하고, 이름을 바친 이들을 포함해서 영주 일족에게 충성을 맹세한 귀족이 늘어난 것도 유리하게 작용했겠지.

"그러고 보니 로제마인은 뭔가 커다란 마술구를 만들었다고 들었는데, 완성했나?"

빌프리트의 질문에 나는 의기양양하게 가슴을 활짝 폈다.

"예. 신전 문을 지키는 마술구로 스밀을 세 대 완성했어요. 이미 문에 배치했습니다. 마력을 절약하기 위해서 지금은 기동시키지 않았습니다."

개인적으로는 어떤 히어로처럼 빨강, 파랑, 노랑 세 가지 색으로 만들고 싶었지만, 모피를 준비하는 리젤레타의 취향으로 파스텔 컬러로 정해지면서 핑크색, 하늘색, 크림색이 돼 버렸다. 리본이나 레이스가 들어간 의상까지 입혀서 정말 귀엽다. 회색 신관이나 기사가 있는 문에 두기에는 부자연스러울 정도로 귀엽고, 기동시키면 방위라는 측면에서는 엄청나게 강하다. 이렇게 상당히 초현실적인 존재로 완성됐다.

"저나 멜키오르의 호위 기사, 문지기를 맡는 회색 신관들에게는 기동용 마술구를 줬습니다. 페르디난드 님의 부적에 새겨져 있던 반격 마술구를 여러 개 설치했으니까, 방위라는 측면에서는 엄청나게 강합니다."

슈밀이 얼마나 강한지 설명하기 시작했을 때, "로제마인!"이라는 페르디난드 님의 목소리가 머릿속에 직접 울렸다.

"어? 페르디난드 님?"

나도 모르게 귀를 막고 주위를 둘러봤다. 헛소리를 들었나, 하고 생각한 순간. 무지갯빛이 나를 감싼 것 같은 기분이 들었다.

직접 본 위기

"어? 여긴 어디지?"

갑자기 눈앞의 풍경이 달라졌다. 빌프리트와 샤를로테가 내 맞은편에 있었는데, 마치 내가 다른 곳으로 와 버린 것처럼 다른 풍경이 펼쳐져 있었다.

"공급의 방…… 맞지?"

새하얀 방 중앙에 천구의처럼 신기하게 움직이는 마석과 마력을 띠고 빛나는 복잡한 문자와 문양들이 줄지은 것이 돌아가는 것은 낯익은 모습이다.

"페르디난드 님?! 페르디난드 님!"

아직 어린 기색이 남아 있는 목소리가 들려와서 나도 모르게 고개를 돌렸다. 금발 여자아이가 다급한 표정으로 페르디난드에게 달려갔다. 기억 속에 있는 모습보다 성장하기는 했지만 레티치아가 틀림없다. 다급한 표정인 레티치아의 앞에는 가슴을 손으로 누르고 기침을 하면서 바닥에 무릎을 꿇고 있는 페르디난드가 있었다.

……페르디난드 님!

나도 정신없이 뛰어갔다. 시야는 페르디난드 앞에 온 것처럼 변했지만, 아무리 손을 뻗어도 내 손은 눈앞에 나타나지 않았고, 페르디난드와 레티치아를 건드릴 수도 없었다. 마치 영화라도 보는 것 같은 느낌이다. 아무리 불러도 두 사람에게는 내 목소리가 들리지 않는 것 같고, 내 존재가 보이지도 않는 것처럼 아무런 반응이 없다.

페르디난드는 허리에 있는 약 주머니에서 뭔가를 꺼내서 입에 던져 넣었고, 이름을 바치는 돌이 들어 있는 작은 금속 바구니를 떼어 냈다. 그 손은 떨렸고, 이마에는 땀이 흥건했다.

"이걸, 유스톡스에게…… 가라, 고 전해라…… 빨리."

레티치아는 새파랗게 질린 얼굴로 바구니를 받아들고는 서둘러 뛰어갔다. 아마도 공급의 방에서 나간 것 같다. 내 눈에 보이는 범위에서는 사라졌다.

레티치아가 사라진 순간, 페르디난트는 털썩, 하고 그 자리에 쓰러졌다. 앉아 있을 수도 없는 상태인지, 쓰러진 채 일어나지도 못했다.

……페르디난드 님!

당장이라도 치유해 주고 싶고 필요한 약을 가져다주고 싶은데, 지금 나는 아무것도 할 수 없다. 내가 보고 있다는 걸 모르기 때문이겠지. 페르디난드가 괴롭다는 듯이 얼굴을 찌푸렸다.

"큭……."

신음을 흘리며 페르디난드가 가슴팍에 손을 대고 옷을 쥐었다. 자세히 보니 그 가슴팍에서 희미한 무지갯빛으로 빛나는 것이 있었고, 그 빛이 페르디난드의 온몸을 감싸고 있었다.

……내가 만든 부적?!

옷 속에 있어서 눈에 보이는 건 아니다. 하지만 지금 페르디난드를 감싸는 것처럼 빛나고 있는 저 마력은 내 것이다. 이론으로써가 아니라 감각으로 알 수 있다.

온몸이 희미한 무지갯빛에 감싸여서 마치 부적이 페르디난드의 목숨을 유지해 주고 있는 것처럼 보였다.

……누구든 좋으니까, 빨리 페르디난드 님을 도와줘!

보고 있는 수밖에 없다. 손을 쓸 수가 없다. 그게 너무나 답답해서 미칠 지경이다.

"큭…… 헉…….."

페르디난드는 가슴팍을 움켜쥔 채, 짧고 얕은 호흡을 반복했다. 그런 와중에 발소리가 들려왔다. 그 순간, 페르디난드가 깜짝 놀라더니 가슴에 손을 얹은 채로 튕겨나는 것처럼 벌떡 일어났다. 어떻게든 앉아 있는 자세가 되기는 했지만, 호흡은 거칠고 땀 때문에 이마에 달라붙은 머리카락을 치울 기력도 없는 것처럼 보인다.

내가 페르디난드 님의 상태를 신경 쓰면서 고개를 돌렸더니, 디트린데가 바닥에 끌릴 정도로 긴 은색 망토를 걸치고서 또각또각, 발소리를 울리며 천천히 걸어왔다. 한눈에 봐도 상태가 이상한 페르디난드가 있는데, 마치 눈에 들어오지도 않는다는 듯한 걸음걸이다. 최소한 걱정하는 것처럼 보이지는 않았다.

……어째서?

놀라지도 당황하지도 않는 모습을 보고 엄청나게 안 좋은 예감이 들었다. 예감이라고 할까 묘한 확신이라고 할까, 디트린데가 페르디난드 님을 해치는 게 아닌가 싶은 생각이 머릿속을 가득 채웠다.

……이쪽으로 오지 마. 페르디난드 님한테 가까이 가지 말라고!

나는 페르디난드 님을 감싸기 위해서 디트린데 앞을 가로막았다. 하지만, 아무 의미도 없었다. 디트린데는 부딪치지도 않고 슥, 하고 나를 통과했다. 나는 내가 이 자리에 있는 게 아니라는 사실을 실감할 뿐이었다.

"이상하군요. 레온치오 님은 즉사해서 마석이 되는 독이라고 하셨는데, 아직도 살아 있다니……. 이래서는 제가 가지고 나갈 수가 없잖아요."

디트린데는 웅크리고 앉은 자세의 페르디난드를 보고 눈살을 찌푸렸다. 진녹색 눈에는 페르디난드를 모멸하는 기색이 어렴풋이 감돌고 있었다.

……지금, 뭐라고 했지?

"정말로 레티치아의 독이 먹히기는 한 건가요? 약해지기는 했으니까, 직격은 피했다는 걸까요? 아니면, 사전에 해독제를 먹었다든지? 페르디난드 님께 독을 쓴 건 레티치아고, 저는 마석이 된 페르디난드 님을 발견할 예정이었는데, 계획대로 안 된 이 일을 어떻게 할까요?"

디트린데는 '레티치아한테 시키는 데까지는 잘 됐는데, 일이 곤란하게 됐다'고 말하면서 뺨에 손을 대고는 우아하게 고개를 갸웃거렸다.

"란체나베의 마석은 란체나베에 돌려주겠다고 레온치오 님께 약속을 했는데……."

란체나베의 마석. 디트린데의 시선과 말 때문에 소름이 돋았다. 그것은 페르디난드를 사람으로 인정하지 않는다는 선언이다. 그리고 나는 레온치오라는 인물이 란체나베 사람이라는 것을 알았다.

"저기요, 페르디난드 님. 당신, 원래는 세례식을 치르기도 전에 마석이 돼서 란체나베로 돌아가야 했던 덜떨어진 것이었다면서요? 아달지자의 열매라고 하던가요? 어머니한테서도 마석으로서의 가치밖에 인정받지 못한, 그런 존재잖아요?"

디트린데는 한눈에 봐도 이겼다는 것만 같은 의기양양한 얼굴로 페르디난드를 내려다보고 있다. 페르디난드는 괴로워하는 호흡을 필사적으로 숨기면서, 최대한 아무렇지도 않은 척하고 있는 것처럼 보였다. 하지만 틀림없이, 가장 건드려서는 안 될 과거를 무참하게 짓밟히는 기분을 맛보고 있을 것이다.

"그런 분이 차기 첸트인 제 약혼자라니, 너무 창피하지 않은가요? 그러니까, 페르디난드 님은 성결식 전에 사라져 줬으면 싶어요. 어머님도 상관없다고 하시며 이 계획을 세워 주셨는데······."

영문을 모르겠다. 아렌스바흐에는 영주 일족이 너무 적어서 자기 영지를 유지할 수도 없으니까, 왕명을 받은 페르디난드가 약에 절어 가면서까지 분투했을 텐데. 그런데, 페르디난드를 잃으면 아렌스바흐는 어떻게 할 셈인 걸까.

"그대는······ 차기 첸트가 될 수 없다."

신음하는 것 같은 페르디난드의 말을 디트린데가 웃어넘겼다.

"페르디난드 님은 모르시겠지만, 구르트리스하이트의 소재는 이미 알아냈습니다. 레온치오 님은 알고 계신답니다. 저는 그분과 같이 구르트리스하이트를 손에 넣어서 첸트가 될 셈입니다. 그 뒤에는 레온치오 님을 국서로 맞이할 예정이죠. 아무리 사랑받는다고 해도, 당신과 같이 살아갈 수는 없습니다."

희망으로 가득 찬 얼굴로, 디트린데가 미소를 지었다. 성인이 된 탓인지 레온치오에게 보여 주기 위해 꾸민 탓인지는 모르겠지만, 귀족원에서 봤던 때보다 화장이 짙어졌다. 그녀의 치켜 올라간 빨간 입술이 너무나 눈에 거슬렸다.

"그대는, 주추를 물들인 아우브고······ 첸트는."

"후훗, 제가 아닙니다. 언니가 주추를 물들였습니다. 그러니까, 지금의 아우브 아렌스바흐는 제 언니입니다."

디트린데는 '차기 첸트가 될 제가 아렌스바흐의 주추를 물들일 리가 없겠죠'라고 말하고는, 페르디난드를 비웃는 것처럼 입에 손을 대고 쿡쿡 웃었다.

"제가 첸트가 되면 지금의 첸트의 명령을 취소해서 오라버니를 영주 일족으로 되돌릴 수 있으니까요. 숙부님들을 영주 일족으로 되돌릴 수도 있고, 후계자로는 베네딕타도 있습니다. 아렌스바흐는 아무런 문제가 없습니다."

디트린데가 말하는 미래의 모습 속에 페르디난드는 물론이고 레티치아의 이름도 없었다. 레티치아도 위험에 처한 게 틀림없다. 레티치아를 어떻게 유도했는지는 모르겠지만, 페르디난드에게 독을 먹인 실행범으로 취급하는 것이 정해져 있다.

"어머님도 준비를 시작하셨답니다. 에렌페스트 같은 시골 영지를 손에 넣고 싶어 하시는 이유는 모르겠지만……. 당신이 없는 편이 처리하기 편하다나요. 제 올도난츠를 기다리고 계신답니다."

페르디난드가 죽었다는 보고를 기다리고 있는 게오르기네를 향해 이루 형용할 수 없는 분노가 치밀어 올라왔다. 란체나베의 독을 사용하고, 레티치아를 유도해서 페르디난드에게 독을 쓰고, 디트린데에게 생사를 확인시킨다. 자기 손은 전혀 더럽히지 않는 방식이 귀족으로서는 우수한지도 모르겠지만, 나는 그 사람에게 그저 화가 날 뿐이다.

"레티치아가 당신을 마석으로 만드는 데 실패했다고 어머님께 전하면 틀림없이 엄청나게 꾸중을 하시겠죠. 이대로 놔둬 봤자 죽을 것 같지는 않군요."

그렇게 말하면서 디트린데는 손을 허리춤으로 가져가서는 어떤 주머니를 꺼내려 했다. 그녀의 시선이 다른 곳으로 향한 순간, 페르디난드는 이를 악물고 신음하면서 자기 허리에 차고 있는 마술구의 마석

몇 개를 던지고 슈타프를 쥐었다.

"꺄악?!"

폭발 소리가 나고, 페르디난드 자신도 충격을 받는 가운데 디트린데가 비명을 질렀다. 하지만 마력을 이용한 공격은 전부 은색 천이 막아 냈다. 어느 정도 충격을 받은 것 같기는 하지만, 디트린데한테 상처다운 상처는 하나도 없다. 하이스히체와 디터를 했던 때에는 형세를 역전시켰던 마술구도 은색 천 앞에서는 별 효과가 없는 듯하다.

"……소용없나."

"어머나! 정말 흉포하군요."

분개한 디트린데가 허리에 차고 있던 주머니에서 사탕 하나를 꺼내서 입에 넣었다. 레티치아에게 받은 란체나베의 과자처럼 보였다. 디트린데는 그것을 입에 문 채로 다른 자루의 가루를 페르디난드를 향해 던졌다.

……하지 마!

몸을 마음대로 움직이지 못하는 페르디난드는 간신히 몸을 틀어서 제대로 맞는 건 피했지만, 바닥에 떨어진 가루가 날아오르는 것까지는 막지 못했다. 페르디난드의 자세가 무너졌다. 디트린데 앞에서 앉아 있지도 못하고, 그 자리에 엎드렸다. 가슴팍을 쥐고 있던 손에서 힘이 빠져나갔다. 아직 옅은 금색 눈동자만은 디트린데를 노려보고 있지만, 입술은 거의 움직이지 않는다.

"즉사 독은 잘 듣지 않았던 것 같은데, 이 약은 듣는군요. 정말 신기하네요."

그렇게 말하면서 디트린데는 슈타프를 봉인하는 범죄자용 수갑을 꺼냈다. 그것을 채우기 위해, 힘없이 늘어진 페르디난드의 손목을 건

드렸다. 빠직, 하는 요란한 소리와 함께, 무지갯빛이 디트린데의 손을 튕겨 냈다.

"꺄악?!"

디트린데는 눈이 휘둥그레져서 자기 손을 보고는 페르디난드를 노려보고, 은색 망토로 마력을 막으면서 수갑을 채웠다. 마석 같은 돌로 만든 고리를 양쪽 손목에 걸었고, 그 사이는 사슬로 연결되어 있다.

"이걸로 몸이 움직이게 돼도 사람들을 위험하게 하지는 못하겠죠."

디트린데는 흥, 하고 콧방귀를 뀐 뒤에 그렇게 말하고는, 페르디난드의 손을 조금 잡아당겨서 공급 마법진 위에 올려놓았다.

"저처럼 힘없는 여성이 페르디난드 님을 데리고 나가는 건 불가능하니까요. 이대로 고갈될 때까지 주추에 마력을 주입해 주세요. 아우브가 된 언니도 틀림없이 기뻐할 거예요."

디트린데는 마법진 중심으로 가더니 몸을 웅크리고서 마법진에 마력을 흘려 넣었다. 공급 마법진이 기동했다. 페르디난드가 스스로 손을 치울 때까지 계속 마법진에 마력을 흘려 넣게 된다.

"마력이 고갈될 때까지 얼마나 걸릴까요? 그때까지 구르트리스하이트를 손에 넣으면 좋겠는데……."

디트린데는 큰일을 해결한 사람처럼 환한 얼굴로 발소리를 울리며 밖으로 나갔다.

디트린데가 나갔지만 마법진은 멈추지 않는다. 페르디난드의 마력을 빨아들이면서 계속 작동하고 있다. 내가 페르디난드에게 준 부적의 마력이 빨려 나가는 게 보인다. 페르디난드를 감싸고 있던 무지갯빛이 흐릿해져 간다.

계속 디트린데를 노려보고 있던 페르디난드의 옅은 금색 눈동자에서 슥, 하고 감정이 사라졌다. 분노도 증오도 아닌, 모든 것을 체념했다는 것처럼 눈을 감았다.

"……거기서 포기하지 마세요!"

동시에, 내 시야가 원래 있던, 영주 일종의 회의 자리로 돌아왔다. 쓰러져 있던 페르디난드도, 그 마력을 계속 빨아들이는 마법진도 보이지 않는다. 걱정하는 얼굴의 영주 일족과 측근들이 내 곁에 모여 있었다.

유혹

"로제마인, 무슨 일이냐?! 무지갯빛으로 빛났다 싶더니 전혀 움직이질 않았다."

사람들 내 주위에 모여 있는 이유는 알았다. 하지만 그게 중요한 게 아니다.

"양아버님, 페르디난드 님이! 페르디난드 님이 아렌스바흐에서 독 때문에 쓰러졌어요. 게오르기네 님이 조종해서, 독을 맞고, 디트린데 님이 가루를 확, 뿌렸더니 쓰러져서……."

생각나는 대로 입을 움직이면서 내 몸은 도우러 가려고 자리에서 일어났다. 하지만, 갈 수는 없었다. 사람들이 내 앞을 가로막았고, 질베스타가 팔을 붙잡고 있었기 때문이다.

"놔주세요, 양아버님!"

"진정해라! 그 설명만 가지고는 전혀 모르겠다. 페르디난드는 뭐가 어떻게 돼서 독에 당했지? 어떻게 해야 도울 수 있는지 짐작 가는 건 있나?"

다시 의자에 앉으라는 것처럼 어깨를 눌러서 나는 반강제로 다시 자리에 앉았다. 게다가 차례로 질문을 해 와서 내가 본 광경을 설명하게 했다. 질베스타만 그런 게 아니다. 플로렌치아와 보니파티우스도 질문을 했다. 무슨 일을 하건 협력자는 필요하다. 나는 빨리 도와주러 가고 싶은 기분을 참으면서 설명했다.

"그러니까, 이제 곧 게오르기네가 공격해 온다는 뜻인가. 서둘러

대책을 실행해야겠군."

"할아버님?! 지금은 게오르기네 님이 아니라 페르디난드 님……."

"다른 영지의 공급의 방에서 독을 맞고 빈사 상태에 빠진 페르디난 드를 구할 방도는 없다. 포기해라, 로제마인. 우리가 우선해야 할 것은 에렌페스트의 주추다. 착각해선 안 된다."

보니파티우스는 엄격한 기색이 담긴 옅은 파란색 눈으로 날 보면 서 말했다.

"포기하라는…… 말씀이신가요?"

나는 피가 끓어오르는 것 같은 감각에 빠져들면서 주먹을 꽉 쥐 었다.

"그래. 네가 지켜야 할 것은 에렌페스트다. 페르디난드가 아렌스바 흐에 갈 때도 그렇게 약속하지 않았느냐."

분명히 약속했다. 다른 사람도 아닌 페르디난드와. 그리고 에렌페 스트에는 평민 마을의 가족, 구텐베르크들, 신전 사람들도 있다. 전부 내가 지켜야 할 대상이다. 하지만, 페르디난드도 지키겠다고 약속했 다. 포기할 수는 없다.

"무엇보다 다른 영지의 공급의 방에 어떻게 들어갈 셈이냐? 아렌 스바흐에 도착하는 것만 해도 며칠이나 걸리는지 알고는 있느냐? 그 때까지 페르디난드의 마력이 버틸 수 있을까? 도와주러 가 봤자 제때 도착할 수는 없다. 그것보다는 곧 쳐들어올 게오르기네에 대한 대책 을 짜야 하지 않겠느냐."

보니파티우스의 '포기'하라는 말의 이유를 들으면서 나는 계속 지 니고 있던 아렌스바흐의 열쇠를 살며시 쓰다듬었다. 게오르기네와 같 은 수단을 사용하면 아렌스바흐의 주추를 얻을 수 있다. 결코, 불가능한 일은 아니다.

"그러니까, 제때 도착할 수만 있다면 도우러 가도 된다는 말씀이신 가요?"

나는 보니파티우스를 빤히 쳐다봤다. 마력이 온몸을 타고 도는 게 느껴진다. 주위에 있는 사람들이 깜짝 놀라서 "빈 마석은……." 이라고 말하며 부산을 떠는 모습을 슬쩍 보며, 나는 다시 한 번 물었다.

"제때 도착할 수만 있다면 포기하지 않아도 되는 거죠?"

보니파티우스가 얼굴을 찌푸리고서 압도당한 것처럼 고개를 끄덕였다. 내 마력이 흘러나오면서 가볍게 위압해 버렸는지도 모른다. 머릿속 한구석에서는 그렇다고 생각하면서도, 나는 멈추지 않고 대답하라고 재촉했다.

"페르디난드 님의 마력이 버티는 동안이라면, 할아버님도 양아버님도 협력해 주실 건가요? 저는 페르디난드 님을 구하기 위해서라면 아렌스바흐도 중앙도 왕도 에어베르민 님조차도 적으로 삼을 수 있습니다. 포기할 생각은 추호도 없습니다."

꿀꺽, 보니파티우스가 침을 삼켰다.

"할아버님, 저는 제 소중한 것을 지키기 위해서 아우브의 양녀가 됐습니다. 권력과 신분이 없으면 지킬 수 없었기 때문입니다. 왕의 양녀가 되는 것도 페르디난드 님을 구하기 위해서입니다. 페르디난드 님의 목숨이 사라지면 연좌도 뭣도 전부 상관없는 일이 돼 버립니다. 제가 왕의 양녀가 될 의미가 없어지는 것이죠."

내게 소중한 것들이 모여 있는 가운데 유르겐슈미트가 멸망하는 것은 포기할 수 있어도, 유르겐슈미트라는 그릇은 지켜도 소중한 것들을 잃게 된다면 의미가 없다.

내게는 유르겐슈미트보다 평민 마을의 가족과 페르디난드가 더 소중하다.

"로제마인, 너, 제정신이냐? 페르디난드 하나를 위해서……?"

"개인마다 우선순위가 다른 건 당연한 일이 아닌가요. 제게는 유르겐슈미트보다 에렌페스트, 에렌페스트보다 거기에 사는 저와 가까운 사람들이 더 중요합니다."

그런 내 말에 대답한 사람은 보니파티우스도 아니고 질베스타도 아닌 빌프리트였다.

"그렇게까지 각오가 되어 있고 구할 방법이 있다면 가는 게 좋겠지."

"빌프리트?!"

"원래 에렌페스트의 수비는 로제마인이 중앙에 가는 것을 전제로 너를 빼고서 할 수 있도록 고안했다. 그렇다면 너와 네 측근이 움직인다고 해도 영지에는 아무런 문제가 없다. 당장이라도 마력이 폭주할 것 같은 너를 에렌페스트에 두는 쪽이 훨씬 위험하지 않겠나."

내 눈이 변화하기 시작한 것을 지적하면서 그렇게 말한 빌프리트를 보고 보니파티우스가 눈이 휘둥그레졌다.

"중앙에 가기로 정해졌다고 해도, 로제마인은 아직 에렌페스트의 영주 후보생이다. 에렌페스트가 아렌스바흐에 쳐들이기는 것이 된다."

"그게 어쨌다는 것입니까? 이쪽의 주추가 공격당할 것이 분명해졌습니다. 그렇다면 이쪽에서 공격해도 아무 문제가 없지 않겠습니까? 공격당했을 때 주추를 지켜야만 하는 것은 어느 아우브건 간에 마찬가지입니다. 당하기 전에 해치우면 됩니다."

빌프리트의 말이 재미있다는 것처럼, 질베스타가 천천히 턱을 쓰다듬었다.

"로제마인, 페르디난드를 구할 방법은 있나?"

"오로지 저만이 할 수 있다고 생각합니다만, 방법은 있습니다. 양아버님이 협력해 주신다면 더 쉽게 도울 수 있고요. 도와주실, 건가요?"

질베스타는 페르디난드의 손을 더럽히고 싶지 않아서 게오르기네 암살 명령조차 내리지 못했던 영주다. 구하기 위해서라면 도와주겠지. 내가 확신을 가지고 고개를 갸웃거렸더니, 질베스타가 입꼬리를 올렸다.

"나도 구할 수 있다면 구해 주고 싶다. 하지만, 지금의 너는 아직 에렌페스트의 영주 후보생이다. 영지를 찬탈했다고 질책당할 것이 분명하다. 일을 벌이려면 그럴듯한 명분이 필요하겠지."

진녹색 눈은 주위 사람들을 납득하게 만들 명분이 있다면 가도 좋다는 뜻을 말해 주고 있다.

"숙부님을 구한다, 그거면 충분하지 않을까요? 아직 성결식도 치르지 않아 에렌페스트에 소속된 사람, 왕명으로 임시 아우브의 반려가 될 사람이니까."

"······빌프리트, 중앙이나 다른 영지를 상대하기에는 아직 근거가 부족하다."

질베스타는 그렇게 말하면서 나를 봤다.

······생각해 내자, 이유를.

그러면 당당하게 페르디난드를 구하러 갈 수 있다. 나는 필사적으로 생각했다. 아렌스바흐에 쳐들어갈 대의명분을 생각해 내자.

"아렌스바흐는 란체나베 사람들을 끌어들여서 차기 첸트가 되려 하고 있습니다. 왕족에게 구르트리스하이트가 있는 장소를 알려 주고 가져오는 것이 아닙니다. 디트린데 님은 자신이 차기 첸트가 되고, 란 체나베의 레온치오를 국서로 삼겠다고 했습니다."

디트린데 혼자서 구르트리스하이트를 손에 넣는다면 큰 문제가 되 지는 않을 것이다. 왕족에게 구르트리스하이트를 가져다주는 나와 같 은 입장이 된다. 어쩌면 유르겐슈미트 내부의 혼란을 최대한으로 줄 이기 위해 디트린데는 페르디난드와의 약혼을 취소하고 지기스발트 와 결혼하게 될지도 모른다.

하지만, 지금 아렌스바흐는 치명적인 잘못을 저지르고 있다. 구르 트리스하이트를 손에 넣기 위해 란체나베라는 외국과 손을 잡았다.

"란체나베와 내통해서 첸트 자리를 빼앗으려고 하는 아렌스바흐는 오래전에 보스가이츠의 꼬드김에 넘어가서 손을 잡았던 아이젠라이 히와 똑같습니다. 아이젠라이히가 분할돼서 생겨난 에렌페스트는 외 국과 손을 잡아서 첸트 자리를 노리는 죄가 얼마나 무거운지 가장 잘 알고 있습니다. 그런 에렌페스트와 왕의 양녀가 될 제가 아렌스바흐 를 치는 것은 당연한 일이 아니겠습니까. 중앙과 다른 영지에게 감사 를 받으면 받았지, 질책당할 일은 아니겠죠?"

내가 궁리해 낸 이유를 들은 질베스타가 웃었다.

"큭……. 명분으로서는 나쁘지 않군. 하지만 아렌스바흐와 에렌페 스트는 실력 차이가 너무 크다. 에렌페스트에는 아렌스바흐에 쳐들어 갈 만큼의 전력이 없다. 정말로 너와 네 측근들끼리만 적지로 쳐들어 가야 할 텐데."

구 베르케슈토크의 절반을 품고 있는 아렌스바흐는 인구가 많다.

전력 면에서 압도적인 차이가 난다. 안 그래도 인구가 적은 중위권 영지인 에렌페스트는 수비하기도 벅찬 상황이다.

"그걸로 충분합니다. 사람이 너무 많으면 움직일 수 없게 돼 버리니까요."

"아니, 너를 충분한 전력도 없는 채로 아렌스바흐에 보낼 수는 없다. 왕의 양녀가 되기로 정해진 너는 가장 지켜야만 하는 존재다."

질베스타가 복잡한 얼굴로 말했다. 나는 잠시 생각했다. 전력이 없다면 어떻게 해야 좋을까. 간단하다. '내가 할 수 없다면 할 수 있는 사람을 고용하면 된다. 나라면 할 수 있는 사람을 유도해서 자주적으로 그렇게 하도록 만든다'라고, 예전에 오토가 가르쳐 줬다.

에렌페스트에 없는 전력은 다른 곳에서 가져오는 수밖에 없다. 유르겐슈미트에서 전력을 따진다면 한 곳뿐이고.

"양아버님, 아우브 단켈페르거께 연락을 해 주세요. 그리고 단켈페르거에 디터에 참가하도록 유도하는 겁니다. 외부에서 환란을 끌어들이려 하는 아렌스바흐를 치기 위해, 그리고 페르디난드 님을 구하기 위해."

"단켈페르거라고? 다른 영지를 끌어들이자는 말이냐?!"

자기 힘으로 유지하지 못하면 의미가 없고 나중에 다툼으로 발전하기 십상이라서, 원래 주추를 빼앗는 싸움에서 다른 영지에 도와 달라고 부탁하는 일은 없다. 하지만 이번 싸움에서는 아렌스바흐를 손에 넣고 싶은 것이 아니다. 나는 페르디난드를 구하고 싶을 뿐이다. 하는 김에 아렌스바흐의 전력을 줄일 수 있다면 기쁜 일이고.

"쓸 수 있는 건 뭐든지 다 써야만 대영지 아렌스바흐를 이길 수 있습니다. 디터라면 단켈페르거가 최강의 카드가 아닌가요. 지금 쓰지 않으면 언제 쓰겠습니까? 준비한 명분에다 디터에 대한 정열에 호소하고, 페르디난드 님에게 내려진 왕명을 지지했던 일과 클라리사의 건까지 더해서 부탁한다면 틀림없이 아우브는 물론이고 제1 부인도 쾌히 받아들여 주실 겁니다."

"……좋다, 해 보자. 교섭은 네가 담당해라. 플로렌치아, 보니파티우스. 뒷일은 맡기겠다. 동석한 이들의 입막음을 부탁한다."

나는 질베스타와 함께 영주 집무실로 갔다. 질베스타가 문관에게 말해서 통신용 마술구를 준비하게 했다. 긴급한 때 영주들이 이야기를 나누기 위해 사용하는 마술구인데, 마치 물로 만든 거울 같은 물건이다. 영주 후보생 강의에서 배웠기 때문에 사용 방법은 알고 있지만, 사용하는 사람은 기본적으로 영주뿐이다.

질베스타가 단켈페르거와 연결하자, 단켈페르거의 문관이 영주를 불러 줬다.

"평안하십니까, 아우브 단켈페르거."

"아우브 에렌페스트와…… 로제마인 님인가?! 병석에 누웠다고 들었는데, 이게 대체……."

수면에 아우브 단켈페르거의 모습이 비친 것처럼, 저쪽에서도 우리 모습을 보고 있겠지. 갑자기 성장한 내 모습을 빤히 보고 있던 아우브가 앗, 하고 놀란 듯 헛기침을 했다.

"어흠, 긴급한 용건이란 게 무엇입니까?"

나는 아렌스바흐가 외환을 끌어들이는 죄를 저질러서 중앙에 쳐들어가려 한다는 사실을 전했다. 먼저 제대로 된 명분을 제시해야만 한다.

"아이젠라이히가 있었던 에렌페스트는 그 죄가 얼마나 무거운지를 잘 알고 있습니다. 그러니, 대영지 분들께서도 왕족을 지키기 위해 협력해 주셨으면 합니다."

질베스타도 진지한 얼굴로 내 의견을 보강해 줬다. 비밀리에 주추를 빼앗으러 올 예정인 게오르기네는 설마 중앙이나 다른 영지에 대해서까지 로비 활동을 하고 있으리라고는 생각하지 않을 것이다. 앞으로는 외교에서 이런 공작이 중요해질 것이다.

"그리고, 중앙 기사단에서는 토루크 소동이 두 번이나 벌어졌습니다. 어느 정도 불신감도 있기 때문에, 지금의 왕족을 지지하는 대영지 기사단에 협력을 요청하는 쪽이 좋을 것이라고 생각했습니다."

이 뒤에 왕족에게도 주의하도록 연락을 할 예정인데, 중앙 기사단이 정말로 괜찮은지 불안하다. 디터에 난입했던 일과 아렌스바흐의 장례식에서 벌어졌던 소동을 같이 경험한 단켈페르거는 우리의 의견을 헛소리로 치부하지 않고 고개를 끄덕였다.

"그래서 중앙으로 보낼 기사들과 별개로 지원자들로만이라도 좋으니까 아렌스바흐로도 기사들을 보내 주셨으면 합니다."

내 말을 들은 아우브 단켈페르거가 "대체 무엇을 위해서?"라고 말하며 눈을 깜박거렸다.

"단켈페르거 분들을 꼭 디터에 초대하고 싶습니다. 단켈페르거의 기사는 진짜 디터에 관심이 없으신가요?"

내가 빙긋 미소를 짓자 아우브 단켈페르거는 "진짜 디터……. 설마, 주추를……."이라고 중얼거렸다. 감이 좋고 말을 빨리 알아들어서 고맙네. 나는 빙긋 웃었다.

"그렇습니다. 지금부터 에렌페스트와 아렌스바흐 사이에서 장대한 디터가 시작될 예정입니다. 하지만 전력 차이가 너무 크지 않습니까? 에렌페스트로서는 꼭 단켈페르거 분들을 모시고 싶습니다. 디터 하면 역시 단켈페르거 아니겠습니까?"

나는 후훗, 하고 웃으면서 수면에 비친 아우브 단켈페르거를 봤다. 아우브가 깜짝 놀랐음을 알 수 있었다.

"에렌페스트는 에렌페스트의 주추를 지키겠습니다. 지금부터 제가 아렌스바흐의 주추를 빼앗으러 갈 생각입니다만, 그것을 도와주셨으면 싶습니다. 제가 알고 있는 한에서 공격력이라면 단켈페르거가 제일이니까요."

내 말을 들은 아우브의 마음이 흔들렸다는 것을 알 수 있었다. 나는 더욱 짙은 미소를 지으면서, 디터를 하고 싶다는 마음을 더더욱 자극하기 위해 계속해서 말했다.

"아무리 단켈페르거라고 해도, 이런 세상이다 보니 주추를 걸고 싸우는 디터는 아직 경험한 적이 없으시겠죠? 한 번은 경험하고 싶지 않으신가요?"

"으음……."

"아렌스바흐와 에렌페스트를 무대로 벌이는 진짜 디터입니다. 틀림없이 경기에서는 맛볼 수 없는 피가 끓어오르는 뜨거운 싸움이 되겠죠. 어떠신가요, 아우브 단켈페르거. 저와 함께 아렌스바흐의 주추를 치고 싶다고 생각할 기사가 있을까요?"

진짜 디터라는 유혹에 흔들리고 있는 아우브 단켈페르거가 고개를 저었다.

"다른 영지의 싸움에 참견한다고 하면, 기사가 아닌 이들의 찬동을 얻을 수가 없다."

……기사들은 찬동한다는 얘기구나.

정말 질려 버릴 것 같은 기분이지만, 이번만은 잘 된 일이라고 해야겠지.

"디터에 참가하려면 정열은 물론이고 명분도 필요하겠죠."

내가 웃으면서 명분의 필요성을 지적하자, 아우브 단켈페르거가 "뭔가 명분이 있나?"라고 기세 좋게 미끼를 물었다. 그 눈에 기대가 가득한 것을 보고 나는 빙긋 웃었다.

"사정을 말씀드리기에는 너무나 긴박한 상황이라서 가능하다면 디터에 대한 정열만으로 협력해 주셨으면 싶었습니다만, 어쩔 수가 없군요. 사정을 말씀드리겠습니다."

나는 가능한 슬퍼 보이도록 살짝 고개를 숙였다.

"자세한 설명은 생략하겠습니다만, 페르디난드 님이 아렌스바흐의 공급의 방에서 디트린데 님께 독을 맞아서 움직일 수 없는 상황이 되었습니다. 저는 무슨 일이 있어도 페르디난드 님을 구하러 가고 싶습니다."

"뭐라고?!"

"공급의 방에 있는 페르디난드 님을 구하기 위해서는 아렌스바흐의 주추를 제압할 필요가 있습니다. 페르디난드 님을 에렌페스트의 신전에서 구출하기 위해서 일치단결하셨던 단켈페르거가 아니십니까. 아렌스바흐에서 독을 맞은 페르디난드 님을 구출하기 위해서도 단결해 주시겠죠?"

"우리가 행한 일에 책임을 지기 위한 일이다. 여기에는 누구도 반대하지 않겠지. 음, 아렌스바흐의 주추를 차지하기 위한 디터에 참가하겠다!"

얼굴이…… 웃고 있거든요. 아우브 단켈페르거. 좀 더 반성해 주
세요.

슈타이페리제보다 빠르게

"그래서, 로제마인 님은 디터에서 우리가 어떻게 하기를 바라는가?"

웃는 얼굴로 참전을 선언한 아우브 단켈페르거가 두근두근하는 심정을 감추지도 않고 물었다. 관심이 있는 기사를 빌려주기로 했으니까 타협도 필요하겠지.

"제가 최대한 빠르게 아렌스바흐의 주추를 제압하겠습니다. 그동안에 단켈페르거의 지원자들께서는 성 상공에서 아렌스바흐 기사단을 끌어들이고 교란해 주셨으면 합니다."

"호오, 우리에게 주추를 차지하는 것이 아니라 미끼가 되라고?"

"그렇습니다. 이번처럼 시간이 없는 때에 공급의 방에 들어갈 수 있는 사람은 주추를 물들인 사람뿐이겠죠. 이번에는 제가 단번에 주추를 물들일 테니까, 단켈페르거 분들은 미끼 역할을 해 주세요."

페르디난드한테서 유출되는 마력의 양을 생각해 보면 주추를 물들이는 데 시간을 많이 들일 수는 없다. 그리고 공급의 방에 들어가기 위해서는 등록 마석이 필요하고, 일족이 아니면 등록하는 데도 꽤나 수고가 든다.

"제 바람은 페르디난드 님의 구출입니다. 가능한 안전하고 최대한 빠르게 움직이기 위한 원조가 필요합니다. 적을 물리치고 싶은 것이 아닙니다. ……물론 단켈페르거 분들이 디터에서 승리했다는 증표로 아렌스바흐의 주추를 원하신다면, 페르디난드 님을 구출한 뒤에 주추를 다시 물들이셔도 좋습니다."

공급의 방에 들어가기 위해 주추가 필요할 뿐이다. 그 뒤에 양도하는 데는 아무런 문제도 없다. 마력 회복약을 계속 마시면서 주추를 새롭게 물들일 자신이 있고, 외부에서 환란을 끌어들인 아렌스바흐를 통치하고 싶다고 생각하는 용맹한 사람이 있다면 제발 부탁하고 싶은 심정이다.

"아니, 란체나베와 손을 잡고 중앙을 노리는 짓이 확정된 것이나 마찬가지인 귀찮은 아렌스바흐 따위는 필요 없다. 벌이 될지언정 상이 될 리는 없으니까."

……아, 역시나?

디터의 승리 조건이 주추를 차지하는 것이니까 단켈페르거가 승리의 증표를 바랄 거라고 생각했는데, 딱히 그건 아닌 모양이다.

"디터에 협력하겠다고 말한 이상, 우리는 로제마인 님께서 반드시 주추를 차지할 수 있도록 온 힘을 다할 생각이다."

"감사합니다."

디터를 위해서라면 온 힘을 다하는 단켈페르거에 원조를 요청하길 잘 한 것 같다.

"그래서, 디터의 종은 언제 울리는가?"

"저쪽이 페르디난드 님께 해를 가한 시점에서 이미 울렸다고 생각해 주십시오, 아우브 단켈페르거."

약간 흥분한 아우브 단켈페르거를 보면서 나는 훗, 하고 웃었다. 내게 있어 승리 조건은 페르디난드 님을 구출하는 것이다. 페르디난드 님의 마력이 떨어진 시점에서 패배하게 되니까, 승부는 이미 시작됐다.

"단켈페르거에서 준비가 되는 대로 저도 공격을 개시합니다. 단켈페르거에서는 지원자들을 모아서 출진 준비를 갖추시는 데까지 최대한 서두르신다면 얼마나 걸리실까요?"

에렌페스트에서는 한 달이 가까운 시간 동안 인원을 총동원해서 마술구와 회복약을 만들었고, 기사들은 훈련을 했다. 요청만 한다면 언제든지 나갈 수 있는 준비가 갖춰져 있다.

그리고 내 측근들도 예외는 아니다. 내가 같이 갈 사람과 남을 사람을 정하고, 각자에게 지시를 내리면 당장이라도 준비를 갖추겠지. 내가 준비에 가장 오랜 시간이 걸리는 상태다. 솔직히 말해서, 출발 시간은 단켈페르거에 달려 있다.

"흐음……. 최대한 서두른다는 말은, 밤낮을 가리지 않는다는 뜻인가?"

아우브 단켈페르거가 자기 턱을 쓰다듬으면서 물었다. 시선은 나를 보는 것 같으면서도 안 보고 있다. 자기 생각에 집중하고, 머릿속에서 여러모로 생각하고 있다는 것을 잘 알 수 있다.

"예. 밤이면 평민들을 끌어들일 걱정이 없으니 가능하다면 야음에 숨어서 가고 싶습니다."

신전에서 주추를 빼앗을 때도 가능한 피해자는 없었으면 싶다. 생명을 빼앗을 생각은 없으니까, 방해되지 않도록 슈타프의 빛의 띠로 칭칭 감아 버릴 생각인데, 귀족이 슈타프를 들이대면 엄청나게 무섭겠지. 피해자는 적으면 적을수록 좋다.

"야음에 숨어…… 피해는 최소한으로, 라는 말인가."

"실제로 현지에 도착해서 란체나베와 그쪽의 기사단이 어떻게 나오는지를 봐야만 확실하게 말씀드릴 수 있겠습니다만, 가능한 일반

시민에게는 피해가 가지 않도록 귀족 거리 상공에서 싸움을 끝내고 싶습니다. 어디까지나…… 가능한 일뿐이지 절대적인 것은 아닙니다. 제게 절대적인 것은 페르디난드 님의 구출뿐입니다."

아우브 단켈페르거는 잠시 나를 쳐다보고는, 턱을 몇 번 쓰다듬었다.

"디터에 걸리는 시간은 어느 정도로 상정하는가? 거기에 따라 준비해야 할 물자도 달라지겠지?"

"주추를 제압하는 것만 따진다면 종이 한 번 칠 만큼의 시간만 있으면 충분하겠지만, 그 뒤에 페르디난드 님을 구하는 데 얼마나 시간이 필요할지 지금 시점에서는 예상할 수 없습니다."

아렌스바흐에 있는 유스톡스나 에크하르트와 연락이 돼서 협력할 수 있다면 성에 잠입하기도 편해지겠지. 하지만 두 사람이 레티치아와 협력했는지, 페르디난드의 '가라'가 어떤 의미고 어디로 가라고 지시한 것인지에 대해 알고 있는 것이 거의 없다. 최악의 경우에는 그 사람들도 붙잡혔을지도 모른다.

……아렌스바흐 성 어디에 마력 공급의 방이 있는지만 알면……. 아, 아우렐리아라면!

아렌스바흐 성에 대해 잘 아는 사람은 없을까 생각한 순간 머릿속에 떠오른 사람은 람프레히트의 아내가 되기 위해 아렌스바흐에서 온 아우렐리아였다. 영주의 조카였으니까 성 내부에 대해서도 어느 정도 알고 있을 것이다. 아무래도 어린아이가 있는 어머니를 싸움에 참가시킬 수는 없지만, 마력 공급의 방이 어디 있는지 물을 수는 있겠지.

"아우브 단켈페르거, 아렌스바흐에서의 싸움은 종 두 번 정도의 시간을 상정해서 준비해 주세요. 마술구와 회복약은 이쪽에서 가져가는 것도 드릴 테고, 이번 디터에서 사용한 것은 나중에 꼭 보전해드리겠습니다."

"로제마인, 제대로 교섭해라. 무작정 떠맡지 말고."

질베스타가 에렌페스트 방위 준비에도 돈이 들어갔다면서 질책했지만, 나는 고개를 저었다.

"교섭 시간을 생략하기 위해서 돈을 썼다고 생각하면 됩니다. 무엇보다 제 고집으로 아렌스바흐에 가는 것이니까요. 단켈페르거에는 제 개인 자산을 써서 보전해드릴 테니까 양아버님은 걱정하지 않으셔도 됩니다. 페르디난드 님이 두고 가신 돈을 본인을 구하는 데 사용한다면 누구도 뭐라고 하지 않겠죠?"

……그냥 내 돈을 써도 되지만, 그러면 페르디난드 님이 다섯 배 정도로 돌려줄 것 같으니까.

"지불할 의향은 있습니다만, 돈 이야기는 나중에 하도록 하죠. 그보다 이번 디터의 주의할 점에 대해 말씀드리겠습니다. 란체나베와 내통하고 있는 아렌스바흐는 마력이 통하지 않는 은색 천을 가지고 있을 가능성이 상당히 큽니다."

나는 아렌스바흐 및 란체나베와 싸울 때의 주의 사항을 설명했다. 상대의 무기가 슈타프가 아닌 이상, 평소의 디터와 크게 달라질 가능성도 크다.

"반드시 슈타프 이외의 무기를 휴대할 것, 디트린데 님이 페르디난드 님께 분말 독을 사용했으니까 독을 막기 위해서라도 입가를 천으로 가릴 것, 만에 하나의 경우를 위해서 회복약, 해독제, 유레베 등을 많이 휴대해 주세요."

"훗, 그 정도만 준비하면 된다면, 날짜가 바뀔 무렵에는 기사들 선별을 마칠 수 있겠지."

……빠르다! 그것보다, 어쩌면 준비 시간 대부분이 기사를 선별하는 시간 아닐까?

"아마도 중앙으로 갈 준비도 비슷한 시간에 마칠 수 있을 것이다. 하지만 우리가 움직이는 것은 왕족의 요청이 있을 때만 가능하다. 요청도 없이 멋대로 움직이면 우리가 역적이라는 비난을 받을 테니까."

"지당하신 말씀입니다."

아우브 단켈페르거의 말에 질베스타가 동의했다. 아무리 왕족을 위한 행동이라고 해도, 명령이나 의뢰도 없이 많은 기사를 이끌고 중앙으로 가는 것은 곤란하다. 당연히 실제로 출진하게 될지 여부는 왕족에게 달려 있다.

"제가 왕족께 단켈페르거에 도움을 요청하도록 전해 두겠습니다. 단, 이번에는 지금까지와 전혀 다른, 란체나베의 협력을 얻은 자들을 상대해야 합니다. 중앙 기사단 쪽에서도 혼란이 발생하고 고전할 가능성이 있습니다. 에렌페스트에서도 상위 영지에 협력을 부탁드릴 생각입니다만, 아우브 단켈페르거께서도 같이 말씀해 주시면 큰 도움이 될 것 같습니다. ……에렌페스트는 아직 상위 영지와의 유대가 부족하니까요."

질베스타의 요청에 아우브 단켈페르거가 재미있다는 것처럼 눈을 번뜩였다.

"말하는 정도라면 상관없지만, 이쪽이 움직이면 에렌페스트가 공을 독점하지 못할 수도 있을 텐데?"

"에렌페스트는 협력을 부탁드리는 입장이니까, 중앙에 대한 공은 단켈페르거에서 독점하셔도 좋다고 생각합니다."

"호오?"

계속 말하라는 것처럼 아우브 단켈페르거가 턱짓을 했다. 질베스타는 고개를 살짝 끄덕이고서 계속 말했다.

"페르디난드를 구하는 것이 어떤 영향을 불러오게 될지, 단켈페르거께서도 예상이 되십니까? 페르디난드가 어떠한 정보를 쥐고 있는 탓에 독을 맞았다면, 발끈한 아렌스바흐가 단결해서 공격해 올지도 모릅니다. 구 베르케슈토크 귀족이 어떻게 움직일지는 또 별개가 되겠죠. 아마도 로제마인이 페르디난드를 구해 봤자 에렌페스트는 그 이후에 있을 아렌스바흐의 동향에 대비하는 것이 고작이겠죠. 상위 영지에 대해 조력을 제안하기는 해도, 에렌페스트는 중앙에서의 싸움에 참가할 수가 없습니다."

제안만 할 뿐이고 실행은 전부 상위 영지에 맡기겠다고 말한 질베스타에게 아우드 단켈페르거는 "구 베르케슈토크 말인가……." 라고 중얼거리면서 얼굴을 찌푸렸다.

"관리는 해야 하지만, 자기 영지와 똑같이 취급할 수 없는 점이 귀찮은 구석이지."

절절한 실감이 담긴 목소리라는 점만 봐도 구 베르케슈토크의 관리는 단켈페르거 입장에서도 힘든 일이 될 거라 예상하는 모양이라고 생각하고 있는데, 아우브 단켈페르거가 훗, 하고 씁쓸하게 웃었다. 그리고는 레스티라우트와 정말 닮은 붉은 눈동자에 강한 빛을 담고서 나를 바라봤다.

"역사를 돌이켜 봐도, 주추를 손에 넣는 것까지는 간단한 일이다. 하지만 그 이후는 간단한 일이 아니지. 그렇기에 어지간해서는 진짜 디터가 성립되지 않는다."

손에 넣은 영지를 다스리기 위해 새로운 아우브는 원래 영지에서 사람과 물자와 돈을 끌어와야 한다. 그렇기에 영지 사이의 주추 쟁탈전은 어지간해서는 벌어지지 않고, 자기 영지보다 큰 영지를 손에 넣는 것은 지극히 무모한 일이라고 아우브 단켈페르거가 지적했다.

"아렌스바흐의 주추를 손에 넣은 뒤에 그대들이 어떻게 할지 나는 상당히 기대가 된다. 우리는 진짜 디터를 즐길 뿐이지만, 그대들은 손에 넣은 주추의 처리가 기다리고 있다. 페르디난드 님을 구하는 것만으로는 끝나지 않는다. 까딱하다가는 에렌페스트도 같이 쓰러질 수도 있다."

단켈페르거를 끌어들여서까지 손에 넣게 될 아렌스바흐를 어떻게 해야 좋을지에 관한 이야기를 한 아우브가 자기는 알 바 아니라는 듯한 미소를 지었다. 그만둘 기회는 지금뿐이다, 라는 충고가 담겨 있다는 게 느껴진다.

하지만 나는 멈출 생각이 전혀 없다. 물러날 생각이 없다는 의지를 담아서 아우브를 보며 빙긋 웃었다.

"잘 알고 있습니다, 아우브 단켈페르거. 그 이후에 일어날 일을 기대해 주세요."

영주회의 전에는 왕의 양녀가 되고, 구르트리스하이트를 손에 넣는 것이 정해져 있다. 영지의 경계선을 새로 그을 수도 있고, 새로운 주추를 설치할 수도 있다. 에렌페스트가 아렌스바흐와 함께 쓰러지게 둘 생각은 없다.

"각오를 다진 그대의 눈이 상당히 마음에 드는군. 단켈페르거로 맞이하지 못한 것이 참으로 아쉬울 따름이다. 자…… 로제마인 님. 준비가 된 지원자들은 어디로 가면 되겠나?"

"날짜가 바뀔 무렵, 제가 단켈페르거의 국경문으로 모시러 가겠습니다. 국경문을 열고 기다려 주세요."

"……국경문?! 그 말은, 설마……."

눈이 휘둥그레지고 입을 떡 벌린 채 아무 말도 못하는 아우브에게 나는 명확한 대답은 하지 않고 미소만 지어 보였다.

"그런가……. 하하하하하하하! 그런 거였군!"

아우브 단켈페르거는 "일이 더 재밌게 되었다." 라는 말과 함께 손뼉까지 쳐 가면서 호쾌하게 웃었다.

"제가 도착했을 때 현지에 도착해 있는 사람만을 데려가겠습니다. 몇 번이고 말씀드리지만, 이번 디터의 승리 조건은 페르디난드 님의 구출입니다. 질풍의 여신 슈타이페리제보다 빠르게 아렌스바흐의 주추를 빼앗겠습니다."

"좋다! 슈타이페리제보다 빠르게!"

온몸에서 출진 전의 고양감을 내뿜으면서 아우브 단켈페르거는 오른손 주먹을 꽉 쥐고는 가슴을 두 번 두드렸다.

직후, 통신이 끊겼는지 수면에 비치던 아우브의 모습이 사라졌다.

"너…… 사람 부추기는 재주가 좋구나."

"괜히 매년 단켈페르거와 디터를 해 온 게 아닙니다. 저쪽의 의욕이 이번 승리의 열쇠가 될 테니까요."

통신이 끊어진 수면을 보면서 질베스타가 망설이는 듯한 미소를 지었다. 약간 질렸다는 것 같은 기분도 들지만, 단켈페르거를 끌어들이는 데 성공했다. 이보다 좋은 성과는 없다.

"저도 측근들과 출발 준비를 해야겠습니다……. 아, 그 전에 왕족과 상위 영지에 연락을 해야겠네요."

조금이라도 더 빨리 가고 싶은데 할 일이 많아서 짜증이 난다. 하지만 사전 공작은 중요하다. 왕족에게는 불온한 정보가 있으니까 경계하도록 주의를 주고, 단켈페르거를 비롯한 상위 영지에 도움을 받을 수 있도록 연락하고 있다는 것도 전해야만 한다.

"네가 생각해 낸 명분이 있고 단켈페르거도 지원해 주고 있으니까 그런 연락은 아우브인 내가 하겠다. 너는 밤에 출진할 준비를 해라. 예전처럼 잠들어 버리지 말고."

유레베 소재를 모으기 위해서 수마와도 싸워 가며 골체와 싸웠던 때 이야기가 나오자, 나는 "아으……." 하고 말문이 막혀 버렸다. 하긴, 밤중에 출발해야 한다면 눈 좀 붙여 두고 잠 깨는 약도 준비해야 할지도 모르겠다.

질베스타가 "여기는 맡기고 빨리 가라." 고 나를 재촉했을 때, 올도난츠가 날아왔다.

"전이의 방입니다. 귀족원에서 아우브께 긴급 연락이 왔습니다. 유스톡스와 에크하르트 두 명이 귀족원에 와서 아우브와의 면회를 요청한다고 합니다. 다과회실에서 기다리라고 했습니다만, 어떻게 대처할까요?"

올도난츠가 세 번 되풀이해서 말하는 동안, 나와 질베스타는 얼굴을 마주 봤다. 지금 한참 아렌스바흐에서 고생하고 있을 유스톡스와 에크하르트가 기숙사에 나타났다니, 쉽사리 믿을 수 없었다.

어떻게? 라는 생각을 했다가, 페르디난드가 뭔가 선수를 쳤을 거라는 데 생각이 미쳤다. 두 사람에게 '가라'고 한 것은 질베스타에게 가라는 의미였겠지. 무슨 일이 일어났을 때는 바로 에렌페스트에 연락하도록 해 둔 듯하다. 두 사람이 귀족원에 이동했다는 것은 한마디로 공급의 방에서 뛰쳐나간 레티치아가 두 사람에게 페르디난드의 말을 전했다는 뜻이 된다.

"솔직히 말해서 네 말이 진실이 아니기를 바랐는데, 아무래도 틀림없는 사실인 것 같군. 그렇지 않으면 저 둘이 페르디난드 곁에서 떨어졌을 리가 없으니까."

콧등에 주름을 짓고서 짜증난다는 표정을 지은 뒤에, 질베스타는 슈타프를 꺼내고 노란색 마석을 살짝 두드려서 다시 올도난츠를 만들어 냈다.

"나는 두 사람의 이야기를 듣고 에렌페스트에서 둘을 받아들이기 위해 왕족에게 연락을 마치면 바로 귀족원으로 갈 생각인데, 너는 어떻게 하겠나?"

기숙사에 출입하기 위한 브로치는 영주만이 만들 수 있고, 일단 영지 밖으로 나간 사람을 받아들일지 여부도 영주가 결정해야만 한다. 어쩔 수 없이 질베스타가 가야 한다.

……하지만, 나는?

귀족원으로 가고 싶다. 마음이 너무 급하다. 페르디난드 님의 정보를 조금이라도 더 얻고 싶고, 두 사람이 무사한 모습을 내 눈으로 확인하고 싶다.

"저는 두 사람 몫까지 싸울 준비에 전념하겠습니다. 양아버님은 둘에게 사정을 들으신 뒤에 제 도서관으로 가라고 전해 주세요. 페르디난드 님을 구하는 데에 있어 그 둘만큼 든든한 아군도 없으니까요."

두 사람에게 전해 달라고 허리에 차고 있던 회복약을 질베스타에게 맡기고, 나는 내 측근들에게 지시를 내리기 위해 걸음을 옮겼다.

에필로그

아렌스바흐의 국경문에 란체나베의 배가 모습을 보인 것은 영지
대항전과 졸업식 때문에 페르디난드와 디트린데가 부재중인 때였다.
예년 같으면 란체나베 사람들은 영주회의가 끝난 뒤에나 왔다. 계절
하나만큼 이른 시기에 온 것이다.

"영주회의 이전에 왕족과 직접 담판을 지어서 작년의 결정을 변경
해 주시기를 바라는 것 같습니다."

수석 시종 로스비타의 말을 듣고 레티치아는 눈살을 찌푸렸다.

"경계문을 여닫을 수 있는 건 주추를 물들인 사람뿐이었죠? 지금
은 디트린데 님이 안 계시니까 열 수 없는 게 아닌가요?"

"맞습니다. 그래서 돌아가 달라고 부탁하기 위해 슈트랄이 대응하
겠다는 모양입니다."

슈트랄은 디트린데가 '잔소리가 심하고 내 말을 듣지 않는다'는 이
유로 파면했고, 지금은 페르디난드의 호위 기사를 맡고 있는 전 기사
단장이다.

"디트린데 님이 안 계신 동안에 돌려보내고 싶군요. 페르디난드 님
은 왕명에 의한 약혼자이기는 하지만 어디까지나 다른 영지 사람일
뿐이고 아우브는 아닙니다. 디트린데 님께 간언은 할 수 있어도 말릴
수는 없죠. 경계문을 여닫는 것은 디트린데 님의 의사 하나로 결정할
수 있는 일이니까요."

로스비타의 한심하다는 표정을 보고 레티치아는 고개를 끄덕였다.

디트린데는 란체나베의 레온치오에게 상당히 집착하고 있다. 그 사람이 왔다는 것을 알게 되면 당장이라도 경계문을 열어 버리겠지. 그렇게 되면 또다시 눈 뜨고 봐주기 힘든 꼴을 보게 된다. 왕명에 의해 아렌스바흐에 왔고 영지의 집무 대부분을 떠맡고 있는 약혼자를 멸시하는 행위 때문에 얼굴을 찌푸리는 귀족들이 많다.

"어머니이신 게오르기네 님이 좀 더 제대로 말려 주셨으면 싶습니다만……."

"게오르기네 님은 제3 부인이셨던 기간이 길고, 제1 부인이 된 뒤에도 아우브의 일에는 참견하지 않으셨습니다. 아우브로서의 체면에 관해서는 말씀을 하셔도, 영지 경영 방침에는 참견하지 않는 분입니다."

게오르기네는 디트린데가 영주로서 결정한 일이라면 그대로 진행하라는 입장이다. 집무를 내던지는 것에 대해서는 주의를 주지만, 란체나베를 같은 편으로 삼는 정책을 추진하는 데 대해서는 아무 말도 하지 않았다.

"슈트랄이 기사단장에서 파면되기는 했어도, 아직 기사들 사이에서는 인망이 좋습니다. 디트린데 님이 안 계시니까 크게 걱정하지 않아도 되겠죠."

하지만 사태는 두 사람이 기대한 대로 흘러가지 않았다. 디트린데 편을 드는 귀족들이 '아우브가 안 계실 때 기사단이 멋대로 구는 것은 용납할 수 없다'는 이유로 귀족원에 연락해 버렸기 때문이다.

디트린데는 신이 나서 예정을 앞당겨 가면서까지 돌아왔고, 란체나베를 위해 국경문을 열어 줬다. 페르디난트가 라이문트의 연구를 위해서 은사의 연구실을 방문하고 있는 사이에 일어난 일이라서 누구도 저지하지 못했다는 모양이다.

"아버님의 힘이 부족해서 정말 죄송합니다."

슈트랄의 딸이자 견습 시종인 페아제레가 분하다는 듯 말했다. 고개를 숙인 탓에 평소에 보여 주던 아버지에 대한 신뢰가 담긴 눈동자는 보이지 않았다.

"아우브가 경계문을 열어서 받아들인 이를 기사단이 멋대로 거부할 수는 없습니다. 그러니 슈트랄의 책임이 아닙니다. 그런 표정 짓지 마세요, 페아제레."

봄이 오기도 전에 란체나베의 저택이 열리고, 왕족에게 바칠 공물이라면서 마차를 몇 대나 사용해서 짐들을 저택으로 운반했다. 항구에는 은색 배들이 여러 대나 드나들게 되었다.

왕족은 물론이고 디트린데에게 줄 선물도 잔뜩 있었다. 공적으로 인사하기 위해 성을 방문한 레온치오의 선물을 디트린데가 기뻐하는 미소를 지으며 받았다. 달콤한 미소를 지으며 한쪽 무릎을 꿇고 보석 액세서리를 선물하는 그의 모습은 마치 구혼하는 사람처럼 보였다.

……나라가 다르니까 상식도 다르겠죠.

그렇게 생각하지 않으면 도저히 눈 뜨고 봐줄 수 없는 광경이었다. 약혼 마석을 벗고 자신이 선물한 목걸이를 걸어 보라고 하다니, 유르겐슈미트의 상식으로는 있을 수 없는 일이다. 하지만 공적인 자리에서 손님의 상식 차이를 지적해서 창피하게 만들 수도 없기 때문에 그저 조용히 지켜보고 있을 수밖에 없었다.

"이쪽은 레티치아 님께. 작년에 드렸던 선물이 마음에 드셨던 것 같으니……."

레온치오가 선물한 것은 전에도 본 적이 있는 은색 통과 달콤한 과자였다. 마침 로제마인이 보내 준 과자가 다 떨어졌던 참이었기에 레티치아는 그 선물을 고맙게 받았다.

"감사합……."

고맙다는 말이 끝나기도 전에 디트린데가 레티치아를 밀쳤다.

"저기요, 레온치오 님. 이번에야말로 첸트에게 란체나베의 뜻을 전해야만 하겠지요."

"디트린데 님의 배려에 그저 감사할 따름입니다."

왕족과 란체나베의 면회를 성공시키겠다는 의욕에 불타는 디트린데에게 문관들이 엄청나게 시달렸다. 특히 페르디난드는 여러 가지 일들을 조정하기 위해서 예전보다 훨씬 바빠졌다. 레티치아는 즐겁게 앞으로의 예정에 관해 이야기하는 두 사람한테서 조용히 거리를 뒀다.

"……페르디난드 님, 기원식은 어떻게 되나요?"

레티치아는 과제를 채점하기 위해서 찾아온 페르디난드에게 질문했다. 올해 기원식 때도 페르디난드가 영지 내부를 돌아다닐 예정이었다. 하지만 디트린데가 받아들인 란체나베의 사자들이 성 여기저기를 돌아다니고 있어서 도저히 페르디난드가 성을 비울 수 없는 상황이다. 그 문제에 대해 본관에서 회의가 있었다고 로스비타에게 들었다.

"게오르기네 님의 제안으로 초봄에 기베들이 작은 성배를 가지고 각자의 영지로 돌아가도록 했다고 들었습니다만……."

귀족에게 제사를 치르게 하는 것은 좋은 일이니까 작은 성배를 운반하는 일을 기베에게 맡기고 청색 신관을 직할지로 보내면 올해 수확량도 충분히 확보할 수 있을 거라고 게오르기네가 제안했다는 모양이다. 신관에게 들려서 운반하는 것보다 기베에게 맡기는 쪽이 보다 확실하게 그 토지까지 전달되고, 신관보다는 기베가 마력도 많다. 수확량을 기대할 수 있을 거라고 다른 귀족들도 찬성했다는 듯하다.

"디트린데 님의 명령으로 기베들은 봄을 축하하는 연회를 마치자마자 작은 성배를 받고 성에서 나가게 됐습니다."

씁쓸한 표정의 페르디난드에게 레티치아가 쭈뼛쭈뼛 물었다.

"……페르디난드 님은 기베에게 작은 성배를 맡기는 것에 대해 꽤나 반대하셨다고 들었습니다. 뭔가 중대한 이유라도 있으신가요?"

"작은 성배도 제사에 사용하는 신구 중 하나입니다. 사용 방법을 아는 사람은 적을 거라고 생각됩니다만, 악용하는 것도 가능합니다. 어떻게 이용하는 것이 악용인지에 대한 질문에는 답해드릴 수 없습니다."

페르디난드의 얼굴에는 레티치아가 봐도 알 수 있을 정도로 피곤한 기색이 드러나 있었다. 그것도 당연한 일이라고 생각했다. 페르디난드가 아무리 이유를 대면서 반대해도 디트린데가 영주 명령이라면서 강요했고, 거기에 맞춰서 조정하느라 여러모로 시달려 왔으니까.

"정말 죄송한 일입니다만, 왕족과 란체나베에서 온 사자와의 면회 자리를 준비하게 돼서 당분간은 레티치아 님의 교육에 시간을 할애할 수가 없습니다. 그동안은 이 과제를 수행해 주십시오. 날짜가 다 되면 젤기우스를 보내겠습니다."

급하게 자리에서 일어난 페르디난드를 배웅하고, 레티치아는 울고 싶은 기분으로 산더미 같은 과제들을 바라봤다. 교육 시간이 많이 줄어든 대신에 과제가 잔뜩 늘어나고 말았다.

"로제마인 님께서 주신 과자도 떨어졌고, 계속 혼자 방에 들어박혀서 과제를 처리하는 건 조금 괴로운 일이네요."

란체나베와 최대한 엮이지 말라고 했기 때문에 레티치아는 어지간한 일로는 북쪽 별채에서 나가지 않았다. 나가는 때는 마력을 공급하는 때 정도이려나. 페르디난드와 동석할 때 외에는 저녁 식사를 위해서 본관 식당에 가는 것도 금지됐다.

"페르디난드 님은 독살을 경계하고 계십니다."

그건 레티치아도 알고 있지만, 갇혀 있다는 기분은 떨쳐낼 수가 없었다.

"그러고 보니 게오르기네 님이 구 베르케슈토크 기베들의 기원식이 잘 치러졌는지 확인하기 위해 출발하실 준비를 하고 계시다는 모양입니다. 기베에게만 맡기는 건 아닌 듯해서 안도했습니다."

로스비타에게 이야기를 듣고 레티치아는 살짝 눈을 감았다.

"……저는, 사실은 성에서 나갈 수 있는 기원식을 조금 기대하고 있었어요."

작년 기원식 때 영지를 돌아다닌 경험이 정말 흥미로웠고, 레티치아에게는 성에서 나갈 수 있는 귀중한 기회였다. 그 예정을 망치는 제안을 한 게오르기네가 자기 대신 밖에 나간다는 이야기를 들으니 부럽다는 생각이 들었다.

"어머나. 저는 마력을 많이 제공해야 하는 기원식에 동행하지 않게 돼서 안심했습니다만."

의견이 맞지 않는 로스비타의 말에 레티치아가 뾰로통한 표정을 지었다. 영주 일족답지 않은 태도지만, 수석 시종이 용납해 줄 거라고 생각하기에 응석을 부린 것이다. 로스비타는 살짝 쓸쓸하게 웃으면서 "공수님께 그런 얼굴은 어울리지 않습니다." 라고 말하고는 정원에서 차를 마시자고 제안해 줬다.

란체나베의 방문을 받아들이면서 지방 귀족들에게서 그들과의 사교 자리를 갖고 싶다는 요청이 들어왔다. 그래서 사교계의 끝을 알리는 봄을 기념하는 연회가 예년보다 훨씬 늦은 시기에 치러졌다. 기원식이 얼마 남지 않은 봄 중반에 연회가 끝나자 기베들은 작은 성배를 받고서 쫓겨나는 것처럼 성을 뒤로하고 각자의 영지로 돌아갔다. 사교를 하던 귀족들의 모습이 사라지자, 성 안에서는 란체나베 사람들이 디트린데와 함께 행동하는 모습이 많이 눈에 띄게 되었다.

"페아제레, 로스비타는 아직 돌아오지 않았나요?"

저녁 식사를 마치고 로스비타는 아들이자 페르디난드의 시종인 젤기우스에게 새로운 과제의 첨삭에 대한 이야기를 하겠다고 본관에 갔는데, 그 뒤로 돌아오지 않았다. 레티치아는 이미 목욕을 마치고 취침 준비까지 하고 있는 상황이다.

"예. 페르디난드 님이 바쁘셔서 이야기를 나눌 시간을 내지 못하시는 것인지도 모르겠습니다."

"젤기우스와 신이 나서 이야기를 나누고 있을지도 모르죠."

다른 측근들이 달래 주자 레티치아는 로스비타가 없어서 불안한 마음을 품은 채 잠자리에 들었다.

아침에 일어났어도 로스비타가 보이지 않았다. 레티치아는 안 좋은 예감이 들어서 자기 측근들에게 찾아 달라고 부탁했다. 하지만 어디에도 없었다. 젤기우스와 이야기를 나눈 뒤에 주방에서 내일 식사에 대한 이야기를 나누는 모습을 하인들이 목격했다는 증언이 전부였다. 그 뒤에는 누구도 로스비타를 보지 못했다. 숨이 막힐 것만 같은 불안 속에서 레티치아는 자기처럼 걱정하고 있는 페아제레를 보며 말했다.

"벌써 하루가 지나가려고 해요. 로스비타를 찾기 위해서 본관에 가고 싶으니까 페르디난드 님께 면회 의뢰를 부탁드릴게요."

하지만 지정된 면회 날짜는 닷새 뒤. 당장이라도 로스비타를 찾고 싶은 레티치아에게는 너무나 멀었다. 로스비타는 수석 시종으로서 같이 드레반헬에서 아렌스바흐까지 온 측근이다. 친어머니와 헤어져서 양녀로 들어온 레티치아에게는 두 번째 어머니 같은 사람이다. 행방을 알 수 없게 되니까 너무나 불안해서 마음이 놓이지 않았다.

"페르디난드 님이 바쁘시면 젤기우스와 이야기를 할 수는 없을까요?"

"아들에게 어머니의 행방을 묻는 정도라면 고려해 주실 수도 있습니다."

페아제레와 상담해서 면회를 의뢰했더니 당일에 바로 젤기우스를 보내 줬다. 페르디난드는 많이 바쁜 와중에도 레티치아 쪽에 신경을 써 주고 있는 모양이다.

레티치아는 젤기우스에게 사정을 설명하고, 페르디난드에게 로스비타를 찾는 일을 도와 달라는 말을 전해 줬으면 한다고 부탁했다.

"알겠습니다. 조금이라도 이야기할 수 있는 시간을 내실 수는 없는지, 페르디난드 님과 상담해 보겠습니다. 그런데…… 정말 어디에 있는 걸까요. 아무 일도 없으면 좋겠습니다만……."

그날 밤, 젤기우스에게서 '내일 오후, 마력 공급의 방에서 자세한 이야기를 들어 주신다는 것 같습니다'라는 올도난츠가 왔다. 레티치아는 페르디난드가 이야기를 들어 준다고 해서 안도했지만, 그래도 가장 신뢰하는 로스비타가 없다는 데 대한 불안은 지울 수가 없었다. 이틀이나 보지 못했다. 어디서 쓰러졌거나 사건에 말려들었을 가능성이 크다.

로스비타…… 부디 무사하기를…….

밤중에 로스비타가 도움을 청하는 꿈을 꾸고, 레티치아는 비명을 지르며 벌떡 일어났다. 하지만 무슨 일인지 보러 온 시종은 로스비타가 아니었고, 아무리 불러도 나타나지 않았다. 식은땀이 그치질 않았고, 결국 그날 밤은 제대로 잠들지 못한 채 아침을 맞이했다.

머릿속이 조금 멍하고 피로가 풀리지 않은 기분으로 아침 식사를 먹고, 레티치아는 오전 과제를 시작했다. 하지만, 도저히 머리에 들어오질 않았다.

"정해진 과제를 끝내지 않으면 이야기를 들어 주시지 않을지도 모릅니다만?"

……페르디난드 님이라면 그럴 수도 있어요! 큰일이네요!

레티치아는 살짝 비명을 지르고는, 마음을 바로잡고서 과제를 처리하기 시작했다.

네 점 종이 울리고, 레티치아는 페아제레에게 "좀 천천히 드세요."라는 잔소리를 들으면서 점심식사를 마쳤다. 도저히 진정할 수가 없었다. 당장이라도 공급의 방에 가고 싶다. 입이 바짝 타들어 가는 기분으로, 측근들이 식사를 마칠 때까지 기다렸다.

"서둘러요, 페아제레."

"레티치아 님, 그렇게 서두르셔도 페르디난드 님이 오셔야만 공급의 방에 들어갈 수 있습니다."

마력을 공급할 때 공급의 방 입구가 있는 영주 집무실로 들어갈 수 있는 사람은 측근 중에서도 영주와 혈연관계인 상급 귀족뿐이다. 그래서 오늘은 상급 귀족들만 데리고 왔다.

"어머나, 레티치아. 지금부터 공급하러 가나요?"

영주 집무실로 가는 길에 본관 2층에 있는 홀에서 차를 즐기고 있던 레온치오, 디트린데와 마주쳤다. 커다란 발코니로 이어진 홀은 시내의 모습과 바다를 한눈에 볼 수 있는 곳이다. 레티치아는 자기 방으로 부르는 것이 아니라 사람들 보는 곳에서 차를 마시는 것을 통해서 이상한 관계가 아님을 주장하는 것이라고 배운 적이 있었다.

혹시…… 두 사람은 점심식사를 같이 했을까?

페르디난드에게 일을 떠넘기고 우아하게 시간을 보내고 있는 모습을 보자 레티치아는 살짝 짜증이 났다. 지금은 로스비타가 행방불명됐는데, 페르디난드는 그 문제로 상담할 시간도 내주지 못하고 있다. 화풀이를 하고 싶은 감정이 치밀어 올라왔다.

하지만 아무리 짜증이 난다고 해도 이렇게 말을 걸어 왔는데 인사도 하지 않고 지나칠 수는 없다. 레티치아는 두 사람에게 정중하게 인사를 하고, 레온치오에게 선물로 받은 과자에 대한 감상을 말했다.

"레티치아 님의 마음을 조금이나마 풀어드리는 데 도움이 돼서 기쁠 따름입니다. 답답해 보이시는 표정인데, 뭔가 고민이라도 있으신지요? 단 것을 드시면 고민거리도 사라집니다."

레온치오는 달콤한 미소를 지으면서 디트린데와 같이 먹고 있던 과자를 내밀었다. 선물로 받은 것과 마찬가지로 마석처럼 투명한 과자다.

……로스비타를 걱정하는 마음이 얼굴에 드러나다니…….

감정을 감추지 못했다고 창피해하면서 레티치아는 여기서 거절하면 문제가 생길 거라고 판단해 레온치오에게 고맙다고 말했다.

견습 시종인 페아제레가 먼저 입에 넣어서 독이 없는 걸 확인하고 고개를 끄덕인 것을 보고, 레티치아는 그 자리에서 한 개를 입에 넣었다. 선물로 받은 과자와 같은 맛이었지만, 끝까지 입에 물고 있었더니 가운데 부분에서 약간 씁쓸한 맛이 느껴져서 고개를 갸웃거렸다.

"레티치아 님, 뭔가 이상하신가요? 이렇게 됐으니 그 아름다운 얼굴을 흐리게 만드는 고민거리가 무엇인지 말씀해 주시겠습니까. 누군가에게 상담하기만 해도 기분이 풀리는 경우가 있답니다."

그 말을 듣자 레티치아의 의식은 과자에 대한 위화감에서 레온치오와 디트린데 쪽으로 향했다. 상담만 해도 기분이 풀릴 고민이 아니다. 무엇보다 자신을 빤히 쳐다보고 있는 디트린데의 진녹색 눈동자가 너무나 신경 쓰였다. 평소에는 바로 대화에 끼어들었는데 말없이 보고만 있는 모습이 왠지 기분 나빴다. 레온치오와 너무 오래 이야기를 하면 나중에 디트린데가 괴롭힐 것이다. 빨리 이 자리를 뜨고 싶다.

"지금부터 페르디난드 님과 상담할 테니 괜찮습니다. 걱정해 주셔서 감사합니다."

레온치오에게 고맙다는 말을 하고, 레티치아는 디트린데에게 물러나겠다는 말을 했다.

"아, 레티치아 님. 이걸 가져가세요. 이걸 이용해서 페르디난드 님께 상담해 보는 건 어떨까요? 전에 페르디난드 님이 이걸 쓰면 부탁을 들어주실 거라고 하셨죠?"

그렇게 말하고, 레온치오가 은색 통을 내밀었다. 레티치아는 눈을 깜빡거렸다. 란체나베의 저택에 갔을 때 나눴던 몇 마디 안 되는 대화를 기억하고 있어서 깜짝 놀랐다.

"고맙습니다. 정말 기쁘네요."

레티치아는 자기를 배려해 주는 마음이 너무나 기뻐서 레온치오가 내민 은색 통을 받았다. 페아제레에게 통을 들게 하고 그 자리에서 물러났다.

……오늘도 이걸 써서 부탁하면 페르디난드 님이 로스비타를 같이 찾아 주실지도 몰라요.

어두운 마음속에 한 줄기 빛이 비친 것 같은 심정으로 영주 집무실로 갔더니, 문 앞에 페르디난드의 측근인 에크하르트와 유스톡스 두 사람이 서 있었다. 두 사람은 에렌페스트의 상급 귀족이지, 아우브 아렌스바흐와 혈연관계인 상급 귀족이 아니다. 그래서 페르디난드가 가장 신뢰하는 측근이지만 마력을 공급하는 동안에는 영주 집무실에 들어가지 못하고 항상 문 앞에서 끝날 때까지 기다렸다. 원래 영주 집무실에 들어가지 못하는 측근은 자기 방에서 기다린다. 하지만 두 사람은 항상 영주 집무실 앞에 있었다.

……들어갈 수 있는 측근으로 젤기우스와 슈트랄이 있으니까, 두 사람한테는 잠깐이나마 쉬는 시간을 주면 좋을 텐데.

레티치아는 그런 생각을 하면서 영주 집무실로 들어갔다. 거기에는 젤기우스와 슈트랄, 아렌스바흐에서 붙여 준 페르디난드의 측근들이 있었다. 익숙한 사람들만이 있다는 것을 알고는 후우, 하고 안도의 한숨을 쉬었다. 레티치아는 디트린데가 자기가 생각했던 것보다 훨씬 거북한 것 같다는 생각이 들었다.

"슈트랄, 페르디난드 님은 이미 들어가셨나요?"

"예, 조금 전에 들어가셨습니다. 레티치아 님의 어린 몸에는 부담이 큰 마력 공급이라고 들었습니다만, 건투를 빌겠습니다."

슈트랄에게 고개를 끄덕여서 대답하고, 레티치아는 페아제레에게 "조금 전에 받은 장난감을 주세요." 라고 말하며 손을 내밀었다. 페아제레는 은색 통을 손에 든 채로 잠시 망설이면서 주위를 둘러봤다.

"레티치아 님, 그건 무엇인지요? 공급에 필요한 물건인가요?"

젤기우스의 나무라는 듯한 말투에 깜짝 놀란 레티치아는 페아제레가 들고 있던 은색 통을 집어 들고는 잘 보이도록 높이 들었다. 동시에, 최대한 활짝 웃으면서 젤기우스를 바라보았다.

"페르디난드 님께 로스비타를 찾아 달라고 부탁드리기 위한 교섭 도구예요. ……아직, 로스비타는 살아 있겠죠?"

"……이 본관 어딘가에 있습니다. 올도난츠를 보내도 열쇠로 잠긴 방을 여러 번 지나는 탓에 장소는 특정하지 못했습니다만, 아직 생존한 상태입니다……."

대답은 없지만 아직 올도난츠가 날아간다. 그렇다면 어딘가에 갇혀 있을 로스비타를 구해 주고 싶다. 레티치아는 함부로 북쪽 별채에서 나오지 못하고, 본관 열쇠를 마음대로 쓸 수도 없다. 디트린데에게 열쇠를 빌릴 수 있는 사람은 게오르기네와 페르디난드뿐이다.

"게오르기네 님이 기원식을 확인하기 위해 출발하셔서 부재중인 지금, 페르디난드 님께 부탁드릴 수밖에 없잖아요? 이것으로 거래를 할 생각입니다. 제가 지금까지 페르디난드 님께 부탁해서 성공한 건 이걸 교섭 재료로 썼을 때뿐이니까요."

"이 장난감은 꽤나 흥미로운 구조라고 페르디난드 님께 들었습니다."

젤기우스는 두 팔을 교차하고 한쪽 무릎을 꿇으며 "어머니를 위해 노력해 주셔서 정말 감사합니다." 라고 말했지만, 레티치아는 손짓을 해서 일어나라고 했다.

"그러실 필요 없습니다. 제가 로스비타를 필요로 해서 하는 일이니까요."

측근들의 배웅을 받으며 레티치아는 은색 통을 쥐고 마력 공급의 방으로 들어갔다. 페르디난드는 발소리를 듣고서 뒤를 돌아보고는, "그럼, 시작합시다." 라고 말하며 마석을 내밀었다.

"마력을 공급하기 전에 부탁드릴 것이 있습니다. 이것을 드릴 테니 로스비타를 찾는 일을 도와주셨으면 싶습니다."

레티치아는 은색 통을 내밀며 부탁했다. 이거라면 받아들일 거라고 기대했는데, 페르디난드는 그것을 잠시 쳐다보더니 조용히 고개를 저었다.

"그건 이미 다 조사했습니다. 제게는 더 이상 필요 없습니다. 그리고…… 로스비타는 포기하시는 게 좋을 것입니다."

……예?

은색 통이 필요 없다는 말에도 놀랐지만, 레티치아는 로스비타를 포기하라는 말을 더더욱 이해할 수가 없었다. 페르디난드가 아렌스바흐로 이동하는 중에 '로스비타는 가족이나 마찬가지'라고 얘기했던 적이 있다. 소중한 사람임을 알고 있을 것이다. 그런데, 간단히 포기하라고 말할 줄은 털끝만큼도 생각을 못 했다.

"페르디난드 님. 뭐라고, 하셨나요? 제가, 제대로 못 들은 것 같습니다."

레티치아는 눈이 휘둥그레져서 페르디난드를 봤다. 뭔가 잘못 들었다고 생각했고, 다시 생각해 주기를 바랐지만, 레티치아의 마음이 전혀 통하지 않았다. 페르디난드는 옅은 금색 눈동자로 레티치아를 차갑게 쳐다보면서 진지한 얼굴로 다시 말했다. 은색 통은 필요 없고, 로스비타는 포기하라고.

"……세상에……. 그럴 수는 없습니다. 부탁드립니다, 페르디난드 님! 같이 로스비타를 찾아 주세요. 올도난츠는 아직 도착합니다. 로스비타는 본관 어딘가에 있어요. 이대로 포기하라니, 저는……. 로스비타는 젤기우스의 모친입니다. 페르디난드 님께는 측근의 가족이기도 합니다. 그러니 제발……."

레티치아가 필사적으로 부탁하자, 페르디난드는 손가락으로 관자놀이를 누르면서 한숨을 쉬었다. 말을 못 알아듣는 아이한테 질렸다는 눈빛이라는 것을 레티치아도 느꼈다.

"올도난츠가 열쇠로 잠긴 방들이 모여 있는 쪽으로 날아간 탓에 정확한 장소를 확정할 수 없다고 젤기우스에게 보고를 받았습니다. 아쉽게도 제게는 잠긴 문을 열 권한이 없습니다. 그리고 로스비타를 구하려 하는 자체가 모종의 함정일 가능성이 크다고 생각됩니다. 피해가 더 이상 커지는 일을 막기 위해서라도 로스비타는 포기하도록 하세요."

로스비타를 구해 주고 싶다. 로스비타를 포기하고 싶지 않다. 그런 레티치아의 마음은 페르디난드가 약간 차갑고 무표정하게 던진 말 때문에 산산이 부서지고 말았다.

……로스비타!

눈앞이 새카매졌고, 레티치아는 눈을 꼭 감고 이를 악물었다. 그랬더니, 레온치오가 준 달콤한 과자의 맛이 아직 입안에 남아 있다는 게 느껴졌다. 그 맛과 함께 '이걸 써서 페르디난드 님과 상담하는 것은 어떠십니까?'라는 말이 생각났다.

……이걸 써서 상담하면……?

레온치오의 목소리가 몇 번이고, 몇 번이고 레티치아의 머릿속에서 울리기 시작했다. 동시에, 머릿속 깊은 곳이 크게 흔들리는 것 같은 기분이 들고, 의식이 약간 몽롱해졌다.

……페르디난드 님은 이걸 쓰면 부탁을 들어주신다……? 그래, 그랬어. 이걸 써야만 부탁을 들어주셔.

머릿속에 울리는 레온치오의 목소리에 따라, 레티치아는 은색 통을 쥐고 페르디난드를 올려다봤다. 차갑고 아름다운 얼굴로 조용히 레티치아를 보고 있는 페르디난드는 로스비타에 대해서는 이미 잊어버렸다는 것처럼 마석을 내밀었다.

"레티치아 님이 진정되셨다면 마력 공급을 시작하겠습니다. 그건 필요 없으니까 저쪽에 내려놓겠습니다."

페르디난드는 마석을 건네고, 대신에 은색 통을 가져가려고 했다.

……안 돼요! 이걸 빼앗기면, 페르디난드 님은 부탁을 들어주시지 않아요. 저는, 로스비타를 구할 수 없게 돼 버려요.

교섭 소재를 빼앗길 수 없다는 초조한 마음에 레티치아는 급하게 끈을 당겼다.

"부탁드려요, 페르디난드 님. 로스비타를 구하기 위해서 힘을 보태주세요."

은색 통에서 튀어나온 것은 낯익은 꽃잎도 반짝이도 아니었다. 하얀 가루 같은 것이 펑, 하고 퍼져 나갔다.

……뭐죠, 이건?

레티치아가 눈이 휘둥그레져서 흩날리는 하얀 가루를 보고 있었더니, 얼굴을 찌푸리고 망토로 입을 가린 페르디난드가 "숨 쉬지 마!" 라고 소리치며 자신을 떠밀었다.

"꺄악?!"

너무나 갑작스럽고 난폭한 행동이었다. 비명을 지른 레티치아는 뒤로 날아가서 엉덩방아를 찧었다. 다음 순간, 페르디난드의 가슴 언저리에서 옷 속에 있는 무언가가 갑자기 강한 빛을 내뿜었다.

"……로제마인."

……예?

깜짝 놀라서 아픔도 잊어버린 레티치아가 무지개 같은 빛을 본 것과 페르디난드가 괴롭다는 듯이 얼굴을 찌푸리며 빛나고 있는 가슴팍을 움켜쥐고서 로제마인의 이름을 부른 것은 거의 동시에 일어난 일이었다. 왜 여기서 로제마인의 이름이 나온 것인지 레티치아는 알 수가 없었다. 하지만 페르디난드가 이름을 부른 순간, 가슴의 빛이 더 밝아지더니 무지갯빛 기둥처럼 솟아올랐다.

……이건, 뭐죠?

무지갯빛은 페르디난드를 감싼 뒤에 공급의 방 전체로 퍼져 나갔다. 멍하니 있던 레티치아도 빛에 감싸였다. 그 순간, 어째선지 갑자기 시야가 트인 것처럼 레티치아의 머릿속이 또렷해졌다.

"페르디난드 님?!"

대체 무슨 일이 일어났는지 레티치아는 알 수가 없었다. 기침을 하면서 무릎을 꿇은 페르디난드가 엄청나게 괴로워하고 있다는 것만은 알았다.

"페르디난드 님!"

레티치아가 달려가자 그는 허리에 찬 약통에서 뭔가를 꺼내서 입 안에 넣고, 작은 금속 바구니를 풀었다. 바구니를 쥔 손이 바들바들 떨렸고, 이마에는 땀이 흥건했다. 틀림없는 이상 사태다. 거기까지는 알았지만, 레티치아는 어떻게 해야 좋을지를 모른다. 자신을 구해 줄 사람은 없는지 주위를 둘러보았다.

"이걸, 유스톡스에게…… 가라, 고 전해……."

기침 사이사이로 페르디난드의 입에서 더듬더듬 말이 나왔다. 레 티치아를 보는 밝은 금색 눈동자를 통해서 전혀 여유가 없다는 느낌 이 전해져 왔다.

"빨리."

페르디난드가 가장 신뢰하는 측근에게 전하면 뭔가 상황을 알 수 있을지도 모른다. 페르디난드는 괴롭게 숨을 몰아쉬면서 재촉했고, 레티치아는 바구니를 받아들고는 뒤로 돌아 뛰어갔다.

……무슨 일이 일어난 거죠? 어째서 페르디난드 님이 괴로워하시 는 건가요? 그 무지갯빛은 대체 뭘까요? 누가 가르쳐 주세요!

영문을 알 수가 없어서 심장이 큰 소리를 내며 뛰는 것을 느끼며 레 티치아는 공급의 방에서 뛰쳐나왔다.

"레티치아 님?! 마력 공급은 끝나셨습니까?!"

혼자서 나온 레티치아를 보고 측근들이 깜짝 놀랐다. 하지만 지금 의 레티치아는 그들에게 대답할 시간조차도 아쉬웠다.

"문을 열어 주세요. 급합니다."

다리가 풀려서 넘어지려고 하는 발을 최대한 빨리 움직여서 레티 치아는 문을 열게 했다. 밖에서 대기하고 있던 유스톡스와 에크하르 트가 확, 하고 안쪽을 돌아봤다. 레티치아는 두 사람의 얼굴을 한 번

씩 본 뒤, 익숙한 유스톡스에게 바구니를 내밀었다. 그 안에서 마석과
세 개의 하얀 고치가 부딪치는 모습이 보였다.

"페르디난드 님이…… 가라, 고…….."

안색이 확 바뀐 두 사람이 바구니를 봤고, 유스톡스가 빼앗는 듯한
기세로 레티치아가 들고 있던 바구니를 가져갔다. 그리고는 잡아먹을
기세로 쳐다보는 유스톡스의 입술이 "페르디난드 님." 이라고 말하는
모양으로 움직였다. 다음 순간, 파란색 눈을 크게 뜬 에크하르트가 레
티치아 쪽으로 시선을 옮겼다.

"너, 페르디난드 님께 대체 무슨 짓을 했지?"

"힉……."

보통 얼굴처럼 보이는데 이상하게 빛나고 있는 파란 눈과, 조용한
데도 평소보다 몇 단계는 낮아진 목소리를 통해 에크하르트가 레티
치아를 적으로 인식했다는 것을 알았다. 순식간에 죽어 버릴지도 모
른다는 압박감과 공포 때문에 목소리가 나오지 않았다. 에크하르트가
천천히 팔을 들어올렸다.

"에크하르트, 레티치아 님께 무슨 짓을 하려는 겁니까?"

"사정 청취다. 영주 일족 외에는 누구도 들어갈 수 없는 공급의 방
에서 페르디난드 님께 무슨 짓을 했는지 캐물어야만 한다. 범인은 레
티치아 님밖에 없지 않은가."

"레티치아 님께서 뭘 어쩌셨다는 거냐?! 영문을 모르겠군! 넌 대체
무슨 소리를 하는 거냐?!"

호위 기사들이 에크하르트의 서슬에 완전히 기가 죽은 레티치아를
등으로 감싸고 에크하르트를 향해 무기를 겨눴다. 에크하르트가 대항
하려는 듯 슈타프를 꺼낸 순간, 유스톡스가 에크하르트의 멱살을 쥐

고서 소리를 질렀다.

"사정 청취보다 페르디난드 님의 명령이 최우선이다, 에크하르트! 페르디난드 님은 뭐라고 하셨지?!"

"……가라, 고."

"그렇다면, 가자."

얼굴에 핏기가 가셔서 창백해진 유스톡스는 레티치아와 영주 집무실을 흘끗 보고는 발을 돌렸다. 이를 악문 에크하르트가 슈타프를 없애고 유스톡스를 쫓아갔다. 두 사람은 '가라'는 한마디만 가지고도 뭘 해야 하는지를 알고 있는 모양이다. 하지만 같은 페르디난드의 측근이면서도 슈트랄과 젤기우스는 "대체 어디로 간다는 말인가?" "무슨 말이 있었나?"라면서 서로 얼굴을 마주볼 뿐이었다.

"젤기우스, 슈트랄. 저 두 사람을 붙잡아 주십시오. 레티치아 님께 갑자기 난폭한 짓을 한 의도를 확인하고, 페르디난드 님께 무슨 말을 들었는지 물어야……."

내 호위 기사의 말에 고개를 끄덕인 슈트랄과 젤기우스가 두 사람을 쫓아갔다.

"레티치아 님, 대체 무슨 일이 있었나요? 페르디난드 님은 어떻게 되셨죠?"

페아제레가 묻자 레티치아는 입을 살짝 벌렸다. 하지만, 무슨 말을 해야 좋을지를 몰라서 말이 나오지 않았다. '영주 일족 외에는 누구도 들어갈 수 없는 공급의 방에서 페르디난드 님께 무슨 짓을 했나'와 '범인은 레티치아 님밖에 없지 않은가'라는 에크하르트의 말이 머릿속에서 울렸다.

……내가, 범인?

레티치아는 필사적으로 머릿속을 정리하려고 했다. 로스비타를 구해 달라고 부탁하기 위해 은색 통을 사용했다. 하지만, 레티치아 자신에게는 아무런 변화도 없다. 페르디난드가 갑자기 괴로워한 이유가 은색 통이라고 할 수만은 없다.

"······페르디난드 님이 아직 공급의 방에서 나오지 않으셨습니다. 저는 상황을 보기 위해서라도 공급의 방으로 돌아가겠습니다."

레티치아가 영주 집무실로 들어간 그때, 여러 사람의 발소리가 들려왔다.

"왜 이리 시끄러운가요."

"디트린데 님, 어째서 이쪽에?"

"지금은 페르디난드 님과 레티치아 님이 마력 공급을 하고 있으니······."

문밖에서 호위 기사들이 가로막았고, 디트린데의 침입을 막으려는 목소리가 들려왔다. 안에 있는 호위 기사들은 문 앞을 막아서고, 손짓으로 주인을 지키라고 했다. 영주 집무실 안에서 측근들에게 둘러싸인 레티치아는 공급의 방과 문을 번갈아 바라보았다. 도망칠 길은 없었다.

"거짓말 하지 마세요. 페르디난드 님의 측근이 황급히 어딘가로 갔고, 레티치아도 거기 있지 않나요."

디트린데는 호위 기사들을 밀치고는 자기 측근과 은색 의상을 입은 란체나베 사람들을 데리고 영주 집무실로 들어왔다. 디트린데 곁에서 시원스런 미소를 짓고 있는 레온치오는 손에 그 은색 통을 쥐고 있었다.

"레티치아 님, 페르디난드 님께 부탁은 하셨겠죠?"

레온치오가 홋, 하고 웃으면서 보란 듯이 은색 통을 손 안에서 놀리는 모습을 본 순간, 레티치아는 레온치오에게 당했다는 것을 깨달았다. 자신에게는 효과가 없었지만 페르디난드는 괴로워했던 원인은 바로 그것, 이라고.

"레온치오 님, 당신 대체 무슨 짓을…."

"디트린데 님, 들으신 대로입니다. 레티치아 님이 페르디난드 님을 해하신 것 같습니다. 마석 회수를 부탁드려도 될까요?"

무슨 불길한 소리를 하는 거냐는 생각에 자기도 모르게 눈이 휘둥그레진 레티치아가 보는 앞에서 레온치오가 디트린데를 공급의 방으로 에스코트했다.

"디트린데 님께 마석 회수를 부탁드리는 것이 참으로 가슴 아픈 일입니다만, 부디 잘 부탁드리겠습니다. 우리의 미래를 위해……."

"어머나, 레온치오 님은 걱정도 많으시군요. 저는 괜찮습니다. 레온치오 님께서 주신 것도 있고, 차기 첸트니까요. ……당신들, 레티치아를 체포하세요. 왕명으로 정해진 차기 아우브의 약혼자를 해친 죄로."

디트린데는 쿡쿡 웃으면서 등록의 돌을 끼우고 마력 공급의 방으로 들어갔다. 안에서는 레티치아가 사용한 은색 통 때문에 페르디난드가 괴로워하고 있을 것이다.

……페르디난드 님을 구해야 해!

레티치아는 디트린데를 쫓아가려고 했지만, 레온치오가 팔을 붙잡아서 그러지 못했다.

"디트린데 님의 명령이다. 레티치아 님을 체포해라!"

"멋대로 굴지 마라! 레티치아 님이 대체 뭘 어쩌셨다는 말이냐?!"

호위 기사들이 제각기 무기를 꺼냈고, 란체나베 사람들도 은색 무기를 꺼내 들고서 서로 노려봤다. 레온치오가 미소를 지은 채로 입을 열었다.

"왕명에 의해 정해진 교육 담당인 페르디난드 님이 너무나 엄격한데 불만을 품은 레티치아 님은 호위 기사가 들어갈 수 없는 공급의 방을 이용해서 페르디난드 님을 살해하셨습니다."

"아닙니다. 저는, 페르디난드 님께 불만 같은 건……."

"저는 란체나베의 저택과 다과회에서 레티치아 님의 불만과 불안에 대한 이야기를 몇 번이고 들었습니다. 아무리 부탁해도 과제를 줄여 주지 않으신다고, 말이죠."

빙긋 웃는 레온치오의 말에 디트린데의 측근들이 일제히 동의했다. 주인을 지키기 위해서 품에 안고 있는 페아제레도 얼굴이 새파래졌다.

"헛소리 마라. 레티치아 님이 대체 무슨 수로 페르디난드 님을 해쳤다는 것이냐?"

"레티치아 님은 페르디난드 님을 살해하셨습니다. ……이렇게."

빙긋 웃는 미소를 유지한 채, 레온치오가 영주 집무실 안에서 은색 통의 끈을 당겼다. 조금 전에 그 은색 통이 그랬던 것처럼, 하얀 가루가 방 안에 뿌려졌다. 다음 순간, 쿵, 쿠웅! 하는 큰 소리를 내면서 여러 개의 마석이 바닥에 떨어졌다.

"히익?!"

순식간에, 영주 집무실에는 디트린데의 측근들과 란체나베 사람, 그리고 레티치아와 페아제레만 남았다. 하얀 가루를 마신 건 마찬가지인데, 페르디난드와는 전혀 다른 상황이었다. 너무나 끔찍한 광경에 레티치아의 머릿속이 새하얘졌다. 여기 굴러다니는 마석이 자기

측근들이라는 것을 알지만, 이해를 거부하는 듯 머리가 돌아가지 않았다. 숨 쉬는 방법을 잊어버리기라도 한 것처럼 숨이 막히고, 귀에서는 찌잉 하는 날카로운 소리가 울렸다.

"레온치오 님도 참, 제게 거짓말을 하시다니 너무하시는군요…….
페르디난드 님은 마석이 되지 않았답니다. 마석이 되려면 시간이 더 걸릴 것 같아요."

디트린데가 공급의 방에서 나오더니, 뺨에 손을 대고는 살짝 한숨을 쉬었다.

"어라? 그렇다면 어떤 상태였습니까? 보시다시피 이쪽은 이렇게 됐습니다만……."

레온치오는 이상하다는 듯 눈을 깜박이면서 자세한 설명을 요구했다. 디트린데는 손을 살짝 들어서 레온치오의 말을 막고는, 평소처럼 웃으면서 레티치아를 바라보았다. 레티치아의 측근들이었던 마석이 뒹굴고 있는데, 그것이 눈에 들어오지도 않는다는 것처럼 평소와 똑같은 웃는 얼굴이다.

……여째서 이런 상황에서, 저 빨간 입술은 웃을 수 있는 걸까요.

"페, 페르디난드 님은……."

이가 딱딱 부딪칠 정도로 떨면서 말도 제대로 못하는 레티치아를 재미있다는 듯 쳐다보면서, 디트린데는 "돌아가셨습니다. 당신이 은색 통을 사용해서 손을 쓰지 않았던가요?"라고 말했다.

자신이 페르디난드에게 무슨 짓을 했는지 명확하게 듣자 레티치아의 무릎에서 힘이 빠져나갔다. 레티치아는 도저히 서 있을 수가 없어 그 자리에 주저앉고 말았다. 몰랐다고는 해도 페르디난드에게 독을 뿌려서 살해한 것이다. 레티치아의 머릿속에 유스톡스와 에크하르트의 무시무시한 눈빛이 떠올랐다. 주인을 살해당한 측근들의, 당연한 분노였다.

"당신이 페르디난드 님을 해친 현장을 저희가 발견했고, 따라서 처벌할 것입니다. 왕명에 의해 정해진 차기 아우브의 약혼자를 살해했으니까요. 당연한 일이겠죠?"

디트린데는 연기하는 듯한 표정과 말투로, 레티치아가 페르디난드에게 무슨 짓을 했는지, 어떤 각본이었는지를 가르쳐 줬다. 레티치아는 게오르기네가 계획하고 디트린데를 비롯한 사람들이 실행한 각본대로 움직였다고 말했다.

"처형당해 마땅한 죄이지만, 차기 첸트가 될 제 자비로 목숨만은 구해드리도록 하겠습니다. 평생을 란체나베에서 보내도록 하세요. 괜찮아요, 레티치아. 쓸쓸하지는 않을 테니까. 당신의 측근과 사이가 좋은 영애들도 같이 가게 될 테니까요. 두 번 다시 제 앞에 나타나지만 않는다면 목숨까지 뺏지는 않겠습니다. ……자, 데려가세요."

디트린데가 손짓하자 란체나베 사람들이 레티치아와 페아제레를 붙잡기 위해서 움직였다.

"레티치아 님, 도망가세요!"

페아제레가 슈타프를 꺼내서 저항했지만, 란체나베 사람들에게는 전혀 효과가 없었다. 슈타프 검으로 찔렸는데도 그들은 안색 하나 달라지지 않고 손을 뻗었다. 란체나베 사람들이 열 명 이상, 디트린데의 호위 기사들이 여덟 명. 레티치아와 페아제레가 도망칠 수 있는 상황이 아니다. 두 사람은 바로 붙잡혀 포박되었다.

"훼방꾼도 없어졌으니까 이제야 겨우 구르트리스하이트를 가지러 갈 수 있겠군요. 계획대로 됐습니다, 라고 어머님께 연락을 드려야……."

디트린데는 노래하는 듯한 리듬으로 즐겁다는 것처럼 말하면서 영주 집무실에서 나가려고 했다. 다른 사람들도 그 뒤를 따라 걸어갔고, 레티치아와 페아제레도 묶인 채 걸어가게 했다.

"레티치아 님, 페아제레?!"

유스톡스와 에크하르트를 쫓아갔던 슈트랄과 젤기우스가 돌아왔다. 하지만 유스톡스와 에크하르트는 보이지 않았다. 그 둘의 행방을 묻기도 전에 슈트랄과 젤기우스가 슈타프를 꺼냈다.

"두 사람에게 뭘 하고 계신 것입니까, 디트린데 님?!"

그 자세는 조금 전에 마석이 돼 버렸던 측근들과 똑같았다. 이대로 가면 똑같은 일이 반복될 것이다. 그렇게 예측한 레티치아는 등줄기가 오싹해지는 기분이 들었다.

"안 됩니다, 아버님! 슈타프 공격은 소용없습니다!"

"이자들은 사람을 순식간에 마석으로 바꾸는 독을 사용합니다! 도망쳐요! 사람들을 지켜 줘요!"

"닥쳐라!"

란체나베 사람들이 레티치아와 페아제레를 때렸지만, 중요한 정보는 전해진 듯했다. 슈트랄과 젤기우스는 바로 발을 돌렸다.

"슈트랄을 이 자리에서 처치했으면 편했을 텐데……. 앞으로는 쓸데없는 소리를 하지 않는 게 좋을 겁니다, 레티치아. 그러지 않으면 슬픔이 더 늘어날 테니까."

디트린데는 불쌍해하는 것 같기도 하고 놀리는 것 같기도 한 눈으로 레티치아를 보면서 본관 안을 걸어갔다. 본관 안에서도 레티치아가 거의 들어와 본 적이 없는 곳이다. 레티치아는 여러 개의 문 가운데 하나의 자물쇠를 열었다. 안쪽에서는 뭔가 웅얼거리는 듯한 목소리가 들려왔다.

……자물쇠로 잠긴 문이 여러 개 있는 곳?

주위를 둘러보니 평소에는 거의 사용하지 않는 모양인지 자물쇠로 잠긴 문이 여러 개 줄지어 있었다. 안 좋은 예감이 가슴 속에 퍼져 나가서 레티치아는 자기도 모르게 문을 바라보았다. 그때, 디트린데와 레온치오가 들어간 방에서 들려오던 목소리가 딱 멈췄다. 갑자기 주위가 조용해진 탓에 레티치아의 심장이 두근두근 거세게 뛰는 소리가 유난히 크게 울렸고, 손발이 얼어붙은 것만 같은 기분이 들었다.

"레티치아는 페르디난드 님께 로스비타를 찾아 달라고 부탁했죠? 정말로 측근을 아끼는군요."

방에서 나온 디트린데가 빨간 입술을 끌어 올리면서 말했다. 창백해진 레티치아의 발치로 레온치오가 툭, 소리를 내면서 복잡한 색의 마석을 굴려 보냈다.

"로스비타는 이렇게라도 하지 않으면 너무 시끄러워서…… 도저히 란체나베로 데려갈 수가 없습니다. 페르디난드 님을 해칠 정도로 필사적으로 찾아다녔을 정도였으니, 같이 가고 싶으시겠죠? 란체나베는 로스비타도 환영합니다, 레티치아 님."

"아…… 아…………."

레티치아의 목에서 딸꾹질 같은 소리가 나왔다. 눈앞에 굴러다니는 마석에서 눈을 뗄 수가 없다. 머릿속이 새빨갛게 달궈지는 것 같았고, 더 이상 귀족답게 굴 수도 없었다.

"안돼에에에에! 로스비타!!"

레티치아한테서 큰 비명 소리가 터져 나왔다. 하지만 레티치아를 도와줄 수 있는 사람은 없다. 디트린데의 웃음소리가 크게 울리는 속에서, 레티치아의 의식은 어둠 속으로 잠겨 버렸다.

로제마인의 실종과 귀환

"지기스발트 왕자님, 저는 2층에 있는 마술구에도 마력을 공급하고 오겠습니다."

왕족도 참가하는 귀족원 봉납식을 마친 나는 도서관에 마력을 양도하겠다고 제안한 로제마인과 같이 도서관으로 걸음을 옮기고 있었다. 로제마인은 스밀 마술구들의 안내를 받아서 측근들과 함께 2층으로 올라갔다.

나는 허가를 내리고 1층 열람실에 머물렀다. 도서관의 마술구 보관실은 좁다. 정확히 말하자면 측근을 여러 명 거느린 왕족이나 영주 후보생이 들어가는 것을 상정하지 않았다. 그래서 내가 측근을 데리고 가 봤자 들어갈 수가 없다.

"강의도 있는데, 로제마인 님은 도서관에 마력을 꽤 많이 부여하고 계시는군요."

"……그렇습니다. 로제마인 님이 안 계셨다면 이 도서관은 이미 존재하지 않았을지도 모릅니다. 정말 감사할 따름입니다."

솔랑쥬와 도서관에 로제마인이 어떤 존재고 어떤 역할을 하는지에 대해 이야기하고 있는데, 2층에서 약간 소란스러운 목소리가 들려왔다. 깜짝 놀란 듯한 목소리를 듣자 나도 모르게 2층 열람실로 가는 계단 쪽을 봤다. 목소리는 금세 들리지 않게 됐고, 조용해졌다.

조금 지나서 청색 신관 의상을 입은 사람 둘이 계단을 내려왔다. 한 사람은 에렌페스트의 신관장 하르트무트인데, 또 한 사람은 모르겠다. 두 사람은 내 앞에 와서 무릎을 꿇었다. 하르트무트가 정말 미안하다는 것처럼 입을 열었다.

"지기스발트 왕자님. 정말 죄송할 따름입니다만, 로제마인 님이 지금부터 독서를 하고 싶다고 하셨습니다. 오늘은 토요일. 원래는 쉬는 날인 데다 이미 강의도 마쳤습니다. 뒷정리는 중앙 신전과 클라센부르크가 처리할 테고, 모든 확인은 신관장인 제가 행할 예정입니다. 한동안 천천히 책을 읽을 여유도 없었던 제 주인의 부탁을 부디 들어주실 수 있으시겠습니까?"

왕족인 나와 함께 도서관에 마력 공급을 하러 와서 지금까지 아무 말도 하지 않았던 로제마인이 갑자기 독서를 한다는 말을 이해할 수가 없었다. 로제마인은 책을 읽기 시작하면 불경을 저지르는 셈이 되건 아니건 상관하지 않고 몰두하지만, 읽기 시작하기 전에는 나름대로 이성이 남아 있음을 알고 있다.

뭔가 다른 사정이 있다. 하지만, 솔랑쥬가 있는 앞에서 측근들에게 둘러싸인 내게 말할 수 있는 일이 아니리라는 것을 깨달은 나는 하르트무트의 제안에 허가를 내렸다.

"로제마인의 독서를 허가합니다. 그 대신, 가장 깊은 방을 확인하기 위해 신관장은 저와 동행해야겠습니다."

"알겠습니다. 다무엘, 뒷일을 부탁하겠습니다."

다무엘이라고 불린 청색 신관이 조용히 고개를 끄덕였고, 다시 2층 열람실로 돌아갔다.

나는 솔랑쥬의 배웅을 받으며 내 측근들을 데리고 하르트무트와 함께 도서관에서 나왔다. 그에게 도청 방지 마술구를 건네고 중앙동을 향해 걸음을 옮겼다.

"그래서, 로제마인에게 무슨 일이 일어난 것입니까?"

"마력을 공급하던 도중에 홀연히 사라져 버렸습니다."

무슨 소리를 하는 것이냐는 말이 목구멍까지 올라왔지만 간신히 삼키고, 나는 빙긋 웃었다.

"사라졌다니, 무슨 뜻입니까?"

"그 자리에 있던 도서관의 마술구에 의하면 할버님이 계신 곳으로 갔다는 모양입니다. 할버님에 대해서 물었더니 오래되고 위대한 존재라는 답이 돌아왔습니다. 왕족분들께서는 뭔가 알고 계신지요?"

주위에 있는 측근들이 이변을 알아차리지 못하도록 하르트무트는 부드러운 미소를 지은 채 앞을 보면서 말하고 있다. 그래도 억누를 수 없는 미세한 흥분과 초조 등의 흔들리는 감정이 느껴졌다. 거짓말을 하는 건 아닌 듯하다. 왕족에게 그런 거짓말을 해서 좋을 것도 없으니까.

"로제마인은 언제 돌아올 예정입니까? 도서관의 마술구가 뭐라고 말하지 않았습니까?"

홀연히 사라진 자가 로제마인이 아닌 다른 사람이었다면 나는 딱히 신경 쓰지 않았을 것이다. 하지만 로제마인은 봄이 되면 왕의 양녀가 되고, 내게 구트르리스하이트를 가져다줄 예정이다. 갑자기 행방을 알 수 없게 되면 상당히 곤란하다.

"언제 돌아올지…… 모른다는 것 같습니다. 지금 이 순간에 돌아와 있을지도 모르고, 사흘 뒤에 돌아올지도 모릅니다. 지금은 일을 크게 만들고 싶지 않습니다. 로제마인 님은 봉납식의 피로가 쌓여서 몸이 안 좋아지셨습니다. 에렌페스트에서는 당분간 그렇게 말할 예정입니다."

"오늘 밤에 아버님께만 전하도록 하고, 다음 토요일까지는 저와 아버님의 가슴속에만 담아 두도록 하겠습니다."

일주일 이상 사라지는 일이 발생한다면 왕족으로서는 논의할 자리를 마련해야 할 필요가 있다. 왕족이 될 예정인 로제마인은 그만큼 중요한 입장이다. 일주일이라는 유예를 얻은 하르트무트는 표정이 살짝 풀어져서는 "감사합니다." 라고 말하며 웃었다.

우리가 강당으로 돌아오자 가장 안쪽 방은 중앙 신전에서 온 자들이 정리하고 있었다. 하르트무트는 귀족 대표로서 정리 상황을 보고 다녔고, 나는 왕족으로서 가장 안쪽 방을 닫았다.

그날 밤, 나는 첸트인 아버님께만 로제마인의 실종과 에렌페스트가 대외적으로는 몸이 안 좋은 것으로 대처하고자 한다는 말을 전했다. 판단할 소재가 너무나 적고, 손쓸 도리가 없는 사태다. 아버님은 복잡한 표정으로 천천히 한숨을 쉬었다.

"정말로 당장 돌아올지도 모른다면 지금 같은 시기에 괜히 일을 크게 만드는 것은 피하는 쪽이 좋겠지. 에렌페스트의 요망대로 하자."

다음 토요일, 중급 귀족들을 모아서 치르는 봉납식 때까지 로제마인이 돌아오지 않는다면 왕족 내부에서 그녀의 실종에 대해 논의하기로 정하고서 첫째 날은 끝났다.

그 뒤로 일주일이 지나도 로제마인은 나타나지 않았다. 처음 경험하는 제사에 참가하기 위해 힘차게 인사하러 왔던 힐데브란트에게는 '에렌페스트 사람에게 로제마인의 몸 상태가 어떤지 물어보고 오도록'이라는 말을 해 주며 배웅했고, 아나스타지우스와 에그란티느에게는 저녁 식사 이후에 할 이야기가 있다고 말했다. 가을 끝 무렵에 여자아이를 출산한 에그란티느에게는 부담이 너무 크니까 식후 논의에만 참석해 달라고 하면 된다.

작년 가을, 당시에는 아직 내 제1 부인이었던 나엘라헤가 남자아이를 출산했고, 그 반년 뒤에는 영주회의 도중에 에그란티느가 임신했다는 사실이 밝혀졌다. 듣자하니 에그란티느가 사당에서 기도를 올리고 있는데 신께서 여자아이를 회임했다고 알려 주셨다는 듯하다. 마력 문제도 있고 몸에 부담이 가니까 기도를 그만두라고 하시고는 봉납한 마력을 축복이라는 형태로 돌려받았다는 모양이다.

왕족 밖으로 말이 새 나가지 않도록 주의하고 있었지만, 회임 소식에 왕족이 난리가 났다. 최소한의 수유 기간을 마친 나엘라헤와 갓 결혼한 아돌피네가 그때까지 에그란티느가 봉납하던 분량의 마력을 감당하게 되었고, 에그란티느는 사당 순례를 면제받고 출산 쪽으로 마력을 집중하게 됐다.

지금 에그란티느는 작년과 변함이 없는 모습을 주위에 보여주기 위해 산후의 힘든 몸으로 귀족원 교사 역할을 맡고 있다. 나엘라헤가 학생 중 절반을 맡아서 부담을 줄여 주기는 했지만, 그래도 상당히 힘들 것이다.

하지만 아이를 원했던 에그란티느였으니 어느 정도 무리를 하는 것은 당연한 일이라고 생각한다. 나엘라헤는 갓 태어난 아들을 안고서 아돌피네를 제1 부인으로 맞이해야만 했는데, 에그란티느가 회임하면서 빨리 집무에 복귀하라는 재촉을 받았었다. 내 아내의 부담도 크니까 아나스타지우스가 뭐라고 하건 양보할 수 없다.

사실은 나와 아돌피네 사이에서 남자아이가 태어날 때까지는 회임을 자제해 줬으면 싶었다. 하다못해 지금이 아니라 로제마인이 왕족에 들어와서 구르트리스하이트를 얻거나, 마력을 공급할 수 있는 인원이 늘어날 때까지는 임신을 기다려 줬으면 싶었던 것이 내 진심이다.

……왕족이 늘어나는 것은 분명히 기쁜 일이지만, 아버님은 너무

무르다.

귀족원과 영주회의에서 봉납식을 치러서 마력이 풍부한 해였다는 점, 로제마인이 구르트리스하이트를 얻을 수 있을 것 같다는 사실을 알게 된 때가 아니었다면 에그란티느의 회임을 기뻐해 주지도 못했을 것이다.

에그란티느가 출산한 아이가 여자아이라서 정말 다행이라고 생각한다. 아우브 클라센부르크는 발언권을 조금이라도 더 강화하기 위해 온갖 수단을 다 쓰고 있으니까 남자아이가 태어났다면 무슨 수를 써서라도 아나스타지우스를 차기 왕으로 만들려고 했을 것이다.

구르트리스하이트가 없는 왕족이 얼마나 약한 존재인지 나는 잘 알고 있다. 그래도 모른척하면서 왕족답게 행동해야만 한다. 그렇기 때문에 에그란티느가 클라센부르크의 개입을 저지하고 유르겐슈미트의 안정을 바란다면 자식을 갖는 일을 조금만 더 참아 주는 배려를 해 줬으면 싶었다.

……대부분이 아나스타지우스 탓이라는 걸 알고 있지만, 그 인간을 말려야 하는 사람이 에그란티느인 이상, 자꾸만 감정이 거칠어지려고 한다.

그날은 힐데브란트에게 봉납식 이야기를 들으면서 저녁식사를 했다. 로제마인 때처럼 마력 빛의 기둥이 솟아나지는 않았지만, 신구가 귀색으로 빛났다는 모양이다. 나무나 빠르고 많은 마력의 흐름에 휩쓸려서 신상들이 안고 있는 신구에서 일제히 일곱 빛깔 빛의 기둥이 솟던 봉납식과는 많이 달랐다는 것 같다. 힐데브란트는 거기에 대해 약간 불만이라는 투로 말하면서도 처음으로 제사에 참가했다고 기뻐하는 듯했다.

저녁식사를 마치고 아나스타지우스와 에그란티느가 합류했다. 측근들을 물리고 왕족들만 남아서 도청 방지 마술구를 사용하며 로제마인의 실종에 관해 이야기했다. 로제마인이 도서관 2층에서 홀연히 사라졌다는 것, 도서관의 마술구가 '할버님 있는 곳으로 갔다'고 말했다는 것에 대해 전했다.

"예? 로제마인이 병석에 누웠다는 말이 거짓이었나요?"

눈이 휘둥그레진 힐데브란트에게 고개를 끄덕이며 "일을 크게 만들고 싶지 않다고 에렌페스트 쪽에서 희망했습니다." 라고 말했고, 그리고는 오늘 봉납식에 참가했던 에렌페스트 사람들의 분위기에 대해 물었다.

"……평범했습니다. 로제마인이 아직 병석에 누워 있다는 이야기와, 왕족이 걱정해주셔서 감사하다는 말을 들었습니다."

에렌페스트는 로제마인의 실종을 더 숨길 생각이겠지.

"에그란티느, 귀족원의 분위기는 어떤가요? 로제마인의 실종에 대해 뭔가 흘러나왔나요?"

"아닙니다, 오랫동안 병석에 누워 있다는 이야기를 의심하는 분은 없으리라고 생각합니다. ……프라우렘 선생님을 제외하면요. 이렇게 오랫동안 누워 있는 건 이상하다고 하시더군요."

프라우렘이라는 사람이 누구였더라. 나는 기억을 더듬어서 로제마인을 눈엣가시처럼 여기던 교사의 존재를 생각해 냈다. 아렌스바흐는 좀 더 제대로 된 교사를 보내 줬으면 싶다.

아니…… 그렇게 따지면 에렌페스트도 마찬가지로군.

연구밖에 모르는 힐쉬르가 머릿속에 떠올랐고, 정보 수집을 위해 에렌페스트로 귀환시킨 귀족들에 대한 일도 같이 생각났다. 올해는 제대로 된 정보가 들어오면 좋겠다고 생각했다. 에렌페스트는 정말로 정보가 적고, 상식이 맞지 않아서 무슨 생각을 하고 있는지 알 수가 없는 영지다.

"귀족원의 상황도 로제마인의 부재에 따른 눈에 띄는 변화는 없습니다. 몇몇 분들은 걱정해서 개인적으로 병문안 선물을 보내고 있는 것 같습니다만, 원래 몸이 약한 분인 데다 귀족원 강의를 가장 빨리 마치고 에렌페스트로 귀환해 왔습니다. 로제마인 님은 강의에 없는 쪽이 보통인 분이니까요."

로제마인은 강의에 출석하면 주목받는 일이 많지만, 귀족원에 없는 쪽이 보통인 보기 드문 최우수 생도다. 강의를 가장 빨리 마치고 봉납식을 위해서 귀환하기 때문에 얼굴을 보는 일이 오히려 신기한 존재다.

"로제마인 님과의 접촉을 위해 에렌페스트에 사교를 신청하는 영지도 많은 것 같습니다만, 예년대로 빌프리트 님과 샤를로테 님이 대응하고 계시는 듯하더군요."

정말로 예년대로인 것 같다. 에렌페스트 학생에게도 특별한 변화는 보이지 않는다는 모양이고, 영주 후보생이 갑자기 사라진 지 일주일이나 지났는데 너무 느긋한 게 아닌가도 싶다.

"로제마인이 돌아오지 않았을 때에 대해 고려해야만 한다."

아버님이 슬퍼 보이는 얼굴로 말했다. 최근 일 년 동안 왕족은 로제마인이 구르트리스하이트를 얻어 주는 것을 전제로 행동했다. 최종적으로 구르트리스하이트가 손에 들어온다면 어느 정도 무모한 일도 할 수 있지만, 안 들어온다면 대응을 바꿀 필요가 있다.

아버님과 나는 대신의 가호가 부족하기 때문에 작은 사당을 돌면서 기도를 바쳐야만 한다. 하지만 옛날에 첸트 후보가 귀족원 재학 기간 전부를 써 가며 했던 봉납을 집무와 병행하는 것은 힘든 일이다. 게다가 작은 사당은 속성이 부족한 사람이 특정한 신께 기도를 바치기 쉽도록 하기 위해서 개인적으로 만든 것이지, 첸트가 만든 것은 아니라는 모양이다. 그래서 이미 무너진 사당이나 신상만 남아 있는 곳도 있고, 만들어지지 않았거나 발견하기 힘든 사당도 있는 등등, 일이 간단히 풀리지 않았다.

아버님은 재취득을 통해서 가호를 받은 권속신이 여럿 있기 때문에 어떻게든 전속성을 얻으셨지만, 나는 아직 두 권속신의 가호밖에 못 받았다.

……게다가, 큰 사당까지 돌아야만 구르트리스하이트에 도달할 수 있다.

정신이 아득해지는 이야기다. 거기에 도달한 로제마인이 얼마나 대단한지 뼈저리게 느껴진다. 로제마인은 봉납식에서 일곱 빛깔 빛의 기둥을 세웠으면서 아무렇지도 않았다.

"에그란티느, 로제마인이 돌아오지 않는 만에 하나의 경우를 생각해서 아기에게 수유하는 기간이 끝나면 그대도 같이 사당을 돌아 줘야겠다."

"아버님, 그렇게 되면 에그란티느에게 부담이 너무 크고, 클라센부르크가……."

아나스타지우스가 항의했지만 나는 가볍게 손을 들여서 말을 막았다.

"구르트리스하이트로 가는 길이 보인 지금 상황에 왕족에 있어 구르트리스하이트를 얻는 것이 최우선입니다. 봄이 되고 눈이 녹아도 로제마인이 돌아오지 않을 경우에는 부담이 되더라도 처음부터 전속성을 얻은 에그란티느에게 부탁하는 것이 가장 효율적입니다."

"하지만, 에그란티느는 출산 직후입니다."

매달리는 아나스타지우스를 조용히 바라보며 아버님이 천천히 고개를 저으셨다.

"영주회의가 끝나도 로제마인이 돌아오지 않을 경우, 내가 명하겠다. 그때는 최소한의 수유 기간도 끝났을 테니. 나엘라헤는 에그란티느의 출산을 위해서 복귀해 줬다. 이번에는 에그란티느 차례다. 왕족의 의무로서 사당 순례를 해 줘야겠다."

에그란티느가 미소를 지으며 고개를 끄덕이고는 "알겠습니다, 첸트." 라고 작은 소리로 말했다.

"하지만 가능한 빨리 로제마인 님이 돌아와 주셨으면 싶습니다. 다른 학생이 올해 최우수가 되어 버린다면 너무나 아쉬울 것 같습니다."

3년 연속 최우수였던 로제마인의 성적도 슬슬 본인이 돌아오지 않으면 유지할 수 없겠지. 로제마인이 처음 출석했던 작년 표창식에서 자랑스럽게 웃던 모습을 떠올리자 나도 아깝다는 기분이 들었다.

"하급 귀족의 봉납식 때까지 돌아오지 않으면 에렌페스트와 이야기를 해 봅시다. 에렌페스트가 어떻게 대응할 것인지를 묻고 로제마인의 강의를 어떻게 할 것인지에 대해 의논할 필요가 있습니다. 그 영지는 우리의 상식으로는 가늠할 수 없으니까요."

귀족의 상식에 따라서 움직이면 귀찮아한다. 무엇을 기준으로 대응해야 좋을지를 모르겠다. 로제마인은 앞으로 왕족이 될 예정인데, 왕족에게 에렌페스트와 로제마인은 미지의 존재다. 구르트리스하이트를 얻는 사람이 로제마인인 이상 명령만으로 대응하는 것은 힘들어진다. 어떻게 대응해야 좋을지 하나하나 확인해 가며 진행해야만 한다.

……내가 남편이 되는 건가.

외모가 좋고, 마력이 풍부하고, 유르겐슈미트의 귀족인데 로제마인은 이상하게 의사소통이 제대로 되지 않는 존재다. 신전에서 자랐다는 이유만으로 넘어갈 수 있는 차이가 아니다. 귀족은 물론이고 중앙 신전의 사람들과도 존재 방식이라고 할까, 사고방식이 근본적으로 전혀 다르다. 개인적으로 대면했던 나는 그 점을 실감했다. '귀족들이 혼란스러워하니까, 로제마인에게 권력을 주는 것은 반대한다'는 아나스타지우스의 말도 결코 틀린 이야기는 아니라고 생각했다.

하급 귀족의 봉납식이 끝났는데도 로제마인은 돌아오지 않았다. 봉납식에서 큰 공헌을 한 에렌페스트를 치하한다는 명분으로 청색 의상을 입고 봉납식에 나갔던 귀족들을 초대해서 왕족이 주최하는 다과회를 열었다. 청색 의상을 입었던 이들로 한정했기 때문에 로제마인의 측근과 에렌페스트의 영주 후보생은 초대했지만, 클라센부르크 학생들은 빠졌다.

오늘은 청색 의상이 아니라 귀족의 의상을 입고 빌프리트와 샤를로테를 선두로 로제마인의 측근 여러 명이 들어왔다. 하르트무트, 코르넬리우스, 레오노레, 안게리카, 그리고 학생이 네 명이다. 왕족의 초대에 긴장한 듯한 표정이기는 하지만, 에렌페스트 사람들은 그다지 불안해하지도 않고 난처해하지도 않는 것처럼 보였다.

인사를 마치고, 독이 들었는지를 확인하고, 범위 지정 도청 방지 마술구를 사용해서 로제마인에 관한 이야기를 시작했다.

"꽤 오랫동안 부재중인데, 걱정되지는 않으십니까? 에렌페스트도 큰일이겠죠."

내 질문에 답한 사람은 빌프리트였다.

"분명히 걱정이 되기는 합니다. 하지만 로제마인이 없어도 어떻게든 할 수 있도록 로제마인이 반년 이상의 시간을 들여서 체제를 정비해 뒀습니다. 그러니 그렇게까지 힘들지는 않습니다."

빌프리트는 귀족답게 에두르는 표현을 사용해서 로제마인이 중앙으로 끌려가는 것이나 할버님 곁으로 가는 것이나 없어진다는 점에서는 똑같다고 말했다. 왕족에 대한 화풀이가 아닌가 싶기도 했지만, 에렌페스트에서는 다른 의미일지도 모른다고 생각을 바꿨다.

……에렌페스트와의 대화는 정말 어렵다.

"오랫동안 부재중이라 곤란하기는 하지만, 로제마인 님이 무사하시다는 것은 알고 있기에 그다지 걱정하지는 않습니다."

하르트무트가 말하자 주위에 있는 이들이 씁쓸하게 웃었다. 그 말을 당연하게 받아들이는 듯한 분위기가 너무나 이상했다. 왕족 사이에서는 로제마인이 저 높은 곳으로 올라갔을 가능성까지 이야기가 나오고 있는 상황인데.

"어째서 로제마인이 무사하다고 단언하는 것입니까?"

"저는 주인의 마력을 느낄 수 있습니다. 만약 로제마인 님께서 저 높은 곳으로 오르셨다면, 저도 함께하도록 되어 있습니다."

하르트무트가 웃는 얼굴로 딱 잘라서 말했다. 그러고 보니 왕족이 되는 조건에 이름을 바친 측근은 미성년자라도 데리고 간다는 내용이 있었던 것이 생각났다.

……하르트무트가 이름을 바친 측근이라는 말인가?

보통은 이름을 바쳤다는 사실을 굳이 드러내지 않는데, 하르트무트는 당연하다는 얼굴로 로제마인의 마력 영향하에 있다는 사실을 말하고, 자랑스럽다는 듯이 목에 걸고 있는 마석 장식을 보여줬다. 에렌페스트의 책 마지막 부분과 마찬가지로 로제마인의 문장이 새겨져 있었다.

"로제마인 님의 마력이 나날이 강해지고 있습니다. 어디에 계신지는 모르겠지만, 매일같이 놀랄 정도로 성장하고 계십니다. 무사하시다는 것만은 확신할 수 있으니, 저희는 이렇게 일상생활을 보낼 수 있습니다."

……로제마인의 마력을 느끼는 것에서 기쁨을 찾아내는 하르트무트는 중앙에도 따라오겠지? 에렌페스트의 이상한 사람 비율이 더 높아질 것 같다.

에렌페스트는 앞으로도 계속 로제마인이 병석에 누워 있는 상태로 해 둘 생각인 것 같다. 주위에는 몸 상태가 걱정돼서 영지로 귀환시켰다고 설명한다는 모양이고.

"신기한 사태에 말려들었기 때문에 로제마인 님께서 돌아오셨을 때는 시험을 가능한 빨리 볼 수 있도록 교사에게 명하거나, 겨울 이외에도 귀족원에 머물 수 있도록 배려해 주시면 기쁘겠습니다."

빌프리트의 말에 나는 고개를 끄덕였다. 로제마인을 왕족으로 받아들이기 위해서라면 굳이 부탁하지 않아도 필요한 조치다.

"빌프리트, 한 가지만 말해 주세요. 로제마인과 약혼을 취소하게 되는데, 거기에 대해서는 어떻게 생각합니까?"

"어쩔 수 없는 일이라고 생각하고, 제게는 로제마인의 약혼자라는 입장이 어울리지 않았습니다. 지기스발트 왕자님이라면 좀 더 잘 어울릴 것이라고 생각합니다."

약혼 취소에 대해서는 딱히 집착하지 않는다는 표정이다. 속내는 여러모로 복잡할 텐데, 그야말로 귀족다운 자제심이라는 생각이 들었다.

"이건 제 혼잣말입니다만, 부적 제작은 빨리 시작하는 쪽이 좋을 것 같습니다. 로제마인의 몸을 지키는 부적이 많다 보니 약혼할 때까지 그걸 전부 새로 만들려면 꽤 힘들 테니까요."

그러고 보니 루펜이나 임멜딩크의 학생들이 로제마인의 부적에 반격당했다는 보고를 받은 적이 있다. 구르트리스하이트의 소유주가 되리라는 것을 생각하면 부적은 만드는 쪽이 좋겠지. 나는 차를 권해서 빌프리트에게 고맙다는 뜻을 표했다.

결국 영지 대항전에도 졸업식에도 로제마인은 돌아오지 않았다. 양쪽 모두 로제마인의 모습이 없고, 성적 최우수로 오르트빈의 이름이 불리자 결국 다른 영지도 술렁거리기 시작했다. 하지만 에렌페스트는 병석에 누워 있다는 주장만 했다. 이렇게 오래 누워 있는 건 믿을 수 없다느니, 사실은 저 높은 곳에 오른 것이 아니냐고 난리 법석을 피우던 프라우렘은 영지 대항전에서 끌려 나왔고, 아렌스바흐로 돌려보내기로 결정되었다. 귀족원 교사들이 만장일치로 결정한 일이다.

졸업식 다음 날, 나는 문득 생각이 나서 도서관에 가 봤다. 로제마인이 신경 쓰던 도서관 마술구는 괜찮은지 갑자기 마음에 걸렸다. 겨울 동안에 아무도 마력을 수입하지 않았다면 봉납식에서 마력을 채워 뒀던 마석만으로는 봄부터 가을 사이에 마력이 다 떨어져 버렸을 것이다.

"걱정해 주셔서 감사할 따름입니다. 지기스발트 왕자님."

집무실에서 솔랑쥬로부터 귀족원 기간 중에는 힐데브란트와 한넬로레가 도서위원으로서 열심히 일해 줬다는 보고를 듣고 나는 가슴을 쓸어내리며 안도했다.

이대로도 문제는 없을 것 같아서 나는 내 별궁으로 돌아가려고 했다. 하지만 도서관 집무실을 나와 열람실 문 앞에 서자 문득 발을 멈췄다. 그러고 보니 로제마인이 사라진 현장에 가 본 적이 없다는 사실이 생각났다.

일을 크게 만들지 않도록 로제마인이 사라진 당일에도 2층 열람실에는 가지 않았다. 도서관을 이용하는 학생들이 늘어나면 왕족인 나는 주위를 소란스럽게 만들 수 있기에 갈 수 없게 된다. 하지만 졸업식 다음 날인 지금이라면 아무도 없을 것이다. 나는 열람실에 들어가서 왼쪽에 있는 계단을 올라갔다.

……에렌페스트의 망토?

아무도 없을 거라고 생각했던 2층에 먼저 온 사람이 있었다. 에렌페스트의 망토를 걸친 세 사람이 열람석 안쪽을 보고 있다. 저쪽에 로제마인이 마력을 공급했던 마술구가 있는지도 모른다.

"지기스발트 왕자님?"

돌아본 사람은 페르디난드였다. 로제마인이 관례를 무시해 가면서까지 걱정했던 상대다. 여기에 있는 것을 보면 그들은 로제마인이 병석에 누운 게 아니라 행방불명 상태라는 것을 알고 있는 것이 틀림없다.

"로제마인이 걱정되는군요. 너무나 오래 걸립니다."

"제 생각도 그렇습니다……. 그런데, 지기스발트 왕자님은 어째서 여기에?"

"당신과 같은 이유라고 생각합니다. 로제마인이 마지막으로 마력을 공급했던 마술구를 보러 왔습니다. 학생들이 많을 때는 올 수가 없으니까요."

하지만 페르디난드가 있어서 마침 잘 됐다. 2층의 마술구라는 이야기는 들었지만, 어떤 것이 로제마인이 사라진 원인이 된 마술구인지는 듣지 못했다.

내가 페르디난드에게 "2층의 마술구를 알고 있습니까?" 라고 물었더니, 그는 마술구들의 위치를 하나하나 가르쳐 줬다. 크고 작은 것을 합치면 열 개도 넘는다. 로제마인이 마지막으로 마력을 공급한 마술구가 어느 것인지 모르겠다. 아마도 다른 영지로 나가 있는 페르디난드도 자세한 일은 모를 것이다.

나는 페르디난드에게 고맙다는 말을 하고서 발을 돌렸다. 조금 걸어갔을 때, 페르디난드의 완전히 지쳤다는 듯한 목소리가 들려왔다.

"로제마인은 정말로 내 예정을 엉망진창으로 만들어 버리는군……."

그 목소리는 그다지 크지는 않았지만, 인기척이 전혀 없었기 때문인지 상당히 또렷하게 내 귀까지 전해졌다. 몸을 빙글 돌렸더니 페르디난드는 커다란 책을 안고 있는 메스티오노라 신상을 노려보고 있었다.

모든 학생이 각자의 영지로 돌아가면 기숙사는 연락을 맡는 기사만 남기고 폐쇄한다. 에렌페스트만은 로제마인이 언제 돌아오더라도 괜찮도록 그녀의 시종인 리젤레타와 그레티아, 그리고 호위 기사 두 명과 전속 요리사가 머물겠다는 신청이 들어왔다.

허가를 내려 주고 며칠이 지났을 때의 일이다. 내가 저녁식사를 막 마쳤을 때 올도난츠가 날아왔다. 아버님이 보낸 것이었다.

"지기스발트, 힐데브란트에게서 올도난츠가 왔다. 에렌페스트에서 연락이 들어온 것 같다. 가장 깊은 방을 열어 달라고 한다. 힐데브란트가 간다고 했지만, 동행을 부탁한다."

막달레나가 같은 도서위원인 힐데브란트가 로제마인을 너무 잘 따라서 고민이라고 말했던 일을 떠올리며 나는 자리에서 일어났다. 아버님께 알겠다는 올도난츠를 보내고 힐데브란트에게는 강당 앞에서 합류하자고 전했다. 에렌페스트에는 내가 입회할 테니 강당 앞에 있으라는 내용을 보냈다.

"로제마인 님의 수석 시종인 리젤레타라고 합니다. 이러한 시간에 왕족분들을 번거롭게 해 드려서 진심으로 죄송할 따름입니다. 하지만, 로제마인 님께서 이쪽으로 돌아오셨다는 것 같아서……."

손에 천 뭉치 여러 개를 안은 시종과 호위 기사가 우리에게 사죄했다. 밖은 이미 어두컴컴했다. 오늘 밤은 달이 뜬 덕분에 밝은 편이지만, 왕족을 불러도 되는 시간은 아니다. 하지만 일반적인 절차를 밟아 왕족에게 신청해서 로제마인을 가장 깊은 방에 사나흘씩이나 방치할 수는 없다고 리젤레타가 정말 죄송하다며 말했다.

"로제마인이 돌아와서 다행입니다. 바로 맞이하러 가도록 하죠."

"지기스발트 형님, 이제 열어도 될까요?"

"힐데브란트, 좀 진정하세요."

흥분한 기색이 훤히 보이는 힐데브란트에게 그렇게 말하고 나는 고개를 끄덕여서 허가했다. 강당 자물쇠가 풀렸다. 우리는 어두운 강당 안에서 똑바로 걸어갔다. 넓은 강당 안에 우리의 발소리만이 울린다. 가장 깊은 곳에 있는 문의 마석에 손을 대서 자물쇠를 풀고, 물 위에 뜬 기름막처럼 복잡한 색을 지닌 곳을 지나면 가장 깊은 방이다.

"……로제마인?"

안에 들어가서 주위를 둘러보던 나는 깜짝 놀랐다. 같은 간격으로 줄지어 있는 가느다란 창을 통해서 들어오는 어렴풋한 달빛 속에 빛나는 판을 들고 있는 로제마인으로 보이는 사람 그림자가 보였다. 희미한 빛 속에 드러난 그 모습은 너무나 환상적이어서 살아 있는 사람이 아닌 것만 같았다.

지금 바깥에 펼쳐진 밤하늘과 같은 색의 머리카락은 일부가 둥글게 말려 있고, 낯익은 무지갯빛 마석 장식이 흔들렸다. 나를 향해 돌아본 금색 눈동자는 내 기억 속에 있는 것과 같고, 신전장 의상도 실종된 때 그대로였다. 그렇게 부분 부분은 같지만, 전체를 보면 달랐다. 귀족원에 입학할 나이 정도로 보였던 로제마인이 제 나이에 맞는 모습이 되어 있었다.

어린아이답게 둥그스름했던 얼굴은 살짝 날씬한 윤곽으로 바뀌었고, 귀여운 느낌이었던 얼굴은 영롱한 아름다움으로 변해 있었다. 날씬하게 뻗은 손가락에는 어린아이 같은 둥그스름한 느낌은 없고, 나긋나긋한 느낌만이 있었다. 그녀의 몸은 여성다운 부드러운 느낌을 지니고 있으면서도 미완성이라는 분위기인, 성인을 앞둔 소녀만이 지니는 특유의 덧없는 아름다움이 있었다.

……신들의 축복.

정말로, 그것 말고는 다른 말이 떠오르지 않았다. 원래 얼굴이 단정한 아이이기는 했지만, 성장해서 이렇게까지 아름다워진 것은 예상 밖이었다.

생각도 못 했던 로제마인의 모습을 보고서 깜짝 놀라고 있는데, 우리 뒤에 있던 로제마인의 측근들이 달려왔다.

"로제마인 님!"

"가지고 와 줬군요, 리젤레타. 정말 고마워요."

"무사하셔서 다행입니다. 정말 걱정했습니다."

리젤레타는 손에 들고 있던 망토를 덮어서 로제마인의 모습을 머리부터 발끝까지 완전히 가려 버렸다. 더 보고 싶었는데, 라는 말이 튀어나오려고 했지만 재빨리 삼켜 버렸다.

"로제마인, 그 모습은……?"

나처럼 충격을 받은 듯한 힐데브란트가 약간 상기된 목소리로 물었다. 자신과 키가 비슷했던 로제마인이 단번에 머리 하나가 더 있는 정도까지 성장했으니, 충격을 받을 만도 하겠지.

"시작의 정원에서 에어베르민 님이 육성의 신 안박스께 제 성장을 부탁하셨습니다."

"시작의 정원……?"

힐데브란트가 더 질문하려고 입을 열기도 전에 로제마인이 빛나는 판을 없애고는 내 앞에 와서 섰다. 가슴 언저리에 있었던 머리가 턱까지 올라와 있다. 성인 여성이라기에는 약간 작지만, 나이를 고려하면 조금 더 클 가능성도 있어 보인다.

"지기스발트 왕자님."

그렇게 부르는 목소리도 기억 속에 있는 어리고 새된 것이 아니라, 여성의 부드러운 것으로 변해 있었다. 나를 똑바로 쳐다보는 금색 눈

동자는 똑같다. 하지만, 로제마인의 키가 커진 탓에 거리가 엄청나게 가까워진 듯한 기분이 들었다.

"무례한 짓이라는 것은 알고 있습니다만, 자세한 이야기는 영주회의 때 말씀드려도 되겠습니까? 시급히 에렌페스트로 귀환해서 아우브와 의논해야만 할 일이 있습니다. 영주회의 때까지는 돌아올 테니, 부디 허락해 주십시오."

초조한 기색을 감추려 하지도 않고 로제마인은 그렇게 말했다. 나는 그 금색 눈동자에 내 모습이 비치지 않는다는 것을 실감하는 수밖에 없었다.

언 니 가 안 계 신 귀 족 원

"샤를로테 님, 빌프리트 님. 잠시 실례하겠습니다."

왕족과 상급 귀족의 봉납식을 치른 토요일, 우리가 점심 식사를 하고 있는데 언니의 측근들이 찾아왔습니다. 영주 후보생으로서 봉납식에 참가했던 저나 오라버니와 달리, 신전장인 언니는 모은 마력을 왕족에게 넘기거나 뒷정리 확인도 해야 하기에 같이 기숙사로 돌아오지 못했습니다만, 뒷정리도 다 끝난 모양입니다.

"……어머나? 언니 모습이 안 보이네요. 혹시 또 피곤하다고 하셨나요?"

측근들은 있는데 주인인 언니가 보이지 않아서 저는 고개를 갸웃거렸습니다. 그랬더니 하르트무트가 황홀하게 도취된 듯한 얼굴로 미소를 지으며 두 손을 들었습니다.

"앞으로, 대외적으로는 그렇게 됩니다. 로제마인 님은 지혜의 여신 메스티오노라의 초대를 받으셨으니. 아아, 이 무슨 훌륭한 기적입니까! 신께 기도를!"

갑자기 시작한 기도와 하르트무트의 입에서 나온 뜬금없는 말에 깜짝 놀란 것은 저 혼자만이 아니었습니다. 식당에 있던 학생들과 식사를 도와주는 이들 모두가 '무슨 소리를 하는 건지 모르겠다'는 표정을 지었습니다.

저는 신들과 언니를 찬미하는 하르트무트한테서 다른 측근들 쪽으로 시선을 옮겼습니다. 다른 사람들도 하르트무트의 언동에 곤혹스러워하고 머리를 감싸고 있었는데, 그중에서도 다무엘이 제일 먼저 일어나서 입을 열었습니다.

"봉납식 이후, 도서관에 마력을 조금 양보해 주셨으면 한다는 로제마인 님의 부탁이 허가를 받아 저희들은 지기스발트 왕자님과 함께 도서관으로 갔습니다. 그때, 도서관의 마술구에게도 마력을 공급해 줬으면 한다는 부탁을 받았습니다."

……도서관의 마술구란 슈바르츠와 바이스 얘기겠지.

언니가 도서위원으로서 마력을 공급하고 있다는 것은 에렌페스트 학생이라면 누구나 알고 있는 일입니다.

"부탁받은 대로 도서관의 마술구에 마력을 공급하시던 로제마인 님이 홀연히 모습을 감추셨습니다."

상급 귀족인 하르트무트보다 알기 쉽게 설명해 주는 하급 귀족 다무엘의 이야기에 사람들의 귀를 기울이고 있습니다만, 역시 잘 모르겠습니다.

"저, 언니가 사라졌다니, 대체 무슨 일인가요?"

"정말로 눈앞에서 갑자기 사라지셨기에 저희도 자세한 것은 모르겠습니다. 도서관 마술구의 말에 의하면 할버님이 계신 곳으로 갔다고 합니다."

"할버님이라는 건 대체 누구지?"

의아하다는 표정을 지은 오라버니에게 코르넬리우스가 고개를 좌우로 저어 보였습니다.

"오래되고 위대한 존재라는 모양입니다. 저희는 모르겠습니다. 솔랑쥬 선생님도 지기스발트 왕자님도 모른다고 하셨습니다."

"언니는 무사하신 걸까요?"

"이름을 바친 측근들에게 딱히 이변이 없는 것으로 보아 저희는 무사하다고 판단하고 있습니다. 언제 돌아올지는 로제마인 님께 달려 있다는 듯합니다."

코르넬리우스가 그렇게 말하자 우리는 언니에게 이름을 바친 구

베로니카 파벌 측근들을 봤습니다. 언니가 죽으면 이름을 바친 자들도 죽습니다. 언니의 모습이 보이지 않는 이상, 그들은 상당히 긴박한 생활을 하게 되겠죠.

"지기스발트 왕자와는 말을 맞춰 뒀습니다. 왕족의 명령으로 로제마인 님이 돌아오실 때까지 대외적으로는 당분간 병석에 누워 계신 것으로 했습니다."

레오노레는 그렇게 말하고서 식당 안을 둘러보았다.

"로제마인에게 불의의 사태가 발생했다. 언제 돌아올지는 모르겠지만 무사하다. 우리가 할 수 있는 일은 없으니까 왕족의 명령으로 병석에 누워 있는 것으로 한다. 그러면 되겠지?"

오라버니가 언니 측근들의 말을 정리하자, 학생들은 일단 고개를 끄덕였습니다.

"보나마나 마력을 공급하다가 사라졌다느니 지혜의 여신께 불려 갔다는 소리를 해 봤자 믿어주지도 않을 테니까."

"예. 악의의 유무와 상관없이 로제마인 님의 부재에 대해 말했을 경우에는 왕족분들도 아우브 에렌페스트께서도 꾸중하시겠죠. 그 경우에는 하르트무트의 찬사를 해금해서 다른 영지를 속여야 합니다. 다른 영지에서는 소문을 퍼트린 자만이 아니라 에렌페스트 전체가 하르트무트와 같은 의견이라고 받아들이겠죠."

사람들이 말없이 하르트무트 쪽을 봤습니다. 하르트무트는 지금까지도 황홀한 표정으로 지혜의 여신 메스티오노라께 선택받은 언니를 칭송하고 있습니다. 언니가 유레베에 잠겨 있는 2년 동안 하르트무트가 '에렌페스트의 성녀'라는 소문을 퍼트린 탓에 다른 영지들의 시선이 따가웠다고 측근인 에르네스타가 말했던 일이 생각났습니다.

……하르트무트의 해금만은 반드시 피해야만 합니다!

하르트무트는 봉납식을 위해서 첸트의 특별 체류 허가를 받았으니까 봉납식을 전부 마칠 때까지는 저희 마음대로 영지로 귀환시킬 수도 없습니다.

"아무도, 쓸데없는 말을 하지 말도록. 에렌페스트 전체가 불명예를 뒤집어쓰게 된다."

비장감 넘치는 오라버니의 말에 하르트무트를 제외한 모든 사람들이 고개를 끄덕였습니다.

그날 안에 에렌페스트에 계신 아버님께도 보고했습니다만, 대답은 '왕족이 말한 대로'였습니다. 왕족에게서 뭔가 연락이 올 때까지는 언니는 병석에 누워 있는 것으로 한다. 다른 영지에게도 그렇게 대답하시겠다는 모양입니다.

"언니가 빨리 돌아오시면 좋을 텐데……."

이름을 바친 측근들이 무사하니까 언니도 무사하다. 그걸 알고 있어도 모습이 보이지 않으니 걱정이 됩니다. 하지만, 사흘이 지나도 언니는 돌아오지 않았습니다.

"기숙사의 분위기는 어떤가요? 언니가 귀족원의 불가사의와 조우했다니, 검증해 봐야 한다면서 흥분한 분들이 있죠? 그분들을 통해서 다른 영지로 정보가 새어 나가는 것도 시간문제가 아닐까요?"

귀족원에는 '졸업식 날 밤에 춤추는 신상', '시간의 여신이 장난치는 정자', '디터 승부를 하는 게빈넨' 등등, 수많은 불가사의한 이야기들이 있습니다. '제단의 최고신'은 신들을 모신 사당에 장난을 치던 학생이 신들의 노여움을 사서 갑자기 사라져 버렸다는 이야기입니다.

'로제마인 님의 상황과 많이 닮지 않았나?'라고 말하는 학생들이 있었다고 견습 호위 기사인 폰젤이 보고했습니다. 남학생들 방이 있는 2층에서 일어나는 일들은 여학생들에게 전해지지 않는 경우도 많기 때문에 저는 남성 측근들의 보고를 기다리고 있었습니다.

"하르트무트한테 붙잡혔으니까 그들이 밖에서 떠들고 다니는 일은 없을 거라고 생각합니다."

폰젤은 하르트무트가 무시무시한 웃는 얼굴로 그들을 붙잡아서는 '로제마인 님은 신들의 초대를 받으셨다. 진심으로 그분이 신들의 노여움을 살 짓을 했다고 생각하나? 에렌페스트의 성녀께 도움을 받을 영지의 학생으로서 네 무지를 창피하게 여겨라'라고 꾸짖는 현장을 봤다는 모양입니다.

"검증하기 위해서는 그대들도 완벽하게 기도를 바쳐야만 한다면서 몇 번이나 기도를 시켰습니다. 제 눈에는 그 시점에서 그들의 마음이 꺾인 것처럼 보였습니다, 하르트무트는 그래도 용서해 주지 않았습니다. 로제마인 님의 위업을 암송하라고 했다는 듯합니다."

"암송 말인가요?"

"예. 강의보다 훨씬 중요하다더군요. 그들의 모습을 본 다른 학생들은 로제마인 님에 대한 이야기를 함부로 입에 담지 않게 됐습니다."

기숙사에서는 하르트무트가 항상 눈을 번뜩이며 언니에 대한 찬미를 하는 척하면서 학생들을 위협하고 있다는 모양입니다. 학생들 사이에 문제가 일어났을 때에는 어쩔 수 없겠지만, 남학생들이 3층에 들어오지 못하는 것처럼 여학생인 저는 2층에 들어갈 수 없습니다.

"지금 당장이라도 영주 후보생으로서 제가 막아야만 하는 걸까요? 오라버니도 알고 계시려나요?"

"빌프리트 님은 알고 계십니다. 측근들이 모시러 갔고, 그들이 하르트무트 님을 말려 달라고 부탁드렸다는 모양이니까요."

"……거기에 대해 오라버니는 뭐라고 하셨나요?"

"쓸데없는 소리를 하지 말라고 충고했을 텐데, 라고 각하하셨습니다. 하르트무트에게 들리는 범위 안에서 로제마인 님에 대해 말한 쪽이 잘못했다. 포기하고 암송이나 해라, 라고……."

하르트무트에게 관여하고 싶지 않다고 생각한 오라버니의 기분은 너무나 이해합니다. 저도 오라버니처럼 못 본 척해야겠죠.

"학생들이 언니의 부재에 대해 함부로 입에 담지 않도록 하는 것이 중요하니까요. 왕족이나 아버님께 불려가서 꾸중을 듣는 것보다 장래를 생각했을 때 하르트무트 쪽이 불이익이 적겠죠."

기숙사 내부의 감시는 하르트무트 등에게 맡기기로 결정한 다음 날, 갑자기 힐쉬르 선생님께서 찾아오셨습니다. 사감이시니까 기숙사에 출입하셔도 이상한 일은 아니지만, 힐쉬르 선생님은 안 계시는 쪽이 보통인 분입니다.

"로제마인 님이 병석에 누워 계신다고 들어서 병문안을 왔습니다. 지금까지와 달리 강의를 마치지 않은 채 전혀 모습을 보이지 않으시다니, 로제마인 님답지 않군요. 강의를 마쳐야만 도서관에 가실 수 있지 않나요?"

무슨 일이 일어난 것은 아닌지? 라고 떠보는 힐쉬르 선생님의 날카로운 눈동자 앞에서 언니의 측근들이 오라버니와 눈짓을 주고받았습니다.

……왕족이 뭔가 손을 쓰거나 설명하지 않았다면 얼버무리는 쪽이

좋겠죠?

시험을 보러 가지도 못했습니다. 선생님들도 이상하게 여기시겠죠. 하지만, 하다못해 왕족과 연락을 해서 뭔가 지시를 받기 전까지는 사실을 숨겨 두고 싶습니다.

"잠시 상태를 지켜보고, 저희 쪽에서 연락을 드릴까 합니다만……."

"벌써 며칠이나 지켜봤습니다. 그래서 이렇게 온 것이죠. 어떤 사정이 있는지는 모르겠지만, 아렌스바흐와의 공동 연구는 어떻게 하실 셈인가요? 연구용 소재도 로제마인 님이 가지고 계시겠죠?"

싱글싱글 웃고 있지만 물러날 생각이 전혀 없어 보이는 힐쉬르 선생님을 보고 오라버니가 포기했다는 것처럼 한숨을 쉬었습니다.

"연구용 소재가 목적이라면, 무슨 말을 해도 소용이 없겠군……."

"브륀힐데, 리젤레타. 미안하지만 선생님을 언니 방으로 안내하고 설명을 부탁해도 될까요?"

언니의 여성 측근들에게 설명을 맡기고 힐쉬르 선생님께는 말을 맞춰 달라고 부탁하기로 했습니다. 이야기하는 장소로 언니 방을 지정한 이유는 하르트무트를 빼기 위해서입니다. 하르트무트가 있으면 이상한 찬미 때문에 이야기가 진행되지 않으니까요.

언니 측근들이 힐쉬르 선생님과 이야기를 나눠서 은폐에 협력하고, 언니가 돌아왔을 때 시험과 강의의 조정을 부탁하는 대신 언니가 도서관의 마술구를 만들기 위해서 가지고 왔던 연구용 소재 등을 융통해 줬다는 모양입니다.

"언니는 매년 일찌감치 강의를 마쳤는데, 원래는 최종 시험까지 끝내야만 하니까요. 그때까지는 돌아오시겠죠?"

"예, 그렇습니다. 틀림없이 돌아오실 겁니다."

제가 수석 시종 바네사와 그런 이야기를 나눴지만, 아무런 변화도 없는 채 다시 토요일이 찾아왔습니다. 이번에는 오라버니가 신전장 역할을 맡는 중급 귀족의 봉납식입니다. 귀족원 입학 전인 힐데브란트 왕자님이 참가하신다는 듯합니다만, 저는 참가할 수 없습니다. 봉납식에 참가한 측근들의 보고를 기다릴 뿐입니다.

"봉납식은 어땠나요? 다른 영지 분들도 슬슬 언니의 부재를 눈치 채지 않았나요?"

오라버니는 같은 학년이고 같이 강의를 듣고 있는 영주 후보생들 까지도 알아차리지 못했다고 하셨습니다만, 벌써 일주일이 지났습니다. 힐쉬르 선생님은 불신을 품으셨고, 단켈페르거의 한넬로레 님께 서는 병문안 인사가 들어와 있습니다. 아무래도 이제 슬슬 의심받을 때가 됐겠죠. 하지만 제 견습 시종인 카테린과 카산드라는 얼굴을 마 주 보면서 고개를 갸웃거렸습니다.

"딱히 의심하는 분은 없으신 것 같습니다. 빌프리트 님이 힐데브란 트 왕자님께 직접 병문안 인사를 받으셨습니다. 왕족의 말을 의심하 는 분은 없으시겠죠."

"병문안 인사라고요? 다른 지시 같은 말씀은 없으셨나요?"

"예. 왕족은 현상유지를 바라고 계신 듯합니다. 아마 선생님들께도 손을 쓰시지 않았을까요?"

힐쉬르 선생님께 알려졌을 정도니까요. 선생님들 사이에서도 어느 정도 소문이 돌고 있을 것 같습니다만, 카산드라가 그런 이야기는 들 은 적이 없다고 했습니다.

"조금 신경 쓰인 사람이라면 클라센부르크의 장시안 님이려나요. 도서위원 활동에 참가하셨다는 것 같더군요. 로제마인 님의 회복을 기다리고 있다고 빌프리트 님께 말씀하셨습니다. 그리고 클라센부르크에서 공동 연구를 위한 자료를 빌려왔습니다."

"그 자료는 지금 오라버니가……?"

공동 연구를 위한 자료라면 귀족원 봉납식이 끝나고 다른 영지와의 교류가 시작되기 전에 봐 둘 필요가 있습니다.

"아닙니다. 하르트무트 님이 가지고 가셨습니다. 로제마인 님이 클라센부르크의 자료를 기대하셨다던가요……. 필사해서 에렌페스트가 공동 연구에 사용하는 것은 아무 문제가 없으니까 자신에게 달라고 말하면서 빼앗아 갔다는 모양입니다. 이그나츠 님이 어깨가 축 늘어지셨습니다."

공동 연구 자료니까 저나 오라버니의 측근에게 건네줬으면 싶습니다. 하지만 저희는 아직 강의를 전부 마치지 않았으니까 당장 봐 둘 수 있는 것도 아닙니다.

"클라센부르크와 공동 연구에 대해 이야기할 사교 기간까지는 필사를 끝낼 수 있을까요?"

"하르트무트 님이 영지로 돌아가기 전까지 측근들을 총동원해서 전부 필사하신다는 모양입니다."

"그렇다면 안심이네요."

"빌프리트 님은 공동 연구에 적극적이지만, 초대장은 샤를로테 님께 보내라고 말씀하셨으니 사교 준비를 시작할 필요가 있을 듯합니다."

카테린이 조금 난처하다는 얼굴로 살짝 한숨을 쉬었습니다. 오라버니는 여성에게서 들어온 제안은 전부 제게 보내고 있습니다. 제게 클라센부르크와의 다과회를 준비하게 하고, 공동 연구의 성과만 차지할 생각이겠죠.

"브륀힐데에게 상담해 두는 쪽이 좋을까요?"

"예. 저희 힘이 부족해서 정말 죄송합니다. 저희는 중급 귀족이다 보니, 클라센부르크의 정보를 얻기가 쉽지 않아서……."

"신분 차이는 어쩔 수 없는 일이니까요. 여러분은 가능한 범위에서 브륀힐데 쪽을 보좌해 주세요."

1학년인 장시안 님의 차 취향 등은 아직 다른 영지 사람들에게 알려지지 않았습니다. 시종간의 정보 교환을 통해서 알아내야 합니다만, 상위 영지 영주 후보생의 시종은 상급 귀족이 많고, 초면의 중급 견습 시종은 어지간해서는 상대해 주지 않는다는 모양입니다. 카테린과 카산드라도 얼굴을 마주하고 잠시 이야기를 나누는 정도는 가능하지만, 브륀힐데에 비하면 얻을 수 있는 정보량에 큰 차이가 있습니다.

……저는, 영지를 떠나는 것을 전제로 측근을 모았으니까요…….

지도 역할을 맡던 상급 귀족은 졸업해 버렸고, 저보다 하급생인 상급 견습 시종은 지금부터 키워야만 합니다. 할머님이 횡포를 부렸던 탓이겠죠. 자기 자식을 영주 일족의 측근으로 들이려 하는 상급 귀족이 적었는지, 오라버니와 제 세대에는 측근이 될 수 있는 상급 귀족이 적습니다.

"정말 죄송합니다, 샤를로테 님. 제가 상급 귀족이면서도 도움이 안 돼서……."

"이딜리네는 1학년이니까요. 상위 영지의 귀족과 이미 안면을 튼 사이라면 오히려 이상한 일입니다. 제가 브륀힐데에게 베르틸데와 함께 이딜리네도 교육해 줬으면 좋겠다고 부탁할 테니까, 올해는 얼굴을 알리는 데 힘을 쏟아 주세요."

"알겠습니다."

이딜리네는 베르틸데와 같이 입학한 1학년 견습 상급 시종입니다. 브륀힐데가 있는 동안에 상위 영지의 견습 시종들과 인사를 해 두는 것이 무엇보다 중요합니다.

내년 이후에는 왕의 양녀가 되실 언니의 비호를 받고 바네사의 보좌를 받으면서 이딜리네와 베르틸데가 에렌페스트 기숙사의 선두에 서서 상위 영지와 교섭하게 되겠죠.

"……벌써 열흘이 지났는데, 언니는 괜찮으실까요?"

"샤를로테!"

제가 "아……." 하고 입을 가렸을 때는 이미 늦어서, 하르트무트가 눈을 반짝반짝 빛내며 자리에서 일어나고 말았습니다. 오라버니가 저를 제지하기 위해서 자기도 모르게 자리에서 일어났지만, 하르트무트를 보고는 "아~." 하고 이마에 손을 얹으며 다시 자리에 앉았습니다.

"안심하십시오! 로제마인 님은 매일매일 성장하고 계십니다. 저는 그것을 느낄 수 있습니다!"

……실수했네요.

하르트무트가 언니 이야기를 시작하고 말았습니다. 다른 화제로 돌릴 필요가 있습니다. 저는 하르트무트가 아니라 이름을 바친 다른 측근들 쪽으로 시선을 옮겼습니다.

"언니가 성장하고 계시다는 것은 정말 기쁜 일이지만, 하르트무트의 주장만 가지고는 조금 신빙성이 떨어지는 것 같습니다. 이름을 바친 측근이 주인의 마력을 느낄 수 있다면, 다른 분들도 언니의 성장을 느끼고 계시나요?"

다른 사람들 이야기를 듣고 싶으니 하르트무트는 조용히 해 달라고 간접적으로 부탁했는데, 의도가 전해진 모양입니다. 하르트무트가 입을 다물고는 로데리히와 마티아스를 바라봅니다.

"아, 그게…… 저는 조합할 때라든지 조금 차이가 느껴지는 걸 보면 마력이 증대한 것은 틀림없다고 생각합니다. ……그것이 신체적 성장으로 이어지는지에 대해서는 판단할 수 없습니다만."

"하르트무트만큼 현저한 것은 아니지만, 저도 로제마인 님의 마력이 증대했다는 것은 알 수 있습니다."

"마력이 많아지고 안정된 것처럼 느껴지니까, 하르트무트 말대로 로제마인 님의 그릇이 성장했는지도 모릅니다. ……저는 잘 모르겠지만."

다른 측근들의 소극적인 동의를 듣고, 저는 고개를 끄덕였습니다. 신체적인 성장이 어떤지는 차치하고, 그렇게 많았던 언니의 마력이 아직도 성장하고 있다는 사실만은 틀림없는 것 같습니다. 제가 감탄하고 있는데, 하르트무트가 다른 이름을 바친 측근들에게 불쾌감을 드러내는 모습이 눈에 들어왔습니다.

"하르트무트의 충성심과 세세한 배려를 따라가는 이가 없다는 뜻이군요. 앞으로도 언니의 제일가는 측근으로서 열심히 모셔 주기를 바랍니다."

"샤를로테 님의 분부대로 하겠습니다."

괜히 주의를 주거나 질책하지 않도록 제지했더니 하르트무트는 아주 만족한 것처럼 미소를 지었습니다. 동시에 하르트무트 주위에 있는 언니의 측근들이 하나같이 살았다는 것처럼 가슴을 쓸어내렸습니다. 그중에서 리젤레타가 한 걸음 앞으로 나섰습니다.

"샤를로테 님, 빌프리트 님, 보고드릴 것이 있습니다."

리젤레타의 말에 따르면 오늘 한넬로레 님이 시종을 통해 언니의 병문안 선물로 책을 빌려주셔서 주인 대신 감사 편지를 보내고, 답례로 언니가 준비해 두셨던 책을 빌려드렸다는 것 같습니다.

"앞으로 강의나 다과회에서 한넬로레 님과 접할 기회가 있다면 두 분께서도 책에 대한 감사 인사를 해 주셨으면 싶습니다."

"알겠습니다. 단켈페르거 분들은 언니를 정말 걱정하고 계시니까요. 다과회 등에서 교류할 때는 저도 감사 인사를 드리겠습니다."

"그래, 한넬로레 님은 상당히 세심하게 배려하시는 분이니까. 하르트무트를 비롯한 측근들의 이야기를 들어 보면 잘 있는 것 같으니까 로제마인을 걱정할 필요는 없을 텐데……."

……'걱정할 필요는 없을 텐데'라니요, 오라버니! 걱정해 주시라고요!

언니 측근들의 눈빛이 차갑게 변한 것이 느껴지지 않나요. 저는 살짝 한숨을 쉬었습니다.

하급 귀족 봉납식은 문제없이 끝났습니다. 하르트무트 등이 준비를 잘 해 준 덕분에 저는 지시하는 대로 움직이고 축사를 읊었을 뿐입니다. 하르트무트와 언니의 측근들이 귀족원에 머물 수 있도록 부탁하신 아버님과 허가해 주신 첸트께 감사할 따름입니다. 에렌페스트 학생들이 매주 이런 준비를 하려면 정말 큰일이었겠죠.

"샤를로테 님, 수고하셨습니다. 브륀힐데 님께서 면회를 예약하셨습니다. 급하게 말씀드릴 일이 있으시다는 듯합니다."

봉납식을 마치고 돌아왔더니 이딜린이 긴장한 얼굴로 저를 기다리고 있었습니다. 저는 옷을 갈아입는 것보다 면회를 우선하기 위해서 카테린에게 차를 준비하라고 지시하고, 브륀힐데 님께 면회 요청을 받아들이겠다는 올도난츠를 보냈습니다.

"샤를로테 님, 쾌히 받아들여 주셔서 정말 기쁩니다. 옷을 갈아입을 시간까지 미뤄 주시다니……."

"어머나, 급한 이야기라고 하지 않으셨나요? 이게 필요할까요?"

제가 도청 방지 마술구를 내밀었더니 브륀힐데는 살짝 웃으면서 받았습니다.

"하르트무트가 지기스발트 왕자님의 초대장을 가지고 왔습니다."

"오라버니를 건너뛰고 저를 초대하시는 일은 없을 것 같습니다만……."

왕족에게 초대받는 사람은 항상 언니였습니다. 그리고 언니가 없을 때는 오라버니를 초대하셨고. 고학년인 데다 동성인 오라버니가 이야기하기 편할 것 같으니까 왠지 제가 초대받는 일은 없을 거라고 생각했습니다.

"두 분은 물론이고 로제마인 님의 측근까지 부르셨습니다."

"……지기스발트 왕자님은 어떤 기준으로 출석자를 선택하신 걸까요?"

"하르트무트는 봉납식을 치른 사람들의 공을 치하한다는 명목으로 로제마인 님의 사정에 대해 물으려 하는 것은 아닌지 예상하고 있습니다. 청색 예복을 입었던 자들이라는 조건으로 클라센부르크의 장시안 님은 제외한 것 같으니까요."

공동 연구를 자처한 클라센부르크는 에렌페스트보다 훨씬 왕족과 가까운 영지입니다. 그런데도 초대받지 않았다는 것은 하르트무트의 예상이 옳다는 뜻이겠죠.

"로제마인 님의 중앙 이동에 관한 이야기가 나올 가능성이 있습니다. 그러니 샤를로테 님과 빌프리트 님의 측근들은 배제하는 쪽이 좋을 것 같습니다."

"하지만, 언니의 측근들이 초대받았다면 그렇게 할 구실을 대기가 너무 힘들 것 같습니다."

"영지에서 로제마인 님과 함께 신전에 출입한 자의 동행은 허락하셨다, 라는 것은 어떨까요? 로제마인 님과 동행하는 이름을 바친 측근과, 앞으로 영주 일족에 이름을 올리게 될 저는 정식으로 지기스발트 왕자님과 인사를 해 두는 쪽이 좋을 것 같습니다."

그 외에는 언니의 측근이라도 데려가지 않겠다는 뜻이겠죠.

"알겠습니다. 측근들을 설득해 보겠어요."

"그리고, 아우브 에렌페스트와의 의견 조율도 필요합니다. 그쪽은 빌프리트 님과 샤를로테 님이 잘 의논하시고, 나중에 보고해 주세요."

브륀힐데가 오라버니의 측근에게 말을 걸었지만, '벌써 영주 일족 행세입니까?'라는 의미를 담아 빈정거리곤 하는 바람에 말이 통하지 않았다는 모양입니다.

"오라버니가 브륀힐데가 제2 부인이 되는 것에 비판적이고, 오라버니와 언니의 약혼 취소에 대해 측근들에게 말하지 않았으니까 그런 말도 할 수 있겠지만……. 자기 측근도 제대로 단속하지 못 하다니, 오라버니도 참 곤란하네요."

"측근은 주인의 뜻에 따르는 법입니다. 그렇기에 약혼 취소가 공표

된 이후에 그들의 장래가 어떻게 될지에 대해 빌프리트 님이 좀 더 진지하게 생각해 주시면 어떨까 싶습니다."

브륀힐데가 보기에 오빠는 측근들의 장래에 대해서 그다지 생각하지 않는 듯하다는 뜻이겠죠. 인수인계를 서두르는 언니와는 달리 현상을 유지하라는 명령을 받았으니 어쩔 수 없는 부분도 있겠습니다만, 저도 오라버니에 대해서는 잘 모르겠습니다.

……약혼 취소가 공표된 뒤, 오라버니는 어떻게 할 생각인 걸까요?

지기스발트 왕자님의 초대 당일까지 측근들을 설득했고, 이번 초대에 저도 한몫을 했다고 생각한 탓에, 방심했던 모양입니다.

"분명히 걱정이 되기는 합니다. 하지만 로제마인이 없어도 어떻게든 할 수 있도록 로제마인이 반년 이상의 시간을 들여서 체제를 정비해 뒀습니다. 그러니 그렇게까지 힘들지는 않습니다."

……오라버니, 그건 심한 불경이 아닌가요?! 그렇게 말하면 언니와 양자 결연을 하기로 결정한 왕족에게 빈정대는 것이라고 여겨질 가능성이…….

오라버니는 에렌페스트에서 언니의 인수인계가 잘 되어 가고 있다는 점을 강조하고, 왕족이 걱정할 필요는 없다고 말하고 싶은 것이겠죠. 하지만 지기스발트 왕자가 그 말을 있는 그대로 받아들인다는 보장은 없습니다. 실제로, 저렇게 고개를 갸웃거리고 계십니다.

……제가, 오라버니 대책을 게을리 했어요!

위 언저리가 아파 오는 것을 느끼면서 브륀힐데와 눈짓을 주고받았더니, 브륀힐데는 예상했다는 듯 하르트무트에게 눈짓을 했습니다. 뭔가 대책을 준비한 걸까요. 역시 언니의 측근들입니다. 제가 기대하면서 시선을 보냈더니, 하르트무트가 지기스발트 왕자를 향해 거침없이 말하기 시작했습니다.

……하르트무트, 그런 얘기는 기숙사에서만 해 주세요!

저는 마음속으로 비명을 질렀지만, 하르트무트는 계산한 대로라는 것처럼 지기스발트 왕자님의 정신을 쏙 빼놓고 있습니다. 문장이 들어간 마석을 보고 곤혹스런 표정을 지은 왕자님은 이미 오라버니와의 대화 같은 것은 머릿속에 남아 있지도 않겠죠. 하르트무트는 언니에 대한 찬미를 게을리하지도 않고 주위 사람들을 얼빠진 표정으로 만들어 놓으면서 언니에 관한 소문과 돌아왔을 때 강의를 어떻게 대처해야 할지에 대한 화제로 이끌어 갔습니다. 어떻게 저런 일이 가능한 걸까요. 영문을 모르겠습니다.

"이 뒤에 저희는 영지의 봉납식을 위해서 귀환해야 하니, 몸이 좋지 않은 로제마인 님도 영지로 함께 귀환하셨다고 알릴 예정입니다."

아버님께도 보고드리겠다고 약속했습니다. 모든 의논이 일단락됐을 때, 지기스발트 왕자는 오라버니께 약혼 취소를 어떻게 생각하느냐고 질문했습니다.

"어쩔 수 없는 일이라고 생각하고, 제게는 로제마인의 약혼자라는 입장이 어울리지 않았습니다. 지기스발트 왕자님이라면 좀 더 잘 어울릴 것이라고 생각합니다."

저는 오라버니의 대답을 듣고 힉, 하고 놀랐습니다. 앞쪽은 괜찮았습니다. 단지 뒤쪽이, 뒤쪽이 너무나 불경…….

……게다가 왕족에게 '약혼할 때까지 전부 새로 만들려면 힘들다'는 말은……. 오라버니, 대체 무슨 소리를 하시는 건가요?

저는 쭈뼛쭈뼛 지기스발트 왕자님의 분위기를 살폈습니다만, 얼굴에는 별다른 기색이 드러나지 않았습니다. 그래서 더 무섭습니다. 하지만 지기스발트 왕자는 조금 생각에 잠긴 뒤에, 오라버니께 차를 권해 주셨습니다.

혹시…… 영지 문제와는 별개로 차기 영주 자리에서 내려오게 되는 오라버니 개인에 대한 보증이 있을 예정이었던 걸까요? 그걸 사퇴했다고 받아들이셨고……?

최소한 심기가 상하지는 않으신 모양입니다. 저는 그제야 가슴을 쓸어내릴 수 있었습니다.

"정말 감사했습니다. 영지 봉납식도 잘 부탁드리겠습니다."

저희는 영지로 귀환하는 하르트무트 일행을 배웅했습니다. 앞으로 다른 영지에게는 '영지의 봉납식을 치르기 위해 귀환했다'고 말할 예정입니다. 언니가 귀환하는 것은 딱히 신기한 일도 아니기 때문에 기숙사 안의 분위기가 단숨에 풀어졌습니다.

"이것으로 예년대로 돌아왔다. 갑자기 사라져서 놀랐지만, 로제마인이 없으니 괜한 소동이 벌어지지 않아서 좋군."

"오라버니, 그게 무슨 말씀이신가요?"

"사실이 아닌가. 올해는 보고서에 쓸 내용도 거의 없다."

……하르트무트 일행은 귀환했어도 다른 측근들이 있다고요!

상대가 영주 일족이다 보니 언니의 측근들도 딱히 반론하거나 불만을 제기하지는 않았습니다. 하지만 오라버니에 대한 인상은 나날이 나빠져 갈 뿐입니다. 어째서 오라버니는 말하지 않아도 되는 것까지 굳이 말해서 상대에게 나쁜 감정을 품게 하는 걸까요.

"저는 언니가 안 계셔서 곤란합니다. 다른 영지에서 들어오는 사교 제안들이 하나같이 언니와의 관계가 필요한 분들이니까요."

"그것도 예년대로가 아닌가. 딱히 곤란한 일은 없을 텐데."

……제가 우려하는 건 올해 문제가 아니라고요!

그렇게 말하면 좋겠지만, 입막음을 당한 상태인데 말할 수 있을 리가 없습니다. 저는 삼켜 버린 말을 한숨으로 바꿔서 토해 냈습니다.

언니가 중앙으로 이동하면 다른 영지가 에렌페스트를 보는 시선이나 교류에 큰 변화가 생기겠죠. 올해 겨울에는 최대한 언니와 함께 움직여서 다른 영지 분들에게 언니와의 사이가 좋다는 점을 과시해 장래에 에렌페스트의 이익으로 이어 나갈 생각이었습니다. 언니가 안 계시면 그것도 할 수가 없습니다.

……정말이지, 빨리 돌아와 주세요.

사교 기간이 시작됐습니다. 사교는 저와 오라버니가 앞장서는 형태로 예년대로 진행했습니다. 올해는 브륀힐데도 추가됐습니다. 언니의 측근이자 장래의 영주 일족입니다. 브륀힐데의 입장이 달라지면서 작년보다 다양한 상담이 가능해졌습니다. 브륀힐데가 참가해 줘서 정말 마음이 든든합니다.

"언니께서 클라센부르크의 장시안 님을 도서위원으로 삼아 주시겠다고 약속하셨다는 듯한데, 어떻게 할까요? 저쪽도 아우브의 명령이라는 모양이니까 언니의 몸이 조금이라도 좋아졌을 때 만났으면 싶다고…… 하십니다만."

클라센부르크의 자료를 반납하기 위한 다과회에서 그런 부탁을 받은 저는 상당히 난처해졌습니다. 저는 도서위원이 아니다 보니 가입에 무엇이 필요한지 전혀 모릅니다. 정말로 그런 약속을 했는지 아닌지도 모릅니다.

"에그란티느 님을 통해서 부탁받았다고 로제마인 님이 말씀하셨습니다. 에그란티느 님을 통해서 거절하도록 하죠. 아니면 같은 도서위원인 힐데브란트 왕자님께 부탁하는 것은 어떨까요?"

주인과 측근은 닮는 것일까요? 왕족이 가져온 의뢰는 왕족에게 돌려보낸다는 브륀힐데의 발상이 왠지 언니와 닮은 모양이라고 생각했다는 것은 비밀입니다.

장시안 님의 문의 외에는 다른 영지에서 언니의 오랜 병환을 이상하게 여기는 발언은 나오지 않았습니다. 병문안 인사도 특정한 분에게서 들어올 뿐. 다른 영지로 정보가 새지 않았다고 안도하는 한편, 왠지 너무나 쓸쓸한 기분도 들었습니다.

"감상적인 기분에 빠질 때가 아닙니다. 아무래도 영지 대항전에서는 문의가 많이 들어오겠죠. 아우브 및 왕족과 사전 합의가 필요하다고 생각됩니다."

"합의고 뭐고…… 아버님은 병석에 누워 있다고만 주장하실 겁니다. 영지 사람들에게도 그렇게만 말하고 계시니까요. 그보다, 아버님은 브륀힐데에게 어떤 머리 장식을 선물하셨나요? 어머님께도 선물하시도록 브륀힐데가 권했었죠?"

언니와 오라버니의 약혼이 취소되기로 정해진 이상, 라이제강계 귀족은 브륀힐데의 자식에게 기대하게 되겠죠. 브륀힐데는 예전보다 훨씬 운신하기 힘든 입장에 처하게 되었습니다.

"플로렌치아 님의 체면을 세워드린다는 약속을 어길 생각은 없으니까요. 그러기 위해서라도 샤를로테 님께서 좋은 남편을 맞이하셔야할 텐데요……."

"임시 아우브 지위에 납득해 주실 분이, 계실까요? 너무 상위인 영지 출신인 분을 맞아들인다면 이 김에 내가……. 라고 생각하시겠죠?"

"양자 결연으로 영주 후보생이 늘어난 것 같으니까 연하도 고려해 보시는 건 어떨까요?"

저는 브륀힐데에게 자식이 생길 경우 그 아이가 세례식을 치르기 전에 영주를 계승해서 라이제강계 귀족의 기세를 꺾고, 멜키오르의 성장을 기다려야겠다고 생각합니다. 멜키오르에게 조용히 아우브 지위를 양도하려면 제 배우자는 비슷한 순위의 영지 출신자로 하고 멜키오르에게 상위 영지 출신의 배우자를 찾도록 하는 쪽이 좋다고 생각합니다.

사교 기간이 끝나고, 영지 대항전이 시작됐습니다. 예상했던 대로 다른 영지에서 문의가 다수 들어왔습니다. 하지만 언니에 대해서는 '병석에 누워 있습니다'라고 주장하는 수밖에 없었습니다.

……숙부님도 불신감을 보이는 눈으로 정보를 모으고 계셨죠…….

숙부님에게도 그 측근들에게도 진실은 말할 수 없습니다. 어떤 정보를 주고받는지 아렌스바흐 쪽 사람들이 지켜보고 있었으니까요. 왕족과 중앙 기사단도 저희의 동향에 주목하고 있습니다. 도저히 뭔가를 말할 수 있는 상황이 아닙니다. 언니가 준비하던 것을 리젤레타를 통해서 건네주는 것이 고작이었습니다. 평소였다면 같이 드렸을 음식과 편지가 없는 것을 통해서 언니에게 이상한 사태가 벌어졌다는 것만은 전해졌겠죠.

……상담할 수 있다면 정말 마음이 든든했을 텐데.

숙부님이 계속 언니의 뒤처리를 해 주신 탓일까요. 왠지 언니가 사라진 원인을 알아내 주실 것만 같은 기분이 들었습니다.

졸업식에서는 아버님이 브륀힐데를 에스코트하면서 제2 부인이 된다는 것이 공식적인 사실이 됐습니다. 아버님이 어머님 외의 다른 사람과 함께 있는 모습을 보고, 저는 조금 위화감이 들었습니다. 정말로 아버님은 어머님밖에 모르던 분이니까요.

"빌프리트, 미소가 부족합니다."

미소를 지은 채, 어머님이 오라버니에게 주의를 줬습니다. 기숙사에서 오라버니는 훨씬 불만이라는 얼굴이었습니다만, 어머님이 오라버니와 그 측근들을 회의실로 불러서 꾸중하신 덕분에 지금은 간신히 귀족다운 표정을 짓고 있습니다. 제가 두 사람의 모습을 지켜보고 있었더니 어머님이 저를 보셨습니다.

"브륀힐데의 머리 장식, 제 머리카락 색과 영지의 색입니다. 좀 더 자신에게 어울리는 색을 고르라고 했는데 본인이 양보하지 않았습니다. 졸업식 때 약혼자에게서 받는 머리 장식인데 자신에게 어울리는 색보다 영지의 색을 선택하다니……."

어머님의 말씀을 듣고 저는 브륀힐데의 새빨간 머리카락 쪽으로 시선을 옮겼습니다. 영지 색깔의 머리 장식이 그녀의 결의를 잘 보여 주고 있습니다.

"브륀힐데는 아버님의 애정을 바라는 것이 아니니까요. 어머님과 대립하지 않는 것, 라이제강계 귀족이 설치지 않도록 하는 것이 가장 중요한 일입니다. 저는 어머님의 머리 장식도 잘 어울리신나고 생각합니다. 어머님은 브륀힐데의 머리카락 색에 맞추셨잖아요? 그 진홍색 미트페어가 어머님을 보다 화사하게 보이도록 해 주고 있습니다."

서로의 머리카락 색과 비슷하게 맞춘 색 조합이 두 사람을 돋보이게 하고 있습니다. 미트페어의 꽃말은 '협력'입니다. 거기에서 두 사람의 생각이 잘 드러나고 있는 게 아닐까요.

어머님은 피식 웃으시고는 "다음에는 샤를로테도 같이 만들도록 해요."라고 말씀하시면서 제 손을 살짝 두드리셨습니다.

졸업식이 끝나면 영지로 귀환하기 시작합니다. 왕족께 제안해서 언니를 위해 기숙사는 닫지 않기로 했습니다. 시종 두 명, 호위 기사 두 명, 전속 요리사 한 명, 하인 두 명을 기숙사에 남기고 저희는 귀환했습니다.

봄을 축하하는 연회가 끝난 다음날이었습니다. 제 방에서 아침식사를 하는데 올도난츠가 날아왔습니다. 어젯밤에 귀족원에서 언니가 돌아왔다는 연락이 있었다고 합니다.

"이제 곧 돌아오신다는 얘기잖아요?!"

식사를 마친 저는 측근들과 오늘 예정의 변경에 대해 이야기를 나누고 준비를 했습니다. 방에서 나와 계단을 내려갔더니 오라버니와 멜키오르가 있었습니다. 셋이서 전이진의 방으로 갔습니다. 아버님과 어머님, 보니파티우스 님도 계셨습니다. 언니의 측근들이 이제나저제나 하는 모습을 보니 왠지 흐뭇한 기분이 들었습니다.

전이진에 마력이 채워진 것 같습니다. 검은색과 금색으로 빛나기 시작했습니다. 불꽃처럼 흔들리는 빛이 가라앉았을 무렵, 전이진 위에 세 사람이 있는 모습이 보였습니다.

저는 '잘 다녀오셨어요'라고 말할 생각이었는데, 아무런 말도 할 수가 없었습니다. 전이진에서 나타난 언니가 너무나 아름답게 성장하셨기 때문입니다. 하르트무트한테서 '성장하고 계십니다'라는 말을 듣기는 했지만, 외모가 이렇게 달라질 정도로 성장하셨으리라고는 상상도 못 했습니다.

아름다운 밤의 색을 지닌 머리카락이 살랑살랑 흔들리고 있습니다. 금색 눈동자가 살짝 불편하다는 것처럼 주위를 보고 있는데, 시선이 저보다 위쪽에 있어서 마치 어른이 된 것처럼 보입니다. 이제는 누구도 '귀엽다'고 말하지는 못하겠죠. 그 단정하고 아름다운 얼굴을 보니 감탄하는 숨결이 흘러나왔습니다. 계속, 다양한 각도에서 보고 싶다는 기분이 들었습니다.

"양아버님, 지금 돌아왔습니다. 걱정을 끼쳐드려서 정말 죄송합니다. 제가…… 정말 중요한 얘기를 드려야 할 것 같습니다."

언니는 제일 먼저 아버님께 인사를 하고 곧바로 면회를 요청했습니다. 아직 피곤한 기색이 보이는데도 영주 집무실로 가시려는 모양입니다. 저와는 전혀 다른 것을 보고 있는 것 같은, 모든 것을 들여다보고 있는 듯한 언니의 모습을 보고, 저는 압도적인 차이를 느꼈던 세례식 무렵의 일을 떠올렸습니다.

……어쩌죠? 왠지 언니가 갑자기 멀어진 것 같은 기분입니다.

약간 주눅이 들면서 언니와 보니파티우스 님이 이야기하는 모습을 보고 있는데, 오라버니가 저벅저벅 걸어가서 지금까지와 다를 것 없는 얼굴로 언니에게 웃어 보였습니다.

"하르트무트가 매일 성장하고 있다면서 시끄럽게 굴었는데, 정말로 성장했구나. 놀랐다."

"우흐흥, 미인이 됐죠? 거울을 보고서 저도 깜짝 놀랐어요."

"음. 분명히 미인이 됐군. 그런데, 내면은 성장하지 않은 건가? 외모와의 차이가 너무 심하구나."

　오라버니와 언니의 대화는 예전과 똑같았습니다. 생김새는 달라졌어도, 시선이 저보다 높은 곳으로 갔어도, 언니는 언니입니다. 주저하지 않고 같은 태도로 대하는 오라버니를 보고 감탄과 감사의 한숨을 쉬고, 저는 그제야 언니께 말을 걸 수 있었습니다.

　"언니, 잘 오셨어요."

각자의 바람

"레티치아 등은 여기에 가둬 둘 테니, 배가 도착하면 이동시키세요. 아, 북쪽과 서쪽 별채 출입 허가가 필요하겠군요. 이걸 가지고 가면 결계를 통과할 수 있습니다. 거기 있는 여성도 레티치아와 동행하게 해도 좋습니다. 같은 편 귀족들에 대한 연락은 맡기겠습니다. 레온치오 님, 저희는 저택으로 가도록 하죠."

디트린데 님은 자기 호위 기사들에게 몇 가지 지시를 내리고는 기분 좋게 미소를 지으며 걸음을 옮겼다. 절망에 빠져서 떨고 있는 레티치아 님과 견습 시종은 로스비타를 가둬 뒀던 방에 그대로 갇혀 있다.

이 뒤에 레티치아 님의 방이 있는 북쪽 별채와 페르디난드 님의 방이 있는 서쪽 별채에 있는 마술구와 마석을 운반하고, 레티치아 님 일행과 함께 배로 옮길 예정이다.

……조금 불쌍하기는 하지만…….

레티치아 님은 이런 곳에서 디트린데 님의 괴롭힘을 받으며 사는 것보다 란체나베로 가서 새롭게 찾아온 마력이 풍부한 여성으로서 많은 남성들의 사랑을 받으며 지내는 쪽이 훨씬 행복하겠지. 디트린데 님이 레티치아 님을 미워한다는 것을 알고 있는 나는 문을 슬쩍 본 뒤에 디트린데 님을 에스코트해서 성의 정면 현관으로 걸음을 옮겼다.

"아, 어머님께 계획이 성공했다고 전해야겠군요. 틀림없이 이제나저제나 하시며 제 성공을 기다리고 계시겠죠."

게오르기네 님은 '기원식을 위해' 며칠 전 에렌페스트와의 경계에 가까운 토지를 향해 출발했다. 그곳은 올도난츠라고 하는 하얀 새 마술구가 간신히 도달하는 장소라는 모양이다. 그녀는 그곳에서 명령 완수 보고를 기다리고 있다는 듯하다.

……그 이후의 행동에 대해서는 자세히 말씀해 주시지 않았지만,

에렌페스트를 손에 넣기 위해서 움직이는 것은 틀림없겠지.

게오르기네 님의 관심은 오로지 에렌페스트뿐이다. 말하는 내용을 들어 보면 란체나베도 아렌스바흐도 중앙도, 자기 딸조차도 에렌페스트를 수중에 넣기 위한 수단으로만 여기고 있는 것 같았다.

그런 사람이 디트린데 님에게 '레티치아 님이 페르디난드 님을 마석으로 만들면 연락하도록'이라고 명령했는데, 디트린데 님은 빈손으로 공급의 방에서 나왔다. 그에게는 독이 듣지 않았다고 했다. 어쩔 수 없이 슈타프를 봉하는 마술구 수갑을 채우고 마력을 공급하게 해서 마력을 고갈시키도록 했다는 모양이다. 즉, 페르디난드의 사망은 아직 확인되지 않았다.

"보고하기 전에 페르디난드 님의 마석을 취하지 않으셔도 정말 괜찮으시겠습니까?"

디트린데 님은 '제 성공을 기뻐해 주실 것이다'라며 천진난만하게 웃고 있는데, 게오르기네 님이 그러실 리가 없겠지. 그분은 자신의 계획을 위해서 담담하게 장기말을 움직이고 있을 뿐이다. 자기 계획이 실패하면 그 구멍을 메우기 위해서 다른 계획을 진행하거나 새로운 계획을 세울 사람이다. 아마도 '그냥 놔두면 죽을 것이다' 같은 어설픈 보고를 가장 싫어할 것이 분명하고, 약간의 오차를 숨기는 바람에 계획을 수정하지도 못하게 된다면 치명적인 실패로 이어지게 될 듯하다.

"어머나, 레온치오 님은 제게 페르디난드 님의 마력이 고갈될 때까지 공급의 방에서 감시하라는 말씀이신가요? 싫습니다. 그 분, 그 독을 맞고도 마석이 되지 않았고, 상처 입은 짐승은 흉포하니까요."

……위험한 존재이기에 게오르기네 님이 '사망을 확인하고 마석을

란체나베에게 건네라'라고 하신 게 아닐까?

디트린데 님이 접촉하지 못하도록 행동했기 때문에 나는 페르디난드 님과 인사 이외의 접촉을 가져 본 적이 거의 없다. 디트린데 님은 '질투가 심하고 무슨 일이건 반대하는 차가운 남자'라고 들었는데, 게오르기네 님은 '예전에 귀족원에서 최우수를 차지했고, 내게 가장 방해가 되는 존재'라고 평가했다.

……그리고, 중앙 기사단장이 엄청 싫어하고.

자세한 사정은 말해 주지 않았지만, 페르디난드 님은 아달지자의 별궁에서 새어 나온 마석이라는 듯하다. '본래의 마땅한 모습이 되어 란체나베로 가야만 한다'고 역설하던 중앙 기사단장의 모습이 뇌리에 떠올랐다.

……나는 딱히 개인적인 원망은 없지만.

유르겐슈미트의 정변 때문에 란체나베의 공주가 머무르는 별궁이 폐쇄됐고, 마석이 들어오지 않게 된 지도 벌써 10여 년이 지났다. 작년에는 디트린데 님이 융통해 주셨고, 오늘 밤의 마석 사냥으로 예년에는 찾아볼 수 없을 정도로 양질의 마석이 손에 들어올 예정인데, 그래도 마석은 많으면 많을수록 좋다.

대영지의 사위가 되라는 명령을 받을 정도로 많은 마력을 지닌 몸으로 자란 아달지자의 열매가 대체 어떤 마석이 될지 기대하고 있었는데, 마력 고갈로 사망하게 되면 손에 들어오는 것은 빈 마석에 불과하다. 아까울 따름이다.

"기다리지 않아도 손을 쓰면 마석은 손에 들어옵니다만……."

"어머나, 여성에게 그런 야만적인 일을 바라시면 안 된답니다."

디트린데 님은 불쾌하다는 듯 얼굴을 찌푸리며 나를 노려봤다. 영주 일족의 여성이 직접 적에게 손을 쓰는 일은 말도 안 된다는 모양이다. 자신의 계획을 추진하기 위해서 자기 남편도 죽인 듯한 게오르기네 님과 달리, 눈앞에 있는 사람은 아무런 각오도 없는 것 같다.

"하다못해, 아직은 죽지 않았다고 정확하게 보고하는 쪽이 좋지 않을까요?"

"그러면 제가 어머님께 꾸지람을 듣겠죠? 이렇게 등록 마석을 빼서 제가 가지고 있는 이상, 공급의 방에서 나올 수는 없어요. 시간이 지나면 죽게 됩니다. 그걸로 된 것 아닌가요."

디트린데 님은 '빼놓기만 하면 측근이 다시 끼워 넣을지도 모르잖아요?'라고 말하며 가지고 온 등록 마석을 내게 보여줬다. 이게 없으면 페르디난드 님은 마력 공급에서 벗어난다고 해도 공급의 방에서 나올 수는 없다는 듯하다.

……마력이 고갈되거나 굶어 죽거나, 라는 이야기인가.

여기서 디트린데 님의 기분이 상하기라도 하면 귀찮고, 그 게오르기네 님이니까 딸의 성격 정도는 다 계산해 뒀겠지. 다른 사람에게 정확한 연락을 하라는 의무를 줬을 것이다. 나는 슈타프가 없기에 올도난츠를 쓸 수도 없고, 여기서는 란체나베에 있는 통신 수단을 사용할 수 없다. 게오르기네 님께 연락하는 것은 포기하고, 나는 웃는 얼굴로 기분을 풀어 주면서 디트린데 님을 마차까지 에스코트하기로 했다.

"제게 입실 자격이 있다면 디트린데 님의 아름다운 손을 번거롭게 할 필요는 없었다고 아쉬워하고 있을 따름입니다. 혹시 기분이 상하셨는지요?"

"어쩔 수 없군요. 용서해드리겠습니다. 그럼, 나중에 뵙죠."

……이 짓도 이제 얼마 안 남았다.

디트린데 님이 탄 마차가 출발하는 것을 지켜본 뒤에, 나를 위해 준비된 마차에 탔다. 디트린데 님은 게오르기네 님과 레티치아 님 등의 다른 동승자가 있지 않으면 나와 같은 마차에 타지 않는다. 사람들 앞에서는 그렇게 달라붙으면서도, 마음속으로는 아직 미혼 여성으로서 선을 지키는 교류를 한다고 생각하는 모양이다. 하지만 주위 사람들이 나무라는 모습이 자주 보였던 것을 생각해 보면 그녀의 기준이 이상하거나 뭔가 혼자만의 생각이 있는 것으로 보인다.

……피곤하다.

나는 마차 안에서 후우, 하고 천천히 한숨을 쉬었다. 평소에는 종자 같은 얼굴로 내 뒤에서 대기하고 있던 사촌 조르다노가 옆자리에서 빙긋 웃었다. 유르겐슈미트 귀족에 맞춰서 꾸미고 있던 표정이 완전히 사라졌다.

"레온치오, 계획대로 됐다. 이것으로 모든 게 다 잘 될 것 같군."

"이제 시작되기는 했지만, 잘 될지 여부는 아직 모르잖아?"

나는 너무 성급하다고 조르다노를 나무랐지만, 그는 어깨를 슬쩍 으쓱거릴 뿐이었다.

"모든 일이 잘 될지는 아직 모르지만, 오늘 밤 마석 사냥과 아가씨들 수송은 확실하잖아? 그것만 어떻게든 되면 별궁을 다시 열기 어렵더라도 당분간은 버틸 수 있겠지."

오늘 밤은 란체나베 사람들이 실컷 날뛸 예정이다. 게오르기네 님과 디트린데 님이 레티치아 님에게 편드는 귀족들을 공격해도 좋다는 허가를 내려 줬다. 자신이 아니라 레티치아를 차기 영주로 옹립하려는 귀족들에게 화가 난 디트린데 님과 앞날을 위해 자신에게 방해되는 자들을 제거하려는 게오르기네 님, 양질의 마석이 필요한 우리의 생각이 일치한 결과물이다.

"이거 참, 유르겐슈미트의 귀족들은 정말 무섭군. 반대하는 이에게는 인정사정이 없다니까. ……하지만, 이제야 겨우 왕족의 힘이 돌아온다. 전부 잘 되면 콜라렐리에 일족의 입장도 강화될 거야."

란체나베에는 콜라렐리에, 센티스, 레베라이아라는, 유르겐슈미트의 꽃 이름에서 따온 세 일족이 있다. 그것은 란체나베의 공주가 지내는 별궁의 방 이름에서 유래한 것이다.

나는 왕에게 이야기를 들었을 뿐이기에 별궁에 대해 그렇게까지 자세히 아는 것은 아니지만, 별궁에는 방이 세 개 있고 항상 세 명의 공주가 머무른다는 모양이다. 란체나베의 공주가 낳은 남자아이 하나가 성인이 되는 동시에 슈타프를 받고 차기 왕으로서 돌아오게 된다. 그것이 관습이었다. 하지만 피가 너무 짙어지지 않도록 란체나베의 공주를 받아들이는 것은 몇 대에 한 번뿐. 그 동안에는 공주의 달이 별궁에서 지낸다고 들었다.

유르겐슈미트에서 자란 차기 왕은 란체나베로 돌아오면 왕과 양자 결연을 맺는 형태로 왕족이 된다. 당연히 그는 란체나베에 대해 잘 모르니까 왕으로서의 교육과 보좌를 맡을 친족이 붙는다. 보통은 모친의 친족이 그 역할을 맡는다.

내 조부 키아프레도 왕의 모친은 콜라렐리에의 공주, 제르바시오 왕의 어머니는 레베라이아의 공주다. 당연히 제르바시오 왕 주위에는 레베라이아 친족들이 붙었다. 키아프레도 왕은 자신의 딸을 제르바시오 왕의 아내로 삼았지만, 제르바시오 왕과 마음이 맞지 않았는지, 아니면 그의 취향이 아니었는지 어느 정도 존중해 주기는 했지만 총애를 받지는 못했다.

그래서 제르바시오 왕이 왕위에 오르자 중용되는 자들은 왕의 친족인 레베라이아와 왕의 총애를 받은 아내의 일족인 센티스 사람들이 많아졌고, 우리 콜라렐리에 일족은 조금씩 중심에서 밀려나게 됐다.

그리고 얼마 없는 마석을 어떻게든 잘 활용하기 위해서 기술이 진보했고, 마력이 아닌 동력 쪽으로 세상이 변해 가기 시작했다. 도시를 유지하기 위해서는 슈타프를 가진 왕이 필요하지만, 마력밖에 없는 왕족은 그렇게 많이 필요 없다는 말이 나오게 됐다.

내가 왕족으로서 성에 남기 위해서는 여동생을 콜라렐리에의 공주로서 아달지자의 별궁에 보내고 차기 왕의 보좌역이 되어야만 한다. 하지만 공주를 별궁에 보내기 위해서는 첸트의 허가가 필요하다. 정변 이후 별궁 폐쇄를 결정했을 때 란체나베에서 항의했지만, 받아들여 주지 않았다. 그래서 첸트에게 의견을 전할 수 있는 자와의 연줄이 있어야만 다시 별궁을 열 수 있으리라고 생각하게 됐고, 우리는 조용히 첸트가 바뀌기를 기다렸다.

게오르기네 님의 편지를 받은 사자가 돌아온 것이 2년 전의 일이었던가. 아직 선대 아우브 아렌스바흐가 살아 있던 무렵이다.

"란체나베의 왕은 중앙 기사단장과 면식이 있으십니까?"

그 편지의 내용은 아주 간결했다. 무엇보다 질문하는 내용이면서 중앙 기사단장의 이름조차도 적혀 있지 않았다.

"중앙 기사단장은 첸트를 지키는 호위 기사다. 첸트를 따라다니지만 별궁을 방문하는 일은 거의 없었던 것으로 기억한다. 면식이 있다고 할 수는 없다. 그리고 내가 알고 있는 기사단장과 동일인인가? 다른 인물로 바뀌었어도 이상하지 않을 텐데."

제르바시오 왕은 짐작 가는 이가 없다고 했지만, 첸트와의 연줄을 만들 수 있는 귀중한 기회다. 이 기회를 놓칠 수는 없다. 성안은 들끓었다. 편지에서 말하는 란체나베의 왕이란 제르바시오 왕이 아니라 선대인 키아프레도 왕이 아닐까? 첸트가 별궁을 방문했을 때에 동행하고 인사를 나눈 적이 있는 것은 아닐까? 첸트와 차기 왕이 인사했을 때 대화를 나눈 적이 있지는 않을까? 별궁에서 친했던 이가 중앙 기사단장으로 취임했을 가능성은? 등의 이야기로 크게 법석을 떤 결과, 일단 접촉해 보기로 했다.

하지만 갑자기 왕을 아렌스바흐로 보낼 수는 없다. 제르바시오 왕에게 무슨 일이 일어나기라도 했다가는 아직 차기 왕이 없는 란체나베는 크게 곤란해진다. 왕이 가기 전에 교섭을 맡을 사람을 보내는 편이 낫다. 게오르기네 님과 중앙 기사단장에게서 자세한 이야기를 듣기 위해, 별궁을 열어 줄 수 있도록 교섭할 연줄을 조금이라도 늘리기 위해, 최악의 경우에는 교역으로 지금보다 조금이라도 더 많은 마석을 얻을 수 있도록······.

거기서도 누구를 보내야 좋을지 한참을 의논했고, 여러 명의 후보 중에서 내가 그 역할을 쟁취했다.

"이번 계획이 잘 되면 란체나베도 크게 달라진다."

내 말을 듣고 조르다노가 고개를 끄덕였다. 마차 창문 밖으로 항구의 모습이 보인다. 란체나베의 배가 도착해 있는 것이 보였다. 계획은 순조로운 모양이다. 나는 고양되는 기분을 억누르지 못하고 마차가 란체나베 저택에 도착하기를 기다렸다.

"어라, 알스테데 님. 벌써 와 계시리라고는 생각도 못 했습니다."

"손님이 오셨다면 먼저 도착하는 쪽이 좋겠다고 생각했습니다. 조금 전 항구에 배가 도착했다는 기별이 있었답니다. 이제 곧 도착하지 않을까요?"

먼저 도착한 디트린데 님은 바로 저택 안으로 들어가 버렸는지 보이지 않았지만, 그녀의 언니인 알스테데 님이 나를 맞이해 줬다. 사실 현재는 그녀가 아렌스바흐의 주추 마술을 물들이고 있다. 아직 첸트의 승인은 받지 않았지만 실질적인 아우브다.

알스테데 님은 보라색에 가까운 파란 머리카락에 밝은 녹색 눈동자를 지닌 20대 전반의 상급 귀족이다. 머리카락과 눈의 색채와 얼굴 생김새는 게오르기네 님을 닮았지만, 말수가 적은데다 얌전하고 항상 주위의 눈치를 살피는 성격이라서 인상이 전혀 다르다. 그래서 그다지 게오르기네 님과 닮았다는 느낌을 주지 않는다.

내가 본 것에 한해서지만, 알스테데 님은 어머니에게도 동생에게도 휘둘리고 있다. 선대 아우브의 딸인 그녀가 상급 귀족과 결혼하게 된 것도 어머니의 의견에 따른 것이고, 주추 마술을 물들이게 된 것도 어머니와 동생의 계획 때문이다. 어린 딸이 있는데도 이번 계획에 동원됐다.

"알스테데 님은 참 힘들겠군요. 전에는 아우브를 바라지 않으셨다고 들었습니다만……."

"그렇습니다. 제가 아우브가 되는 것은 바라지 않았지만, 제 바람에서 완전히 벗어난 것도 아닙니다."

남편 블라시우스는 영주 일족으로, 차기 영주를 노리고 있었지만 정변 때 모친의 출신지 때문에 상급 귀족으로 강등됐다는 모양이다.

"저는 블라시우스 님의 지위를 되돌려드리고 싶습니다. 어머님의 계획대로 된다면 아렌스바흐의 주추 마술을 남편에게 양도하는 것도 가능하니까요. 그리고, 지금이라면 딸을 영주 후보생으로 키울 수도 있습니다."

……정말이지, 정변에 의한 변화는 제대로 된 것이 없었던 모양이다. 디트린데 님이 지금의 첸트를 욕하는 이유를 잘 알 것 같다.

"란체나베 분들도 별궁이 폐쇄된 탓에 많이 곤궁해지셨겠죠? 이번 계획이 잘 풀리면 좋겠군요."

우리는 그런 이야기를 나누면서 저택 안으로 들어갔다. 응접실에서는 디트린데 님이 시종에게 차를 내오도록 지시하고 있었다. 그 자리에는 알스테데 님의 부군인 블라시우스 님도 있었다. 뒤에 있는 조르다노가 란체나베 사람이 지내기 위한 저택에서 자기 집처럼 있는 두 사람의 모습을 보고 한숨을 쉬는 것이 느껴졌다. 디트린데 님이 오면 란체나베 사람들이 별실로 쫓겨나는 것은 항상 있는 일이다.

"언니, 그 문은 열어 두셨나요? 열쇠는 드렸었죠?"

"아뇨. 아직 안 열었습니다. 당신이 도착하기를 기다려야 한다고 생각해서……. 어머님이 그렇게 말씀하셨죠?"

주추 마술을 물들이고 있는 실제 아우브는 알스테데지만, 대외적으로는 디트린데 님이 아우브로 되어 있다. 아우브만이 열 수 있는 문과 경계문을 작동시킬 때에는 디트린데 님이 있을 때만 하도록 게오르기네 님이 엄명하셨던 것이 생각났다.

"언니는 여전히 어머님 말씀 하나는 제대로 지키는군요. 하지만, 저쪽은 이미 기다리고 있을지도 몰라요. 자물쇠만이라도 열어 두도록 하죠."

"그래요. 기다리고 계실지도 모르겠네요."

란체나베의 저택에는 별궁으로 가는 공주와 별궁에서 란체나베로 돌아가는 차기 왕을 위한 전이진이 있다. 아렌스바흐 쪽에 있는 전이진의 방을 열 수 있는 사람은 아우브뿐이다.

……이곳을 사용해서 아렌스바흐와 별궁을 자유롭게 오가게 하고 싶다는 이유 때문에 선대 아우브 아렌스바흐가 살해당했으리라고는 생각도 못 하겠지.

물론 게오르기네 님께는 다른 이유도 있었을 것이다. 하지만 선대를 살해하고, 알스테데 님께 주추 마술을 물들이게 하고, 이 문을 자유롭게 사용하려고 한 그때, 다른 이가 별궁을 사용하는 것으로 결정됐다.

란체나베의 공주를 받아들이기 위해서가 아니다. 영주회의에서 첸트와 양자 결연을 맺는 자가 사용하는 것으로 결정되었다. 별궁을 다시 열고 공주를 받아들여 주기를 바라는 란체나베의 희망을 완전히 뭉개 버리려는 생각으로 여겨질 뿐이었다.

그 별궁에는 수리와 청소, 가구 반입 등을 위해 장인들이 드나들고, 때때로 확인하기 위해서 왕족이 방문했기 때문에 게오르기네 님은 전이진을 사용할 수 없게 됐다. 그녀의 계획에 큰 지장은 없었던 모양이지만, 그녀의 협력자들에게는 크나큰 오산이었고 뼈아픈 사태였다고 들었다.

겨우 별궁이 정리되고 장인들의 출입이 없어진 덕분에 전이진을 사용할 수 있게 되었다는 것 같다. 지금부터 새롭게 살 사람이 들어오는 영주회의 때까지는 이 전이진으로 우리가 별궁을 자유롭게 사용할 수 있게 된다.

……정말 그 계획이 생각대로 될까?

마차 안에서 조르다노에게 '잘 될지 여부는 모른다'고 말했지만, 그 누구보다 실현되기를 바라는 사람은 나 자신이다.

"그럼, 열겠습니다."

알스테데가 열쇠를 꽂은 순간, 자물쇠에서 푸근한 노란색 빛이 나왔고 문에 마법진이 나타났다. "뭐지?!"라고 소리치고 싶은 기분을 참으며 나는 깜짝 놀란 목소리를 삼켰다. 나는 디트린데 님과 같이 있는 시간이 많았기 때문에 마술에 대해 잘 아는 편이라고 생각했다. 하지만, 이런 광경은 본 적이 없다.

갑자기 나타난 마법진에도 놀랐지만, 열쇠를 꽂았을 뿐인데 문이 멋대로 열렸다는 데도 놀랐다. 주위에 있는 귀족들은 표정 하나 달라지지 않았다. 그들에게는 당연한 마술이다.

문 너머는 텅 빈 하얀 방이었다. 딱히 뭔가가 있는 것은 아니다. 바닥에 커다란 마법진이 그려져 있을 뿐이다.

"저것이 전이진입니다. 이쪽과 저쪽에 마력이 필요하지만 사람이나 물건을 보낼 수 있습니다."

디트린데 님이 의기양양하게 설명해 줬다. 그러는 동안에 그녀의 측근이 전이진에 '이쪽은 준비가 되었습니다'라고 적힌 종이를 내려놓았다. 기둥 너머로 간 알스테데가 뭔가를 한 모양이다. 전이진이 한순간 밝게 빛났다.

……저 너머에 슈타프가 있는 것인가.

그 한순간의 빛에 이끌려 나도 모르게 한 걸음 앞으로 내디뎠다.

갖고 싶다, 내 슈타프를.

그것만 있으면 동생이 아이를 갖지 않아도 내 힘으로 권력을 손에 쥘 수 있다.

내 발이 다시 한 걸음 내디디려고 한 그때, 마법진이 다시 빛났다.

이번에는 순간적인 빛이 아니었다. 지금껏 본 적이 없는 금색과 검은색이 뒤섞인 신기한 불꽃같은 빛이 전이진에서 뿜어져 나왔다. 놀라서 정신이 번쩍 들었고, 나는 발을 뺐다.

"어머나, 역시나 기다리고 계셨던 것 같군요. 아렌스바흐에 잘 오셨습니다."

빛이 가라앉은 뒤, 전이진 위에 있던 사람은 중앙 기사단장 라오블루트 님이었다. 지금까지 없었던 사람이 갑자기 나타난 것을 보고 나는 깜짝 놀랐다. 란체나베의 기술이 아무리 진보했다고는 해도, 거창한 마술은 도저히 따라가지 못한다는 것을 실감했다.

"라오블루트 님, 손님은 이제 곧 도착하십니다. 배가 항구에 도착했다는 기별이 있었습니다."

디트린데 님의 환영을 받은 라오블루트 님의 눈매가 기뻐하는 것처럼 가늘어졌다.

"그렇군요, 이제야 제 주인을 맞이할 수 있게 되었습니다. ……정말 길었습니다."

……별궁 준비 때문에 이 전이진을 사용할 수 없게 된 것은 오산이었다고 했었지.

원래는 여름 장례식 때 최종적인 합의를 마치고 가을에 실행하려고 했던 이 계획도 별궁 준비가 끝나서 사람들 출입이 없어진 지금까지 연기되었다. 계획의 연기를 가장 아쉬워했던 사람이 이 남자다.

"그렇게 기다리고 계셨다는 것은 저쪽의 준비도 다 되었다는 뜻이겠죠? 제가 첸트가 될 방법을 알았습니다."

라오블루트 님은 전이진의 방에 모여 있는 사람들을 둘러본 뒤에 나와 조르다노를 비롯한 란체나베 출신자들을 향해 확실하게 고개를 끄덕였다.

"계획대로 진행하고 있습니다. 바라는 것을 드릴 수 있을 것입니다."

낮고 확실한 무게감이 느껴지는 목소리와 말에는 무조건 믿고 싶어지게 만드는 힘이 담겨 있었다. 기대감에 가슴이 뜨거워졌다.

……내 바람이 이뤄지는 것인가.

"오, 라오블루트. 오랜만이군."

항구에서 온 마차에서 내려 저택 안으로 들어온 사람은 제르바시오 왕이다. 란체나베의 왕 앞에 중앙 기사단장이 무릎을 꿇었다. 그 신기한 광경에서 눈을 뗄 수가 없었다.

"이렇게 모시러 왔습니다, 제 주인이시여. 최후의 명령이었던 발라마를렌 님을 지키지 못한 것은, 아무리……."

"됐다. 발라마를렌의 일은 아쉽게 됐지만 어쩔 수 없는 일이지. 그곳의 관습이다. 그대는 오랜 세월 괴로워했다. 더 이상 마음 아파하지 말거라."

……발라마를렌이 누구지?

나는 모르는 이름이고 두 사람이 공통적으로 아는 사람이라면 별궁과 관련된 인물이겠지. 라오블루트 님은 제르바시오 님이 별궁에 계시던 때의 호위 기사였다고 아렌스바흐에 와서 들었다. 그렇기에 왕인 제르바시오 님이 여기까지 온 것이다.

"모든 일이 끝나면 모두에게도 좋은 결과가 되겠지. 라오블루트, 안내를 부탁한다. 그리운 별궁으로."

"알겠습니다."

후기

오랜만에 뵙습니다, 카즈키 미야입니다.

「책벌레의 하극상 ~사서가 되기 위해서라면 뭐든지 할 수 있어~ 제5부 여신의 화신 Ⅶ」을 구입해 주셔서 정말 감사합니다.

프롤로그는 페르디난드 시점. 가을 끝 무렵 로제마인이 귀족원에 가기 전에 보낸 짐이 도착했습니다. SS 보관소의 '다른 곳의 과자와 완구'를 페르디난드 시점으로 고쳐 쓴 느낌입니다. 비교해서 읽어 보시면 재미있을지도 모릅니다. 비밀 방에서 로제마인이 보낸 소재를 확인하고 편지를 읽으면서 생각하는 내용입니다..

본편은 겨울 준비부터 시작입니다. 자신이 귀족원에 가지고 갈 짐을 준비하는 것도 중요하지만, 고아원에서 귀족으로서 세례식을 받는 디르크와 벨트람의 준비도 진행해야 합니다. 그레티아의 지적은 엄격하지만 사실입니다. 로제마인도 자신의 언동을 다시 생각해 봐야겠죠.

귀족원 친목회에서는 단켈페르거와의 인사에 한넬로레밖에 없다는 점과 아렌스바흐의 인사를 상급 귀족인 마르티나가 하는 부분이 쓰면서도 왠지 쓸쓸하다는 기분이 들었습니다.

귀족원에서 봉납식을 치르기 위해 성인 측근들이 귀족원에 머무르게 됐습니다. 그 봉납식 이후, 로제마인이 사라졌습니다. 여기까지 진행하는 이야기를 쓸 때는 정말 가슴이 두근거렸습니다. 할버님, 육성의 신 안박스, 잘 부탁드립니다! 라는 느낌으로.

단번에 성장한 로제마인. 군데군데 빠진 메스티오노라의 서를 손에 넣은 로제마인. 탄식했지만 덕분에 게오르기네의 계획을 눈치챌 수 있었습니다. 대책을 구상하는데 갑자기 페르디난드의 모습이 보이고⋯⋯. 이것은 제2부의 토롬베 토벌에서 루츠가 마인의 위기가 보였다고 했던 때와 같은 상황입니다.

에필로그는 레티치아 시점입니다. 페르디난드가 위기에 빠지게 된 속사정이라고 할까, 당사자 시점이죠. SS 보관소의 '평온의 끝'을 개작했습니다. 레티치아도 입장이 입장이다 보니 평범한 아이로 취급해 주지 않습니다. 주위에 이용당한 아이. 그 아이도 구해 주고 싶네요.

이번 오리지널 단편은 샤를로테 시점과 레온치오 시점입니다.

샤를로테 시점에서는 로제마인이 없는 귀족원의 모습을 다이제스트로, 하르트무트와 브륀힐데의 활약과 기숙사가 어떤 상황이었는지의 내용, 그리고 샤를로테의 노력이 여러분께 전해졌으면 좋겠습니다.

레온치오 시점은 에필로그 이후의 이야기입니다. 란체나베에 대한 내용과 그의 바람 등을 포함해서 암약하는 자들을 그려 봤습니다. 란체나베 쪽 시점을 쓴 일은 저음이다 보니 꽤 재미있었습니다.

이번 권에서 시이나 님께서 새롭게 캐릭터 디자인을 해 주신 인물은 에어베르민과 아우브 단켈페르거입니다. 에어베르민은 하얗고 긴 머리카락에 의상은 질질 끌리는 느낌이라는 이미지대로. 대단하네요. 아우브 단켈페르거는 당장이라도 싸우러 나갈 것 같은 느낌으로 그려 주셨습니다. 딱 보면 알겠어요. 무기를 들고 뛰쳐나갈 것 같네요. 하지만, 강해 보여서 믿음직하고 듬직한 느낌이라고 생각합니다.

공지사항입니다.

·TV 애니메이션 제3기

일본에서는 제1기&제2기가 재방송 중입니다. 그리고 2022년 4월부터 제3기가 방송됩니다. PV와 메인 비주얼도 공개했습니다. 질베스타 역은 이노우에 카즈히코 씨. 드라마 CD에서도 질베스타 역을 맡아 주셨습니다. 현재 열심히 제작 중입니다.

·【3월 10일】 단편집Ⅱ 발매.

제4부 Ⅴ부터 제5부 Ⅲ까지 특전 SS와 미수록 SS를 수록한 단편집Ⅱ가 발매됩니다. 기다리시는 분들이 많았으니까, 재미있게 읽어 주셨으면 기쁘겠습니다.

·【4월 9일】 제5부 Ⅷ&드라마 CD 7 발매.

제5부 Ⅷ은 드라마 CD 동봉입니다. 위기에 빠진 페르디난드를 구하러 가는 내용을 드라마 CD로 만들었습니다. 게다가 이번에는 장장 두 장이나! 두 배 길이로 전해드립니다. 목소리로 듣는 「책벌레의 하극상」 세계에 빠져 보세요.

이번 표지는 시작의 정원에 가기 전후의 로제마인입니다. 거기에 맞춰서 배경도 다릅니다. 상상 속의 도서관에 들뜬 로제마인과 가장 깊은 방에서 메스티오노라의 서를 읽고 있던 로제마인. 같은 옷을 입었으니까 성장을 한눈에 아실 수 있으리라고 생각합니다.

컬러 삽화는 독을 맞고 쓰러진 페르디난드를 중심으로 그 모습을 보는 로제마인, 함정에 빠트린 디트린데와 레온치오, 절망하는 레티치아, 안색이 확 변한 에크하르트와 유스톡스입니다. 이건 꼭 컬러로 해야죠! 독자 여러분들께서 원하십니다! 라는 강한 마음을 담아서 부탁드렸습니다. 시이나 유우 님, 정말 감사합니다.

마지막으로, 이 책을 구입해 주신 여러분께 최대한의 감사를 바칩니다. 제5부 Ⅷ은 2022년 봄에 나올 예정입니다. 그쪽에서 다시 뵙겠습니다.

2021년 9월 카즈키 미야

유부녀 에스코트

오, 오틸리에.

예.

쪼륵

조금 더 큰 소리로

예?

제 졸업식 때, 에스코트하게 해주면 안될까요

쪼륵 쪼륵

여러모로 생각하자

저항하지 말고 받아 전부 받아라

좌아ー

메스티오노라의 지식 다운로드 중

이렇게 머릿속으로 들어오는 지식이 아니야!

아으 내가 원하는 건 책이지

엄~청 행복할 텐데

아아, 만약에 이게 대량의 책이었다면

하아

잔말 말고 받아 들여!

오 마이 갓

아, 안돼. 그럼 우라노처럼 책에 깔려 죽을거야

화기애애한 가족의 일상

만화: 시이나 유우

매번 등장하는
건말 부록

반짝 반짝 반짝

좀 기분 나빴습니다

아아, 오늘도 어디선가 로제마인 님의 마력이 성장하고 있습니다.

파팍 느껴집니다

하르트무트는 왠지 솔직하게 기뻐할 수 없네요

······똑같이 배려해 줬는데

배려

어머님!

엘비라 님이 견본만이라도 먼저 각지에 보내려고 노력하고 계십니다.

로제마인 님이 주신 낙찰이 오늘도 반짝입니다

짜증나고 재수 없어서 그런 게 아닐까?

파박

그러게요

···오오 하르트무트

하르트무트는 너의 독서 시간을 방해하지 않으려고 배려했다.

책벌레의 하극상 [5부] 여신의 화신 VII

초판 1쇄 발행   2024년 12월 20일

저자 카즈키 미야

발행인 원종우
발행처 (주)블루픽

주소 (13814) 경기도 과천시 뒷골로 26, 2층
영업부 02-6447-9000   **편집부** 02-6447-9019   **팩스** 02-6447-9009
메일 edit@bluepic.kr   **웹** vnovel.kr

ISBN 979-11-6769-359-4 04830

Honzukino Gekokujo Shisho ni naru tameni ha Syudan wo Erande Iraremasen
Dai Go-bu Megami no Keshin 7
By Miya Kazuki
Copyright © 2022 by Miya Kazuki
First published in Japan in 2022 by TO Books, Inc.
Korean translation rights arranged with TO Books, Inc.
through Shinwon Agency Co., Ltd., Seoul.